Im Labyrinth der Lilien

Das Buch

Frankreich im Jahre 1670: Der junge Marquis Antoine de Montagnac langweilt sich auf seinen Gütern in der Provinz. Das schillernde Paris musste er verlassen, nachdem er sich mit seinem ehemaligen Gönner, dem Duc d'Orléans, überworfen hatte.

Da erhält er ein Angebot von dessen Bruder, dem Sonnenkönig Louis XIV. höchstpersönlich: Henriette Stuart, die Gemahlin des Herzogs, ist überraschend verstorben und niemand, am wenigsten der König selbst, glaubt an die offiziell zur Todesursache deklarierte Blinddarmentzündung. Antoine soll diskret ermitteln und den Mörder finden. Des freudlosen Landlebens überdrüssig, geht er auf den Vorschlag ein und kehrt nach Paris zurück, wo Machtkämpfe, Sittenverfall und Korruption das Leben bei Hofe bestimmen. Begleitet wird Antoine dabei von Marie, einem zehnjährigen Bauernmädchen, das einmal im Leben den sagenumwobenen Sonnenkönig sehen möchte. Kaum haben die beiden ihre Ermittlungen aufgenommen, befinden sie sich mitten in einem Sog aus Intrigen und Mord, aus Giftmischerei und schwarzen Messen. Über die Dienstbotengänge und Herrschaftsräume der königlichen Schlösser bis zu den düstersten Winkeln und Bordellen der barocken Metropole führt Antoine und Marie die Suche nach dem Mörder der Herzogin, in deren Verlauf die Jäger immer mehr zu Gejagten werden.

Der Autor

Sargon Youkhana wurde 1967 in Bonn geboren. Nach längeren Aufenthalten in den USA und Großbritannien lebt er heute in Köln und arbeitet als Autor für verschiedene Fernsehserien. *Im Labyrinth der Lilien* ist der Auftakt einer Serie historischer Kriminalromane.

Sargon Youkhana

Im Labyrinth der Lilien

Historischer Kriminalroman

List Taschenbuch

Besuchen Sie uns im Internet:
www.list-taschenbuch.de

Dieses Taschenbuch wurde auf FSC-zertifiziertem Papier gedruckt.
FSC (Forest Stewardship Council) ist eine nichtstaatliche, gemeinnützige Organisation, die sich für eine ökologische und sozialverantwortliche Nutzung der Wälder unserer Erde einsetzt.

Originalausgabe im List Taschenbuch
List ist ein Verlag der Ullstein Buchverlage GmbH, Berlin.
1. Auflage Oktober 2007

Umschlagkonzeption: RME Roland Eschlbeck und Kornelia Bunkofer
Umschlaggestaltung: HildenDesign, München
Titelabbildung: © Pieter Gerritsz van Roestraten/
Johnny Van Haeften Ltd., London/ The Bridgeman Art Library
Satz: Pinkuin Satz und Datentechnik, Berlin
Gesetzt aus der Bembo (PostScript)
Papier: Munkenprint von Arctic Paper Munkedals AB, Schweden
Druck und Bindearbeiten: Clausen & Bosse, Leck
Printed in Germany
ISBN 978-3-548-60800-6

Für meine Eltern Marie-Luise und Zia Youkhana

»Je mieux un vice commode
Qu'une fatigante vertu.«

»Ein angenehmes Laster ist einer
langweiligen Tugend bei weitem vorzuziehen.«

Molière

Prolog

Sie drehte ihren Kopf zur Seite, um die Mutter Gottes nicht mehr sehen zu müssen.

Durch die Schlitze der Maske konnte sie ihre Umgebung deutlich erkennen. Die Wände der kleinen Kapelle waren mit schwarzem Tuch verhängt. Mondlicht fiel durch das offene Portal und mischte sich mit dem Schein der Kerzen, die um den Altar herum aufgereiht waren. Am Boden davor kauerten sechs Novizen. In ihrer Mitte hockte ein alter, fetter Mann, der in eine rote Soutane gehüllt war. Auf dem Kopf trug er eine seltsame Kappe, die zwei Hörner zierten. Leise murmelten die Männer Gebete und wiegten dabei ihre Oberkörper vor und zurück. Der Klang ihrer Stimmen veränderte sich nicht.

Sie lauschte angespannt, um die Männer verstehen zu können.

»Sanguis eius super nos et filios nostros.« Immer wieder waren es die gleichen Worte.

»Sanguis eius super nos et filios nostros.« – »Sein Blut komme über uns und unsere Kinder.« Sie ließ ihren Blick über die Gruppe gleiten. Die Novizen mussten alle noch recht jung sein. Ihre Kutten waren heraufgeschoben bis über die Oberschenkel, darunter waren sie nackt. Sie konnte die Geschlechtsteile der Männer sehen. Langsam drehte sie ihren Kopf nach links. Hinter dem Altar hing ein schwarzer Vorhang, auf den ein umgekehrtes Kreuz gestickt war. Es war weiß wie ihr nackter Leib. Im Licht der vielen Kerzen leuchtete ihre Haut wie Elfenbein.

Sie lag ausgestreckt auf dem Altar, die Arme hinter dem Kopf verschränkt. Unter sich spürte sie den kalten Stein des Opfertisches. Der fette Alte löste sich aus der Gruppe und trat auf sie zu. Auch er war maskiert. Sie konnte seine Erregung förmlich spüren, während er die Augen langsam über ihren Körper wandern ließ. Sanft legte er eine Hand auf ihren Bauch, direkt über den Nabel. Sie erschauerte. Mit dem Zeigefinger begann er ein Mal zu zeichnen. Sie hob den Kopf, um sehen zu können, was es war. Es fiel ihr nicht schwer, das Zeichen zu erkennen. Ein fünfzackiger Stern mit einem Kreis darum. Der Alte beugte sich zu ihr herunter. Seine Lippen berührten ganz leicht ihr Ohr, während er ihr zuflüsterte: »Gehorche deinem Meister und unterwerfe dich, denn er achtet auf dich.«

Überrascht stellte sie fest, dass er einen schönen Atem hatte. Erneut zeichnete er mit seinem Finger das unsichtbare Mal auf ihrem Bauch nach. Dabei wiederholte er die Beschwörungsformel, diesmal jedoch etwas deutlicher. Die kauernden Novizen fielen in die Beschwörung ein. Ihre Stimmen wurden lauter und immer eindringlicher, bis sie die ganze Kapelle ausfüllten. Dann wurde der Vorhang zur Seite geschoben. Eine Frau trat dahinter hervor. Die Stimmen brachen jäh ab.

La Voisin war in das schlichte Ordenskleid einer Nonne gehüllt. Sie musste sich in aller Hast angezogen haben, denn einige rote Strähnen lugten unter ihrer Haube hervor. In ihren

Armen hielt sie ein kleines Bündel aus schwarzem, glänzendem Stoff. Das Bündel bewegte sich. Der Alte blickte auf. »Wurde langsam Zeit«, knurrte er ärgerlich.

»Es ging nicht schneller«, zischte die Voisin zurück. »Ich kann mich schließlich nicht um alles kümmern.«

Der Alte bedeutete ihr zu schweigen. La Voisin gehorchte, übergab ihm das Bündel und trat zu der Gruppe der Novizen. Lautlos sank sie neben ihnen auf die Knie.

Sie spürte, wie er das Bündel auf ihren Körper legte, direkt unter ihre Brüste. Dann entfernte er den schwarzen Stoff. Der Säugling bewegte die Beine. Sie konnte die winzigen Zehen erkennen.

Es war schön, dieses kleine Lebewesen auf ihrem Körper zu spüren. Sie wollte ihn berühren, doch ein eiserner Griff legte sich um ihr Handgelenk und riss es zurück. Erschrocken sah sie den Alten an. Plötzlich blinkte etwas auf. Panik überfiel sie. Ein Dolch sauste auf sie herab. Dann hörte sie ein leises gurgelndes Geräusch und fühlte eine warme Flüssigkeit ihren Bauch hinunterrinnen.

Der Alte nahm den leblosen Säugling von ihrem Körper. Verschwommen, wie in einem Traum, sah sie das Blut des Kindes in einen silbernen Pokal strömen. Er reichte den Leichnam La Voisin, küsste das Gefäß mit dem Blut und schlug verkehrt herum ein Kreuz. Kraftvoll erklang seine Stimme: »*Aschtaroth, Asmodeus, Fürsten der Liebe, ich beschwöre euch, dieses Kind als Opfer anzunehmen, das ich euch darbringe, damit meine Wünsche erfüllt werden. Erhaltet mir die Freundschaft meines Geliebten. Lasst mich die erste Frau in seinem Hause sein, geachtet und geehrt von allen, die darinnen wohnen. Keine Bitte soll mir verwehrt bleiben, sei es für meine Verwandten oder meine Gefolgsleute.*«

Wieder beugte er sich zu ihr herab. Er hob sanft ihren Kopf

und führte den Pokal mit dem Blut des Kindes an ihren Mund. Ekel überfiel sie. Sie presste die Lippen aufeinander. »Ihr müsst davon trinken«, sprach er eindringlich. Sie sah zu ihm auf, fiel in das tiefe Schwarz seiner Pupillen und trank. Warm war das Blut in ihrem Mund, warm und süß, so süß.

Sie schloss die Augen.

Kapitel 1

Von seichten Wassern freundlich umflutet, fläzte sich Antoine de Montagnac am Rande des kleinen Sees und starrte missmutig auf den gigantischen Teppich aus orangegelben Blüten, der sich trostlos in alle Richtungen erstreckte. Überall Sonnenblumen. Die Welt schien aus nichts anderem mehr zu bestehen. Wie eine Invasion feindlicher Truppen kamen ihm diese mannshohen Gewächse vor, die mit hängenden Köpfen sein nachmittägliches Bad umstanden. Antoine hasste das Leben in der Provinz. Nirgendwo war man weiter von den Annehmlichkeiten des Hofes entfernt als in dieser ländlichen Ödnis. Seufzend stieß er sich vom Ufer ab und trieb eine Weile auf dem Rücken dahin. Noch war der See tief genug, um darin zu schwimmen. Doch konnte man zusehen, wie das tröstende Nass allmählich in der glühenden Hitze dahinschwand. Auch wenn alle ihn vor den tödlichen Krankheiten warnten, die das Wasser in sich trug, war doch das tägliche Bad in diesem natürlichen Becken seine einzige Freude. Ihm war es ohnehin einerlei, ob er tot war oder nicht. Vom Leben erwartete er nicht mehr allzu viel.

Antoine blinzelte in den Himmel. Das gleißende Licht der

Sonne strahlte auf ihn herab wie die Kandelaber in den Ballsälen des Königs und ließ seine Gedanken zu den glücklichen Tagen zurückkehren, da auch er ein Teil des höfischen Trubels gewesen war.

Als Antoine zum ersten Mal in Fontainebleau erschienen war, hatte sein gutes Aussehen bei den Damen und auch bei einigen der Herren für erhebliches Aufsehen gesorgt. Die blauen, klaren Augen des Marquis de Montagnac, so befand man, standen in wunderbarem Kontrast zu dem hervorspringenden Kinn, das seine Männlichkeit unterstrich und ihm beinahe etwas Brutales verlieh.

Doch am Hof von Frankreich waren schöne Menschen keine Seltenheit, und schon manches Debüt hatte sich als Strohfeuer erwiesen. Antoine indes würde erfolgreicher sein. Das zumindest ließ seine Großmutter ihn schwören, bevor sie ihn mit der nötigen Barschaft ausstattete, um ihm den Eintritt in die Umgebung des Königs zu ermöglichen.

Mühelos übernahm Antoine das geschliffene Verhalten der Hofadligen, bewahrte sich dabei jedoch die Eigenheiten seines Charakters, sodass er, ausgestattet mit Spontaneität, Einfallsreichtum und Wagemut, immer wieder für neuen Gesprächsstoff sorgte.

Uneingeschränkten Beifall erntete er auf einer Jagdpartie, als er die in Bedrängnis geratene Duchesse de Bouillon rettete, indem er einem Hirsch mit bloßen Händen den Hals umdrehte. Diese Heldentat sicherte ihm nicht nur den Dank der Duchesse, auch an höchster Stelle zollte man ihm Beifall für sein mutiges Handeln. Monsieur, der Duc d'Orléans und einziger Bruder des Königs, fand Gefallen an dem schönen Marquis und setzte sich erfolgreich für ihn ein.

Kaum ein Jahr nach seinem ersten Auftritt bei Hof ernannte

Seine Majestät Antoine zum Oberjagdmeister des herzoglichen Haushalts. Man munkelte aber, der Ernennung seien hitzige Auseinandersetzungen zwischen den königlichen Brüdern vorausgegangen.

Louis XIV., so hieß es, habe seiner neuen Favoritin, der Marquise de Montespan, eine Freude machen wollen und daher ihren Bruder, den Duc de Vivonne, für dieses Amt vorgesehen. Gewöhnlich fügte sich Monsieur den Wünschen des Königs, was die herzogliche Haushaltung betraf. Doch diesmal war es anders. Laut verkündete er, er wolle den Marquis de Montagnac in seine Dienste nehmen, auch wenn dies gegen den Willen des Königs geschehe. Offensichtlich war Monsieur bereit, das gesamte Gewicht seiner Stellung bei Hof in die Waagschale zu werfen, um seinem Günstling diesen Posten zu verschaffen.

Jedem war klar, dass Monsieur ein erhebliches Risiko einging. Denn sollte der König seinem Wunsch nicht entsprechen, wäre vor aller Welt bewiesen, dass der Einfluss des Duc d'Orléans noch nicht einmal so weit reichte, über seinen eigenen Haushalt zu bestimmen.

Der Hof hielt den Atem an. Wie würde der König sich entscheiden? Es war bekannt, dass Louis XIV. es nicht besonders schätzte, wenn seine Pläne durchkreuzt wurden, egal von wem. Dennoch konnte es nicht in seinem Interesse liegen, den wahren Umfang der Bedeutungslosigkeit zu demonstrieren, zu der er seinen Bruder verdammt hatte.

Die Krise erreichte ihren Höhepunkt, als der Duc de Vivonne fälschlicherweise bekannt gab, der König habe sich für ihn entschieden. Sobald das Gerücht zu Monsieur vorgedrungen war, kündigte er an, dass er sich auf sein Gut Villers-Cotterêts zurückziehen und unter keinen Umständen an den Feierlichkeiten anlässlich des Friedens von Aachen teilnehmen werde. Obwohl sich Seine Majestät in der Zwischenzeit besonnen hatte und durchaus gewillt war, dem Wunsch des Bruders zu entsprechen, diesen Affront konnte er nicht hinnehmen. Er verbot Monsieur, den Hof zu verlassen. Ein Skandal bahnte sich an, wie er seit der Verhaftung Nicolas Foucquets im Jahre 1662 nicht mehr vorgekommen war.

Jean Baptiste Colbert, der erste Minister des Königs, trat als Mittler zwischen den Brüdern auf und überredete Monsieur, von seinem Vorhaben abzusehen. Hernach eilte er nach Saint-Germain und schilderte Seiner Majestät, wie sehr Monsieur unter dem Zerwürfnis litt. Der König, der seinen Bruder aufrichtig liebte, erklärte sich schließlich bereit, den Marquis de Montagnac offiziell zum Oberjagdmeister zu ernennen. Gleichwohl musste der Schein gewahrt bleiben. Unter keinen Umständen durfte es so aussehen, als habe Seine Majestät klein beigegeben. Also wurde ein Treffen der Brüder im Park von Versailles arrangiert. Madame de Sévigné, die eine der feinsinnigsten Damen bei Hof war und wegen ihrer vorurteilsfreien Beobachtungsgabe die besondere Gunst des Königs genoss, befand sich an jenem Tag in seinem Gefolge und erstattete kurze Zeit später ihrer Tochter Madame de Grignan einen ausführlichen Bericht von dieser Begegnung:

Nachdem Monsieur ihm seine Reverenz erwiesen hatte, hakte Seine Majestät sich bei ihm unter, und gemeinsam schlenderten sie um den noch unfertigen Brunnen der Latona.

»Es freut uns, mein Bruder«, erklärte der König in versöhnlichem Ton, »dass Ihr die Schönheit des Parks genauso schätzt wie wir.«

»Wahrhaftig, Monsieur, dem ist so. Doch sollte Euch dieses nicht verwundern. Wir sind Brüder und empfinden ähnlich. Was Euch erfreut, erfreut auch mich. Die Gefühle, die ich für Euch hege, lassen nichts anderes zu.«

»Wenn dem so ist, mein Bruder, wollen wir unser Herz erfreuen,

indem wir das Eure erfreuen. Sagt, bekümmert Ihr Euch immer noch um die Zukunft des Marquis de Montagnac?«

»In der Tat«, erwiderte Monsieur mit bebender Stimme, »dies ist meine größte Sorge.«

Gedankenvoll sagte daraufhin Seine Majestät: »So wollen wir Euch von der Last dieser Sorge befreien. Da es Euer ausdrücklicher Wunsch ist, soll der Marquis als Oberjagdmeister in Euren Haushalt eintreten.«

Als er die Entscheidung des Königs vernommen, warf Monsieur sich ihm zu Füßen und küsste seine Hände. Tränen der Freude rannen ihm über die Wangen. Der König hob ihn auf und sagte voller Zärtlichkeit: »Mein Bruder, so sollen Brüder einander nicht umarmen.«

Der Frieden war wiederhergestellt. Die Summe für die Bestallungsurkunde zahlte Monsieur selbstverständlich aus seiner privaten Schatulle. Doch seitdem war der Marquis dem König ein Dorn im Auge.

Ohnehin war es kein Geheimnis, dass Seine Majestät eine große Abscheu vor den Lieblingen Monsieurs empfand. Der ewig lärmenden, dem italienischen Laster frönenden Clique blieb sein Wohlwollen versagt. Denn ob in Saint-Cloud oder im Palais Royal, überall da, wo sich Monsieur mit seinem Gefolge aufhielt, ging es zu wie im schlimmsten Hurenhaus. Es gab keine Ungeheuerlichkeit, die diese verworfene Bande von parfümierten Schmutzfinken nicht zu tun bereit gewesen wäre, um ihre Lust zu befriedigen. Und der Marquis de Montagnac galt als der Schlimmste von allen.

Antoine kümmerte dies wenig. Er nutzte die Gunst der Stunde und genoss die Lustbarkeiten des Hofes in vollen Zügen. Keinen Ball ließ er aus, keine Theateraufführung versäumte er, an keinem Kartentisch konnte er vorbeigehen, ohne mindestens ein kleines Vermögen zu verspielen. Dabei trachtete er danach, so viel wie möglich aus der Freundschaft Monsieurs herauszuschlagen. Und warum auch nicht? Obgleich die Montagnacs zum alten Schwertadel gehörten, waren sie vollkommen verarmt. Er musste zusehen, wie er die nötigen Mittel auftrieb, um das aufwendige Leben eines Edelmannes zu finanzieren. Und genau dazu diente ihm die Freundschaft des Duc d'Orléans. Einmal entbrannt, ließ Monsieur einen Regen von Geschenken, Vergünstigungen und Geld auf Antoine niederprasseln. Berauscht stürzte dieser sich von einem Vergnügen in das nächste und vergaß dabei vollkommen, dass alles seinen Preis hatte.

Zunächst sehr sanft, dann mit immer größer werdendem Nachdruck gab Monsieur seinem Günstling zu verstehen, dass er seiner Dankbarkeit Ausdruck verleihen müsse, und zwar im herzoglichen Schlafgemach. Antoine allerdings war weit davon entfernt, diesem kleinen, mit Edelsteinen behängten Fettwanst, der unter seiner schwarzen Lockenperücke fast zu verschwinden schien, gefällig zu sein. Er zog es vor, seine Bettgefährten unter den Stallburschen zu wählen. Also erfand er immer wieder neue Ausreden, die ihn davor bewahrten, in Monsieurs Bett zu steigen. Einmal war es eine kleine Unpässlichkeit, bedingt durch den Genuss einer Wildpastete, dann wiederum ein Keuschheitsgelübde, das ihm als Buße auferlegt worden sei, und schließlich entschuldigte er sich mit einem schmerzhaften Abszess an seinem Gesäß.

Es half alles nichts. Monsieur empfahl einen kleinen Eingriff und bot an, ihm während der Operation persönlich beizustehen. Nur mit Mühe konnte Antoine ihn von dieser Idee wieder abbringen. Indessen wurde ihm klar, dass er Monsieur nicht ewig hinhalten konnte. Doch wollte er den Augenblick, da sein Gönner begreifen würde, dass er gar nicht daran dachte, das Lager mit ihm zu teilen, so lange wie möglich hinauszögern. Also ging er dazu über, harmlose Zärtlichkeiten mit ihm auszutauschen. Ein gehauchter Kuss im Verborgenen, ein sanfter Schlag auf das edelste Körperteil, garniert mit einer geflüsterten Unflätigkeit, und der Bruder des Königs war zufrieden.

Zumindest für eine kleine Weile. Zu spät erkannte Antoine, dass es nicht nur damit getan war, Monsieur an der Nase herumzuführen. Es hatte sich bereits eine Horde von Neidern zusammengerottet, die begierig darauf wartete, seinen Untergang zu beklatschen.

Er wurde erwischt, als er einem schwitzenden, nach Pferd und Heu riechenden Knecht behilflich war, sich zu erleichtern.

Monsieur, dem diese Verfehlung sofort zugetragen wurde, machte aus seiner Empörung kein Geheimnis. Wie konnte der Marquis es wagen, ihm vorzuenthalten, was er einem Stallburschen bereitwillig gewährte?

Antoine glaubte zunächst noch, seine Stellung retten zu können, indem er den gekränkten Prinzen mit Selbstanklagen unterhielt. Monsieur, der es sich gerne gefallen ließ, von den Herren seiner Umgebung gedemütigt zu werden, schätzte es zuweilen auch sehr, wenn man sich vor ihm erniedrigte.

In seiner Situation erschien es Antoine durchaus angemessen, den Bußfertigen zu spielen. Er warf sich Monsieur zu Füßen, gestand ein, der Freundschaft seines Herren unwürdig gewesen zu sein, und versicherte im selben Atemzug, er könne nicht leben, wenn Monsieur sich von ihm abwende. Die schönen blauen Augen schwammen in Tränen, was seinen Worten den nötigen Nachdruck verleihen sollte. Er hatte lange geübt, um die Fähigkeit zu erlangen, bei passender Gelegenheit loszuheulen. In dieser Kunst konnte er es sogar mit dem König aufnehmen.

Doch Fortuna hatte sich von ihm abgewandt. Antoines Vorstellung machte nicht den geringsten Eindruck auf Monsieur. Ohne mit der Wimper zu zucken, drehte dieser sich auf dem Absatz um und ließ seinen gefallenen Günstling auf den Knien liegen. Endlich begriff Antoine, dass er durch pure Leichtfertigkeit ernsthaft in Gefahr geraten war, seine hervorragende Stellung zu verlieren. Blumige Schuldbekenntnisse und ein paar leicht abgepresste Tränen reichten nicht mehr aus, um sich in die Gunst Monsieurs zurückzuschleichen. Er würde wirklich ein Opfer bringen müssen.

Kaum eine Woche nach dem Vorfall mit dem Stallburschen überreichte Antoine Monsieur beim morgendlichen Lever diskret ein Billett, in welchem er ihn nach dem Diner um eine private Audienz bat. Monsieur nahm den kleinen gefalteten Zettel an sich und blickte ihm für einen kurzen Moment tief in die Augen.

Antoine atmete erleichtert aus. Gewonnen, dachte er.

Doch plötzlich huschte ein boshaftes Lächeln über das Antlitz Monsieurs. Langsam glitt sein Zeigefinger über das Papier, dann las er den Inhalt des Briefchens laut vor.

Mit einem affektierten Lachen wandte er sich sodann an den Duc de Créquy und fragte gehässig, wie der Marquis de Montagnac wohl auf die Idee komme, dass er, der Bruder des Königs von Frankreich, mitten in der Nacht die Hure eines Stallburschen empfangen werde. Alle lachten sie ihn aus. Der Duc, Monsieur de Varangeville, der Marquis de la Vallière, all die läppischen Hampelmänner lachten.

Wenige Tage später erhielt Antoine die persönliche Aufforderung des Königs, sein Amt niederzulegen und sich auf seine Güter zurückzuziehen. Seine Dienste wurden nicht mehr benötigt. Das war's.

Ein Rascheln holte Antoine zurück in die heiße, zirpende Umgebung seines unfreiwilligen Landaufenthalts. Noch einmal tauchte er unter in das von der Sonne reichlich erwärmte Wasser, dann blickte er sich blinzelnd um. Nichts. Langsam drehte Antoine sich um die eigene Achse. Gerade wollte er wieder untertauchen, als er am Rand des Feldes, dort, wo er seine Kleider abgelegt hatte, einige abgeknickte Blütenstiele entdeckte. Seltsam, dachte er. Vorhin waren ihm die abgebrochenen Blumen gar nicht aufgefallen.

Erneut raschelte es im Feld, und wie eine Gruppe indischer Tempeltänzerinnen, die er einst in Saint-Cloud gesehen hatte, begannen einige der Pflanzen mit ihren dicken Köpfen bedächtig hin und her zu wackeln. Antoine tat so, als hätte er nichts bemerkt. Das Schwanken und Schaukeln wurde immer heftiger. Er kehrte dem Blumenacker den Rücken und legte sich flach auf die Wasseroberfläche. Dann näherte er sich, mit Armen und Beinen gemächlich paddelnd, dem Rand des kleinen Sees. Er ließ sich auf dem schlammigen Uferstreifen nieder, der das Wasser von den Sonnenblumen trennte, und verharrte in vollkommener Regungslosigkeit. Wieder war alles still. Mehrere Atemzüge lang wartete Antoine ab, dann, unvermittelt, sprang er auf und stürzte sich in die dichten Reihen des Feldes. Er bekam etwas zu fassen, spürte jedoch fast im selben Moment einen scharfen Schmerz im Unterarm, als würde er gebissen. Hastig zog er die Hand zurück. Ein schlankes Wesen flitzte an ihm vorbei und verschwand in den Tiefen des Blumendickichts. Sofort setzte Antoine zur Verfolgung an, wobei er seine Arme wie Sensen durch die Luft schwang und dabei eine Blüte nach der anderen von ihrem Stängel brach. Schnell hatte er den Flüchtenden eingeholt und bei den Schultern gepackt. Mit einem lauten Fluch ging dieser zu Boden, wobei sich seine Kopfbedeckung löste und lange nussbraune Locken darunter zum Vorschein kamen. Verblüfft erkannte Antoine, dass es sich bei dem heimlichen Beobachter seines Bades um ein Mädchen handelte. Sie mochte um die zehn Jahre alt sein. So genau ließ sich das bei dem Schmutz, der fast ihr gesamtes Gesicht überzog, nicht sagen. Antoine packte das Mädchen bei den Handgelenken und stellte es wieder auf die Füße. Eisern hielt er sie umklammert, während er sie mit sich zog.

»Aua, seid vorsichtig, Ihr reißt mir ja noch die Arme aus!« Nachdem er sie aus dem schützenden Dämmerlicht des Feldes hervorgezerrt hatte, wandte Antoine sich ihr drohend zu. »Wie heißt du und was hast du hier zu suchen?«

Das Mädchen setzte eine trotzige Miene auf. Gleichwohl erkannte Antoine voller Zufriedenheit, dass sie lediglich versuchte, ihre Angst zu verbergen. Ihr gehetzter Atem und die furchtsam geweiteten Augen verrieten sie. Langsam beugte er sich hinunter, sodass sein Gesicht auf gleicher Höhe mit dem ihren war. »Na los, antworte! Oder hat es dir die Sprache verschlagen?«

»Marie, Monsieur.«

»Marie, aha. Und warum, Marie, beobachtest du mich?« Das Mädchen presste die Lippen aufeinander und schwieg.

»Höre, du kleines, verdrecktes Balg. Willst du nicht reden, so weiß ich Mittel und Wege, dich zu zwingen. Hast du mich verstanden? Was schleichst du heimlich herum und lauerst mir auf? Hat dich jemand geschickt? Wolltest du mich erdolchen?«

Verärgert schüttelte er das Mädchen durch. »Weißt du überhaupt, wen du hier vor dir hast?«

»Ihr seid der Herr und wohnt mit der alten Marquise drüben im Schloss«, presste Marie schließlich hervor.« Antoine ließ von dem mageren Geschöpf ab und stemmte seine Linke in die Hüfte. »Soso, ich bin der Herr«, entgegnete er und grub dabei ärgerlich seine Zehen in den Schlamm. »Das heißt, deine Eltern gehören zu meinen Leuten. Das ist schade, denn soeben hast du ihnen einen äußerst schlechten Dienst erwiesen. Sage mir, wer sie sind!«

»Meine Eltern sind tot. Ich bin die Nichte des Gärtners und wohne mit ihm zusammen unten im Dorf.«

»Die Nichte des Gärtners also. Und wie, glaubst du, würde es deinem Onkel gefallen, wenn ich dich zu ihm brächte und ihm sagte, was du getan hast? Vielleicht sollte ich ihn in sein Haus sperren und es niederbrennen lassen, weil er so schlecht auf dich aufgepasst hat. Was meinst du, kleine Marie, wäre das eine gerechte Strafe?«

Für einen kurzen Moment misslang es Marie, die trotzige Maske aufrechtzuerhalten. Nackte Angst spiegelte sich in ihrem Gesicht. Doch dieser Moment verschwand so schnell, wie er gekommen war. »Monsieur le Marquis, Ihr könnt das Haus meines Onkels anzünden und hineintun, wen ihr wollt«, antwortete sie gelassen, »doch wer kümmert sich dann um Euer Gemüse?«

Wider Willen musste Antoine schmunzeln. »Du bist sehr keck, meine Kleine. Doch das wird dir nicht helfen.«

Marie heftete ihren Blick auf den Boden und schwieg.

Antoine beobachtete sie lauernd. Dabei entging ihm nicht, dass das Mädchen immer wieder unauffällig zwischen seine Schenkel schielte. Erneut stieg Ärger in ihm auf. Sollte er hier herumstehen und sich von einem schmutzigen, kleinen Bauerntölpel begaffen lassen? Unvermittelt riss er ihren rechten Arm in die Höhe und wirbelte sie herum. Marie schrie auf, doch Antoine kannte keine Gnade. Unbarmherzig presste er das Handgelenk seiner Gefangenen gegen ihr Rückgrat und beugte sich zu ihr hinab. »Wenn du nicht augenblicklich den Mund aufmachst, schwöre ich dir, brennt das Haus deines Onkels, mit allem, was darinnen ist. Hast du mich verstanden!?«, zischte er boshaft.

Jetzt endlich brach der Widerstand. »Im Dorf sagt man, dass Ihr da unten gebaut seid wie ein Esel. Ich habe mich gefragt, ob das stimmt. Deshalb wollte ich mal gucken.« Antoine ließ das Mädchen los und starrte es fassungslos an. Dann plötzlich brach er in schallendes Gelächter aus und baute sich vor Marie auf, die mit schmerzverzerrtem Gesicht ihr Handgelenk massierte.

»Findest du, sie haben recht?« Marie entfernte sich einige Schritte von ihm, bevor sie fast vorwurfsvoll den Kopf schüttelte. »Wie bei einem Esel sieht das da nicht aus.«

Antoine kehrte ihr den Rücken und holte unter dem Haufen seiner Kleider einen ledernen Weinschlauch hervor. Er genehmigte sich einen Schluck, bevor er sich wieder Marie zuwandte, die ihn aus sicherer Entfernung argwöhnisch beobachtete. »Geh ins Dorf zurück und erzähl deinen Leuten, was du gesehen hast.« Flink wie ein Wiesel trat das Mädchen den Rückzug an. Sobald er alleine war, stieg Antoine wieder ins Wasser und planschte noch ein wenig herum, doch die Lust am Baden war ihm vergangen. Er kehrte ans Ufer zurück und rieb seine Haut mit dem Hemd trocken, das er getragen hatte. Vor gar nicht allzu langer Zeit hatte er die Aufmerksamkeit des gesamten Hofes auf sich gezogen. Heute allerdings interessierten sich höchstens noch eine Handvoll Bauern für ihn. Er bückte sich erneut nach seinem Weinschlauch und nahm einen langen Schluck. Mit einem Anflug von Verzweiflung fragte er sich, ob er für den Rest seiner Tage dazu verdammt sein würde, auf dem Land zu versauern.

Antoine ahnte nicht, dass in dieser Stunde in einem anderen Teil des Königreichs eine Tragödie ihren Lauf nahm, die entscheidend dazu beitragen sollte, diese Frage zu beantworten.

Es war der schwüle Nachmittag des 29. Juni 1670.

Kapitel 2

Schon von ferne vernahmen die Männer der Ehrenwache, welche den Dienst in Saint-Cloud versahen, das Donnern herannahender Pferdehufe. Wenige Augenblicke vergingen, da sahen sie am Horizont einen kleinen schwarzen Punkt, der in Windeseile auf sie zuflog und schon bald zu einer achtspännigen Kutsche herangewachsen war. Die Soldaten hielten den Atem an. Während die Karosse die Anhöhe zum Portal heraufschoss, geriet sie ins Schleudern. Einen Moment lang sah es so aus, als würde sie umkippen. Kraftvoll riss der Kutscher an den Zügeln. Die acht edlen Rappen bäumten sich auf und kamen nur mit Mühe zum Stehen. Eilig liefen Diener herbei, doch bevor sie die Kutsche erreicht hatten, wurde der Wagenschlag aufgerissen, und ein kräftiger junger Mann mit rotblonder Perücke sprang heraus. Sofort neigten alle ehrfürchtig das Haupt. So entging ihnen der grimmige Gesichtsausdruck, der die sympathischen Züge des Königs entstellte.

Immer wenn Louis XIV. das Haus seines Bruders besuchte, trug er ein Lächeln im Gesicht, hatte einen Scherz auf den Lippen oder richtete freundliche Worte an die umstehenden

Personen. Keiner, egal welchen Ranges, war zu gering, um nicht vom König mit einer Artigkeit bedacht zu werden. In dieser Nacht aber war es anders. Hastig durchquerte Louis den Ehrenhof und eilte die Treppenstufen zum Eingang des Schlosses hinauf. Er überließ es den Lakaien, seiner Königin und der Grande Mademoiselle beim Aussteigen behilflich zu sein. Ungeachtet der Würde, die ihre Stellung ihnen abverlangte, rafften die königlichen Damen ihre Röcke und liefen dem Monarchen hinterher. Doch war es ihnen unmöglich, mit dem Tempo, das der König vorlegte, Schritt zu halten.

Am Tor hielt Louis inne, um auf seine Begleitung zu warten. Als sie bei ihm angekommen waren, bot er der Königin den Arm. Das verzierte Portal öffnete sich, und gemeinsam schritten sie hindurch. Kaum hatte man die kleine Gruppe bemerkt, ging ein ehrfürchtiges Raunen durch die Menge der anwesenden Höflinge.

»Der König.«

»Habt Ihr's gesehen? Der König kommt nach Saint-Cloud.«

»Hat er sich angemeldet? Weiß Monsieur Bescheid?«

»Der König kommt nach Saint-Cloud, um Madame Adieu zu sagen.«

Wie das Summen eines Bienenschwarms schwirrten die gewisperten Worte durch den Palast. Sie eilten den Neuankömmlingen voraus, übertrugen sich von der Eingangshalle in den Ballsaal und hinauf in die obere Etage. Bald schon war das Haus erfüllt von dem aufgeregten Geflüster und Raunen erstaunter Stimmen. Die Verwunderung war verständlich. Es kam so gut wie nie vor, dass der König unangemeldet erschien. Stets waren die Höflinge auf seine Ankunft vorbereitet. Immer waren sie darauf bedacht, sich von der besten Seite zu zeigen, wenn ihr Fürst in der Nähe war. Hätte Louis Augen für die Anwesenden gehabt, so wäre ihm vielleicht aufgefallen, dass Madame de Grancey sichtlich nachlässig geschnürt war und vergeblich zu kaschieren suchte, was die Spatzen von den Dächern pfiffen. Sie hatte sich ein Kind machen lassen; vom Chevalier de Lorraine. Der engelsgleiche Lothringer war Monsieurs Favorit gewesen und der erfolgreichste Intrigant im herzoglichen Haushalt, bis er von Madame in die Verbannung geschickt worden war.

Er hätte vielleicht auch gesehen, dass der Comte de Boullé sich weniger tief verneigte als gewöhnlich. Der peinigende Schmerz seiner Hämorrhoiden wurde ihm immer lästiger in der Ausübung seiner Lieblingsbeschäftigung: dem Bücken.

Doch Louis hatte weder Augen für den gewölbten Leib der Grancey, noch sah er die Bücklinge des Comte de Boullé. Sein Blick war starr geradeaus gerichtet, als er die hell erleuchteten Säle und Galerien passierte, um in die Privatgemächer seiner Schwägerin und Vertrauten Henriette Anne, Duchesse d'Orléans, zu gelangen.

Sobald der König und die Königin, gefolgt von der Grande Mademoiselle, die Räume der Duchesse betraten, umfing sie ein übelriechender, schwerer Dunst. Die Luft war zum Zerschneiden. Auf Anweisung des Arztes hatte man alle Fenster fest verschlossen, um die ungesunden Miasmen auszusperren. Der schwere Geruch von Bienenwachs mischte sich ungehindert mit dem Duft kostbarer Parfums und den Ausdünstungen schwitzender Körper, und so manche Dame musste ihr Riechfläschchen bemühen, um nicht in Ohnmacht zu sinken. In den Räumen der Prinzessin tummelten sich unzählige Höflinge, allesamt herausgeputzt wie zu einem Ball. Entsprechend strahlend war die Beleuchtung. Hunderte von Kerzen brannten in Kandelabern, als gälte es, das Neujahrsfest zu feie
breiteten eine unerträgliche Hitze. Monsieur hatt
gegeben, jeden verfügbaren Kerzenhalter herb

um auch den verborgensten Winkel des Appartements auszuleuchten.

Als der König erschien, setzte, genau wie bei seiner Ankunft, ein leises Getuschel und Gezische ein. Er und seine Gemahlin, die spanische Infantin Marie-Thérèse, schritten hastig durch eine Gasse sich verneigender Menschen. Flüchtig nahm Louis wahr, dass es fast ausschließlich die Günstlinge seines Bruders waren, die den Vorraum bevölkerten. Er sah den Comte de Beuvron, Hauptmann der herzoglichen Leibgarde, Madame de Gordon Huntley, Dame d'atour der Duchesse und ihre Freundin, die zweifelhafte Comtesse de Brégis; plötzlich blieb Louis stehen. Unter den Höflingen, die sich verneigten, fiel ihm eine Gestalt besonders ins Auge. Wie alle anderen, so hatte auch der charmante Marquis d'Effiat das Haupt gesenkt. Unter halbgeschlossenen Lidern aber warf er Louis einen spöttischen Blick zu. Alle Welt wusste, dass der Marquis in offener Feindschaft zu Madame stand. Dieser Abend musste wahrlich ein Fest für ihn sein. Dann jedoch entdeckte Louis die Comtesse de La Fayette. Sie hielt sich bescheiden im Hintergrund und verbarg mit stiller Würde die Trauer um ihre sterbende Freundin. Louis trat auf sie zu. »Es tröstet mich, Madame, dass Ihr der Duchesse auch in ihrer schwersten Stunde zur Seite steht.«

»Sire«, die Comtesse neigte ihr blasses Gesicht, »es ist der letzte Dienst, den ich ihr erweisen darf. Nichts könnte mich davon abbringen, bis zum Ende auszuharren.«

Ein schmerzerfülltes Schluchzen lenkte Louis' Aufmerksamkeit auf die Person zur Linken der Comtesse. Es war Monsieur de Purnon, der Haushofmeister Madames. Im Gegensatz zu Madame de La Fayette gelang es ihm nicht, den Schmerz um seine Herrin zu verbergen. Es rührte Louis, dass diesem vierschrötigen Mann wie einem Kind Tränen über die Wangen liefen. Voller Sympathie richtete er nun auch das Wort an ihn. »Mut, Monsieur de Purnon. Ihr wart Madame immer ein treuer Diener. Man wird Euch nicht vergessen.«

»Majestät«, stammelte der Unglückliche und verneigte sich tief. Louis wandte sich wieder Marie-Thérèse zu, die inmitten der Höflinge ungeduldig auf ihn wartete.

Eine letzte Tür wurde aufgerissen und das königliche Paar betrat das Schlafgemach von Madame. Auch hier war es unerträglich heiß. Zumindest aber standen nicht ganz so viele Schaulustige herum. Louis eilte auf das Prunkbett zu, in dem die zarte Gestalt der Prinzessin lag. Sie wirkte klein und einsam auf dem riesigen Lager, wie Treibholz in einem Ozean aus Seide. Vorsichtig setzte er sich neben sie, dabei streifte sein ernster Blick die gebeugte Gestalt seines Bruders. Wie alle anderen, so hatte auch Monsieur beim Erscheinen des Königs und der Königin ehrfürchtig das Haupt geneigt, von dem herab sich die Locken einer schweren Perücke wie schwarze Kaskaden über seine schmächtigen Schultern ergossen. Nun, da er sich wieder aufrichtete und seinem Bruder gegenüberstand, wirkte er eher verlegen als betroffen.

Nur eine einzige Person im Raum schien seine Ankunft nicht in Aufregung zu versetzen. Madame wurde von heftigen Krämpfen geschüttelt. Ihre schönen Augen waren weit aufgerissen, doch schien sie nichts und niemanden zu sehen. Auf ihren blassen Wangen brannten große, rote Flecken, und das seidene Nachthemd klebte schweißdurchtränkt an ihrem gepeinigten Körper. Zwischen den Schenkeln hatte sich ein dunkler Fleck ausgebreitet. Fragend richtete Louis seinen Blick auf Monsieur Esprit, den Leibarzt der Duchesse. Dieser trat heran und flüsterte ihm ins Ohr: »Sire, Madame hatte einen Abort. Sie war schwanger.« Louis nickte unmerklich und wandte sich wieder dem Bett zu. Was spielte das jetzt noch für eine Rolle? So oft in den letzten Jahren hatte er Henriette den Schmerz der Wöchnerinnen durchleiden sehen. Doch heute war es anders. Der gewölbte Leib fehlte, und auch Monsieur war auffallend schweigsam. Bei den Geburten seiner Gemahlin pflegte er fröhlich schwatzend im Raum herumzustolzieren, um den Anwesenden höchstpersönlich Süßigkeiten, Konfitüre oder ein Glas Wein zu reichen. Man konnte diesem aufgeputzten Hermaphroditen viel nachsagen, doch Monsieur war ein vollendeter Gastgeber.

Die Krämpfe schienen nachzulassen. Madames fiebrig glänzende Augen irrten durch den Raum, unfähig, an einem Punkt zu verweilen. Sie begann zu sprechen. Louis beugte sich hinab, um verstehen zu können, was sie wisperte. »I am not a peasant's son … not a peasant's son.« Unaufhörlich entschlüpften die englischen Worte ihren aufgesprungenen Lippen. »Not a peasant's son.«

Das Fieber schien Erinnerungen an die Tage ihrer frühesten Kindheit wachzurufen. An Tage, als sie, kaum zwei Jahre alt, aus ihrer Heimat geflohen war, um den Schergen Oliver Cromwells zu entgehen. Louis richtete sich wieder auf und ließ seinen Blick schweifen. Teilnahmslos sahen die umherstehenden Adligen auf das Bett der leidenden Prinzessin herab. Und plötzlich, wie ein Nadelstich, durchzuckte ihn die Erkenntnis: Sie langweilen sich. Madame stirbt und sie langweilen sich. Von wilder Zärtlichkeit ergriffen, umschloss er die Hand der todgeweihten Frau, deren Liebe er einst so schlecht entlohnt hatte.

Bei einem Ball im Louvre war er ihr zum ersten Mal begegnet. Es war eines der Tanzvergnügen, die seine Mutter, Anna von Österreich, zu veranstalten pflegte, um ihm die Gelegenheit zu bieten, sich die jugendlichen Hörner abzustoßen.

Sie hatte allein in der Ecke des festlich erleuchteten Saals gestanden. Er erkannte sie damals nur an der Schäbigkeit ihres Kleides. Das musste seine Cousine aus England sein, keine der adligen Damen würde es wagen, sich in dieser Aufmachung bei Hof blicken zu lassen. Oft hatte er von der Armut gehört, in der die englische Königinwitwe mit ihrer Tochter seit der Flucht aus England lebte. Aber was interessierte es ihn. Auch ihm waren Flucht und Armut nicht unbekannt. Doch im Augenblick herrschte Ruhe im Land. Zum ersten Mal, seit er auf dem französischen Thron saß. Seine Mutter hatte es endlich geschafft, die opponierenden Parteien unter ihre Kontrolle zu bringen. Nun war er sechzehn und wollte tanzen. Also ignorierte er die Tatsache, dass seine elfjährige Cousine anwesend war, und wählte seine Tanzpartnerin, wie immer, aus der Schar der bezaubernden Nichten des Kardinals. Bei der erstbesten Gelegenheit nahm ihn seine Mutter beiseite und machte ihm deswegen Vorhaltungen. Energisch führte sie ihm vor Augen, dass seiner Cousine Henriette aufgrund ihres Ranges die Ehre gebühre, von ihm zum Tanz aufgefordert zu werden. Seine Mutter tadelte ihn nie in der Öffentlichkeit, doch wenn sie alleine waren, nahm sie kein Blatt vor den Mund. Die Vorhaltungen ärgerten ihn, schließlich war er der König. Heftiger als beabsichtigt, erklärte er daher, er habe für kleine Mädchen nichts übrig. Vielleicht hätte er sich zu einem Tanz mit seiner verarmten Verwandten herabgelassen, wäre er nicht so wütend gewesen. Er wollte sich nicht mehr wie ein kleines Kind behandeln lassen. Doch anstatt mit seiner Mutter zu streiten, ließ er Henriette für seine schlechte Laune büßen. Und so verging der Ball, ohne dass er seine Cousine auch nur eines Blickes gewürdigt hatte.

Als man ihm einige Jahre später die unansehnliche Infantin von Spanien zur Frau gab, begann er, seine englische Verwandte mit anderen Augen zu betrachten.

Henriette war inzwischen auf Betreiben seiner Mutter und des Kardinals mit seinem zänkischen Bruder Philippe vermählt worden und ständig bei Hofe zugegen.

Wie unterschied sich diese junge, lebensprühende Frau von seiner eigenen. Sicher, Marie-Thérèse liebte ihn aufrichtig und mit wahrer Hingabe. Doch schien diese Liebe jedes andere Interesse in ihr auszulöschen. Außer ihm gab es für die Königin von Frankreich nur noch ihre Zwerge und die Süßigkeiten, mit denen sie sich bei jeder Gelegenheit vollzustopfen pflegte. Und Henriette? Sie war leichte Beute.

Das ärmlich gekleidete kleine Mädchen hatte sich inzwischen in eine der glanzvollsten Erscheinungen an seinem aufblühenden Hof verwandelt. Insgeheim aber wurde sie wegen ihrer unglücklichen Ehe von den meisten bedauert. Philippe beachtete sie nicht. Er interessierte sich mehr für Schmuck, prächtige Gewänder, vor allem aber für muskulöse Männer. Mit den Reizen seiner schönen, unerfüllten Frau wusste er nichts anzufangen.

Obwohl Louis darauf bedacht war, die Affäre geheim zu halten, kam es zum Skandal. Auch wenn Philippe für seine Gemahlin nicht viel übrig hatte, verfolgte er sie so eifersüchtig wie Menelaos die Helena. Schließlich fand er heraus, dass Henriette heimlich einen anderen Mann traf. Und als ihm klar wurde, wer dieser Mann war, sorgte er mit seinem Gezeter dafür, dass die Affäre des königlichen Liebespaares an die Öffentlichkeit gezerrt wurde.

Um die Wogen zu glätten, verfiel Henriette auf eine List. Aus der Schar ihrer Kammerfrauen wählte sie die unscheinbare Louise de La Vallière und überredete Louis, so zu tun, als würde er ihr den Hof machen. Henriette hätte es besser wissen müssen. Er verliebte sich unsterblich in die zarte Louise und ließ nun, um sie nicht dem Klatsch und Tratsch des Hofes auszusetzen, Henriette die Rolle spielen, die sie eigentlich ihrer Kammerfrau zugedacht hatte. Über diese Kränkung war Henriette nie hinweggekommen. Für Louis war sie immer nur ein Abenteuer gewesen, eine elegante Affäre im Frühling, doch sie hatte ihn wirklich geliebt.

Die Kraft seiner Berührung wirkte beruhigend auf Madame, sie kehrte dem Reich der kindlichen Erinnerung den Rücken zu. Ein trauriges Lächeln huschte über ihre Lippen, bevor sie zu ihm sprach. »Seht Ihr, mein Freund«, flüsterte sie, »ich sterbe.«

Tränen traten Louis in die Augen. Sanft legte er die Hand auf ihre Stirn. »Meine liebste Freundin, seid ruhig. Ich bin bei Euch und werde über Euch wachen.« Madame schluchzte auf. Das Sprechen fiel ihr schwer. »Sire«, begann sie von neuem, »Ihr verliert heute Nacht Eure treueste Dienerin.«

Der König konnte nicht verhindern, dass Tränen über seine Wangen rollten. Es war ihm egal, dass er damit die Königin beleidigte, die ihrer Schwägerin nie verziehen hatte, einst von ihm begehrt worden zu sein. Er sank vor dem Bett auf die Knie und hauchte einen Kuss auf die zarte Hand der Sterbenden. »Madame, verlasst mich nicht. Wer wird mir Rat geben, wenn Ihr nicht mehr seid? Wer mir Trost spenden und Mut zusprechen? Wer wird mein Freund sein?« Madame seufzte gequält. »Verzeiht, Majestät. Nichts im Leben bedeutete mir mehr als Eure Freundschaft.« Mühevoll drehte sie den Kopf zur Seite und sah ihren Gemahl an, dessen Gesicht zu einer Maske gefroren war, nachdem er die unglücklichen Worte seines Bruders vernommen hatte. »Monsieur«, ihre Stimme klang resigniert.

Monsieur betrachtete sie kühl. Dann beugte er sich vor, um die geflüsterten Worte besser verstehen zu können. »Ihr liebt mich schon lange nicht mehr, aber das ist ungerecht, denn ich habe Euch nie ein Leid zugefügt.« Monsieur blieb die Peinlichkeit erspart, auf die Vorwürfe seiner sterbenden Frau antworten zu müssen. Madame wandte sich von ihm ab und richtete ihren verschleierten Blick auf den prächtigen Betthimmel, der über ihr prangte. Vielleicht kamen ihr die Fluten aus Samt wie eine Verheißung auf die Freuden des ewigen Lebens vor. Auf Freuden, die sie während ihres irdischen Daseins kaum gekannt hatte.

Mit einem bedauernden, letzten Seufzer trat Henriette-Anne, Tochter Charles des I. von England, Gemahlin Philippe d'Orléans' und strahlendster Stern am Hofe Louis XIV., in den frühen Morgenstunden des 30. Juni im Alter von sechsundzwanzig Jahren die Reise in die Ewigkeit an.

Doch war sie von jemandem auf diesen letzten Weg geschickt worden; in ihrem Sterbezimmer gab es keinen, der das nicht wusste.

Kapitel 3

Marie sah in den Himmel und genoss für einen Augenblick das Gefühl der trippelnden Krallen auf ihrer Haut. Dann widmete sie sich wieder dem kleinen Geschöpf, das gefangen in ihrer Hand saß. Durch das Loch zwischen Daumen und Zeigefinger streckte ihr eine Maus empört die Schnauze entgegen. Die Schnurbarthaare des Nagetieres zitterten, als würde es sich furchtbar darüber ärgern, in der Falle zu sitzen. »Nicht wahr, meine Kleine, du bist böse auf mich, weil ich dich überlistet habe.« Marie war vor der Julihitze in den Innenhof des Schlosses geflüchtet und hatte den halben Vormittag damit verbracht, das winzige Wesen aus einem Loch in der Brüstung des Brunnens hervorzulocken. Schließlich war es ihr mit einem verschimmelten Stück Brot gelungen. Nun hockte sie auf der Brunnenmauer und vertrieb sich mit der Maus die Zeit. Eigentlich sollte sie Unkraut jäten, doch dazu war es viel zu heiß.

Plötzlich vernahm sie ein Geräusch. Ein Pferd näherte sich mit lautem Hufgetrappel dem Schloss. Überrascht blickte Marie zum Torbogen hinüber. Wer konnte das sein? Der Marquis saß mit seiner griesgrämigen Großmutter im Rittersaal und außer ihm gab es weit und breit niemanden, der ein Pferd besaß. Erfreut schüttelte sie das kleine Mäuschen in ihrer Hand. »Endlich passiert mal wieder was!« Seit ihrer Begegnung mit dem Marquis war nichts Aufregendes mehr geschehen, und Marie langweilte sich schon seit Tagen zu Tode.

Wenige Augenblicke später ritt ein dunkel gekleideter Mann auf einem gewaltigen Reitpferd in den Innenhof. Die körperliche Verfassung von Reiter und Pferd standen in eindruckvollem Gegensatz zueinander. Während das Pferd den Kopf hängen ließ und nur mit Mühe einen Huf vor den anderen setzte, saß der Reiter hoch aufgerichtet im Sattel, das Kinn arrogant nach vorn gestreckt. Offensichtlich hatte er eine längere Reise hinter sich, denn seine dunklen Kleider waren ebenso staubig wie sein erschöpftes Pferd. Neugierig musterte Marie den Fremden. Dieser sprang geschickt zu Boden und blickte sich suchend um. »Du da, ist hier niemand, der mein Pferd versorgen kann?« Die Stimme des Mannes klang schroff, doch Marie ließ sich davon nicht einschüchtern. Ohne den Blick von ihm zu wenden, erwiderte sie ruhig: »Da gäbe es schon jemanden, der das könnte.«

»Dann glotz nicht, Mädchen, sondern hole ihn. Ich bin in Eile!« Ungeduldig machte der Mann einen Schritt auf sie zu. Marie hüpfte von der Brüstung und entließ ihre kleine Gefangene in das heimatliche Mauerloch. Dann wandte sie sich wieder dem Fremden zu und stemmte herausfordernd die Hand in die Hüfte. »Was zahlt Ihr mir, wenn ich Euch zu Diensten bin?« Für einen Augenblick sah es so aus, als würde der Mann sich auf sie stürzen. Schließlich jedoch kramte er mit zusammengepressten Lippen eine Münze hervor und warf sie Marie zu. Erst nachdem sie das Geld sorgfältig verstaut hatte, ließ Marie sich dazu herab, dem Unbekannten die Zügel aus der Hand zu nehmen. »Ihr werdet Euer Pferd wohlversorgt finden, mein Herr. Dafür garantiere ich.«

»Das rate ich dir auch, mein Kind, denn sollte ich Grund zur Klage haben, würde dir das schlecht bekommen. Und nun sage mir, wo finde ich deinen Herren?«

Marie konnte ihre Neugier nicht länger bezähmen. »Was wünscht Ihr von ihm?« Bevor sie noch recht wusste, wie ihr geschah, kniff der Mann ihr in die Wange und hielt sie fest. Mehr vor Überraschung als vor Schmerz schrie Marie auf. »Lasst mich los, Ihr tut mir weh.« Doch ihr Peiniger dachte nicht daran.

»Ich will dir einen Rat geben, mein Kind«, sprach er vollkommen ungerührt, »es bekommt einem Mädchen nicht gut, wenn es zu viel weiß. Und nun sage mir, wo ich deinen Herren finde.« Er beugte sich zu ihr herunter und fixierte Marie mit seinen kleinen, braunen Augen, in denen sie ein sehr beunruhigendes Funkeln wahrzunehmen glaubte. »Aber deshalb müsst Ihr doch nicht so grob zu mir sein.« Der Fremde schien ihre Furcht zu spüren. Zufrieden sah er sie an und wiederholte seine Frage, erst dann ließ er sie los. Marie fasste nach ihrer Wange, auf der sich ein hässlicher, roter Abdruck breitmachte. Sie deutete geradeaus auf ein paar Stufen, die zum Eingang des Haupthauses führten. »Geht in den großen Saal. Bestimmt findet Ihr ihn dort.« Der Mann klopfte sich den Staub von den Kleidern und schritt davon, ohne sich weiter um sie zu kümmern. Marie schnitt ihm eine Grimasse und wandte sich dann dem Pferd zu. Sie stellte sich auf die Zehenspitzen und flüsterte leise in das weiche Ohr des Tieres: »Dein Meister ist ein stinkender Hurenbock.« In diesem Augenblick kam einer der Stallburschen aus dem Wirtschaftsgebäude geschlurft. Einer plötzlichen Eingebung folgend, rief Marie ihn zu sich her. »He, Gaston«, sie warf einen Blick über ihre Schulter, um sich zu vergewissern, dass der Mann im Schloss verschwunden war, dann fuhr sie bestimmt fort: »Hier ist ein Gast für den Marquis, du sollst sein Pferd versorgen.«

»Mach ich, Marie. Wer ist es denn?«

Gleichgültig zuckte sie die Achseln. »Weiß nicht.« Sie reichte Gaston die Zügel und fügte in Gedanken hinzu: Noch nicht.

An heißen Sommervormittagen wie diesem hielt Antoine sich am liebsten im alten Rittersaal auf und spielte unter den Jagdtrophäen seiner Ahnen eine Runde Tric Trac mit seiner Großmutter. Durch kleine Luken, die der Länge nach in das Mauerwerk eingelassen waren, drang dämmriges Licht in den Raum und ließ unzählige kleine Staubpartikel aufleuchten. Zwar war die Einrichtung alt und schäbig und passte so gar nicht zu einem jungen Mann von Stand, der den Glanz des Hofes kennengelernt hatte, aber immerhin war es hier angenehm kühl, und bis zu den Abendstunden, in denen Antoine auszureiten pflegte oder zum Schwimmen ging, ließ es sich zwischen den ausgestopften Eberköpfen und mottenzerfressenen Wandteppichen ganz gut aushalten. Außerdem vertrieb es ihm ein wenig die Langeweile, wenn er die geizige Marquise um ein paar Silberstücke erleichterte. Heute jedoch hatte er Pech. Er saß an einem Tischchen vor der riesigen Kaminstelle und blickte ungläubig auf ein Würfelpaar, das seine Großmutter trotz ihrer gichtverknoteten Hände mit Schwung auf das kostbare Spielbrett geworfen hatte. Schon wieder ein Pasch. Antoine musterte die Marquise ärgerlich. Das zähe Biest wollte ihn wohl übers Ohr hauen. »Leider trage ich meine Börse nicht bei mir, liebste Großmama«, erklärte er mit geheucheltem Bedauern. »Ich gebe es Euch morgen.«

Ungehalten klopfte die Marquise mit der Spitze ihres Stockes auf den Steinfußboden. Dann beugte sie sich vor und streckte ihm langsam die ledrige Hand entgegen, wobei sie ihn, in der Geste stummer Forderung verharrend, unverwandt ansah. Antoine erwiderte ihren Blick. Die Leblosigkeit ihrer blassen Gesichtszüge erinnerte ihn stets an die duldsame Gleichmütigkeit alter Heiligenbilder. Er fragte sich, wie lange sie diese unbequeme Stellung würde aushalten können.

Seine Großmutter hatte ihn noch nie leiden können. Seit seiner Rückkehr vom Hof allerdings hatte sich ihre Abneigung in wahren Abscheu verwandelt. Trotzdem ließ sie keine Gelegenheit aus, mit Antoine zu spielen. Sie schien entschlossen, wenigstens etwas von dem Geld zurückzugewinnen, das sie in die unrühmliche Hofkarriere ihres Enkels investiert hatte.

Wie sie da so vor ihm saß, tat sie Antoine fast schon leid. Viel Freude war seiner Großmutter in ihrem Leben wahrlich nicht beschieden gewesen. Als junges Mädchen hatte sie ihre Schönheit durchaus zu der Hoffnung veranlasst, das Herz eines vermögenden Mannes zu gewinnen, der ihr ein standesgemäßes Leben würde bieten können. Ein grausames Schicksal aber, in Gestalt ihres trunksüchtigen Vaters, der nicht nur sein letztes Hemd, sondern auch die Jungfräulichkeit seiner Tochter am Kartentisch verlor, hatte ihren Hoffnungen ein jähes Ende bereitet. Denn der Gewinner ihrer Jungfernschaft war nicht nur so alt wie ihr Vater, er war auch annähernd so arm wie er. Zwar hatte Antoines Großvater ein kleines Palais in Paris besessen, da jedoch seine Tage als draufgängerischer Kamerad Heinrichs IV. vorüber waren, verfügte er schon lange nicht mehr über die nötigen Mittel, ein solches Haus zu unterhalten. So kam es, dass die erblühende Schönheit der jungen Frau, anstatt von den goldenen Lüstern der königlichen Paläste bestrahlt zu werden, unerkannt zwischen den verwitternden Steinen eines halbverfallenen Schlosses verblich.

Schon früh hatte Antoine die Bitterkeit seiner Großmutter

zu spüren bekommen. Nachdem der klapprige Fuhrwagen seiner Eltern in die Fluten des Gardon gestürzt und beide dabei ums Leben gekommen waren, hatte sie sich, als nächste Verwandte, sehr zu ihrem Missvergnügen, genötigt gefühlt, die Vormundschaft für ihren dreijährigen Enkelsohn zu übernehmen. Allzu gerne hätte sie die Verantwortung für das verwaiste Kind einem Kloster überlassen. Aber noch unerträglicher als den Knaben großzuziehen, war ihr der Gedanke, einen Teil ihres ohnehin schon geringen Einkommens aufwenden zu müssen, um seinen Eintritt in ein Kloster möglich zu machen. Was Antoine als Kind von ihr zu sehen bekam, war daher kaum mehr als die Schleppe ihrer alten, zerschossenen Staatsrobe, die auf der Flucht vor ihm über die verstaubten Böden fegte, während er mit seinen kleinen, pummeligen Beinchen hinter ihr herstolperte.

Als Antoine jedoch zu einem äußerst ansehnlichen Jüngling herangewachsen war, erkannte die Marquise, die ihren Geist mit trübsinnigen Gedanken und der Aufsicht ihrer wenigen Pächter wachgehalten hatte, welche Möglichkeiten sich boten. Was Vater und Gemahl ihr nicht hatten verschaffen können, sollte nun der Enkelsohn für sie erreichen. Mit einer Tatkraft, die Antoine ihr nie zugetraut hätte, machte seine Großmutter sich daran, die nötigen Mittel aufzutreiben, um seine Reise an den Hof zu finanzieren. Ihren Pächtern presste sie ab, was sie konnte, und ergoss eine wahre Flut von Bettelbriefen über sämtliche Personen, die das Pech hatten, mit ihr bekannt zu sein. Es gingen zwei, drei Jahre ins Land, dann hatte sie genug Geld zusammen, um Antoine eine Hoftracht zu kaufen und ihn mit einer kleinen Barschaft für die Reise ausstatten zu können. Dass ihrem an Enttäuschungen reichen Leben durch Antoine eine weitere hinzugefügt worden war, vergalt die Marquise ihm, indem sie ihn mit Schweigen strafte. Seit seiner Rückkehr vom Hof war kein Wort mehr über ihre Lippen gekommen.

Nachdem er die Alte lange genug hatte zappeln lassen, zuckte Antoine die Achseln und warf eine Münze auf das Spielbrett. Rasch griff seine Großmutter nach dem Geldstück und stopfte es in den Ärmel ihres Kleides. Bevor sie allerdings zu einer weiteren Partie ansetzen konnten, ließ das laute Klacken von Absätzen auf dem Steinboden beide erstaunt aufblicken.

Ein dunkel gekleideter Mann mit hohen Reitstiefeln schritt auf sie zu. Antoine erhob sich aus seinem Fauteuil und blickte ihm erstaunt entgegen. »Womit kann ich Euch dienen, Monsieur?« Als der Unbekannte den Rittersaal der Länge nach durchmessen hatte und bei ihnen angelangt war, deutete er eine Verbeugung an und erklärte mit einem kurzen Blick auf die Marquise: »Monsieur, falls es Euch nichts ausmacht, würde ich gerne alleine mit Euch sprechen?« Dieser Mangel an Respekt gegenüber der Dame des Hauses musste Antoine dem Fremden nachsehen. Lange schon hatte seine Großmutter es aufgegeben, sich ihrem Stand gemäß herzurichten. Wozu auch? Außer ein paar Bauern und ihrer zerlumpten Dienerschaft bekam sie ohnehin niemand zu Gesicht.

Antoine schenkte dem Eindringling ein zuvorkommendes Lächeln. »Es macht mir überhaupt nichts aus. Wisst Ihr, das Leben eines Landjunkers ist zuweilen recht eintönig. Da freut man sich über ein bisschen Abwechslung. Aber seid versichert, Ihr könnt getrost vor meiner Großmutter, der Marquise, sprechen, deren größte Tugend die Verschwiegenheit ist.«

Der Unbekannte sah überrascht auf die alte Frau hinab und verbeugte sich erneut. »Verzeiht meinen Mangel an Aufmerksamkeit, Madame, ich bin ermüdet von der Reise. Dennoch muss ich auf einer Unterredung unter vier Augen bestehen.«

Antoine wollte zu einer scharfen Erwiderung ansetzen, aber

seine Großmutter bedeutete ihm zu schweigen. Schwerfällig erhob sie sich von ihrem Sitz und verließ schleppenden Schrittes durch eine kleine Seitentür den Saal. Antoine war überzeugt, dass sie nichts unversucht lassen würde, um von der Unterhaltung so viel wie möglich mitzubekommen. »Nun, Monsieur … Wie war gleich Euer Name? Nachdem meine Großmutter Eurem Wunsch entsprochen hat, wollt Ihr vielleicht so gütig sein, mich darüber aufzuklären, was der Grund Eures Besuchs ist.« Erwartungsvoll blickte Antoine sein unbekanntes Gegenüber an und deutete dabei auf den frei gewordenen Fauteuil. »Ihr erwähntet soeben, dass eine längere Reise hinter Euch liegt. Wer also seid Ihr, und was führt Euch zu mir?«

Der Fremde ignorierte die einladende Geste des Hausherren und trat stattdessen an den Kamin. »Monsieur le Marquis, ich möchte Eure Geduld nicht über Gebühr beanspruchen, daher komme ich gleich zur Sache. Mein Name ist Desgrez. Ich bin Leutnant der Polizei von Paris und wurde vom König mit der Aufgabe betraut, Euch einen Vorschlag zu unterbreiten.«

»Der König schickt Euch?« Antoine konnte es nicht glauben.

»So ist es. Diese Nachricht, Monsieur le Marquis, scheint Euch zu überraschen. Das wundert mich nicht. In den letzten zwölf Monaten war Euch der König nicht besonders gewogen.«

Antoine musste seine gesamte Selbstbeherrschung aufbieten, um das Ausmaß seiner Verwirrung zu verbergen. Bei Hof hatte man ihn also doch noch nicht vergessen. Er setzte eine freundliche Miene auf und gesellte sich zu seinem Gast an den Kamin. »Das habt Ihr schön gesagt, Monsieur Desgrez. Allerdings trifft es nicht ganz zu. Meine Gegenwart wurde dem König, vor allem aber seinem Bruder, dem Duc d'Orléans, dermaßen unerträglich, dass sie es für gut befanden, mich bis auf weiteres vom Hof zu entfernen. Und nun also schickt Euch

Seine Majestät mit einem Vorschlag zu mir?« Ironisch fügte er hinzu: »Was mag es damit wohl auf sich haben?« Antoine hatte insgeheim beschlossen, diesem staubigen Abgesandten Louis XIV. nicht über den Weg zu trauen. Er spürte, dass der Beamte des Königs irgendetwas vor ihm verbarg. Desgrez musterte ihn kühl. Schließlich begann er zu sprechen. »Wie Ihr sicher wisst, Monsieur le Marquis, ist die Duchesse d'Orléans vor kurzem überraschend gestorben.«

Antoine nickte. »Wir leben hier zwar sehr zurückgezogen, aber diese Nachricht hat sich selbst bis zu uns herumgesprochen.«

»Monsieur d'Aquin, der Leibarzt Seiner Majestät«, fuhr Desgrez fort, »führte in meiner Anwesenheit die Sektion an Madames Leichnam durch und stellte als Todesursache eine akute Entzündung des Blinddarms fest.«

»Monsieur«, Antoine bemühte sich, seiner Stimme einen gelangweilten Klang zu geben, »der Tod Ihrer Königlichen Hoheit ist mit Sicherheit bedauerlich, aber was habe ich damit zu tun?«

Desgrez' Miene war undurchdringlich. Bewegungslos hielt er Antoines misstrauischem Blick stand. Schließlich erwiderte er gedehnt: »Dass die Duchesse d'Orléans an einer Blinddarmentzündung verstarb, ist lediglich die offizielle Version.« Plötzlich bekamen seine Züge etwas Lauerndes.

»Soso, nun, vielleicht, Monsieur Desgrez, verratet Ihr mir, was es tatsächlich mit dem Tod Madames auf sich hat. Denn dies, so will mir scheinen, steht in direktem Zusammenhang mit Eurem Besuch in meinem Haus.« Antoine stützte sich lässig mit dem Ellenbogen auf den Kaminsims und zupfte dabei einen unsichtbaren Faden von seinem Ärmel. Dieser aufgeblasene Wichtigtuer fing an, ihm auf die Nerven zu gehen. Konnte er nicht einfach sagen, was er von ihm wollte?

»Sowohl die Umstände des Ablebens Ihrer Königlichen Hoheit als auch der Zustand, in welchem sich die inneren Organe bei der Öffnung des Leichnams befanden, legen den Schluss nahe, dass der Tod Madames auf Fremdeinwirkung zurückzuführen ist.« Antoine schwieg. Diese Neuigkeit, so interessant sie war, überraschte ihn wenig. Während seiner Zeit bei Hof hatte er nie versäumt, Madame mit äußerstem Respekt zu begegnen. Instinktiv hatte er gespürt, dass man sich diese herrische Prinzessin nicht zur Feindin machen sollte. Doch das behielt er für sich. »Monsieur Desgrez, ich muss meine Frage wiederholen. Was hat das Ganze mit mir zu tun? Glaubt der König etwa, ich wäre der Täter? Mir ist bekannt, dass Seine Majestät keine allzu hohe Meinung von meiner Integrität besitzt, doch aufgrund der Umstände«, Antoine wies mit einem amüsierten Lächeln in den Raum, »wird man auf mich als Schuldigen verzichten müssen. Ich war leider nicht anwesend.«

Zum ersten Mal verzogen sich die schmalen Lippen des Polizisten zu einem kleinen Lächeln. »Ihr irrt, Monsieur le Marquis. Der König hält Euch durchaus nicht für den Täter. Im Gegenteil, der König wünscht, dass Ihr den Täter für ihn findet.« Während Desgrez sich an dem fassungslosen Blick Antoines weidete, wurde sein Lächeln immer breiter.

»Wie das, Monsieur?« Antoine gelang es nun nicht mehr, seine Überraschung zu verbergen. Desgrez legte die Fingerspitzen aneinander und betrachtete kritisch die dunklen Halbmonde unter seinen Nägeln. »Ich will ganz offen sein, Monsieur le Marquis. Gerade der Unmut, den Ihr seinerzeit hervorgerufen habt, lässt Euch für diese Aufgabe besonders geeignet erscheinen.«

»Es ehrt mich, wenn Seine Majestät glaubt, ich könnte von Nutzen für ihn sein. Allerdings begreife ich nicht, wie er zu dieser Überzeugung gelangt ist.«

»Der König, Monsieur le Marquis«, erwiderte Desgrez spöttisch, »hegt einen gewissen Verdacht gegen Personen, die … Eure Neigung teilen. Dabei handelt es sich vor allem um den Marquis d'Effiat und seinen Busenfreund, den Chevalier de Lorraine. Wie Ihr vielleicht wisst, stand der Chevalier sehr hoch in der Gunst Monsieurs, nachdem Ihr, nun ja, nachdem Ihr den Hof verlassen habt.«

»Aber …«, setzte Antoine an, doch Desgrez hob verärgert die Hand. »Bitte, lasst mich aussprechen.«

Antoine hörte aufmerksam zu, während der Polizist ihn über die jüngsten Vorfälle und Intrigen im Haushalt des Duc und der Duchesse d'Orléans aufklärte.

Wie es schien, hatte es dem Chevalier de Lorraine anders als Antoine nicht gereicht, Hauptbegünstigter der herzoglichen Schatulle zu sein, er wollte uneingeschränkten Zugriff darauf. Und um sich den Herzog gefügig zu machen, war der lothringische Edelmann nicht nur bereit gewesen, das Lager mit ihm zu teilen, sondern auch, gewissen abseitigen Vorlieben des Prinzen nachzugeben.

Hier nun stockte der Bericht, und Desgrez wurde rot. Antoine registrierte mit einer gewissen Erheiterung, wie schwer es dem nüchternen Staatsdiener fiel, in Worte zu kleiden, dass sich ein Sohn Frankreichs von seinem Favoriten eine Behandlung gefallen ließ, die eine käufliche Dirne niemals hingenommen hätte. Nachdem dieses delikate Thema abgehandelt war, setzte der Polizist seinen Bericht gleichmütig fort. Als dem Chevalier klar wurde, wie sehr Monsieur seine Frau verabscheute, begann er, die Duchesse mit seinem Hass zu verfolgen. Er flüsterte Monsieur ein, Madame verachte ihn, und brachte Gerüchte in Umlauf, wonach sie ihren Mann betrog. Außerdem kränkte er sie in der Öffentlichkeit durch sein unverschämtes Verhalten. Hierin fand er tatkräftige Unterstützung beim Marquis d'Effiat, der sich diesen Freundschaftsdienst entsprechend honorieren ließ.

Doch der Chevalier hatte nicht mit der Rachsucht einer Henriette Stuart gerechnet. Sie, die von vielen als bedauernswertes Opfer bemitleidet wurde, ließ ihn gewähren und wartete geduldig auf eine günstige Gelegenheit, um es ihm heimzuzahlen. Diese bot sich, als der König ihre Hilfe benötigte, um ein geheimes Bündnis mit ihrem Bruder Charles, dem König von England, zu schließen. Henriette sagte ihre Unterstützung zu, bat den König jedoch als Gegenleistung darum, den Favoriten ihres Mannes vom Hof zu verbannen. Als Grund gab sie an, Lorraine habe versucht, eine ihrer Ehrendamen zu vergewaltigen. Dies war durchaus möglich. Brüstete der Chevalier sich doch öffentlich damit, nicht nur dem Hahn, sondern auch der Henne nachzujagen.

Sosehr Monsieur auch tobte, Louis XIV. lag mehr daran, die Schwester des englischen Königs bei Laune zu halten, als ihm den Geliebten zu lassen. Madame hatte gewonnen, zunächst. Doch kaum sechs Monate später war sie tot.

Nachdem Desgrez seinen Bericht beendet hatte, blickte er Antoine auffordernd an. »Nun, was denkt Ihr?«

Antoine ließ sich mit seiner Antwort Zeit. Schließlich erklärte er ruhig: »Wahrscheinlich wäre es mir besser bekommen, wenn ich Monsieur von Zeit zu Zeit übers Knie gelegt hätte.«

»Marquis«, die dunklen Augen Desgrez' verengten sich zu Schlitzen, »Eure Späße sind unpassend. Wir sprechen nicht über irgendein Fischweib, das tot in der Seine schwimmt. Wir sprechen über die Ermordung der Duchesse d'Orléans.«

Antoine kehrte ihm den Rücken zu und ließ sich in einen Lehnstuhl fallen. »Wie mir scheint, hat der König bereits einen Schuldigen gefunden. Warum holt Ihr den Chevalier nicht aus seinem Exil, macht ihm den Prozess und bestraft ihn für seine Tat?«

Desgrez blieb am Kamin stehen und blickte über Antoine hinweg auf die Tapisserien an der Wand. »Der Verdacht des Königs richtet sich nicht allein gegen den Chevalier … Ihr versteht.«

Antoine nickte. War seine Frau rachsüchtig, so war es Monsieur nicht minder. Wer konnte das besser beurteilen als er, sein ehemaliger Favorit. Deshalb also durfte es keine offizielle Untersuchung geben.

»Die Angelegenheit«, begann Desgrez erneut, »könnte äußerst unangenehme Folgen haben. Wenn die Befürchtung Seiner Majestät sich bestätigt und bekannt wird, dass Monsieur von der Ermordung seiner Gattin gewusst hat, wäre es dem König von England unmöglich, am Vertrag von Dover festzuhalten. Charles II. ist allerdings auf die finanzielle Unterstützung aus Frankreich angewiesen, und Seine Majestät wiederum braucht den König von England als Verbündeten für seine Expansionspolitik.«

Antoine streckte die Beine aus und betrachtete eingehend die Steine auf dem Spielbrett. »Aber warum möchte der König, dass ausgerechnet ich in dieser Sache Nachforschungen anstelle? Könnt Ihr mir das sagen, Monsieur Desgrez?«

»Nun, der König glaubt, dass Ihr aufgrund Eurer … aufgrund Eurer Vorlieben leichter Zugang zum Kreis von Monsieur finden werdet als ein eingeschleuster Spitzel. Man kennt Euch in Saint-Cloud.«

Antoine bedachte den Polizisten mit einem spöttischen Blick. »Ich glaube kaum, dass sich Monsieur einem gefallenen Günstling anvertrauen wird, ganz zu schweigen von seinen Freunden. Ich wurde in Ungnade davongejagt. Dieser Makel haftet an mir wie ein unerfreulicher Geruch. So etwas vergisst man nicht bei Hof. Wie also kann ich dem König dienlich sein, und vor allem, warum sollte ich es tun?«

Langsam ging Desgrez auf den Tisch zu und setzte sich in den Lehnstuhl, in dem zuvor die Marquise gesessen hatte. Immer noch vermied es der Polizist, ihn direkt anzusehen. Stattdessen richtete er seinen Blick auf die gähnende Leere des riesigen Kamins. »Es ist sicher recht einsam, die langen Winterabende an dieser großen Feuerstelle zu verbringen, mit niemandem zur Gesellschaft als einer alten, schweigsamen Großmutter. Habe ich nicht recht, Monsieur le Marquis?« Antoine schwieg angespannt.

»Seht Ihr«, fuhr Desgrez ruhig fort, »der König fragt sich, ob sein Bruder zum Mörder wurde. Er benötigt einen fähigen Mann, der ihm diese Frage beantwortet. Ihr, Monsieur le Marquis, eignet Euch hervorragend dafür. Der Duc wird Euch schnell vergeben, wenn Ihr Euch etwas gefälliger zeigt. Außerdem seid Ihr gescheit genug, um diskret zu operieren und …« Desgrez legte eine bedeutungsvolle Pause ein, während der er Antoine nun offen ins Gesicht sah.

»Und was, Monsieur?« Antoine ließ seinen Gast nicht aus den Augen.

»Und vor allem habt Ihr des Königs Missfallen erregt. Niemand wird Euch mit ihm in Verbindung bringen. Eure Informationen werdet Ihr mir übermitteln. Seine Majestät wird nicht mit Euch in Kontakt treten. Sollte Euch ein Fehler unterlaufen, seid Ihr auf Euch selbst gestellt und dürft nicht auf die Unterstützung des Königs hoffen.«

Antoine beugte sich vor. »Dies beantwortet eine meiner Fragen. Doch wie steht es mit der anderen? Was bietet mir der König für meine Dienste?«

Leiser Spott blitzte in den Augen des Beamten auf. »Ihr, Monsieur le Marquis, könnt stolz sein, Eurem Souverän dienen zu dürfen. Dies sollte Euch Lohn genug sein. Aber Seine Majestät ist großzügig und gestattet Euch in seiner unendlichen Güte, erneut ein einträgliches Amt bei Hof zu bekleiden, wenn Ihr ihm den Mörder der Duchesse d'Orléans liefert.«

»Und wenn nicht? Wenn ich versage, was passiert dann mit mir?«

»Wenn Ihr versagt, Monsieur le Marquis, werdet Ihr in die Provinz zurückkehren. Falls Ihr …«

»Falls ich dann noch am Leben bin«, beendete Antoine den Satz. »Ich danke Euch für Euer Zartgefühl, Monsieur Desgrez.«

»Was also sagt Ihr zu dem Angebot?«

Antoine lehnte sich zurück und verschränkte die Arme hinter dem Kopf. Lächelnd erwiderte er: »Wie Ihr bereits so treffend bemerktet, Monsieur Desgrez, der Winter kann sehr einsam sein, wenn man ihn alleine mit einer alten, schweigsamen Großmutter vor dieser riesigen Feuerstelle zubringen muss.«

Kapitel 4

Spiegel, Spiegel überall. Wohin er sich auch drehte und wendete, immer wurde sein verhasstes Antlitz von den Spiegeln zurückgeworfen. In diesem Raum gab es kein Entkommen. Wie lange er schon auf Madame de Montespan wartete, wusste er nicht. Sie war beim König. Vermutlich schliefen sie gerade miteinander. Jetzt, in diesem Augenblick, genau ein Stockwerk tiefer. In einer Ecke des Zimmers, auf einem Lager aus seidenen Kissen, lag der Krüppel. Purnon betrachtete den verwachsenen Körper des schlafenden Zwergs. Ihm graute vor der unförmigen Gestalt. Er trat an das Fenster und blickte hinunter in den nächtlichen Park von Saint-Germain. Er wusste, er kam ungelegen, doch wohin sollte er sich wenden? In Saint-Cloud hatte er es nicht mehr ausgehalten, alleine mit seiner Schuld. Die Marquise wollte, dass er schwieg, und er gehorchte ihr. So wie er es immer tat seit den Tagen, da er in den Dienst ihres Vaters, des alten Duc de Mortemarts, getreten war. Es fiel ihm nicht schwer, zu schweigen. Eine eisige Starre hatte sich seiner bemächtigt nach jener schrecklichen Nacht. Und das war gut. So konnte er wenigstens den Aufgaben nachkommen, die der Tod Madames mit sich brachte. Er musste dafür Sorge tragen, dass ihr Haushalt aufgelöst wurde. Dies sollte so reibungslos wie möglich geschehen. Das niedere Gesinde schickte er fort, mit ein paar Münzen in der Hand. Er war taub für das Lamentieren der Männer und Frauen, die durch seinen Frevel ihr Auskommen verloren hatten. Es bedeutete ihm nichts. Außerdem galt es den gesamten Nachlass Madames aufzulisten und darauf zu achten, dass nichts fortkam. Mit Madame de Gordon hatte er die riesige Garderobe durchgesehen und veranlasst, die Juwelen von den Kleidern zu entfernen. Die Gordon konnte kaum verbergen, wie sehr sie danach dürstete, einige der prächtigen Roben endlich in ihren Besitz zu bringen. Doch auch das war ihm egal. Dort, wo er Madame hingeschickt hatte, bedurfte sie ihrer Kleider nicht mehr. Und seine Strafe war es, zuzusehen, wie die habgierige Meute das Andenken seiner geliebten Herrin schändete.

Eine Bodenluke öffnete sich. Noch bevor sie zu sehen war, kündigte ein Duft von Orangen ihr Erscheinen an. Die üppige Gestalt Madame de Montespans wurde nur unzureichend von einem seidenen Négligé verhüllt. Verschwenderisch fielen die blonden Locken auf ihre runden Schultern. Sie beugte sich herab und schloss lautlos die Luke.

»Madame.« Erschrocken wandte sie sich um. Er trat aus dem Schatten der Fensternische in den von wenigen Kerzen erleuchteten Raum. Sie versuchte gar nicht zu verbergen, wie sehr ihr sein Besuch missfiel. »Was wollt Ihr?«, erkundigte sie sich unwirsch. »Hat Louise Euch erlaubt, hier auf mich zu warten?« Ihr Ton wurde eine Nuance schriller, als sie hinzufügte: »Ich habe ihr gesagt, ich möchte heute Nacht nicht gestört werden. Nie tut sie, worum ich sie bitte.«

»Ich flehe Euch an, schickt mich nicht fort. Ich muss mit jemandem sprechen.«

Das kleine Unwetter auf den Gesichtszügen Madame de Montespans verzog sich so schnell, wie es gekommen war. »Fasst Euch.« Mit ausgestreckten Händen ging sie auf ihn zu und legte sanft den Arm um ihn. »Es war ein Versehen, ein schreckliches Versehen. Ihr dürft nun nicht verzagen.« Eine Welle der Erleichterung erfasste seinen Körper. Wie wohl tat ihm das Mitleid eines anderen Menschen. Deshalb war er hergekommen. Madame de Montespan wusste um seine Schuld. Nur bei ihr konnte er Trost finden. Er legte den Kopf an die Schulter der königlichen Favoritin und weinte wie ein kleines Kind.

Kapitel 5

Im Zwielicht des verschwindenden Tages kroch der Trauerzug für die Duchesse Henriette Anne d'Orléans wie ein langes, schwarzes Ungetüm aus den Toren der Hauptstadt in Richtung Norden. Unter den dumpfen Tönen von Trompeten und Pauken bahnte sich die Prozession ihren Weg durch die Weizenfelder auf die Kathedrale von Saint-Denis zu, die schon seit Jahrhunderten die Gruft der französischen Könige beherbergte. Den Soldaten, die den Zug anführten, folgten, jede mit einer schwarzen Kerze in den gefalteten Händen, die Benediktinerinnen des Klosters Val de Grace, in dessen Mauern einige Tage zuvor das einbalsamierte Herz Madames begraben worden war. Die Lippen der Schwestern bewegten sich im stummen Gebet. Für das Seelenheil seiner verstorbenen Frau hatte Monsieur dem Kloster 25 000 Livres gestiftet und Anweisung gegeben, 1000 Messen für die Tote lesen zu lassen. Hinter den frommen Frauen schritten, von einer riesigen Menschenmenge mit atemlosem Staunen verfolgt, die Vertreter der Stadt, der Universität sowie auserwählte Mitglieder des Hofes. Sie alle waren in schwarzes Tuch gekleidet; ihrem Rang entsprechend entweder in grobes

Leinen oder edelste Seide. Seit der Kondukt die Hauptstadt verlassen hatte, waren Abertausende zusammengeströmt, um dem grandiosen Ereignis beizuwohnen. Dass die Schaulustigen die Felder zertrampelten und so einen beträchtlichen Teil der Ernte zerstörten, schien in diesem feierlichen Moment niemanden zu stören. Schulter an Schulter säumten sie den Weg des Leichenzuges und versuchten, so viel wie möglich von der Pracht und Herrlichkeit zu erhaschen, die der Hof entfaltete, um die zweithöchste Frau Frankreichs zu Grabe zu tragen. Sie wurden nicht enttäuscht. Ehrfürchtiges Raunen ging durch die Massen, als der schwarz verhängte Triumphwagen mit den sterblichen Überresten Madames an ihnen vorbeizog. Acht Pferde, rassige Andalusier, waren davor gespannt, die allesamt schwarze, mit silbernen Kreuzen verzierte Schabracken trugen. Im Takt der dumpfen Musik setzten die Tiere einen Schritt vor den anderen, als hätte ihnen ein Tanzmeister jede einzelne Bewegung beigebracht. Der Sarg ruhte unter einem riesigen, samtenen Baldachin und war mit einem Hermelin bedeckt, den der persische Botschafter vor gar nicht allzu langer Zeit Madame im Namen seines Herren überreicht hatte. In einer galanten Ansprache hatte er ihre Schönheit gerühmt und sie mit den Rosenblüten von Isfahan verglichen. Niemand hätte damals ahnen können, dass diese Schönheit genauso vergänglich sein würde wie eben jene Blüten.

Hinter dem Sarg gingen Seite an Seite Monsieur und der König mitsamt ihrem Gefolge. Um Madame die letzte Ehre zu erweisen, hatte Louis angeordnet, die zweite Hälfte der Strecke vom Palais Royal nach Saint-Denis zu Fuß zurückzulegen. Allerdings waren die hohen Absätze Monsieurs sowie die Juwelen, mit denen sein purpurnes Trauerkleid übersät war, kaum dazu angetan, sich einer solchen körperlichen Strapaze auszusetzen. Denn trotz der Abendstunden war die drückende Hitze des

Tages immer noch nicht gewichen. Gleichwohl schritt Monsieur, den Blick starr geradeaus gerichtet, würdevoll hinter dem Sarg seiner Frau einher. Einzig der Schweiß, welcher unablässig von seiner Stirn tropfte, zeugte davon, wie beschwerlich ihm dieser öffentliche Auftritt war. Ein offener Galawagen, in dem Königin Marie-Thérèse und die Grande Mademoiselle saßen, beendete den Zug. Den Damen gegenüber hatte ein kleines Mädchen Platz genommen. Die achtjährige Marie-Louise und ihre ein Jahr alte Schwester Marie-Anne waren die einzigen überlebenden Kinder von Monsieur und Madame.

Der kleinen Marie-Anne war es erlassen worden, den Feierlichkeiten beizuwohnen. Man fürchtete, das Kind könne durch lautes Geplapper oder Weinen die Zeremonie stören. Von Marie-Louise erwartete man jedoch, dass sie alt genug war, um zu wissen, wie sich eine Nichte Louis XIV. in der Öffentlichkeit zu benehmen hatte. Egal ob sie zum Hofball ging oder zur Beerdigung ihrer Mutter.

Zum hundertsten Mal an diesem Abend verfluchte Antoine den König. Ohne eine Miene zu verziehen, ritt er durch die Menge der Schaulustigen und versuchte angestrengt, die Schmerzen in seiner rechten Schulter zu ignorieren. Gemeinsam mit dem Comte de Beuvron, dem Oberbefehlshaber der herzoglichen Leibgarde, führte er die Soldaten an der Spitze des Zuges an. In der Hand trug er ein Banner mit dem Wappen Madames, das mit jeder Sekunde schwerer zu werden schien. Durch Monsieur Bontemps, dem ersten Kammerdiener Seiner Majestät, hatte er gestern überraschend die Aufforderung erhalten, im Palais Royal zu erscheinen, wo sich der Kondukt für die Duchesse formieren sollte. Antoine fragte sich, wieso der König Wert darauf legte, dass er an der Beerdigung Madames teilnahm. Anders als die geladenen Vertreter des Hofes hatte er sie kaum gekannt und nie ein privates Wort mit ihr gewechselt.

Zu gegebener Stunde hatte er sich im Palais Royal eingefunden und war vom Zeremonienmeister zum Comte de Beuvron geführt worden. Der Comte hatte ihn gelassen begrüßt, so als hätte er ihn erst am Tag zuvor das letzte Mal gesehen. Wunderte er sich über Antoines Rückkehr an den Hof, ließ er es sich jedenfalls nicht anmerken. Die Gleichmütigkeit Beuvrons überraschte Antoine nicht. Dieser war mit jeder Faser ein vollkommener Mann des Hofes und verstand es, seine Gedanken und Gefühle für sich zu behalten. »Monsieur le Marquis, erweist mir die Ehre und begleitet mich auf diesem schweren Gang nach Saint-Denis. Es ist des Königs Wunsch, dass Ihr statt meiner das Banner der teuren Verstorbenen tragt.«

»Selbstverständlich«, hatte Antoine mit einem unverbindlichen Lächeln erwidert. »Nur sagt mir, mein lieber Comte, womit habe ich diese Auszeichnung verdient?«

Der Comte hatte sich abgewandt und streichelte die Nüstern seines Pferdes. »Ich habe mir kürzlich beim Fechten eine Verletzung in der Schulter zugezogen. Seine Majestät hörte davon und war so gütig, mich von dieser Aufgabe zu entbinden. Ich hielt es nicht für nötig. Doch wie gesagt: Der König wünscht es so.« Damit hatte er sich verabschiedet und war zu seinen Männern gegangen, um ihnen letzte Befehle zu erteilen.

Antoine war nun schon seit über einer Woche in Paris, doch es war das erste Mal, dass er sich öffentlich präsentierte. Bei seiner Ankunft im Hotel Montagnac hatte er ein Schreiben Monsieur Desgrez' vorgefunden, in dem dieser ihn angewiesen hatte, erst in Erscheinung zu treten, wenn er dazu aufgefordert wurde. Antoines Ärger über den rüden Ton des knapp gefassten Billetts wurde gemildert durch einen erheblichen Batzen Geld, der dem Schreiben beigefügt war. Das Geld sollte dazu dienen, Antoines Unkosten zu decken. Eine Finanzspritze aus der königlichen Schatulle kam ihm gerade recht. Einen Vorschuss von Desgrez hatte er, nachdem die Hälfte der Summe in die Börse seiner Großmutter geflossen war, für die Reise nach Paris aufwenden müssen. Außerdem benötigte er Bares, um seine Garderobe zu erneuern und Personal für sein vernachlässigtes Stadthaus anzuwerben. Der König ließ es sich wirklich etwas kosten, die königlichen Marställe zu erweitern. So nämlich lautete die offizielle Begründung für Antoines Rückkehr an den Hof. Louis XIV. höchstselbst war auf die Idee gekommen, da er tatsächlich beabsichtigte, einige bedeutende Pferdeinkäufe zu tätigen, und man sich noch gut daran erinnerte, wie geschickt der Marquis de Montagnac seinerzeit mit den Rössern des Duc d'Orléans umzugehen wusste. Nachdem Antoine seinen Platz im Trauerzug eingenommen hatte, fragte er sich jedoch ernsthaft, ob diese Erklärung ausreichte, um den Hof zu täuschen. Der König, so kam es ihm vor, hatte keine allzu hohe Meinung von der Intelligenz seiner Umgebung. Antoine spürte, wie die verstohlenen Blicke seiner früheren Bekannten und Freunde an ihm haften blieben. Nicht jedes Mitglied des Hofadels, dachte er, verfügte über die Diskretion des Comte de Beuvron. Antoine versuchte, unbeteiligt zu erscheinen. Trotzdem machte ihn die Aufmerksamkeit, die ihm zuteil wurde, ein wenig nervös.

Die Kathedrale von Saint-Denis war für den festlichen Akt gerüstet. Die Säulen des Hauptschiffes hatte man mit schwarzer Moiréseide bespannt, um die sich Girlanden aus goldenen Lilien, der Blüte der Bourbonen, wanden. Messdiener in violetten Gewändern liefen umher und schwenkten Weihrauch, der in kleinen silbernen Pfannen verbrannt wurde. Trotz der Größe der Kathedrale verflüchtigten sich die Schwaden nicht und verbreiteten mit dem Wachs der unzähligen Kerzen einen beißenden Geruch. Neben dem Altar hatte man ein Podest errichtet, auf dem der Sarg Madames während des Requiems ruhen sollte. Davor waren abwechselnd die Flaggen Frankreichs und Englands aufgepflanzt. Dies galt als Verbeugung des französischen Herrscherhauses vor Madames englischer Abkunft. Auch sah man in London darin ein Zeichen des guten Willens der französischen Nachbarn. Zwischen den Ländern war es zu empfindlichen Auseinandersetzungen über den Zeitpunkt des Begräbnisses gekommen. Als Madame im Juni überraschend gestorben war, hatte man in England noch immer um die Königinwitwe Henriette-Marie, die Mutter Madames und Charles II., getrauert. Daher hatte der Hof in Hampton Court Palace darauf bestanden, erst das Ende dieser Trauerzeit abzuwarten, um im Anschluss die Landestrauer für Madame auszurufen. Nach einigem Hin und Her hatte Louis XIV. schließlich nachgegeben, und man war übereingekommen, zum selben Zeitpunkt der Beerdigung in Saint-Denis auch einen Gottesdienst in der Abtei von Westminster zum Gedenken an die Verstorbene lesen zu lassen. Im Gegenzug versprach Charles II., Monsieur de Louvois' Anfrage bezüglich der französischen Flottenübungen im Ärmelkanal wohlwollend zu prüfen.

Nachdem Antoine voller Erleichterung sein Banner abgegeben hatte, betrat er die Kathedrale und wurde von einem Herold in Empfang genommen. Während ausländische Würdenträger, Prinzen und Prinzessinnen von Geblüt sowie die königliche Familie vor dem Altar in der Nähe des Sarges Platz nahmen, war der hintere Bereich des Kirchenschiffes für die einfachen Vertreter des Adels vorgesehen. Dieser Teil der Kirche war bereits voll besetzt. Antoine atmete tief durch. Trotz der stickigen Luft fühlte er sich mit einem Mal erfrischt und beflügelt. Seine anfängliche Nervosität war einer prickelnden Erregung gewichen. Wie sehr hatte er die elegante Betriebsamkeit des Hofes vermisst. Nun war er zurückgekehrt und würde sich schadlos halten für die Entbehrungen der letzten Monate. Als er sich einen Weg durch die Reihen bahnte, begegnete er den neugierigen Blicken seiner Umgebung mit einem unverbindlichen Lächeln. Plötzlich stolperte er und wäre beinahe gefallen, wenn der Herold ihn nicht rechtzeitig festgehalten hätte. Antoine fluchte leise. Das hatte ihm gerade noch gefehlt. Es wäre unverzeihlich gewesen, wenn er bei seinem ersten Auftritt gestürzt wäre. Ärgerlich blickte er zu Boden und entdeckte, dass sich sein Fuß in einem schwarzen Seidenschal verfangen hatte. Er hob ihn auf und sah sich um. Dabei versuchte er geflissentlich, das hämische Grinsen einiger Augenzeugen zu ignorieren. »Monsieur, dies ist mein Schal. Er muss mir von den Schultern geglitten sein.« Vollkommen unvorbereitet begegnete Antoine den ebenmäßigen Gesichtszügen der Comtesse de La Fayette. Sofort spürte er, wie ihm das Blut ins Gesicht schoss und er auf die Größe eines kleinen, unartigen Jungen zusammenschrumpfte, der mit banger Erwartung seiner unausweichlichen Strafe entgegensah.

Er musste die Comtesse angestarrt haben, denn diese hob überrascht eine Augenbraue, hielt seinem Blick jedoch abwartend stand. »Mein Schal, Monsieur.«

Mit einer Verbeugung reichte Antoine ihr das Kleidungsstück zurück. »Es war mein Fehler, Madame. Verzeiht.«

Die Comtesse hatte die dreißig längst überschritten, trotzdem war sie immer noch eine schöne Frau. Heute allerdings schien sie wenig Wert auf ihr gutes Aussehen zu legen. Sie trug ein schlichtes schwarzes Seidenkleid und hatte, wie es zu Trauerzeiten bei Hof vorgesehen war, auf jegliche Schminke verzichtet. Damit bildete sie jedoch eine Ausnahme, denn für gewöhnlich hielten sich die Damen und Herren des Hofes nicht an diese Sitte. Marie-Madeleine de La Fayette gehörte zu den kultiviertesten Frauen Frankreichs und war eine große Literaturkennerin. Man munkelte gar, dass sie selbst in aller Heimlichkeit die Kunst der Feder ausübte und der unlängst erschienene Roman »Zayde« auf sie zurückzuführen war. Mit Madame hatte sie eine innige Freundschaft verbunden. Als Antoine der Comtesse während eines Balls im Palais Royal vorgestellt worden war, hatte er sich sofort auf irritierende Weise zu ihr hingezogen gefühlt. Die Begegnung mit ihr rief Erinnerungen an seine Mutter wach, die er längst im Nebel frühkindlichen Vergessens verloren geglaubt hatte. Doch musste er sich später immer wieder fragen, ob es sich bei diesen Erinnerungen um Schattenbilder handelte, die vielleicht nur durch das Zusammentreffen mit der Comtesse entstanden waren. Denn wie seine Mutter wirklich ausgesehen hatte, konnte er unmöglich wissen. Danach war er ihr auf Bällen und Galadiners immer wieder begegnet, ohne je wirklich mit ihr in Berührung zu kommen. Sein enges Verhältnis zu Monsieur stand einem vertraulicheren Umgang mit der anziehenden Marie-Madeleine de La Fayette immer im Wege. Zwar hätte Monsieur seinen Freundeskreis nur zu gerne durch die Gesellschaft der schöngeistigen Gräfin aufgewertet, doch trotz der Gefahr, den leicht zu beleidigenden Prinzen gegen sich aufzubringen, hatte sie sich aus Verbundenheit zu Madame stets von seiner Clique ferngehalten. Aus diesem Grund war Antoine der Zugang zu ihrem Salon, der neben dem ihrer Freundin Madame de Sévigné einer der bekanntesten Treffpunkte von Schriftstellern, Künstlern und Wissenschaftlern in Paris war, auch immer versperrt geblieben. Dennoch bewunderte er die Standhaftigkeit Madame de La Fayettes. Es gab wenige bei Hof, die Madame diese Treue erwiesen hatten.

Die Comtesse nahm das Kleidungsstück entgegen. Missbilligung schwang in ihrer Stimme mit, als sie erneut zu sprechen begann. »Monsieur le Marquis, ich hörte bereits von Eurer Rückkehr. Mich wundert allerdings, Euch hier zu sehen.« Sofort glaubte Antoine sich rechtfertigen zu müssen. »Dem Comte de Beuvron war es nicht möglich, das Banner der Duchesse während der Prozession zu tragen, Madame. Es war des Königs Wunsch, dass ich diese Aufgabe übernehme.«

»Seine Majestät scheint in letzter Zeit auf Eure Dienste kaum noch verzichten zu können.«

Antoine wandte sich um. Zu diesem schnippischen Einwurf hätte die Comtesse de La Fayette sich niemals herabgelassen. Madame de Grancey allerdings, die sich ebenfalls auf der Suche nach ihrem Platz befand, schien nicht über die Feinnervigkeit der Gräfin zu verfügen. Antoine musterte die Dame kühl und neigte das Haupt. »Madame.« Er kannte Isabelle de Grancey ebenfalls aus seiner Zeit als Monsieurs Favorit. Ihr gebührte die zweifelhafte Ehre, die offizielle Mätresse Monsieurs zu sein. In Wirklichkeit aber, das hatte er dem wenigen Klatsch entnommen, der vom Hof bis zu ihm vorgedrungen war, schlief sie mit dem Chevalier de Lorraine. Vergeblich versuchte sie jetzt, das Resultat dieser Liaison mit einem weiten Umhang zu kaschieren. Antoine hatte sie noch nie leiden können. Sie war intrigant und grausam. Er rächte sich sofort, indem er seinen Blick auf ihren gewölbten Leib heftete. Selbst der beherrschten Comtesse de La Fayette gelang es kaum, ihre Abneigung zu verbergen. Mit einem kurzen Kopfnicken in Antoines Richtung nahm sie wieder ihren Platz ein und würdigte Isabelle de Grancey keines Blickes. Antoine registrierte mit Vergnügen, dass Madame de Grancey, bei so viel offensichtlich zur Schau getragener Feindseligkeit, nervös wurde. Sie nestelte an einer Schleife ihres Mantels und erklärte unsicher: »Nun ja, es ist doch kein Geheimnis, dass der König Euch fortgeschickt hat. Und nun holt er Euch an den Hof zurück. Man fragt sich, warum?«

»Ich bin sicher, Madame«, antwortete Antoine herablassend, »dass Ihr über den Grund meiner Anwesenheit bestens unterrichtet seid.« Die Wirkung seiner Worte war ganz außerordentlich. Trotz ihres sorgfältig gepuderten Gesichts errötete Madame de Grancey bis unter die Haarwurzeln. »Ich weiß nicht, was Ihr meint, Monsieur le Marquis. Und nun lasst mich durch.« Hastig raffte sie die Röcke und vergaß dabei sogar, ihren gewölbten Leib zu verbergen. Sie schubste ihn beiseite und eilte davon. Antoine und die Comtesse warfen sich einen überraschten Blick zu.

Mit Hilfe des ungeduldigen Herolds fand Antoine schließlich seinen Platz bei den Herren. Diese saßen getrennt von den Damen auf der rechten Seite des Kirchenschiffs. Er fragte sich, was Madame de Grancey mit einem Mal so aus der Fassung gebracht haben konnte. Doch wohl kaum die Tatsache, dass ihm ihre Schwangerschaft nicht entgangen war. Ein leiser Verdacht beschlich ihn. Wusste sie etwas über den wahren Grund seiner Rückkehr und hatte deswegen vielleicht ein schlechtes Gewissen? Antoines Grübeleien wurden schlagartig unterbrochen, als unter dem Gesang der Kastraten Monsieur seinen Einzug hielt. Glockenhell erklangen die Stimmen der verstümmelten Knaben und trugen das Lob Gottes bis unter die Deckengewölbe der gotischen Kathedrale. Der neu inthronisierte Papst Klemens X. hatte unlängst fünf seiner besten Sänger nach Paris geschickt, um sich das Wohlwollen des Königs von Frankreich zu sichern. Die Folgen seines Zorns, den Papst Alexander wenige Jahre zuvor auf sich gezogen hatte, schienen in Rom noch nicht vergessen. Das Einsetzen des Chores kündigte nun das Erscheinen der königlichen Familie an. Monsieur machte den Anfang. Ihn begleitete Lord Falconbridge. Der englische Gesandte nahm stellvertretend für den Bruder der Verstorbenen, König Charles II., an der Trauerfeier teil. Diese ehrenvolle Aufgabe berechtigte ihn, der Messe im Kreis der königlichen Familie beizuwohnen. Desgrez hatte Lord Falconbridge erwähnt, als er Antoine mit den Einzelheiten von Madames Ableben vertraut gemacht hatte. Da Madame eine englische Prinzessin war, besaß der Gesandte aus London das Privileg, an ihrer Sektion teilzunehmen. Lord Falconbridge allerdings hatte, auf ausdrücklichen Wunsch Louis XIV. und Charles II., keinen Gebrauch davon gemacht. Auch war er von beiden Monarchen zum Schweigen über seinen Verzicht verpflichtet worden.

Die Tatsache, dass der König seinen Leibarzt, Monsieur d'Aquin, veranlasst hatte, die Sektion bei Madame durchzuführen, betrachtete man als Zeichen seiner besonderen Wertschätzung für die Tote. Eingedenk der sommerlichen Hitze, die den Verwesungsprozess erheblich beschleunigte, war Monsieur d'Aquin gleichwohl angehalten worden, zu einem raschen Ergebnis zu gelangen. Wenige Stunden nach der ersten Untersuchung des Leichnams war jedoch eine weitere erfolgt, von der einzig Seine Majestät, Monsieur Colbert, Desgrez sowie ein gewisser Abbé Bourdalot Kenntnis hatten. Bourdalot, der sich durch seinen unermüdlichen Dienst an den Ärmsten von Paris einen Namen als Arzt gemacht hatte, genoss das besondere Vertrauen des Königs, da er als äußerst verschwiegen galt. Er war es auch, der die Sektion durchgeführt hatte. Nach dem neuerlichen Öffnen der Bauchdecke hatte der Abbé sehr rasch festgestellt, dass sich Magen und Darm der Verstorbenen bereits in einem unnatürlich fortgeschrittenen Stadium der Zersetzung befanden. Laut Bourdalot waren beide Organe zu einer übelriechenden, matschigen Masse zerfallen. Dies ließ nur eine einzige Schlussfolgerung zu: Madame hatte vor ihrem Tod eine zersetzende Substanz zu sich genommen und war an den Folgen qualvoll zu Grunde gegangen. Auch führte der Abbé den Abgang des ungeborenen Kindes auf die Darreichung eines Gifts zurück. Um was für ein Mittel es sich dabei handelte, wusste er indes nicht zu sagen. Der Befund wurde natürlich streng geheim gehalten. Nicht einmal Monsieur war eingeweiht. Obwohl die Gerüchte und Vermutungen über Madames Tod immer phantastischere Ausmaße annahmen, gehörten diese vier Männer zu dem sehr begrenzten Kreis von Personen, deren Zeugnis belegte, dass sie ermordet worden war.

Die Kastraten hatten ihr Requiem beendet, und Père Bossuet erhob sich, um seine mit Spannung erwartete Trauerode für Madame zum Besten zu geben. Vor kaum zehn Monaten war der Pater an dieselbe Stelle getreten, um die Mutter der Verstorbenen zu beweinen. Antoine folgte der Predigt aufmerksam. Er hörte Père Bossuet nicht zum ersten Mal. Doch immer wieder war es ein Genuss, der vollendeten Rhetorik des Priesters zu lauschen. Es galt, wenn auch posthum, als große Ehre, von diesem frommen Mann mit einer Predigt aus dem Diesseits entlassen zu werden, denn Père Bossuet ehrte nur die wirklich Großen im Lande. Antoine wusste, dass es Damen und Herren bei Hof gab, die dem Pater allein für die Zusicherung einer Predigt im Falle ihres Ablebens riesige Summen boten. Père Bossuet wies diese Anfragen jedes Mal empört ab. Schließlich sei er kein Possenschreiber wie Monsieur Molière, sondern ein Mann Gottes! Die Predigt für Madame ließ nichts zu wünschen übrig. Wortgewaltig beklagte Père Bossuet den Tod der Duchesse, pries Frömmigkeit und Charakterstärke der Dahingeschiedenen, ihre hohe Geburt, vor allem aber die außerordentliche Stellung, welche Gott ihr im Weltengefüge zuerkannt habe. Und wie immer ließ er es sich nicht nehmen, seine illustre Zuhörerschaft auch diesmal mit besonderer Inbrunst auf die Vergänglichkeit ihres irdischen Daseins zu verweisen. Egal welchen Platz man auf Erden einnehme, vor dem Thron Gottes seien alle gleich. Antoine blickte sich um. Ihm schien es, als würden die Anwesenden diesem Teil der Predigt mit besonderem Eifer lauschen. Demut war eine vornehme Tugend, die man gerne zur Schau stellte. Der Schlusssatz des Geistlichen ließ Antoine besonders aufhorchen. Père Bossuet beugte sich vor und ließ seinen Blick über die gesenkten Häupter der Anwesenden gleiten. Für wenige Sekunden herrschte vollständige Stille in der überfüllten Kathedrale von Saint-Denis. Antoine glaubte fast schon, die Kerzen flackern zu hören. Dann holte Père Bossuet zum Schlag aus. »Meist ereilt der Wandel die Menschen langsam, und der Tod gibt ihnen Warnung vor dem letzten Streich, doch Madame, wie die Blumen auf dem Felde, ging von uns zwischen Nacht und Morgen.« Antoine blickte überrascht auf. Ein Raunen ging durch die Menge. Deutlicher hätte der Gottesmann nicht sagen können, dass auch er nicht an eine natürliche Todesursache der Duchesse glaubte. Das überraschte Gewisper der Trauergäste wurde von dem einsetzenden Gesang der Kastraten übertönt.

Nach der Messe drängte sich Antoine in einem riesigen Strom von Menschen durch das Portal. Der Vorplatz wurde durch unzählige Fackeln illuminiert, und obwohl die Nacht längst herangebrochen war, hatte sich die Luft kaum abgekühlt. Die Feier in Saint-Denis war vorbei. Es lohnte die Mühe nicht mehr, sich den Anschein würdevoller Trauer zu geben. Jeder hastete zu seiner Kutsche oder versuchte einen Platz zu ergattern, um irgendwie zurück nach Paris zu kommen. Dort sollten die Feierlichkeiten mit einem Gedächtnismahl im Palais Royal fortgesetzt werden. Antoine hatte zu diesem Teil des Festaktes keine Einladung erhalten. Obwohl es eine gute Gelegenheit gewesen wäre, sich umzuhören und Klatsch aufzufangen, war er nicht unglücklich darüber, dass ihm die Mahlzeit unter diesen Hyänen erspart blieb. Nun stand es ihm frei, den Abend auf angenehmere Weise zu verbringen, als nach einem Mörder zu fahnden. Ein Besuch im Hotel de Bourgogne wäre mit Sicherheit sehr lohnenswert. Racines Tragödie »Britannicus« stand auf dem Spielplan. Falls ihm das Stück nicht zusagte, würde er dem Bordell in der Rue aux Ours einen Besuch abstatten. Die prachtvollsten Burschen von Paris boten dort ihre Dienste feil. Vielleicht sollte er die Tragödie auch ausfallen lassen und sich direkt in die Rue aux Ours begeben. Nach der schmetternden Ansprache des Père Bossuet und den erbaulichen Gesängen des Chores stand Antoine der Sinn nach etwas handfester Unterhaltung. Während er in Gedanken die verschiedenen Möglichkeiten auslotete, schlängelte er sich durch das Gewühl der Menschen, Pferde und Karossen. Plötzlich hörte er, wie eine hohe, allzu vertraute Fistelstimme ausrief: »Aha, der Marquis de Montagnac ist aus der Provinz zurückgekehrt.«

Antoine drehte sich langsam in die Richtung, aus der die Stimme kam. Besser, er brachte es direkt hinter sich.

Monsieur stand vor dem Wagenschlag einer schwarz verhängten Kutsche. Ein Page reichte ihm verschiedene Schalen mit Gebäck und kandierten Früchten. Antoine verneigte sich so tief er konnte und hoffte, den Prinzen dadurch etwas zu besänftigen. Monsieur winkte ihn heran. »Tretet näher, Monsieur le Marquis.« Antoine folgte der Aufforderung. Es fiel ihm schwer, das mulmige Gefühl in der Magengegend zu ignorieren.

»Königliche Hoheit, darf ich Euch mein tief empfundenes Mitgefühl zum Tod Eurer Gemahlin aussprechen?«

Monsieur ließ sich mit seiner Antwort Zeit. Er begutachtete die dargebotenen Süßigkeiten und wählte sorgfältig ein Stück aus. Der Bruder des Königs wirkte besonders klein und dick zwischen den großen, kräftigen Männern, die ihn umgaben. Antoine kannte sie gut. Es waren dieselben, die damals seinen Untergang gefeiert hatten.

»Ihr seht wohl aus, Antoine, der Aufenthalt auf Euren Gütern scheint Euch bekommen zu sein.«

»Ich danke Euch. Die Mußestunden auf dem Land waren in der Tat erquickend.« Antoine wagte ein kleines, charmantes Lächeln. Dass Monsieur ihn wie zu ihren vertrautesten Zeiten beim Vornamen nannte, ließ ihn hoffen. Vielleicht war er doch nicht so nachtragend, wie Antoine befürchtet hatte.

»Nun sagt mir, Antoine, was sind Eure Pläne? Ich hörte, mein Bruder hat Verwendung für Euch.« Antoine ignorierte das grausame Glitzern in den Augen Monsieurs. Zu schön war die Illusion, dass er ihm keine Schwierigkeiten bereiten würde. Schließlich war Antoine darauf angewiesen, in Saint-Cloud Nachforschungen anzustellen, wollte er nicht wieder vom Hof vertrieben werden. »Seine Majestät hatte die Güte, sich meiner zu erinnern. Ich werde in seinem Auftrag ein paar Pferde für den königlichen Marstall begutachten.«

Erneut wählte Monsieur ein Stück Gebäck und knabberte daran herum. Dabei ließ er Antoine nicht aus den Augen. »Ach ja, ich hörte davon. Nun wisst Ihr, mein Bruder besitzt die Gabe, Talente zu erkennen und sie richtig zu nutzen.« Gehässig fügte er hinzu: »Und niemand hier, Monsieur le Marquis, hat vergessen, dass Ihr etwas von Hengsten versteht.«

Monsieur musterte Antoine mit unbewegter Miene. Nicht so die Männer seiner Umgebung. Antoine konnte nur mit Mühe der Versuchung widerstehen, ihnen das schadenfrohe Grinsen aus den Gesichtern zu prügeln. Einzig der Marquis d'Effiat schenkte ihm ein mitleidiges Lächeln. Antoine wäre am liebsten davongestürmt. Doch solange Monsieur ihm nicht bedeutete, dass die Unterhaltung beendet war, durfte er sich nicht entfernen. Immerhin war er der Duc d'Orléans. Endlich wandte Monsieur sich an den Marquis d'Effiat. »Wir sollten den Marquis de Montagnac seinen Geschäften überlassen. Begleitet mich zurück nach Paris.« Er warf Antoine einen letzten abfälligen Blick zu und verschwand in seiner Kutsche.

»Ihr scheint Euch keiner besonderen Beliebtheit zu erfreuen, Monsieur.« Antoine wirbelte herum. Er war nicht bereit, einen weiteren Katalog von Spott und Hohn über sich ergehen zu lassen. Rechtzeitig erkannte er jedoch, wer vor ihm stand. Erneut neigte er das Haupt vor einem Mitglied der königlichen Familie. Die Grande Mademoiselle musterte ihn amüsiert. Dicht hinter ihr hatte der Chevalier de Lauzun Posten bezogen. Er hielt eine Fackel in der Hand, um der Cousine des Königs den Weg zu leuchten. Die matronenhafte Prinzessin und der winzige Edelmann mit den stets entzündeten Augen waren ein seltsames Gespann. Schon lange tuschelte man bei Hof über ein Verhältnis der beiden und fragte sich, wie es dem Chevalier, der weder über Vermögen noch über ein ansprechendes Äußeres verfügte, gelungen war, das Herz einer Nachfahrin Ludwigs des Heiligen zu erobern.

»Philippe ist sehr nachtragend. Das solltet Ihr wissen. Ihr standet ihm doch einmal sehr nahe.«

»Madame, ich kann Vergangenes nicht ungeschehen machen«, erwiderte Antoine resigniert. Die Grande Mademoiselle gab ihm einen freundschaftlichen Klaps mit ihrem Fächer. »Nichts wird so heiß gegessen, wie es gekocht wird. Sagt man nicht so? Keine Sorge, Monsieur, ich hatte schon immer einen gewissen Einfluss auf unseren zartbesaiteten Philippe. Vielleicht kann ich etwas für Euch tun.« Sie schnitt ein Gassenbubengesicht und ließ Antoine stehen. Nachdenklich blickte er ihr hinterher. Er bezweifelte, dass der Einfluss der Grande Mademoiselle groß genug sein würde, einen verprellten Liebhaber zu besänftigen. Doch wie, so fragte er sich, sollte er einen Mord aufklären, wenn ihm der Zugang zum Tatort verwehrt blieb?

Kapitel 6

Marie konnte kaum glauben, was sie sah. Dass es so viel Herrlichkeit auf Gottes Erde gab, hätte sie sich nie träumen lassen. Vor lauter Ehrfurcht vergaß sie sogar zu atmen, während sie die hohe Gesellschaft von Paris beobachtete, die in den Abendstunden einen Spaziergang auf dem Cours-la-Reine unternahm. Links und rechts von ihr schoben und drängelten sich zu Dutzenden die anderen Schaulustigen. Marie musste ihren Körper fest gegen die Eisenstäbe pressen, um nicht weggestoßen zu werden. Doch die Menge um sie herum störte sie nicht. Ihr Blick war wie gebannt auf die Menschen jenseits des Tores gerichtet. Es kam ihr so vor, als sähe sie Wesen höherer Art, die direkt vom Himmel gestiegen waren, um mit ihrer Schönheit die Erde erstrahlen zu lassen. So musste es im Paradies aussehen, davon war sie überzeugt. Einige der engelsgleichen Gestalten flanierten in Gruppen auf und ab. Manchmal blieben sie stehen, betrachteten die Waren der Straßenhändler oder lauschten der Musik des Orchesters. Dann wieder gab es maskierte Paare, die engumschlungen vorbeischwebten und völlig unberührt schienen von dem lebhaften Treiben um sie herum.

Auf beiden Seiten zierten Ulmen die Promenade, und Lampions verbreiteten einen sanften Glanz. Einzig die zerlumpten Gestalten, die sich, genauso wie sie selbst, auf der anderen Seite des Gitters eingefunden hatten, störten das Zauberhafte der Szenerie.

Wer sind nur all diese Menschen?, ging es Marie durch den Kopf.

»Wie, erkennst du sie nicht?« Überrascht blickte sie auf. Neben ihr stand eine junge Frau und sah sie belustigt an. Offensichtlich hatte sie ihren Gedanken laut ausgesprochen.

»Du bist wohl nicht von hier. Man hört es auch. Bist aus dem Süden, was?«

Marie nickte. Die Frau war hübsch. Sie hatte einen üppigen Busen und war, anders als die meisten, adrett gekleidet.

»Da vorne zum Beispiel geht die Beauval. Sie spielt die Hauptrolle in Monsieur Molières neuem Stück, und neben ihr, das ist der Marquis de Cauvisson. Der kommt auch aus deiner Gegend. Man sagt, die beiden treiben es miteinander, obwohl er mindestens dreißig Jahre älter ist als sie.« Suchend ließ die junge Frau ihren Blick über die illustre Gesellschaft gleiten. »Heute ist aber nicht viel los«, stellte sie bedauernd fest. Sie deutete abfällig mit dem Kinn auf die gut gekleideten Menschen hinter dem Zaun. »Zum Hof gehört keiner von denen. Die sind nämlich alle bei der Beerdigung von Madame. Darum fehlen auch die vielen prächtigen Kutschen, die für gewöhnlich hier entlangfahren. Neulich sah ich, wie der Marquis de La Vallière in seinen Wagen stieg. Er ist der Bruder von des Königs abgelegter Liebsten. Das ist vielleicht ein schöner Mann.« Sie stieß einen sehnsüchtigen Seufzer aus. »Aber man sagt, der hält es eher mit den Buben. Ich kann so was gar nicht glauben. Es wär auch zu schade. Und die Grande Mademoiselle war auch schon mal hier. Im letzten Jahr, glaub ich, ist es gewesen.«

»Woher kennst du die ganzen Leute?«, fragte Marie neugierig. »Warst du schon mal am Hof?«

Die Frau nickte stolz. »Ja, einmal war ich da. Drüben in Versailles. Jeder kann hingehen, wenn er nur anständig gekleidet ist.«

»Und der König, kommt der auch manchmal her?«

Die junge Frau sah sich verschwörerisch nach allen Seiten um und senkte geheimnisvoll die Stimme. »Meine Schwester ist Putzmacherin, und die hat es von einer Zofe der Prinzessin von Monaco, die sagt, er käme heimlich, um sich mit Madame de Montespan zu treffen. Aber man erkennt ihn nicht. Er verkleidet sich.«

Marie wurde ganz aufgeregt. »Wann kommt er? Ich würde ihn bestimmt erkennen.« Doch die junge Frau hatte ihr Interesse an Marie schon wieder verloren. Ein schmucker Lakai, der auf der anderen Seite Erfrischungen reichte, nahm nun ihre gesamte Aufmerksamkeit in Anspruch.

Marie widmete sich ebenfalls wieder dem bunten Treiben jenseits des Zauns. Plötzlich allerdings bemerkte sie eine sanfte Berührung an ihrer Hüfte, da, wo sie den kleinen, ledernen Beutel trug, in dem sich ihr Abendessen befand. Marthe, die Köchin des Marquis, hatte ihr etwas mitgegeben und sie ermahnt, gut darauf aufzupassen. Drecksgesindel, das nur darauf wartete, anständigen Bürgern Hab und Gut zu stehlen, gab es genügend in der Stadt. Tatsächlich war der Beutel weg. Marie drehte sich auf dem Absatz um und sah gerade noch den schmächtigen Rücken eines kleinen Jungen, der sich flugs durch die Massen der Zuschauer boxte. Dann war er verschwunden. Na warte! Eilig setzte Marie zur Verfolgung an. Es kostete sie allerdings einige wertvolle Sekunden, sich ebenfalls einen Weg durch die Menge zu bahnen. Der Dieb hatte bereits einen guten Vorsprung. Doch so schnell gab Marie nicht auf.

Der Junge flüchtete an der Seine entlang auf das Zentrum der Stadt zu. Sie stürmte vorwärts, entschlossen, diesen kleinen Tunichtgut in die Finger zu bekommen und ordentlich durchzuprügeln. Sie lief an einem Park vorbei und konnte in einiger Entfernung den Louvre sehen. Dort wohnte der König, wenn er in Paris war.

Marie stolperte. Diese verfluchten Lederschuhe. Sie war es gewohnt, barfuß zu gehen. Zu Hause hatte sie nie Schuhe getragen, doch jetzt steckten ihre Füße in nagelneuen Stiefeln, die höllisch drückten. Sie raffte sich auf und rannte weiter. Plötzlich strauchelte der Junge und fiel hin. Dies war ihre Chance. Nur noch wenige Schritte trennten sie voneinander. Der Bursche wandte sich angstvoll nach ihr um und versuchte wieder auf die Beine zu kommen. Doch da hatte Marie sich schon auf ihn geworfen und drückte ihn mit ihrem gesamten Gewicht zu Boden.

»Du gemeiner Dreckskerl!« Marie rammte ihm ein Knie in den Rücken und trommelte mit den Fäusten auf ihn ein. Der Kleine heulte auf. »Bitte, bitte, lasst mich gehen.«

»Na warte, dir werde ich es zeigen, anständigen Leuten das Abendessen zu stehlen.« Sie riss den Jungen herum und wollte ihm einen ordentlichen Schlag versetzen, doch dann hielt sie inne. Angewidert starrte sie auf ihren Gefangenen hinunter, dessen rechte Gesichtshälfte fast vollständig von einem eitrigen Ausschlag entstellt war. Die Panik des Kleinen schien förmlich aus seinen Augen zu springen. Marie ließ von ihm ab. Mühevoll kam der Bursche wieder auf die Füße. Bevor er aber weglaufen konnte, packte Marie ihn am Handgelenk und hielt ihn fest. »Gib mir den Beutel«, forderte sie ihn auf und versuchte dabei so furchteinflößend wie möglich zu klingen.

Mit einem sehnsüchtigen Blick trennte der Dieb sich wieder von seinem Raubgut. »Ich hatte Hunger«, erwiderte er flehend. »Ich habe schon seit zwei Tagen nichts mehr gegessen. Bitte, junger Herr, tut mir nichts.«

»Junger Herr?« Marie war zunächst vollkommen überrascht. »Warum nennst du mich so?«

»Wie sollte ich Euch sonst nennen?«, entgegnete der Knirps. »Ich kenne doch Euren Namen nicht.«

Plötzlich fiel es ihr wieder ein. Sie steckte ja in der Livree eines Pagen des Hôtel Montagnac. Instinktiv griff sie sich an den Kopf. Unter einer Kappe lugte das hervor, was von ihren braunen Locken übrig geblieben war. Dieser Lumpenhund von einem Marquis hatte sie gezwungen, sich die Haare schneiden zu lassen und den unbequemen, viel zu warmen Samtanzug zu tragen. »Wenn du partout den König sehen willst«, hatte er zu ihr gesagt, kurz bevor sie in Paris eingetroffen waren, »wirst du in der Öffentlichkeit schon als mein Page auftreten müssen. Oder glaubst du etwa, ich lasse mich mit einem ungehobelten Bauernmädchen bei Hofe blicken?«

Marie wollte protestieren, doch der Marquis ließ sie nicht zu Wort kommen. Hämisch hatte er hinzugefügt: »Du warst doch so versessen darauf, mit mir nach Paris zu kommen. Jetzt kannst du die Suppe auslöffeln, die du dir eingebrockt hast.«

Also hatte sie schweren Herzens von ihren Locken Abschied genommen und war in die Rolle eines Pagen geschlüpft.

Den ganzen Tag ließ der Marquis sie nun schuften. Früh am Morgen wurde sie zum Wasserholen aus dem Bett gescheucht. Danach musste sie in die Küche eilen, um Bohnen für dieses scheußliche Gebräu zu mahlen, das man Kaffee nannte und das bei den feinen Herrschaften in Paris gerade groß in Mode war. Während der Mahlzeiten war es ihre Pflicht, still neben dem Stuhl des Marquis zu stehen, nur für den Fall, dass er ihrer bedurfte. Verbrachte er die Abende zu Hause, hatte sie dafür zu sorgen, dass es ihm nicht an Wein und anderen Annehmlichkeiten mangelte. Hinlegen durfte sie sich erst, wenn er zu Bett ging, was meist nie vor ein Uhr in der Früh geschah. Vermutlich wollte er sich dafür rächen, dass sie sein Gespräch mit dem Polizisten belauscht und ihn mit ihrem Wissen erpresst hatte. Marie ließ es sich gefallen. Sie wollte so lange bei diesem Schindmeister ausharren, bis er sie zum König bringen würde. Als gestern die Nachricht eingetroffen war, der Marquis möge am Trauerzug für die tote Duchesse teilnehmen, konnte Marie ihr Glück kaum fassen. So schnell hatte sie nicht damit gerechnet, Louis XIV. zu sehen. Der König verfügte über göttliche Kräfte. Das wusste sie von ihrem Onkel. Er konnte Kranke wieder gesund machen und sogar die Skrofeln heilen. Marie war so aufgeregt, dass sie die ganze Nacht wach lag. Mit frisch gebürsteter Livree und blank polierten Stiefeln hatte sie sich heute Nachmittag beim Marquis eingefunden. Dieser hatte vor einem großen Spiegel gestanden und mit kritischer Miene seine Erscheinung betrachtet. Ein Schneider mit unzähligen Nadeln im Mund rutschte auf Knien um ihn herum und legte letzte Hand an seine Garderobe. Insgeheim musste Marie sich eingestehen, dass er wirklich gut aussah im schwarzen Anzug und den hohen Stulpenstiefeln. Der Marquis schien zunächst keine Notiz von ihr zu nehmen. Schließlich aber trafen sich ihre Blicke im Spiegel. Kühl erkundigte er sich, was sie von ihm wolle. Strahlend erklärte Marie, sie sei nun bereit, ihn auf seinem Gang nach Saint-Denis zu begleiten. Mit einem lässigen Wedeln der Hand fegte der Marquis den Schneider aus dem Zimmer und drehte sich dann lächelnd zu ihr um. »Soso, mein kleiner Page ist also bereit, Louis le Grand gegenüberzutreten.« Er musterte sie von oben bis unten. »Heute, das muss ich zugeben, siehst du ganz manierlich aus. Als Junge gefällst du mir wirklich gut.« Er kam noch etwas näher, und das Lächeln auf seinem Gesicht wurde zu einem breiten Grinsen. »Vielleicht sollte ich es mal mit dir versuchen. Da du ja so neugierig bist, wirst du sicher wissen, dass ein hübscher Knabe in meinem Boudoir immer willkommen ist.«

Marie froren die Gesichtszüge ein. Erschrocken wich sie zurück. »Wenn Ihr mich dazu zwingt, beiße ich ihn ab.«

Der Marquis lachte lauthals auf. »Keine Sorge, meine Kleine, du bist mir viel zu mager.«

Marie atmete erleichtert auf. Der Marquis kam noch etwas näher und hob leicht die Augenbraue. »Obwohl du heute so schmuck bist«, erklärte er schadenfroh, »wirst du leider zu Hause bleiben müssen.«

»Wieso?«, stieß Marie empört hervor. »Ihr habt versprochen, mich mitzunehmen, wenn ich mir die Haare schneide und als Euer Page gehe.«

»So, habe ich das?« Er beugte sich zu ihr herab. »Dann will ich dir mal etwas sagen, Mademoiselle. Versprechen, die man Erpressern und schmutzigen Kindern gibt, muss man nicht halten. Sie sind es nicht wert.« Seine Augen blitzten amüsiert, als er hinzufügte: »Außerdem glaube ich kaum, dass es dem König gefallen würde, ein unartiges Geschöpf wie dich im Trauerzug der Duchesse d'Orléans zu wissen. Hast du mich verstanden? Und nun geh. Ich bin beschäftigt.«

Doch so leicht wollte Marie sich nicht abwimmeln lassen. Provozierend hob sie das Kinn. »Wenn Ihr mich nicht mitnehmt, Monseigneur, werde ich sofort zu Marthe in die Küche gehen und ihr sagen, warum Ihr nach Paris gekommen seid. Ich werde es allen im Haus erzählen, und dann schickt der König Euch nach Montagnac zurück und Ihr könnt für den Rest Eurer Tage mit Eurer Großmutter Tric Trac spielen.«

»Willst du mir drohen?« Die Stimme des Marquis klang gelassen. »Du kannst herumgehen und erzählen, was du willst. Aber niemand wird einem Balg wie dir Glauben schenken.

Im Übrigen verbaust du dir damit die einzige Möglichkeit, jemals auch nur in die Nähe des Königs zu gelangen. Überlege dir also gut, was du tust. Sollte ich Grund haben, mit dir zufrieden zu sein, werde ich mir die Sache vielleicht noch einmal durch den Kopf gehen lassen. Aber nun geh und schaff mir den Schneider wieder herein.«

»Der Teufel hat den Schoß Eurer Mutter besamt.« Marie bebte vor Wut. Erneut brach der Marquis in Gelächter aus. »Na, dann haben wir ja etwas gemeinsam.« Damit hatte er sich wieder dem Spiegel zugewandt und sich nicht mehr um sie gekümmert.

»Lasst Ihr mich jetzt gehen?« Die kindliche Stimme riss Marie aus ihren trüben Gedanken. Da war ja noch der kleine Dieb, der sie für einen Jungen hielt. Marie schien es angebracht, ihn in diesem Glauben zu lassen. »Warum sollte ich das tun? Ich liefere dich jetzt dem nächsten Straßenwächter aus, der mir begegnet.« Der zerlumpte Knirps heulte auf. »Bitte, bitte nicht. Dann erfahren sie, dass ich ausgebüchst bin, und schicken mich auf die Galeeren.«

»Da gehörst du auch hin«, antwortete Marie ungnädig. »Aber von wem redest du überhaupt?«

»Von den Wachen des Pitié Spitals«, erwiderte der Kleine verängstigt. »Wir dürfen nicht raus. Der alte Reynie lässt uns wegsperren, damit wir auf den Straßen nicht betteln.«

Marie schüttelte ungeduldig den Kopf. »Ich verstehe überhaupt nichts. Was ist das Pitié Spital, und wer ist der alte Reynie?«

Neugierig musterte der Junge sie. Die Tatsache, dass Marie sich offensichtlich nicht in Paris auskannte, schien ihm etwas von seiner Angst zu nehmen. Wie selbstverständlich ging er zum vertraulichen Du über. »Bist wohl nicht von hier, was?« Marie schüttelte den Kopf. »Ich bin aus dem Süden.« Der Kleine grinste und entblößte dabei eine Reihe schwarzer Zähne. »Das hört man. Du sprichst so breit, man möchte ein Wagenrad zwischen deine Lippen schieben.«

»Werd ja nicht frech.« Marie hob ärgerlich die Hand. Instinktiv duckte sich das schmächtige Bürschchen, als sei er es gewohnt, Hiebe abzubekommen. Für einen kurzen Moment genoss Marie das Gefühl, überlegen zu sein. Endlich einmal war nicht sie diejenige, die Prügel einsteckte. Dann jedoch ließ sie die Hand wieder sinken. Irgendwie tat der Kleine ihr leid. Sie kramte in ihrem Beutel, holte ein Stück Graubrot und etwas Käse hervor und hielt ihm beides hin. »Wie heißt du?« Der Junge griff nach den Speisen und begann sie hinunterzuschlingen. »Man nennt mich Marius«, antwortete er laut mampfend. »Und du?« Marie überlegte. »Antoine.« Ein anderer Name war ihr auf die Schnelle nicht eingefallen. »Also, was meintest du vorhin? Wer will dich einsperren?«

»Monsieur de la Reynie. Das ist der Polizeipräfekt von Paris. Er erlaubt den Bettlern nicht, auf der Straße zu sein. Darum sperrt er sie ein und lässt sie arbeiten. Uns Kinder schickt er ins Pitié Spital. Das liegt drüben, auf der anderen Seite des Flusses.«

»Und warum tut er das?«

»Weil es der König so will. Wenn du mich nicht verpfeifst, zeige ich dir was.«

»Was denn?«

»Wart's ab.« Marius setzte sich in Bewegung. Er führte Marie am Louvre vorbei, immer geradeaus die Seine entlang. Marie wusste gar nicht, in welche Richtung sie zuerst gucken sollte, so viel gab es zu sehen. Zu ihrer Linken erhob sich eindrucksvoll der Königspalast mit seiner dunklen undurchdringlichen Fensterfront. Rechts von ihr lag die Seine. Frachtkäne und kleinere Ruderboote schaukelten sanft auf den Wellen des Flusses, die im Licht der Abendsonne mit einem goldenen Schimmer überzogen waren und einen herrlichen Anblick boten. Hinter dem Palast wurde der Strom von einer Insel geteilt, die an der Spitze durch eine schöne Brücke mit der Stadt verbunden war. Marie sah in der Ferne zwei Türme. Sie wusste von Marthe, dass dies die Kathedrale von Notre Dame war. Sie verließen das Flussufer und bogen nach links. Die Sonne stand bereits sehr tief, und in den verwinkelten Straßen und Gassen, durch die Marius sie führte, war es fast vollkommen dunkel. Zwischen den eng beieinanderstehenden Häusern herrschte ein ekelhafter Gestank. Übelriechender Schlamm bedeckte die Wege, und überall wimmelte es von Ratten, die leise fiepend auseinanderstoben, wenn die beiden sich näherten. Marie verzog angewidert das Gesicht. Sie ging dicht an den Häuserwänden entlang, um nicht durch den stinkenden Morast waten zu müssen. Als ihr Fuß gegen etwas Weiches stieß, sprang Marie schaudernd zur Seite. Sie wollte gar nicht wissen, was sie da berührt hatte. Marius schien der ganze Schmutz nichts auszumachen. Barfuß schritt er durch den Dreck, als würde er über einen weichen Teppich laufen, dabei schwatzte er fröhlich und gab bereitwillig Auskunft, wenn sie eine Frage stellte. Marius war ein Waisenkind. Er konnte nicht genau sagen, wie alt er war, doch Marie schätzte ihn auf sechs oder sieben Jahre. Nach einiger Zeit überquerten sie einen Platz, der von einer einzigen Öllampe spärlich erleuchtet wurde. Auch hier stand eine Kirche. Marie blieb davor stehen und legte den Kopf in den Nacken. Doch konnte sie die Spitze des Kirchturms nicht mehr erkennen. Es war bereits zu dunkel.

Kurz darauf betraten sie einen weiteren Platz, der bis hinunter an die Seine reichte und von einem großen vieltürmigen Gebäude beherrscht wurde.

»Wir sind da«, bemerkte Marius zufrieden. »Das ist der Place de Grève. Dort drüben steht das Rathaus.« Er deutete auf die dunkle Silhouette. Anders als auf dem Kirchplatz brannten hier mehrere Öllaternen. Doch auch sie spendeten nur unzureichend Licht. »Und? Was willst du mir zeigen?« Marie war enttäuscht. Doch dann sah sie es auch. Auf der Seite des Platzes, die sich zur Seine hinunterneigte, stand ein hölzernes Gerüst. Ein Pfahl war in der Mitte aufgepflanzt. Irgendetwas bewegte sich. »Komm näher«, forderte Marius sie fröhlich auf. »Dann kannst du sie besser sehen.« Die beiden gingen auf das Holzgerüst zu. Mit einiger Überraschung erkannte Marie, dass jemand an den Pfahl gekettet war. Eine Frau. Sie hatte ihnen den Rücken zugekehrt und war in sich zusammengesackt. Das Hemd hing ihr in Fetzen herunter. Blutige Striemen zogen sich kreuz und quer über den gesamten Rücken. Auch ihr kahlgeschorener Kopf war blutverkrustet. »Siehst du«, wandte Marius sich flüsternd an Marie, »hab ich dir zu viel versprochen?«

»Aber warum hängt sie da?« Marie hatte ihre Stimme ebenfalls zu einem Flüstern gesenkt.

»Sie ist beim Betteln erwischt worden. Gestern haben sie sie hergebracht und ausgepeitscht. Jetzt muss sie hier hängen und bis morgen warten, weil der Scharfrichter heute nicht arbeitet, wegen der Trauerfeier für die tote Duchesse.« Marius kicherte schadenfroh. »Wollen mal sehen, ob sie nicht schon verreckt ist.« Er bückte sich und warf der Frau einen kleinen Stein an den Kopf. Sie stieß ein leises Wimmern aus. Marius lachte vergnügt. »So ganz hinüber ist sie noch nicht.« Empört fasste Marie ihn am Ohr und schüttelte ihn. »Lass das, du gemeine, kleine Kröte, oder ich schleppe dich doch noch zur Polizei. Dann stehst du morgen hier.«

»Heda, hör auf damit«, stieß Marius ärgerlich hervor. »Ich hab doch bloß einen Spaß gemacht. Und überhaupt, was regst du dich so auf? Selbst schuld, wenn sie sich erwischen lässt.«

Marie blitzte ihn wütend an, sagte jedoch nichts mehr. Es war ganz offensichtlich, dass für Marius ein Anblick wie dieser nichts Ungewöhnliches war. Sie sah wieder zu der armen Kreatur am Pranger hin. Ein ungutes Gefühl stieg in ihr auf. Zum ersten Mal fragte sie sich, ob es wirklich eine so gute Idee gewesen war, nach Paris zu kommen.

Kapitel 7

Antoine, begleitet von seinem kleinen Pagen, folgte einem Lakai durch das Gewühl von Menschen auf dem Weg zu den privaten Gemächern der Grande Mademoiselle.

Wie immer, wenn die Prinzessin Wohnung im Luxembourg genommen hatte, waren die Vorzimmer des Palais bevölkert von Schriftstellern, Künstlern, ausländischen Diplomaten, Bittstellern und Scharlatanen aller Art. Obwohl ständig neue Besucher eintrafen und die Türen sich gleich den Flügeln eines Falters unentwegt öffneten und wieder schlossen, erregten der Marquis de Montagnac und sein Diener einiges Aufsehen bei ihrem Erscheinen. Das Interesse galt jedoch nicht dem ehemaligen Favoriten des Duc d'Orléans. Marie war es, die die Blicke aller auf sich zog. Vielmehr ein kleines Geschöpf, das auf ihrem Kopf herumturnte und dabei spitze Schreie ausstieß. Antoine sah sich nach ihr um und registrierte mit Schadenfreude, dass sie erhebliche Mühe hatte, das kleine Äffchen zu bändigen. Ihre Blicke kreuzten sich. Hasserfüllt starrte Marie ihn an. Dann jedoch war sie gezwungen, ihre ungeteilte Aufmerksamkeit wieder dem flinken Wesen zu-

zuwenden, das sich gerade daranmachte, ihre Kopfbedeckung zu stibitzen.

»Du da«, zischte sie leise, »lass das.«

Das Lächeln auf Antoines Gesicht vertiefte sich. Die beiden waren aber auch zu komisch.

Antoine hatte kaum zu hoffen gewagt, dass die Grande Mademoiselle ihr gegebenes Wort, sich bei Monsieur für ihn zu verwenden, einlösen würde. Doch schien er sich getäuscht zu haben. Kaum vier Tage nach ihrem Treffen in Saint-Denis war an ihn die Weisung ergangen, die Prinzessin im Palais du Luxembourg aufzusuchen. Antoine wollte sich für das gehaltene Versprechen erkenntlich zeigen. In einem Kontor der Ostindischen Kompanie war er auf die kleine Meerkatze gestoßen, mit der Marie sich gerade abmühte, und hatte sie für die Prinzessin erworben. Er war überzeugt davon, dass die Grande Mademoiselle den nötigen Humor besaß, um an seinem Geschenk ihre Freude zu haben. Einer Laune folgend beschloss er zudem, seine Gabe auf ganz besondere Art zu präsentieren. Dazu kam ihm sein neuer Page gerade recht. Unter lautem Protest steckte er Marie in ein Phantasiekostüm aus flammend roter Seide, mit Pluderhose, Schnabelschuhen und einem Turban. Für das Äffchen hatte er die gleiche Aufmachung anfertigen lassen, und so schritt er nun, mit Marie und dem Affen im Schlepptau, durch die Residenz der Tochter Gaston d'Orléans'.

Antoine sah sich in der Menge um und registrierte mit Genugtuung die amüsierten Blicke der Umherstehenden. Er durfte mit seinem Auftritt zufrieden sein. Plötzlich öffnete der Lakai eine unscheinbare Seitentür und führte den kleinen Tross durch einen schmalen Gang. Antoine war zunächst überrascht. Offensichtlich würde ihn die Grande Mademoiselle in ihren privaten Gemächern empfangen und nicht wie die übrigen

Gäste in einem der Paraderäume. Die Cousine des Königs schien Gefallen an ihm zu finden. Anders konnte Antoine sich diesen Gunstbeweis nicht erklären. Umso besser. Starke Verbündete bei Hof hatte er zurzeit weiß Gott dringend nötig. Sie durchschritten ein weiteres Gemach, allem Anschein nach das Ankleidezimmer der Hausherrin. Dann wurde eine letzte Tür geöffnet, und sie fanden sich wieder von Angesicht zu Angesicht mit der furchteinflößenden Maria von Medici. Die Gemahlin Heinrichs IV. blickte dem Eintretenden aus einem schweren goldenen Rahmen streng entgegen. Das Bildnis gehörte zu dem berühmten Zyklus allegorischer Darstellungen um das Leben der streitbaren Königin. Meister Rubens hatte diesen im Auftrag Maria von Medicis für das Palais du Luxembourg, dessen Erbauerin sie war, angefertigt. Die übrigen Gemälde zierten die große Galerie. Die Grande Mademoiselle blickte von einem Pult auf, an dem sie gerade schrieb. »Tretet näher.«

Antoine neigte ehrerbietig das Haupt. Aus den Augenwinkeln beobachtete er Maries kläglichen Versuch, es ihm gleichzutun. Mit einer Meerkatze im Arm und einem riesigen Turban auf dem Kopf schien eine formvollendete Verbeugung, wie sie das höfische Zeremoniell vorschrieb, allerdings kaum möglich. Beim Anblick der geplagten Marie und ihres Äffchens brach die Prinzessin in wenig hoheitsvolles Gelächter aus. »Monsieur le Marquis, ist dies wieder eine Eurer Ungehörigkeiten?«

»Königliche Hoheit«, wehrte Antoine belustigt ab, »bitte erlaubt mir, Euch dieses kleine Geschöpf zum Geschenk zu machen.«

»Ich stelle fest«, entgegnete die Prinzessin, »dass Euch Euer Gespür für neue Moden nicht verlassen hat.«

Antoine lächelte hintergründig und schwieg. Er hatte keine

Ahnung, worauf die Grande Mademoiselle anspielte, musste jedoch nicht lange auf eine Erklärung warten.

»Ihr haltet es, wie mir scheint, mit der schönen Athénaïs. Sie macht gerade Furore mit einem kleinen Krüppel, der sie auf Schritt und Tritt begleitet. Selbst zur Königin nimmt sie ihn mit. Aber seid versichert, Euer Seraph hier steht Ahténaïs' Missgeburt in nichts nach.« Die Grande Mademoiselle verließ ihren Platz am Schreibtisch und trat näher. Gerade in diesem Augenblick gefiel es dem Affen, Marie heftig am Ohr zu ziehen.

»Aua!« Marie schnappte sich das Tier. »Wenn du nicht …« Ein mahnender Blick Antoines ließ sie augenblicklich verstummen. Er hatte ihr die schrecklichsten Strafen in Aussicht gestellt, sollte sie auch nur ein Wort in Anwesenheit der Grande Mademoiselle von sich geben.

»Wie mir scheint, verstehen diese beiden sich nicht besonders.« Die Prinzessin deutete auf Marie, die nun stumm mit dem Affen rang und inzwischen vor Erschöpfung rot angelaufen war. »Wir wollen hoffen, Monsieur le Marquis, dass Euer Äffchen den Unterschied zwischen einem Pagen und einer Tochter Frankreichs erkennt.« Mit einer kleinen Handbewegung wies die Grande Mademoiselle den Lakai an, Marie und den Affen hinauszuführen. Danach begab sie sich wieder auf ihren Platz und bedeutete Antoine, ihr zu folgen. Sie wies ihm einen Schemel auf der anderen Seite des Pultes zu und vertiefte sich erneut in ihren Brief. Antoine nutzte die Gelegenheit, sie etwas genauer zu betrachten. In ihrer Jugend galt die Grande Mademoiselle als recht ansehnlich, wenn auch nicht als hübsch. Heute jedoch, mit dreiundvierzig Jahren, konnte nichts darüber hinwegtäuschen, dass die Cousine des Königs eine alternde Matrone war. Die lange Nase, das Erbe der Bourbonen, hing traurig über ihrer Oberlippe, und tiefe Furchen, Zeugen der vielen Hoffnungen, die die Prinzessin im Laufe ihres Lebens hatte begraben müssen, zogen sich unbarmherzig durch ihr Gesicht. Einst dem Kaiser zugedacht, dann von ihrem Cousin Louis als Braut verschmäht, setzte sie heute alles daran, die Frau eines unbedeutenden Edelmannes aus der Provinz zu werden.

Antoine wandte den Blick ab und begann sich etwas genauer im Kabinett der Grande Mademoiselle umzusehen. Neben dem riesigen Bildnis ihrer Großmutter, das dem Schreibpult gegenüber angebracht worden war, zierten noch mehrere Darstellungen anderer Familienmitglieder die Wände. Antoine richtete den Blick auf ein Bild, das Louis XIV. als tanzenden Apoll darstellte. Er betrachtete es mit Interesse. Der König war in der Tat ein schöner Mann. Antoine entdeckte auch Gaston d'Orléans, den Vater der Prinzessin, Monsieur, ihre Halbschwester, die Großherzogin von Toskana, Heinrich IV. sowie einige alte Porträts lothringischer und italienischer Vorfahren.

Direkt unter dem Bildnis der Maria von Medici stand eine kunstvoll gearbeitete Glasvitrine. Diese enthielt die kostbare Münzsammlung der Grande Mademoiselle. Auf fein säuberlich übereinandergeschichteten Samttableaus lagen Münzen und Geldstücke aus den unterschiedlichsten Epochen. Die Prinzessin war eine begeisterte Numismatikerin und beschäftigte überall in Europa Agenten, die damit beauftragt waren, ihrer umfangreichen Sammlung immer wieder neue Stücke hinzuzufügen. Daneben wurden, ebenfalls in einer Glasvitrine, alte Petschaften und Ringe aufbewahrt. In einer hinteren Ecke des Gemachs entdeckte er ein Mikroskop, das auf einem eigens dafür angefertigten Sockel stand. Darüber hinaus war das Zimmer vollgestopft mit Büchern, Folianten und Schriftrollen.

Die Grande Mademoiselle war, daran konnte es keinen Zweifel geben, eine überaus kultivierte Frau.

Es schien eine Ewigkeit zu vergehen, bis die Prinzessin ihre Korrespondenz beendet hatte. Schließlich streute sie etwas Sand über den Briefbogen und blickte auf.

»Nun, mein lieber Marquis«, begann sie mit einem Augenzwinkern, »wie Ihr seht, habe ich mein Versprechen nicht vergessen. Monsieur bat mich, Euch eine Nachricht zu übermitteln.« Sie machte eine kleine Pause, dann fuhr sie gut gelaunt fort: »Er erwartet Euch zukünftigen Mittwoch in Saint-Cloud. Das heißt übermorgen. Er wünscht, dass Ihr pünktlich zum Lever erscheint. Ich hoffe, Ihr seid mit mir zufrieden.«

Antoine fiel ein Stein vom Herzen. Endlich konnte er mit seinen Nachforschungen beginnen. Desgrez wurde allmählich ungeduldig. Schon mehrfach hatte er nachgefragt, wie es um die Ermittlungen bestellt war. Zwar hätte Antoine zu gerne gewusst, wie es der Grande Mademoiselle gelungen war, ihrem Cousin die Einladung abzuringen, doch wollte er die Dame nicht beleidigen. Daher unterließ er es, sie danach zu fragen, und beschränkte sich auf eine artige Dankesbekundung. »Madame, Ihr seid sehr gütig. Schon jetzt sehne ich den Augenblick herbei, da ich mich erkenntlich zeigen kann.«

»Seid gewiss, Ihr werdet die Gelegenheit dazu bekommen.« Die Grande Mademoiselle schenkte ihm ein vieldeutiges Lächeln. Dann schien die Prinzessin ihre gesamte Aufmerksamkeit auf einen prachtvollen Saphir zu richten, der den Zeigefinger ihrer linken Hand zierte. »Wisst Ihr, Monsieur le Marquis, wie ich an diesen Ring geraten bin?« Ihre Stimme hatte einen beiläufigen Klang angenommen.

»Nein, Königliche Hoheit. Wie sollte ich?«

Die Grande Mademoiselle blickte auf. »Madame hat ihn mir vermacht. Es war ihr ausdrücklicher Wunsch, dass ich ihn bekomme.« Sie musterte Antoine aufmerksam. Wie eine Katze, dachte er, die zum Sprung ansetzt. »Ich hörte, das Testament der Duchesse d'Orléans sei noch nicht eröffnet«, erwiderte er interessiert.

»Das ist richtig. Doch war es Monsieur ein Bedürfnis, mir das Schmuckstück direkt auszuhändigen. Ohne auf die Testamentseröffnung zu warten.«

»Es ist sehr zartfühlend von Monsieur, dem Wunsch seiner verstorbenen Gemahlin so unvermittelt Folge zu leisten.«

Ein zynisches Lächeln huschte über die wulstigen Lippen der königlichen Base. »Seid versichert, Zartgefühl war dabei nicht im Spiel. Monsieur hätte den Ring lieber für sich behalten.« Antoine war davon überzeugt, dass die Prinzessin mit ihrer Vermutung richtig lag. Doch stand es ihm nicht zu, etwas Derartiges zu erwidern; also ließ er die Bemerkung unkommentiert und wartete ab.

»Der König wird Monsieur nicht erlauben, den Rest seiner Tage als Witwer zu verbringen«, begann die Grande Mademoiselle erneut. »Er hat andere Pläne mit seinem Bruder.«

Es überraschte Antoine zwar nicht, dass innerhalb der königlichen Familie bereits über eine Neuvermählung Monsieurs nachgedacht wurde, er fragte sich allerdings, warum die Grande Mademoiselle das Bedürfnis verspürte, ausgerechnet mit ihm über diese Angelegenheit zu sprechen. Instinktiv spürte er, dass Vorsicht angebracht war. »Sollte es Gott gefallen, Monsieur eine zweite Frau zu geben, so hoffe ich, dass sie Madame an Tugend und Schönheit gleichkommt.«

»Glaubt mir, Tugend und Schönheit spielen bei Hochzeiten von Personen meines Standes eine untergeordnete Rolle.« Wieder betrachtete sie den Ring. »Wisst Ihr, Monsieur le Marquis, wer die reichste Frau in Europa ist?«

Die Alarmglocken in Antoines Kopf schlugen immer lauter. »Ich habe keine Ahnung.«

»Dann will ich es Euch sagen: Ich bin es. Nun versteht Ihr

vielleicht, warum Monsieur so begierig war, mir diesen Ring zu überreichen?« Sie erhob sich und trat vor das Gemälde ihres verwitweten Cousins. Nachdenklich betrachtete sie den dunkel gelockten Mann, dessen sinnliche Lippen der Maler besonders hervorgehoben hatte. Ihre Stimme klang müde, als sie weitersprach. »Ich bin dreiundvierzig Jahre alt. Es steht nicht mehr zu hoffen, dass aus meinem Schoß Leben geboren wird.« Ein trauriges Lächeln huschte über ihr Gesicht. »Gott hat es schon einmal gefallen, einer Frau meines Hauses späte Fruchtbarkeit zu bescheren. Es ist unwahrscheinlich, dass Er dieses Wunder ein zweites Mal wirkt. Monsieur wird also nicht in die Verlegenheit kommen, an mir seine dynastischen Pflichten zu erfüllen.« Sie wandte sich Antoine zu und blickte ihn offen an. »Für wen also glaubt Ihr, würde Monsieur sich entscheiden, wenn er zwischen einer Prinzessin aus dem Reich oder mir wählen dürfte?«

Die Antwort lag auf der Hand. Antoine spürte, dass es seines gesamten Fingerspitzengefühls bedurfte, diese gefährliche Klippe zu umschiffen. »Die Verbindung zwischen Euch und Monsieur wäre, auch wenn sie kinderlos bliebe, gewiss segensreich für das Wohl Frankreichs und ganz Europas.«

»Die Verbindung zwischen mir und Monsieur wäre gewiss segensreich für Monsieurs Börse.« Während die Grande Mademoiselle auf Antoine zuschritt, wippten die künstlich eingeflochtenen Locken ihrer Frisur, die für eine Frau ihres Alters viel zu jugendlich waren, kokett hin und her. Erneut nahm sie ihren Platz am Schreibpult ein.

Langsam tastete Antoine sich weiter vor. »Darf ich fragen, ob Seine Majestät beabsichtigt, Monsieur die Vermählung mit Eurer Königlichen Hoheit nahezulegen?«

Die Grande Mademoiselle zuckte die Achseln. »In den zehn Jahren, die der König ohne seine Mutter und den Kardinal regiert, ist es ihm gelungen, ganz Europa gegen sich aufzubringen. Es dürfte ihm schwerfallen, eine Prinzessin zu finden, die seiner Außenpolitik dienlich ist. Es bleibt ihm also nichts anderes übrig, als nach einer Braut Ausschau zu halten, die Geld besitzt.«

»Und Ihr, Königliche Hoheit«, forschte Antoine weiter, »hegt Ihr den Wunsch, Monsieur zu heiraten?«

Für den Bruchteil einer Sekunde blitzte Angst in den Augen der Grande Mademoiselle auf. »Glaubt Ihr wirklich, ich verspüre Lust, den gleichen Weg zu beschreiten, den die arme Henriette ging?«

Antoine hatte Mühe, seine Nervosität zu verbergen. Es konnte doch kein Zufall sein, dass die Grande Mademoiselle ausgerechnet ihn zu sich rief, um über den Tod Madames zu sprechen. »Denkt Ihr, die Duchesse d'Orléans sei keines natürlichen Todes gestorben?«

»Sie wurde ermordet«, erwiderte die Prinzessin bestimmt. »Daran kann es keinen Zweifel geben! Madame hat es mir selbst gesagt.«

»Wie bitte?« Antoine konnte seine Überraschung nicht verbergen.

»Sie hat mir gegenüber mehrfach geäußert, dass sie sich in Saint-Cloud nicht mehr sicher fühle«, fuhr die Grande Mademoiselle fort. »Sie hatte Angst vor den Günstlingen Monsieurs. Sie fürchtete um ihr Leben und sogar um das ihrer Kinder.«

Antoine wagte einen Frontalangriff. Eine bessere Gelegenheit würde es nicht geben. »Ihr seid also auch der Ansicht, dass Monsieur hinter dem plötzlichen Tod seiner Frau steckt?«

»Philippe? Niemals!« Die Grande Mademoiselle lachte laut auf. »Ihr solltet ihn etwas besser kennen, Monsieur le Marquis. Er hat zwar die Boshaftigkeit seiner Mutter geerbt, aber gewalttätig ist er nicht. Im Übrigen ist Philippe außerstande, ein

Geheimnis für sich zu behalten. Selbst wenn er mit dem Gedanken spielte, Madame aus dem Weg räumen zu lassen – und ich bin sicher, dies war mehr als einmal der Fall; keiner seiner Kumpane hätte für ihn einen Mord auf sich genommen. Sie hätten immer damit rechnen müssen, früher oder später durch Monsieurs Geschwätzigkeit verraten zu werden.«

»Aber wenn es Monsieur nicht war, wer, glaubt Ihr, steckt dahinter?«

Die Grande Mademoiselle sah ihn mit großen, unschuldigen Augen an. »Fragt nicht mich, Monsieur le Marquis. Fragt die Buben in Saint-Cloud.«

Das also war es, was die Grande Mademoiselle von ihm wollte.

Antoine schob seinen Teller zur Seite und streckte die Beine aus. Mit großem Genuss hatte er soeben sein Abendbrot – zwei gefüllte Forellen, eine riesige Schüssel Salat, knusprig gebackenes Weißbrot sowie einen hauchzarten, in frische Sahne getauchten Zitronenkuchen – verzehrt. Marthe war wirklich eine Perle, wenn auch nicht ganz so schön anzusehen. Die Arme hatte Glubschaugen und Hüften so breit wie ein Wagenrad. Doch störte Antoine sich wenig am Aussehen der Köchin. Nach solch einem köstlichen Mahl schien sie ihm nichtsdestotrotz die begehrenswerteste Frau seiner Umgebung zu sein.

Zufrieden sah er zu seinem Gast hinüber. Desgrez hatte ihm beim Essen Gesellschaft geleistet, ohne jedoch selbst etwas von den Speisen anzurühren. Nun musterte der Polizist ihn aufmerksam. »Ich höre, dass die Grande Mademoiselle Euch heute empfangen hat. Mein Kompliment, Monsieur le Marquis. Immer wieder gelingt es Euch, das Interesse der Großen des Königreichs zu wecken.«

Antoine machte eine kleine Verbeugung und bedachte sein

Gegenüber mit einem unschuldigen Lächeln. Er sah keine Notwendigkeit, Desgrez über die genauen Umstände in Kenntnis zu setzen, die zu seiner Einladung ins Luxembourg geführt hatten. »Aber wir wissen beide, dass das Interesse der Großen ein zweischneidiges Schwert sein kann. Man verletzt sich leicht daran.«

Desgrez warf einen kurzen Blick zu Marie hinüber, die in gebührendem Abstand Stellung bezogen hatte, um die Herren mit Getränken zu versorgen. Den Weinkrug in der Hand, lehnte sie am Kamin und schien im Stehen zu schlafen.

»Sagt Eurem Pagen, er soll gehen.«

»Du hast gehört, was Monsieur Desgrez gesagt hat. Scher dich hinaus.«

Marie öffnete die Augen und warf dem Polizisten einen wütenden Blick zu. Dann stapfte sie beleidigt zur Tür hinaus. Nachdem sie verschwunden war, beugte Desgrez sich vor und senkte die Stimme. »Was wollte Ihre Königliche Hoheit von Euch?«

»Dasselbe wie der König, Monsieur Desgrez. Sie möchte wissen, wer Madame umgebracht hat. Und sie scheint genau wie ihr königlicher Cousin zu glauben, dass ich der richtige Mann bin, um diese Frage zu beantworten.«

»Hat sie Euch beauftragt, Nachforschungen anzustellen?«

Du hinterlistiger Teufel, dachte Antoine. Mit keiner Miene verriet Desgrez, dass ihn diese Mitteilung überraschte. »Nicht in Worten, Monsieur.«

»Wie habe ich das zu verstehen?«

»Ihre Königliche Hoheit hat mir eine Einladung nach Saint-Cloud verschafft.«

Erstaunt sah Desgrez ihn an. »Dann vermutet sie also auch, dass Monsieur hinter dem Tod seiner Gemahlin steckt. Das wundert mich. Die beiden waren immer Verbündete.«

Antoine klärte Desgrez zwar über seinen Irrtum auf, insgeheim aber fragte er sich, ob die Grande Mademoiselle Monsieur tatsächlich richtig einzuschätzen verstand. Schon mehrfach hatte der Bruder des Königs Mut und Skrupellosigkeit bewiesen, vor allem auf dem Schlachtfeld, und somit seine Umgebung in höchstes Erstaunen versetzt. Doch schließlich lautete sein Wappenspruch nicht ohne Grund: Post fulmina terror. Wenn es darauf ankam, war Monsieur sehr wohl in der Lage, hart durchzugreifen. Keiner wusste das besser als er selbst. Was also machte die Prinzessin so sicher, dass Monsieur keinen Anteil am Tod seiner Gemahlin hatte?

»Offenbar«, fuhr Antoine fort, »ist die Grande Mademoiselle der Ansicht, dass sie demnächst den Titel der Duchesse d'Orléans führen wird.«

»Wenn ich den Gerüchten Glauben schenken darf, die bis zu meiner Amtsstube im Châtelet vorgedrungen sind, stehen ihre Chancen in der Tat nicht schlecht, die Nachfolge Madames anzutreten.«

»Ihr scheint der Gedanke nicht sehr zu behagen.«

»Wie kommt Ihr darauf?«

Antoine fischte nach einer Kirsche aus der Obstschale. »Sie fürchtet, das gleiche Schicksal zu erleiden wie ihre Vorgängerin.«

»Unwahrscheinlich«, antwortete Desgrez nüchtern. »Nach allem, was geschehen ist, wird sie zu klug sein, um Monsieur wegen seiner Lebensweise Vorschriften zu machen. Zudem bringt Monsieur der Grande Mademoiselle aufrichtige Zuneigung entgegen. Es ist also kaum anzunehmen, dass sie mit ihm oder seinen Günstlingen aneinandergeraten wird, sollte sie nach Saint-Cloud übersiedeln.«

»Stopft man ihnen mit Geld das Maul, Monsieur Desgrez, hat man seine Ruhe. Doch glaubt Ihr wirklich, die Cousine des Königs, eine stolze Bourbonin, ist dazu bereit? Warum sollte sie ihr Vermögen auf diese Weise verschleudern?«

»Die Grande Mademoiselle führt ein Schattendasein bei Hof, Monsieur le Marquis. Der König hat nicht vergessen, dass sie es war, die während der Fronde die Kanonen der Bastille auf ihn richten ließ. Durch eine Verbindung mit Monsieur würde sie mit Sicherheit in seinem Ansehen steigen.«

Desgrez hatte recht. Die Grande Mademoiselle war geduldet, aber nicht geachtet. Und nun plötzlich bot sich ihr die Möglichkeit, von einer alternden, verlachten Jungfer zur zweiten Frau im Staat zu avancieren. Eine verlockende Vorstellung für eine Prinzessin, deren glühendster Wunsch es immer gewesen war, selbst einen Thron zu besteigen. Durch die Verbindung mit Monsieur würde sie dem Glanz der Krone ein erhebliches Stück näher rücken.

»Und was ist mit Lauzun?« Desgrez zuckte gleichgültig die Achseln. »Der Hof von Frankreich bietet genügend Möglichkeiten, diesbezüglich Arrangements zu treffen. Der König mit seinen drei Königinnen ist hierfür das beste Beispiel.«

»Ihr seid gut informiert, Monsieur Desgrez. Wenn ich nicht wüsste, dass ihr ein Mann von Ehre seid, so würde ich denken, dass Eure Informanten unmittelbar vor den Stufen des Thrones stehen.« Desgrez presste die Lippen aufeinander und ließ diese Bemerkung unkommentiert. Es war ein offenes Geheimnis, dass der König sogar Mitglieder seiner eigenen Familie bezahlen ließ, um Spitzeldienste für ihn zu leisten.

»Werdet Ihr nach Saint-Cloud gehen, Monsieur le Marquis?«

»Selbstverständlich.«

Plötzlich sprang Desgrez aus seinem Stuhl. In zwei Sätzen war er bei der Tür und riss sie auf. Keine Sekunde später folgte ein gellender Schrei. Antoine kannte die Stimme nur zu gut.

Dann zerrte Desgrez Marie an einem Ohr ins Zimmer und schloss die Tür. »Mein Ohr«, zeterte Marie. »Er reißt mir das Ohr ab.«

»Gleich reiße ich dir auch noch das andere ab«, erwiderte Desgrez ungnädig und versetzte Marie eine saftige Ohrfeige. »Aua«, heulte Marie auf, weniger vor Schmerz als vielmehr vor Wut, so zumindest kam es Antoine vor, der die Szene zunächst verblüfft, dann jedoch mit wachsender Belustigung verfolgte. Und richtig, er hatte sich nicht getäuscht. Als der Polizist Maries Ohr losließ, um erneut zuzuschlagen, sprang diese geschickt zur Seite, ließ sich zu Boden fallen und biss ihren Peiniger mit voller Wucht in die Wade. Nun war es Desgrez, der vor Schmerz aufschrie. Eilig flüchtete Marie zu Antoine, der sich vor Lachen kaum halten konnte. Desgrez stürzte zum Kamin und ergriff einen Schürhaken. »Aus dem Weg, Montagnac! Ich werde diese kleine Wanze zerquetschen, wie sie es verdient.«

»Bitte, Monsieur«, wisperte Marie hinter ihm, »helft mir. Erbarmt Euch einer armen Waise.« Antoine rührten weniger Maries Worte als vielmehr ihr kleiner, schlotternder Leib, der sich schutzsuchend an seinen Körper presste. Entschlossen trat er Desgrez entgegen. »Ich ahnte nicht, Monsieur, dass Euch eine solche Lappalie derart aus der Fassung bringen kann.«

»Lappalie!«, donnerte der geschundene Polizist. »Dieser Satansbraten hat mich gebissen. Dafür muss sie bestraft werden.«

»Nun, so überlasst die Bestrafung mir«, entgegnete Antoine in aller Seelenruhe. »Oder wollt Ihr dem König erklären, warum Ihr den Pagen seines verdeckten Ermittlers erschlagen habt?«

Langsam ließ Desgrez den Schürhaken sinken. Schweigend musterte er Antoine, doch seine Augen sprühten vor Zorn. Ungestüm feuerte er schließlich seine Waffe zu Boden. »Und wie wollt Ihr verhindern, dass diese kleine Bestie nicht herumläuft und jedem erzählt, was sie soeben belauscht hat?« Antoine blickte herunter zu Marie, die sich immer noch zitternd an seinen Rockschößen festhielt. »Ich werde zu niemandem ein Wort sagen, Monsieur le Marquis. Das verspreche ich. Zu keiner Menschenseele.« Antoine musterte sie amüsiert. »Ehrlich gesagt, gebe ich nicht viel auf die Schwüre ungezogener Bauernkinder, kleine Marie.«

Desgrez verstand dies als Aufforderung. Drohend kam er einen Schritt näher. »Dann geht mir aus dem Weg.«

»Nein! Lasst es gut sein. Marie wird nicht reden. Dafür verbürge ich mich.« Auf Desgrez schienen Antoines Worte wenig Eindruck zu machen. »Und warum, wenn ich fragen darf, seid Ihr Euch da so sicher?« Ein sanftes Lächeln umspielte Antoines Lippen. »Dieses kleine Mädchen, Monsieur, ist eine treue Untertanin. Sie nimmt die Angelegenheiten des Königs sehr ernst. Glaubt mir. Marie wird schweigen.«

Kapitel 8

Ungeduldig eilte Louis durch die dunklen Gänge des Schlosses von Saint-Germain den Gemächern seiner beiden Mätressen entgegen. Bontemps ging ihm mit einer Kerze voraus.

Den ganzen Abend über hatte Louis die schlechte Laune Marie-Thérèses' über sich ergehen lassen. Seit dem Tode Madames war er nicht mehr bei ihr gewesen, und das ließ sie ihn nun deutlich spüren. Er würde sie besuchen. Wenn nicht in dieser, so doch in der nächsten Woche. Es bedurfte nicht ihrer Ermahnungen, ihn an seine Pflichten zu erinnern. »Bontemps?« Sie waren vor der Zimmerflucht angelangt, die Louise und Athénaïs sich auf seinen Wunsch hin teilten.

»Sire?«

»Du kannst jetzt gehen. Halte ein Glas Wein und ein wenig Hammelfleisch für mich bereit, wenn ich komme.«

Bontemps verneigte sich und verschwand.

Louis durchquerte die Empfangsräume und betrat den hell erleuchteten Salon der Mätresse en titre, Louise de La Vallière, Duchesse de Vaujours. Sein Blick fiel auf ein Bild Louises, das Monsieur Mignard kurz vor dem Ende ihrer Beziehung in seinem Auftrag gemalt hatte. Still und in sich gekehrt saß sie auf einem prachtvoll geschnitzten Lehnstuhl, umhüllt von einem üppigen, blauseidenen Umhang. Das kostbare Gewand wollte nicht recht zu dem bescheidenen Wesen passen, dessen Unglück so groß war, dass es sogar noch aus dem Pinsel des Malers zu strömen schien. Etwas regte sich. Louis sah sich um. Der Vorhang eines verborgenen Alkovens wurde zur Seite geschoben und das blasse Gesicht Louises tauchte dahinter auf. Sie erhob sich von ihrem Lager und erwies ihm eine tiefe Reverenz. Louis runzelte die Stirn. Er fühlte sich unwohl, wie immer, wenn er ihr alleine begegnete. Die zarte Gestalt richtete sich auf und blickte ihn aus ihren großen, traurigen Augen an. »Sire, auf ein Wort. Bitte erweist mir die Ehre.«

Louis atmete tief durch. Er war wirklich nicht in der Stimmung, weitere Vorwürfe über sich ergehen zu lassen. Ein Abend in Gesellschaft der Königin reichte ihm vollkommen. Doch die Höflichkeit verbot es ihm, der Mutter seiner Kinder diese bescheidene Bitte abzuschlagen. Er neigte leicht das Haupt.

»Es wird mir eine Freude sein.« Louise trat auf ihn zu. Obwohl sie ihm vier Kinder geboren hatte, war sie immer noch so gertenschlank wie eine Fünfzehnjährige. Sie glich in nichts der sinnlichen Athénaïs, deren füllige Schönheit ihn um den Verstand brachte und zum Vieh werden ließ, sobald sie ihn in ihre Arme schloss. Wie hatte er sich nur in zwei so unterschiedliche Frauen verlieben können? Es war ihm selbst ein Rätsel. »Ich habe Nachricht von Madame Colbert. Mademoiselle de Blois und ihr Bruder, der Comte de Vermandois, sind wohlauf, schreibt sie.«

Louise richtete ihren Blick zu ihm auf. Ihre braunen Augen waren voller Trauer. »Sicher vermissen sie ihren Vater, Sire. Genau wie ich.«

Er hatte es befürchtet. Es gab keinen Menschen im ganzen

Königreich, der ihm ein schlechtes Gewissen einflößen konnte. Nicht einmal der Königin mit ihren ewigen Vorwürfen gelang dieses Kunststück. Doch Louise schaffte es jedes Mal aufs Neue. »Ich werde etwas Zeit erübrigen und die beiden besuchen, so bald es geht.«

»Damit bereitet Ihr den Kindern eine große Freude, Sire.«

Louis ignorierte den flehentlichen Blick in ihren Augen. Er deutete eine leichte Verbeugung an und setzte den Weg zu den Gemächern Athénaïs' fort.

»Sire, ich bitte Euch.« Louises Stimme brach. Verärgert wandte Louis sich um. Er wusste, was jetzt folgte.

»Lasst mich gehen.« Ihr Körper zitterte, und nur mit Mühe konnte sie die Tränen zurückhalten.

»Madame«, absichtlich gab er seiner Stimme einen schneidenden Unterton, »Ihr seid eine Duchesse von Frankreich. Es gehört zu Euren Pflichten, bei Hof zu leben. Wir haben dieses Thema bereits erschöpfend diskutiert.«

»Ich flehe Euch an, Majestät.« Louise trat auf ihn zu. »Wenn ich Euch jemals etwas bedeutete, so lasst mich gehen.«

»Und wohin wünscht Ihr zu gehen, Madame? Etwa wieder nach Chaillot? Wie lange dauert sie denn diesmal, Eure Buße?« Während er weitersprach, stach ihm die Eiseskälte seiner Stimme ins eigene Herz. »Ihr habt Gottes Ohr bereits über Gebühr beansprucht mit den Bekenntnissen Eurer sündigen Beziehung zum König von Frankreich. Meint Ihr nicht auch, Madame?« Er reckte das Kinn und blickte auf Louise hinab. »Wir können nicht erlauben, dass Ihr Euch zurückzieht. Euer Platz ist hier. Unsere Kinder werden bald alt genug sein, um bei Hof zu leben. Schon um ihretwillen müsst Ihr bleiben.« Er wusste, wie schal diese Ausrede klang.

»Gerade wegen der Kinder, Louis. Habt Erbarmen mit mir. Was nutzt ihnen eine Mutter, die vor Schmerz fast wahnsinnig wird? Nacht für Nacht durchquert Ihr mein Gemach auf dem Weg zu Athénaïs. Es geht Euch doch gar nicht um die Kinder. Ihr opfert mich für eine Posse, die Eurer nicht würdig ist.«

Sie hatte recht. Es ging ihm nicht um die Kinder.

Mit Mühe kämpfte er die Schuldgefühle nieder, die in ihm aufwallten. Louise liebte ihn, und diese Liebe wurde ihr nun zum Verhängnis. Sie war der einzige Mensch, der nie um eine Gunst gebeten hatte, weder für sich noch für ihre Familie. Dabei hätte sie in den fünf Jahren, die ihre Beziehung währte, weiß Gott ein Vermögen machen können. Sie hatte es nicht getan und die Vorteile ihrer herausragenden Stellung in den Wind geschlagen. Louis wusste sehr wohl, dass es niemanden in seiner Umgebung gab, der selbstloser und aufrichtiger war als diese schmale, zarte Frau, die jetzt zitternd vor ihm stand. In allem hatte Louise sich gefügt. Immer war sie im Hintergrund geblieben, abgeschnitten von der Gesellschaft des Hofes, ohne Freunde. Damals wollte er sie für sich alleine und duldete niemanden in ihrer Nähe. Fünf lange Jahre hatte sie in der Einsamkeit ihrer Tage darauf gewartet, dass er zu ihr kommen würde, um die wenigen Mußestunden vom Coucher bis zum Lever mit ihr zu teilen. Nie hatte sie seinen Wünschen zuwidergehandelt oder sich beklagt. Auch nicht, als die Kinder starben und niemand da war, um ihr über den Schmerz hinwegzuhelfen. Wie viel Kraft sie das Leben an seiner Seite gekostet hatte, wusste er nicht zu sagen. Jetzt aber, mit sechsundzwanzig, war ihre Schönheit welk und ihr Mut gebrochen. Und wie mutig sie doch einst gewesen war. Keine Dame bei Hof hatte diese Tugend jemals so eindrucksvoll unter Beweis gestellt wie sie. Um seine Liebe zurückzugewinnen, hatte Louise Ungeheuerliches gewagt. Es war im Frühjahr 1667. Gerade war sie auf seinen ausdrücklichen Wunsch hin vom Parlament zur Duchesse de Vaujours erhoben worden. Alle wussten, dass dies keine Auszeichnung, sondern eher eine höfliche Entlassung war. Als wenig später die Liste der Damen herauskam, die für den Flandernfeldzug abkommandiert waren, konnte Louise sich keiner Illusion mehr hingeben. Der von Athénaïs stand darauf, ihrer nicht. Persönlich hatte er ihr die Order gegeben, sie möge Madame während ihrer Schwangerschaft beistehen. Dennoch war Louise fluchtartig aus Versailles abgereist, um sich seinem Tross anzuschließen. Noch heute sprach man bei Hof von dem Skandal, den sie ausgelöst hatte, als sie sich mit wirrem Haar und vor Erschöpfung halbtot den Majestäten in Avesnes unangemeldet präsentierte. Mit dieser Ungeheuerlichkeit hatte sie alles aufs Spiel gesetzt. Ihre Stellung bei Hof, ihre Titel, die Zukunft der Kinder, alles. Einzig aus Liebe zu ihm. Und was hatte er getan? Er brachte ihr die eisige Höflichkeit entgegen, die er aufdringlichen Fremden vorbehielt. Keine Frau war jemals so schändlich von ihm behandelt worden.

Dennoch musste Louise bleiben und ihre Rolle als Maîtresse en titre weiterspielen. Athénaïs war eine verheiratete Frau und er ein verheirateter Mann. Den öffentlichen Skandal eines doppelten Ehebruchs konnte sich selbst er, der König von Frankreich, nicht leisten. Der lästige Marquis de Montespan, der überall herumlief und jedem, der es hören wollte, die Geschichte seiner gefallenen Frau erzählte, die sich Louis le Grand als Hure hielt, machte ohnehin schon genug Ärger. Eine offizielle Trennung von Louise würde einem Schuldgeständnis gleichkommen. Ob es ihr nun passte oder nicht, Louise musste den Deckmantel über seiner Beziehung zur Marquise de Montespan ausbreiten. Louis sog scharf die Luft ein. Er wollte gut sein und er wollte groß sein. Aber es machte ihn wütend, dass diese Frau ihn immer wieder daran erinnerte, wie niedrig die Instinkte waren, die sein Handeln leiteten.

»Louis, macht meinen Qualen ein Ende!«

»Madame«, er senkte die Stimme zu einem drohenden Flüstern, »Ihr steht in hoher Gunst. Doch gebraucht Ihr eine Sprache, die Euch nicht ansteht. Es ist der König, zu dem Ihr sprecht. Ihr werdet bleiben und weiterhin Eure Pflicht erfüllen. Dies ist unser ausdrücklicher Wunsch.«

»Sire.« Erneut sank sie vor ihm auf die Knie. »So lange Gott mir die Kraft gibt, bin ich die Eure.« Ohne sich noch einmal nach ihr umzuwenden, schritt Louis an der gebeugten Frau vorbei auf die Gemächer seiner wahren Geliebten zu. Es gab nur noch eines, das sein erregtes Gemüt beruhigen konnte.

Sanftes Licht flutete ihm entgegen. Da lag sie, gebettet auf Brokat und Seide. Ihre herrliche Schönheit schien ihm im Licht der Kerzen geradezu überirdisch. Mit einem spöttischen Lächeln streckte sie ihm die nackten Arme entgegen. »Ihr kommt spät, Majestät. Fast schon fürchtete ich, Ihr hättet mich vergessen.« Er kniete vor ihr nieder und presste sein glühendes Gesicht gegen ihre weichen Brüste. Sanft ließ sie ihre Finger über seinen Hals gleiten. Wie hatte er sich nach diesem Augenblick gesehnt.

An die unglückliche Frau im Nebenzimmer dachte er nicht mehr.

Kapitel 9

»Wie umsichtig, zuerst mit mir über diese Angelegenheit zu sprechen, Claude. Ihr seid ein treuer Freund.«

Lange schon hatte ihn niemand mehr bei seinem Vornamen genannt. Er klang fremd in seinen Ohren. Fremd und unwirklich. Auch konnte ihn diese Vertraulichkeit nicht über die Herablassung im Tonfall Madame de Montespans hinwegtäuschen.

Purnon sah sie an. Er suchte nach einem Zeichen der Unruhe, nach irgendeiner Regung, die ihm zeigen würde, dass sie ein Gefährte sein wollte in dem Unglück, das über ihn gekommen war. Vergebens. Glatt und schön war der Ausdruck des Gesichts, hinter dem die Favoritin ihre Gedanken verbarg. Sie war mit der Königin und einigen anderen Damen aus Saint-Germain nach Saint-Cloud gekommen, um dem trauernden Duc d'Orléans einen Besuch abzustatten. Nun schlenderten sie durch den Park, zwei alten Freunden gleich, die sich viel zu erzählen hatten. Wie weit war die Wirklichkeit oft von dem entfernt, was sie zu sein schien. Um ihren weißen Teint zu schützen, wurde das Antlitz der königlichen Mätresse von einem riesigen

Schirm beschattet, den der Krüppel wie ein Zepter vor sich hertrug. Er musste seine Arme hoch in die Luft recken, um den Sonnenschutz über seine Herrin halten zu können. Fast tat er Purnon leid. Für einen Moment schloss er die Augen. Gleißend drang das Sonnenlicht durch seine Lider und legte ein tiefes Blutrot über seine Pupillen. Erschrocken riss er sie wieder auf. Unzählige blaue, gelbe und grüne Punkte explodierten, bevor sein Blick wieder klar wurde. Sie näherten sich dem Wassersturz. Dieses hydraulische Meisterwerk bot ein ganz besonderes Schauspiel und galt selbst im hochkultivierten Frankreich als unvergleichliches Wunder. In Kaskaden fiel das Wasser herab und erweckte beim Zuschauer den Eindruck, vor einer riesigen, glitzernden Treppe zu stehen. Purnon war immer gerne hierher gekommen. Besonders in den Abendstunden des Sommers, wenn die letzte Glut der Sonne den Park in ein unwirkliches Licht tauchte. Doch schien es ihm jetzt, als diente die Herrlichkeit der Gärten nur einem einzigen Zweck: Sie sollte verschleiern, dass dies ein Ort des Todes war.

Inzwischen hatten sie den Wasserfall erreicht. Die sprühenden Tropfen der Fontänen stoben millionenfach auseinander und umhüllten sie wie ein kühler Schleier. Über ihnen erstreckte sich die berühmte Terrasse, von der aus man die Seine überblicken konnte. Mit einem Lächeln wandte Madame de Montespan sich ihrem verwachsenen Pagen zu. »Geh, Hippolyte, und sieh dich ein wenig um. Bleib aber in der Nähe, sodass ich dich rufen kann.« Sanft streichelte sie ihm über die Wange. Purnon überfiel Ekel. Wie konnte sie nur das hässliche Gesicht dieses Krüppels berühren. Es glich eher einem Elefanten als dem eines Menschen. Unter der gewölbten Stirn steckten die schwarzen Augen in tiefen Höhlen, und aus dem hängenden Mundwinkel troff ein immerwährender Speichelfluss. Mit schleppenden Schritten entfernte sich der Knirps.

Dabei trug er den Schirm wie eine Lanze vor seiner Brust. Im Schatten einer Bacchusstatue suchte Madame de Montespan Schutz vor der Hitze. Ihre Augen hefteten sich auf Purnons gedrungene Gestalt.

»Ihr sagt also, der Kammerknecht sah den Marquis d'Effiat in Madames Vorzimmer?«

»Ja.«

»Wann genau?«

Purnon machte eine vage Geste. »Das wusste Gaspard nicht mehr zu sagen. Monsieur und Madame waren zur Messe.«

»Und Ihr, mein Freund, wann habt Ihr der Limonade das Mittel beigefügt?«

»Später.« Er schämte sich und sah zu Boden. »Madame war von der Messe zurückgekehrt und erging sich mit ihren Damen auf der Terrasse.«

»Aber Euch sah der Page nicht, oder?«

»Nein. Mir gegenüber hat er jedenfalls nichts erwähnt.«

»Dann wollen wir dankbar sein, dass sich alles zu unseren Gunsten fügt.«

»Ich verstehe nicht, Madame. Wie könnt Ihr sagen, alles füge sich zu unseren Gunsten? Leite ich diese Nachricht nicht weiter, so ist es nur eine Frage der Zeit, bis Gaspard sich auf anderem Weg Gehör verschafft.«

Ein spöttisches Lächeln huschte über das Gesicht Madame de Montespans. »So sei es. Der Marquis wird selbstverständlich erklären müssen, warum er sich an Madames Getränkevorrat zu schaffen machte.«

Purnon sah sie ungläubig an.

»Aber Ihr wisst, was das bedeutet?«

»Darauf könnt Ihr Euch verlassen, Monsieur de Purnon.« Die Stimme der Marquise war auf einmal von ungewöhnlicher Schärfe. »Ich rette Euch vor dem Henker.«

Wollte er das überhaupt? Immer wieder seit jener verhängnisvollen Nacht, da Madame so qualvoll gestorben war, kehrte dieser Gedanke zu ihm zurück. Der Tod schien Purnon ungeheuer leicht im Vergleich zu den Qualen, die die Zukunft für ihn bereithalten würde. Doch selbst konnte er sich nicht richten. Obwohl es ihn mit unendlicher Sehnsucht erfüllte, endlich Frieden zu finden, durfte er nicht Hand an sich legen und noch tiefer in Schuld versinken. Wenn aber die Menschen ihn der Ewigkeit überantworteten, als Sühne für sein Verbrechen, warum sollte er dieses Geschenk ausschlagen? Warum?

Madame de Montespan schien seine Gedanken erraten zu haben. Sie trat dicht an ihn heran. Fast spürte er ihre vollen Lippen an seiner Ohrmuschel. »Es ist noch nicht zu Ende, Claude. Gott hat Euch ein Mittel in die Hand gegeben, um die Feinde Madames mit einem Mal zu vernichten.«

Überrascht blickte Purnon auf.

»Was glaubt Ihr, wie lange es dauern wird, bis der Chevalier de Lorraine aus der Verbannung zurückgerufen wird? Nun, da Madame tot ist und es niemanden gibt, der seine Rückkehr verhindert. Er wird seinen Platz an Monsieurs Seite einnehmen und gemeinsam mit d'Effiat alles an sich raffen, dessen er habhaft werden kann. Ihr kennt Lorraine. Und d'Effiat wird ihn zu noch größeren Schändlichkeiten anstacheln. Madame war die Einzige, die diesen habgierigen Teufeln Einhalt gebieten konnte.« Auffordernd hielten die Augen der Marquise seinen Blick gefangen. »Die verkommenen Freunde Monsieurs werden triumphieren und das Andenken Madames mit Füßen treten. Dann war alles, wofür Eure Herrin gekämpft hat, vergebens. Wollt Ihr das, Claude?«

Bebend wandte Purnon sich ab.

»Wollt Ihr das?«

Wut stieg in ihm auf. Zum ersten Mal, seit der Schmerz einer stumpfen Verzweiflung gewichen war, fühlte er etwas. Sie hatte recht. Jetzt, da Madame unter der Erde war, lauerte Monsieurs Meute nur darauf, die Beute unter sich zu verteilen. Er hatte d'Effiat beobachtet. Der Marquis wusste nur zu gut, dass man ihn mit dem Verbrechen in Verbindung brachte. Doch den verstohlenen Blicken, die ihn überall begleiteten, begegnete er mit einem arroganten Lächeln. Fast schien es, als sonnte er sich in seinem schändlichen Ruhm. Warum auch nicht? D'Effiat durfte sich seiner Sache sehr sicher sein. Die Hand des Duc d'Orléans lag schützend über ihm. Mehr denn je hatte Monsieur in den letzten Wochen die Gesellschaft des Marquis gesucht, obwohl alle Welt wusste, dass d'Effiat ein erklärter Feind Madames gewesen war. Monsieur schien es noch nicht einmal der Mühe wert, wenigstens den Anschein von Trauer aufrechtzuerhalten. Im Gegenteil; schon plante er eine Medianoche zu veranstalten und den Sommer mit einem riesigen Feuerwerk zu verabschieden. Purnon war es vollkommen gleichgültig, ob Monsieur sein letztes Hemd an diese Hurenbuben verschleuderte. Mochte der Bruder des Königs in einem schäbigen Bordell verrecken. Doch vorher wollte er ihn bestrafen, für die Untreue und Grausamkeit, mit der er seine engelsgleiche Herrin gequält hatte. Warum also nicht seine Lieblinge vernichten? »Was habt Ihr vor?«

»Wir werden sehen, mein Freund. Wir werden sehen.« Ein befriedigtes Lächeln huschte über die Lippen Madame de Montespans.

Kapitel 10

Mit ausgebreiteten Armen, einem Kriegshelden gleich, der gerade den tödlichen Streich empfangen hat und sich ein letztes Mal aufbäumt, bevor er zu Boden sinkt, so stand Monsieur in der Mitte des Zimmers, die Augen geschlossen. Bekleidet war er lediglich mit einem Hemd aus leichter Seide, welches bis knapp über das Gesäß reichte und nur wenig geeignet schien, den dicken Bauch zu kaschieren. Antoine vertrieb sich die Zeit damit, den Prinzen zu beobachten. Denn immer, wenn dieser einatmete, lugte die rosige Spitze seines Penis unter dem Leibchen hervor. Gerade legte ein Kammerdiener mit äußerster Vorsicht weißes Balsam auf das Gesicht des Prinzen. Ein weiterer Diener war damit beschäftigt, die Hände zu weißen, während ein dritter die runden Schenkel mit duftenden Ölen einrieb. Antoine lehnte lässig in einer Ecke und dankte einmal mehr dem gnädigen Schicksal, das ihn vor den Fängen des Duc d'Orléans bewahrt hatte. Es gab mit Sicherheit größere Freuden auf der Welt, als Monsieur unbekleidet zu sehen. Er nahm einen Schluck von seiner Schokolade und konnte nur mit Mühe ein Gähnen unterdrücken. Die aufwendige Prozedur, die vonnöten war, um Monsieur anzukleiden, schien ewig zu dauern.

Sobald die weiße Schminke aufgetragen war, trat der Chevalier de Châtillon mit einer Unterhose heran und reichte sie dem ersten Kammerherren. Dieser half Monsieur mit einer Verbeugung hinein. Daraufhin näherte sich der Marquis de La Vallière, um Monsieur die Nachtmütze vom Kopf zu nehmen.

»Mir ist zu Ohren gekommen, mein Bester«, bemerkte Monsieur, während der Marquis seiner Aufgabe nachkam, »dass Euch ein Kadett der Leibgarde ganz besonders interessiert.«

Der Marquis blickte mit gekünstelter Verschämtheit zu Boden. »Es wird viel geschwatzt, Königliche Hoheit«, erwiderte er kichernd, »Ihr solltet nichts darauf geben.«

»Nur zu, Monsieur le Marquis«, feuerte der Duc de Créquy ihn an. »Gestern noch sah ich Euch mit Monroe auf der Terrasse.«

»Nun habt Ihr mich verraten«, lachte der Marquis. »Ich bekenne mich schuldig. Monroe ist wahrhaftig von göttlicher Anmut. Wie könnte man ihm nicht verfallen?«

Monsieur schien mit dieser Antwort sehr zufrieden. »Ich werde sehen, was ich für Euch tun kann, teurer Freund.« Mit einem süffisanten Lächeln richtete er das Wort an Antoine. »Monroe ist ein junger Normanne. Er gleicht Euch, Antoine. Denn auch er versteht es, die Herzen Unschuldiger zu rauben.« Mit einer eleganten Bewegung goss Antoine aus einer feinen Schale etwas Schokolade in seine Untertasse und blickte den Prinzen mit einem zurückhaltenden Lächeln an. Er war in aller Herrgottsfrühe aufgestanden, um pünktlich zum Lever in Saint-Cloud zu erscheinen, und wahrlich nicht in der Verfassung, eine Spitze Monsieurs zu parieren. Der Marquis de La

Vallière enthob ihn dieser Verpflichtung, da er sich bemüßigt fühlte, seinen Liebling zu verteidigen. »Ich finde nicht, Monsieur, dass der Marquis de Montagnac und Monroe einander ähneln. Monroe ist ein Jüngling, dem die Unschuld des Kindes noch nicht genommen wurde. Eine reine Seele spiegelt sich auf seinem wunderbaren Antlitz. Das macht ihn in meinen Augen so unwiderstehlich.« Abfällig kreuzte sein Blick den von Antoine. »Ich möchte Euch keinesfalls verletzen, Monsieur le Marquis. Doch Ihr seid ein Mann von Erfahrung, den die Unschuld des Kindes schon lange verlassen hat.«

Alle Augenpaare richteten sich gespannt auf Antoine. Dieser quittierte die Bemerkung mit einer leichten Verbeugung. »Wohl gesprochen, Monsieur le Marquis.« Die Kränkung weckte seine Lebensgeister wieder, mehr, als es die Schokolade vermochte. »Doch steht zu fürchten, dass Eurem Galan selbiges widerfährt, wenn Ihr Euch seiner annehmt. Glaubt Ihr nicht auch?«

Monsieur klatschte lachend in die Hände. »Vertragt Euch, meine Freunde. Niemand zweifelt an der Einmaligkeit Eures jungen Mannes, mein guter Vallière. Doch dürft Ihr mir nicht zürnen, wenn ich unserem Antoine ein paar Artigkeiten sage. Schließlich habe ich seine Gegenwart lange entbehrt.«

Der Marquis de La Vallière neigte leicht das Haupt und entfernte sich schmollend, die Nachtmütze wie eine Reliquie vor sich hertragend.

Der zweite Kammerherr brachte nun in Begleitung des Perückenmachers eine riesige schwarze Allongeperücke herein. Diese neueste modische Sensation war, seitdem auch der König sich damit schmückte, für einen Kavalier bei Hof unerlässlich geworden. Das unter Louis XIII. in Mode gekommene lange Haupthaar passte nicht mehr recht in die Zeit des großen Königs. Man munkelte jedoch, dass es Seiner Majestät mit der Einführung der Lockenmähne mehr darum zu tun war, sein eigenes, immer lichter werdendes Haupthaar zu kaschieren, als darum, eine neue Mode zu schaffen. Auch Antoine hatte sich, sobald er in der Hauptstadt eingetroffen war, zwei blonde Perücken machen lassen. Sie hatten ihn ein Vermögen gekostet, doch die Investition, so fand er jedes Mal, wenn er in einen Spiegel blickte, hatte sich gelohnt. Monsieur bevorzugte dunkle Locken, da so die Blässe seiner geschminkten Haut besser zur Geltung kam. Nachdem ihm die Flut aus schwarzem Haar aufs Haupt gesetzt worden war, wandte er seine Aufmerksamkeit einem Katalog mit Stoffmustern zu, die der Duc und der Marquis d'Effiat ihm vorlegten. Mit größter Sorgfalt nahm er die Stoffe in Augenschein und prüfte mit den Fingern ihre Qualität. Langsam arbeitete er sich durch die einzelnen Muster. Solange Monsieur mit der Auswahl des Stoffes beschäftigt war, den er zu tragen wünschte, herrschte ehrfürchtige Stille. Antoine nutzte den Augenblick der Ruhe zwischen dem endlosen Geplapper, das das Lever Monsieurs begleitete, um seinen Gedanken nachzuhängen. Dieses kleine Manöver Monsieurs erschien ihm recht interessant. Antoine wusste, dass der Prinz es liebte, unter seinen Günstlingen Streit zu säen, um hernach als Schlichter aufzutreten. Doch konnte er sich des Eindrucks nicht erwehren, dass es Monsieur bei dem Zwist, den er zwischen ihm und dem Marquis de La Vallière eingefädelt hatte, wirklich darum gegangen war, ihm zu schmeicheln. Anders vermochte er sich nicht zu erklären, warum Monsieur im Kreise seiner Getreuen an die Gefühle erinnerte, die Antoine einst in ihm wachgerufen hatte. Es schien eine Art Friedensangebot zu sein. Oder täuschte er sich?

Antoine ließ seinen Blick durch den Raum gleiten. Monsieur hatte sein Ankleidezimmer mit kostbaren flandrischen Wandbehängen dekoriert, die die Geschichte Scipios darstellten. Aufmerksam betrachtete er die einzelnen Szenen. Die Tapisserien konnten erst im letzten Jahr angebracht worden sein. Er hatte sie jedenfalls noch nie gesehen. Dennoch kamen sie ihm seltsam vertraut vor. Antoine nahm einen Schluck von seiner Schokolade. Dabei fiel sein Blick wie zufällig auf den Chevalier de Châtillon, der sich bis auf die Darreichung der herzoglichen Unterhose bisher unauffällig im Hintergrund gehalten hatte. Kaum älter als achtzehn oder neunzehn Jahre, war er ein Neuling im Kreise Monsieurs. Interessiert beobachtete Antoine den schüchtern wirkenden jungen Mann. Nun, der Chevalier könnte ihm gefallen. Zwar wirkte der Ausdruck seines runden Gesichts etwas dümmlich, doch die breiten Schultern und der muskulöse Oberkörper, der in eine schmale Taille überging, würden für mangelnde Geistesgaben reichlich entschädigen. Plötzlich stutzte Antoine. Erneut wandte er seine Aufmerksamkeit dem Wandschmuck zu. Eine Szene zeigte den jugendlichen Scipio, der sich von seinen Soldaten für den Sieg über Hannibal feiern ließ. Nun erkannte Antoine, was ihm vorhin nicht aufgefallen war. Monsieur hatte sich Châtillons als Modell bedient, um den römischen Feldherren auf seinen Tapisserien zu verewigen. Interessant. Offensichtlich besaß der stille junge Mann bereits einen festen Platz in der Runde des Duc d'Orléans. Monsieurs Fistelstimme riss ihn aus seinen Gedanken.

»Findet Ihr nicht auch«, richtete dieser das Wort an den Duc de Créquy, »dass unser lieber Marquis d'Effiat heute auffallend schlecht aussieht? Was ist mit Euch, mein Freund? Geht es Euch nicht gut?«

»Ich danke Euch für Eure Fürsorge, Monsieur«, erwiderte der Marquis hastig. »In der Tat fühle ich mich heute nicht recht wohl. Vermutlich hatte ich gestern Abend zu viele Austern.« Monsieur lächelte nachsichtig. »Nehmt etwas von meinem Schaffhausener Wasser und ruht Euch aus. Heute Abend werdet Ihr sicher wieder bei Kräften sein.«

Antoine konnte Monsieur nur recht geben. Der charmante Marquis sah aus, als hätte er die ganze Nacht kein Auge zugetan. Auch war der sonst so gepflegte Mann für seine Verhältnisse äußerst schlampig gekleidet. Es schien, als habe d'Effiat die Nacht in seinem Rock verbracht, und auch die Halsbinde bedurfte dringend der Korrektur.

Monsieur entschied sich schließlich, nachdem er alle Muster durchgesehen hatte, für violett paspelierte, schwarze Atlasseide. Die Kleidungsstücke aus dem gewünschten Stoff wurden ihm vorgelegt und für gut befunden.

Er tauschte das kurze, seidene Leibchen gegen ein mit Rüschen verziertes Hemd, ließ sich ein Jabot aus Brüsseler Spitze binden und schlüpfte danach in Rock und Hose. Passend zu seiner Beinkleidung wählte er kostbare Strümpfe aus schwarzem Satin. Hernach ließ er sich schwarze, hochhackige Schuhe mit blankpolierten, silbernen Schnallen bringen. Doch erst nachdem er mit äußerster Umsicht seine Juwelen gewählt und angelegt hatte, war Monsieurs Garderobe komplett.

Lächelnd wandte er sich an die Schar seiner Günstlinge. »Und nun, meine Freunde, lasst mich alleine. Vor der Messe möchte ich mich ein wenig besinnen.« Wie alle anderen neigte auch Antoine das Haupt und steuerte auf den Ausgang zu.

»Antoine!« Der Ruf Monsieurs hielt ihn zurück. »Ihr bleibt. Folgt mir in mein Kabinett.« Mit einer einladenden Geste deutete Monsieur auf das angrenzende Gemach. Antoine fiel es schwer, seine Verwirrung zu verbergen. Es hatte ihn schon zur Genüge erstaunt, dass es der Grande Mademoiselle gelungen war, für ihn eine Einladung nach Saint-Cloud zu erwirken. In keiner Weise entsprach es Monsieurs Charakter, zu verzeihen. Antoine hatte jedoch angenommen, dass Monsieur seiner Cousine eine Gefälligkeit erweisen wollte. Diese offensichtliche Bevorzugung allerdings irritierte und beunruhigte ihn. Die Verblüffung auf den Gesichtern der Günstlinge verstärkte seinen Argwohn.

»Antoine!« Die Stimme Monsieurs klang ungeduldig. Eilig folgte er dem Bruder des Königs. Auch in seinem Kabinett war die Vorliebe des Prinzen für edle Tapisserien nicht zu übersehen. Mit Ausnahme der Fensterfront waren alle Wände mit wertvollen Teppichen verkleidet. Sie zeigten die Geschichte von Tankred und Klorinde. Monsieur nahm hinter seinem Sekretär Platz und begann sofort, sich reichlich aus einer Schale mit gezuckerten Nüssen zu bedienen. Schmatzend richtete er das Wort an Antoine. »Mir ist nicht entgangen, dass Euch mein Verhalten in Erstaunen versetzt.«

»Das kann ich nicht leugnen, Monsieur. Nach unserer letzten Begegnung musste ich fürchten, dass Ihr mir immer noch nicht verziehen habt.«

»Wahrhaftig, Antoine«, stieß Monsieur eine Spur zu heftig hervor, »ich hatte guten Grund, mit Eurem Verhalten unzufrieden zu sein. Glaubt Ihr nicht auch?«

»Ich bedaure zutiefst«, entgegnete Antoine und versuchte dabei, so aufrichtig wie möglich zu klingen, »Euer Missfallen erregt zu haben. Ich hege aber die Hoffnung, dass ich Euch in Zukunft keinen Grund zur Klage geben werde.«

»Nun, wir wollen sehen. Das Unglück, welches mich durch das Ableben der Duchesse befallen hat, lässt Geschehenes in einem anderen Licht erscheinen. Die Vergangenheit verliert an Bedeutung.« Monsieur machte eine kunstvolle Pause, in der Antoine sich fragte, ob er wirklich glaubte, ihn mit seiner geheuchelten Trauer täuschen zu können. Wäre Monsieur ein einfacher Edelmann gewesen, mit Sicherheit hätte er auf dem Grabe Madames getanzt. Doch war er der Bruder des

Königs, und seine herausragende Stellung verlangte, dass er den Tod seiner Gemahlin beweinte. Was Monsieur hinter geschlossenen Türen trieb, war eine Sache. Sobald er aber die öffentliche Bühne des Hofes betrat, war er sich in jeder Sekunde sehr wohl bewusst, was von ihm erwartet wurde. Die Pflichten seiner hohen Geburt mochten noch so unbequem sein; Monsieur erfüllte sie ohne Zaudern. Die Vorstellung des trauernden Gatten allerdings gelang ihm nur schlecht. Antoine beschloss, einen kleinen Vorstoß zu wagen. Warum sonst war er hier? »In der Tat ist der Tod Madames eine große Tragödie. Besonders unter Berücksichtigung der Umstände, welche das Dahinscheiden Ihrer Königlichen Hoheit begleitet haben.« Äußerlich blieb Antoine vollkommen ruhig. Nichts verriet den Aufruhr, der in ihm tobte. Zunächst schien Monsieur überrascht durch die Kühnheit der Bemerkung. Eine Nuss, gerade auf dem Weg verspeist zu werden, fiel zurück in die Schale. Sein Blick verdunkelte sich. »Ihr seid sehr kühn, Monsieur le Marquis. Doch scheint Ihr vergessen zu haben, dass Euer Wagemut Euch beim letzten Mal schlechte Dienste geleistet hat.« Monsieur erhob sich. Fast schon fürchtete Antoine, er würde ihn von seinen Dienern aus dem Schloss werfen lassen. Schließlich aber zuckte er gelassen mit den Achseln.

»Glaubt nicht«, fuhr er nachdenklich fort, »dass ich nicht weiß, was gesprochen wird. In Saint-Germain, auf den Gängen des Louvre und in Versailles.« Er trat dicht an Antoine heran. Selbst mit seiner gewaltigen Perücke reichte Monsieur ihm nur bis knapp unter das Kinn.

»Sie wispern hinter vorgehaltener Hand, wenn ich vorbeigehe und sie sich verneigen. Doch ich habe gute Ohren und höre alles. Sie glauben, ich hätte Madame ermorden lassen. Sie glauben, ich wollte mich rächen, weil sie mir den Chevalier genommen hat. Nun, Antoine, sie haben recht.« Wieder schwieg Monsieur, und ein kleines maliziöses Lächeln umspielte seinen Mund.

»Ich wollte mich rächen. Ich wollte ihr das Leben zur Hölle machen. Doch wie, so sagt mir, macht man einer Toten das Leben zur Hölle?«

An der Seite Monsieur de Purnons hastete Antoine durch die Parkanlagen und hielt Ausschau nach den Ehrenjungfern der verstorbenen Duchesse d'Orléans, die sich hierher begeben hatten, um Ball zu spielen. Antoines Bekanntschaft mit der spröden Comtesse de Grignan, Gemahlin des Generalleutnants der Provence und Tochter der ungleich bezauberndereren Madame de Sévigné, hatte ihm den Vorwand geliefert, den jungen Damen seine Aufwartung zu machen. Unter ihnen befand sich auch eine entfernte Cousine der Comtesse, Mariebelle de Noirmoutier. In der Hoffnung, von ihr etwas zu erfahren, das ihm bei seiner Suche nach dem Täter helfen würde, hatte Antoine nach seiner Unterredung mit Monsieur darum gebeten, Mademoiselle de Noirmoutier persönlich einen Gruß ihrer Cousine übermitteln zu dürfen. Immerhin hatte sie als Ehrenjungfer Tag und Nacht mit Madame zugebracht, und es war nicht unwahrscheinlich, dass ihr in dieser Zeit etwas zu Ohren gekommen war, dessen Bedeutung sie nicht richtig einschätzen konnte. Antoine wollte diese Möglichkeit auf gar keinen Fall ungenutzt lassen. Ohne Verdacht zu schöpfen, entsprach Monsieur Antoines Bitte und gab ihn, nachdem die private Audienz beendet war, in die Obhut Monsieur de Purnons. Gerne hätte Antoine die Suche nach den Damen in etwas gemächlicherem Tempo vollzogen, denn er liebte die Gärten von Saint-Cloud, und es war das erste Mal seit seiner Rückkehr aus der Verbannung, dass er ihre Schönheit genießen durfte. Besonders gefielen ihm die langgezogenen Alleen, an deren Enden Scheinperspektiven die Illusion erweckten, sie würden ins Endlose führen. Monsieur de Purnon allerdings schien es eilig zu haben, Antoine wieder loszuwerden. Der verschlossene, unansehnliche Haushofmeister Madames war ihm noch nie besonders geheuer gewesen. Sie waren einander selten begegnet und hatten kaum ein persönliches Wort gewechselt. Bei den wenigen Anlässen in Saint-Cloud oder im Palais Royal, die ihrer beider Anwesenheit erfordert hatten, waren die aufeinandergepressten, blutleeren Lippen Purnons stets die einzige Erwiderung auf Antoines Versuche gewesen, eine freundliche Unterhaltung mit ihm zu führen. Auch jetzt, da Antoine als Gast in Saint-Cloud weilte, gab Monsieur de Purnon sich keinerlei Mühe, seine Abneigung zu verbergen. Stumm stapfte er neben ihm her. Es lag bei Antoine, die unangenehme Stille zu ertragen oder den schweigsamen Mann zum Sprechen zu zwingen.

»Was für ein herrlicher Tag dies heute ist, Monsieur de Purnon.«

»Es ist heiß«, brummte Purnon, »wie an jedem Tag in diesem Sommer.«

Antoine war entschlossen, sich durch die brüske Art dieses fleischigen Tölpels nicht einschüchtern zu lassen. »Sehr wahr. Ich hoffe, die jungen Damen haben ein schattiges Plätzchen für ihren Aufenthalt gewählt. Wenn dem so ist, scheint mir ein Ballspiel bei diesem herrlichen Wetter ein köstliches Vergnügen zu sein. Stimmt Ihr mir zu?«

»Nein.«

Na, sieh einer an. Antoine musterte unauffällig die abweisenden Züge Monsieur de Purnons. »Und warum nicht, mein Bester? Es ist der Gesundheit einer jungen Dame mit Sicherheit sehr zuträglich, wenn sie sich in ihren Mußestunden etwas Bewegung verschafft. Dies ist meine ganz persönliche Meinung.«

Monsieur de Purnon blickte starr geradeaus. Blut schoss in

seine blassen Wangen, während er seinen Schritt noch etwas beschleunigte. »Das mag sein. Diese jungen Damen allerdings täten besser daran, auf den Knien ihrer toten Herrin zu gedenken, anstatt hier im Park Ball zu spielen. Dies ist meine ganz persönliche Meinung, Monsieur le Marquis.«

Es war offensichtlich, dass der alte Bock den Mädchen keinen Spaß gönnte. Dem elenden Heuchler war es vermutlich egal, wem die Demoisellen gedachten, solange sie auf den Knien lagen vor seinem geöffneten Hosenlatz. Antoine beschloss insgeheim, sich die Suche nach Mademoiselle de Noirmoutier zu versüßen, indem er den bärbeißigen Halunken etwas neckte. »Und Ihr, mein Freund? Gedenkt Ihr Eurer toten Herrin auf den Knien?« Abrupt blieb Monsieur de Purnon stehen und wandte sich ihm zu. »In jeder Minute, die zu meiner freien Verfügung steht, Monsieur le Marquis. In jeder Minute.«

Antoine blieb jegliche Erwiderung im Halse stecken. Überrascht blickte er sein Gegenüber an. Es konnte kein Zweifel daran bestehen, dass Monsieur de Purnon die Wahrheit sprach. Der Ausdruck in den blauen Augen des Haushofmeisters war so voller Unglück und Hilflosigkeit, dass Antoine zunächst nicht wusste, was er sagen sollte. Einen Freund hätte er vermutlich in den Arm genommen. »Verzeiht, Monsieur de Purnon, wenn ich mit meinem arglosen Geplauder Eure Gefühle verletzt habe. Das lag nicht in meiner Absicht.« Die Aufrichtigkeit seines Tonfalls schien den Haushofmeister verlegen zu machen. Unsicher blickte er zu Boden. »Madame war die Güte in Person.«

Antoine rührte die Schlichtheit der Bemerkung, doch musste er sich auch eingestehen, dass es ihm wenig behagte, Zeuge dieser Gefühlsanwandlung zu sein. Die plötzliche Verletzlichkeit Monsieur de Purnons hatte etwas Nacktes, von dem Antoine nichts wissen wollte. Verlegen bohrte er den Absatz seines Schuhs in den Boden und dachte angestrengt darüber nach, ob ihm nicht doch noch ein Wort des Trostes einfallen würde.

»Ich war glücklich, ihr dienen zu dürfen, und es schmerzt mich zu sehen, wie schnell man sie vergisst.« Genauso plötzlich, wie er stehen geblieben war, setzte Monsieur de Purnon sich wieder in Bewegung. Antoine kam es so vor, als habe dieser grobe Mann seine Unsicherheit gespürt, sodass er nun darauf bedacht war, ihm jede weitere Peinlichkeit zu ersparen. Den Rest des Weges legten die beiden schweigend zurück.

Endlich entdeckten sie die jungen Frauen im Schutz eines Birkenhains. Beim Anblick der lachenden, fröhlichen Geschöpfe konnte Antoine nicht umhin, Monsieur de Purnon recht zu geben. Madame schien hier wirklich schon vergessen.

Mademoiselle de Noirmoutier erwies sich als gänzlich ungeeignet, das Amt einer königlichen Ehrenjungfer auszufüllen. Sie lachte zu laut, plapperte in einem fort und stopfte sich unentwegt etwas in den Mund. Auch vermochte sie nicht zu verbergen, dass sie die neu gewonnene Freiheit, die der Tod ihrer Herrin mit sich brachte, in vollen Zügen genoss.

Die Ankunft eines schmucken jungen Mannes hatte im Kreis der Demoisellen zunächst für einige Unruhe gesorgt. Sobald Monsieur de Purnon in sicherer Entfernung war, wurde Antoine umringt von luftiger Seide, flatternden Bändern und den aufgeregten Stimmen junger Frauen, die nur darauf brannten, Neuigkeiten aus Paris zu erfahren. Unzählige Fragen prasselten auf ihn nieder. Was es in den Spielhäusern zu sehen gab, wo man dieser Tage die besten Strümpfe bekam, ob er den Cours-la-Reine besucht und wen er dort getroffen habe. Er beantwortete zuvorkommend alle Fragen, dann trug er sein Anliegen vor. Offensichtlich war Mademoiselle de Noirmoutier nicht gewillt, Antoines Aufmerksamkeit mit den anderen jungen Damen zu teilen. Sie hakte sich bei ihm unter und gab ihren Genossinnen gegenüber vor, dem Marquis eine private Botschaft für ihre Cousine mitteilen zu wollen. Voller Enttäuschung ließen ihre Kameradinnen sie mit Antoine im Schlepptau ziehen.

Während sie Seite an Seite durch das Birkenwäldchen schlenderten, musste Antoine sich amüsiert eingestehen, dass es durchaus etwas Reizvolles hatte, von einem hübschen fünfzehnjährigen Mädchen bewundert zu werden. Und dass Mademoiselle de Noirmoutier ihn bewunderte, war nicht zu übersehen.

»Nun, Monsieur le Marquis«, begann das Fräulein kokett, sobald sie außer Hörweite der anderen jungen Damen waren, »Ihr habt also den weiten Weg von Paris nach Saint-Cloud auf Euch genommen, nur um mir einen Gruß von Françoise zu sagen?« Mit einem Augenzwinkern fügte sie hinzu: »Mich wundert, dass Françoise mir überhaupt etwas sagen möchte. Sie kann mich nämlich nicht leiden.«

Die erfrischende Offenheit seiner Gesprächspartnerin gefiel Antoine. »Mademoiselle, den Eindruck hatte in der Tat auch ich, als ich zuletzt mit der Comtesse über Euch sprach. Sie hält Euch für das ungeschickteste Geschöpf auf Gottes Erden.«

»Außerdem findet sie meinen Busen zu klein«, fügte Mademoiselle de Noirmoutier hinzu und biss herzhaft in einen Apfel, den sie aus den Falten ihres Rockes hervorgezaubert hatte.

»Wenn dem so ist, wüsste ich gern, welche Nachricht Ihr nun Eurer Cousine übermitteln wollt.«

»Ach, sagt ihr, sie soll meinen Hintern küssen. Oder noch besser, den eines stinkenden Ziegenbocks.« Glucksendes Gekicher folgte dieser anzüglichen Grußbotschaft. Nein, Mademoiselle de Noirmoutier war entschieden nicht das, was man sich unter der Ehrenjungfer einer englischen Prinzessin vorstellte. Antoine neigte leicht das Haupt. »Es wird mir eine Freude sein.« Obgleich ihn die Zwistigkeiten der Damen Grignan und Noirmoutier aufs höchste amüsierten, verlor er sein Ziel nicht aus den Augen. So unauffällig wie möglich versuchte er, das Gespräch auf Themen zu lenken, die für ihn weitaus interessanter waren. »Ich bin sicher, Ihr brennt darauf, zu erfahren, wer die Nachfolge Eurer verstorbenen Herrin antreten wird«, bemerkte er in leichtem Plauderton. Das Fräulein zuckte die Achseln und wandte sich ihm gleichgültig zu. »Nicht unbedingt. Wenn es nach mir ginge, könnte alles so bleiben, wie es ist.«

»Das klingt, als hättet ihr keine besondere Freude an der Erfüllung Eurer Pflichten. Es gibt bestimmt unzählige junge Damen, die sich den rechten Arm abhacken würden, wenn sie mit Euch tauschen könnten.«

»Sie täten besser daran, ihren rechten Arm zu behalten, Monsieur le Marquis. Denn glaubt mir, zwei Arme sind noch viel zu wenig, um herbeizuschaffen, was eine anspruchsvolle Herrin den lieben langen Tag vonnöten hat.«

Antoine spitzte die Ohren. Hörte er da so etwas wie Missvergnügen aus den Worten der vorwitzigen Mademoiselle? »Aha. Dann war es wohl keine leichte Aufgabe, der Duchesse zu dienen?«

»Sie ist tot. Darum mag ich nichts Schlechtes über sie sagen. Aber wenn Ihr mich schon fragt, Monsieur, so kann ich nur bekennen, dass es wahr ist.«

»Ihr Tod scheint Euch nicht sehr viel auszumachen?«

»Nein, nicht sehr viel.«

Er betrachtete das junge Mädchen, dessen Heiterkeit mit einem Mal verschwunden war. Trotz der Kürze ihrer Bekanntschaft verspürte Antoine bereits eine gewisse Zuneigung für die lebhafte Mademoiselle de Noirmoutier. Und beinahe fühlte er sich verpflichtet, sie vor allzu großer Offenheit zu warnen. Doch unterließ er es, da er fürchtete, ihr Redestrom würde versiegen.

»Ich hatte wenig Grund, Madame zu lieben«, erklärte das Fräulein, als sie Antoines fragenden Blick auffing. »Sie wollte, dass ich einen widerwärtigen Greis heirate. Außerdem scheuchte sie mich ständig herum und schrie, wenn etwas nicht recht war.«

»Behandelte sie Eure Gefährtinnen genauso?«

Mademoiselle de Noirmoutier bückte sich nach einer kleinen Blüte. Gedankenvoll zupfte sie an den zarten weißen Blütenblättern und schüttelte den Kopf. »Mich hat sie besonders gehasst. Wisst Ihr«, fuhr sie nach einem Augenblick unglücklich fort, »meine Cousine hat nicht ganz unrecht. Ich bin wirklich etwas ungeschickt.«

»Wir haben alle unsere Schwächen, Mademoiselle. Gott gibt sie uns, weil er uns um ihretwillen liebt.« Mit dieser harmlosen Bemerkung zauberte Antoine ein ungeheuer entzückendes Lächeln auf die Lippen seiner Begleitung. Glücklich, keine Tränen trocknen zu müssen, setzte er die Befragung fort.

»Es gab aber doch mit Sicherheit eine junge Dame, der Madame besonders vertraute?«

Dies wurde durch ein heftiges Nicken bestätigt. »Adèle, Adèle de Fleury. Ich mochte sie nicht besonders.«

»Warum sprecht Ihr in der Vergangenheit? Ist Mademoiselle de Fleury nicht mehr hier?«

»Nein. Sie starb. Kaum vier Wochen vor Madame. Madame war ungeheuer wütend über Adèles Tod.«

»Ihr wolltet sagen, der Tod ihrer Ehrenjungfer hat Madame betroffen gemacht.«

»Nein«, widersprach Mademoiselle de Noirmoutier bestimmt und blieb stehen. »Das wollte ich nicht sagen. Sie war wütend.«

»Wie das?«

»Ich weiß es nicht. Sie hat es mir nicht erklärt. Aber ich weiß, dass Madame vor Zorn bebte, als sie das Sterbezimmer verließ. Außerdem«, fügte sie empört hinzu, »hat Madame mich in der Nacht von Adèles Tod geschlagen. Nur weil ich etwas Tinte verspritzt habe, als ich ihr das Fass reichte.«

»Verzeiht meine Neugierde, Mademoiselle. Aber woran ist die junge Dame gestorben?«

»Auch das weiß ich nicht.« Mademoiselle de Noirmoutier wandte sich ab. Eine Spur zu hastig, wie Antoine fand.

»Kommt, Monsieur le Marquis. Bringt mich zu den anderen zurück. Monsieur de Purnon wird sicher sehr wütend sein, wenn wir uns zu lange im Park aufhalten.«

Galant reichte Antoine ihr seinen Arm. »Mit Vergnügen. Obgleich ich bedaure, dass unsere angenehme Unterhaltung nun ein Ende findet.«

»Wenn dem so ist, besucht mich wieder. Etwas Abwechslung ist immer willkommen.«

»Erlaubt mir noch eine Frage, bevor ich Euch wieder der Gesellschaft Eurer Kameradinnen überlasse.« Sie waren fast bei den anderen angelangt, die sich inzwischen auf Decken zu einem Picknick niedergelassen hatten.

»Ihr seid ebenso neugierig wie ich, Monsieur. Das gefällt mir. Fragt so viel Ihr wollt.«

»Wie kamen Madame und Monsieur de Purnon miteinander aus?« Diese Frage löste überraschenderweise ungeheure Heiterkeit bei der jungen Dame aus.

»Monsieur de Purnon war in Madame verliebt. Ich war selber dabei, als Madame de Montespan es ihr erzählte. Wir alle haben uns köstlich amüsiert.«

Antoine stimmte in das Gelächter ein. Das gequälte Gesicht des Haushofmeisters aber begleitete sein Lachen.

Kapitel 11

Unter leisem Rascheln öffneten sich die schweren Samtbahnen des Vorhangs und gaben die Sicht auf den Schauplatz der musikalischen Darbietung frei, der die Anwesenden mit Spannung entgegensahen. Ein Orchester, unterhalb der Bühne platziert, verkürzte den Damen und Herren des Hofes die Wartezeit mit leiser Musik. Der König und seine Gemahlin waren auf dem Weg nach Versailles, um im Marmorhof des alten Jagdschlosses Louis XIII. zwischen Holzgerüsten, aufgetürmten Schuttwällen, Steinen und Schmutz einem Oratorium zum Gedenken an die verstorbene Madame beizuwohnen.

Eigens für diesen Anlass war eine Bühne errichtet worden, die fast die gesamte Fläche des Marmorhofs einnahm und genug Platz für die eindrucksvollen Kulissen bot. Mit großem Aufwand war etliche hundert Meilen von seinem italienischen Vorbild entfernt das frühchristliche Rom neu erstanden, als Hintergrund für die Geschichte des Lebens und Leidens der heiligen Cäcilie. Denn obgleich es sich bei der Aufführung um ein Singspiel mit geistlichem Inhalt handelte, das die Tugend der Seelenstärke und den Wert des Martyriums glorifizierte, wusste Louis XIV., was er seinem Publikum schuldete.

Seit Madames Tod lebte man am Hof von Frankreich ohne alle Lustbarkeiten. Die trübsinnigen Abende, an denen die Königin geruhte, ihre privaten Gemächer zu verlassen, um ihrem Gemahl Gesellschaft zu leisten, entschädigten kaum für die Bälle, Theateraufführungen, Soupers und Konzerte, mit denen der König seinen Adel üblicherweise zu unterhalten pflegte und die den Hof von Frankreich zum glanzvollsten in ganz Europa machten. Eine schier unerträgliche Langeweile hatte von den königlichen Schlössern Besitz ergriffen, sodass sich die Gesuche, den Hof für einige Wochen verlassen zu dürfen, auf dem Schreibtisch Louis XIV. häuften. In aller Eile hatte Seine Majestät daher angeordnet, eine musikalische Gedenkfeier nach italienischem Vorbild für Madame auszurichten, die eher den Charakter einer großen Theaterpremiere besaß. Auch wollte der König sich persönlich davon überzeugen, dass die Arbeiten an seinem neuen Bauprojekt die gewünschten Fortschritte machten. Denn nach seinem Willen war in Versailles, dieser moskitoverseuchten Einöde aus Stein und Sand, die größte Palastmetropole der Welt im Entstehen begriffen.

Der Marquis de Montagnac war ebenfalls aufgefordert worden, dem grandiosen gesellschaftlichen Ereignis beizuwohnen, und hatte es sich nicht nehmen lassen, Marie in dem kleinen Seitengebäude, das die Küche beherbergte, aufzusuchen, um ihr davon zu berichten.

Genüsslich schilderte er die Pracht, welche der Hof bei solchen Anlässen zu entfalten pflegte, und hob besonders hervor, dass sämtliche Prinzen von Geblüt, die Mitglieder des königlichen Hauses sowie der König höchstselbst bei diesem unvergleichlichen Ereignis anwesend sein würden. Der elende Schuft will mich nur ärgern, dachte Marie, während sie voller Grimm seinen Ausführungen lauschte. Die kleinen Pausen, die er hier und da einflocht, um seinen Worten mehr Nachdruck zu verleihen, wurden von Marthe ausgefüllt, die am Herd stand, in einem großen, dampfenden Topf rührte und dabei gewichtig mit dem Kopf nickend murmelte: »Wenn's der Herr so sagt, dann wird's wohl stimmen.« Am liebsten wäre Marie aufgesprungen und hätte sie in ihrer Gemüsebrühe ertränkt. Stattdessen aber ließ sie ihre Wut an einem Löffel aus, den sie, ohne aufzublicken, mit einem Leinentuch malträtierte. Nein, sie würde sich nicht ärgern lassen. Den Gefallen wollte sie ihm nicht tun.

Nachdem der Marquis mit der detaillierten Beschreibung all der Herrlichkeiten, die in Versailles zu sehen sein würden, fertig war, fischte er hochzufrieden in einer Obstschale nach einem Apfel und wandte sich dem Ausgang zu. An der Tür zum Innenhof blieb er jedoch noch einmal stehen. Beiläufig richtete er das Wort an die Köchin. »Sieht so aus, als hätte es unserem kleinen Pagen hier über all der Pracht des Hofes die Sprache verschlagen. Was meinst du, Marthe?«

Marthe rührte weiter in ihrem Topf und erwiderte, geflissentlich mit dem Kopf nickend: »Wird schon stimmen, wenn's der Herr so sagt.«

»Vielleicht gelingt es uns ja«, fügte der Marquis grinsend hinzu, »den Hof um eine weitere Attraktion zu bereichern. Halt dich bereit, Bursche, und bürste deinen Turban. Du begleitest mich.« Vor Schreck fiel Marie der Löffel aus der Hand, was dem Marquis jedoch entging, da er bereits verschwunden war. Nur Marthe nickte mit dem Kopf und murmelte: »Wenn's der Herr so sagt, dann wird's wohl stimmen.«

Die untergehende Sonne senkte sich über den Park von Versailles, und das Glutrot ihrer Strahlen wich allmählich den

Schatten der Dämmerung. Langsam verschwammen die Konturen der verschwenderischen Blumenornamente im blauen Dunst der aufkommenden Nacht. An der Schwelle zwischen Licht und Dunkel schienen die in Stein gemeißelten Götter, Satyrn und Bacchantinnen aus ihrer Starre zu geheimnisvollem Leben zu erwachen. Von all dem aber sah Marie nichts.

Den Zierdegen des Marquis achtlos hinter sich herschleifend, stolperte sie durch die Gärten und hing ihren trüben Gedanken nach. Pah! Alle Pracht des Hofes … Stundenlang hatte sie im Gewühl der Menschen ausgeharrt, um den König zu sehen. Doch als er dann kam, konnte sie lediglich einen Blick auf seinen Rücken erhaschen. Vergeblich hatte sie den Marquis gedrängt, einen Platz etwas weiter vorne in der Nähe der Bühne zu suchen. Schon wollte sie sich durch die schwarze Wand der Roben und Röcke drängen, als seine Hand schwer auf ihre Schulter fiel. Mit einem spöttischen Lächeln senkte er sein Haupt zu ihr herab. »Hier, Marie«, erklärte er nicht unfreundlich, »ist unser Platz. Und du darfst froh sein, diesem glanzvollen Ereignis in Gesellschaft der Edelsten des Landes beiwohnen zu dürfen.«

»Aber Monsieur«, hatte sie leise protestiert, »ich kann nichts sehen.«

»Das ist Pech. Doch sei gewiss, man würde es übel auffassen, wenn sich ein Bauernmädchen, noch dazu verkleidet als nubischer Negersklave, unter die Prinzen von Geblüt mischte.«

»Ich störe sie bestimmt nicht, die Prinzen von Geblüt«, wagte Marie einen neuerlichen Versuch.

»Höre, meine Kleine, und merke es dir gut«, die Stimme des Marquis klang auf einmal ungehalten, »dein König schätzt es nicht besonders, wenn man vergisst, welche Stellung man in der Welt einnimmt. Ich habe es am eigenen Leib erfahren.«

Die restliche Zeit des Wartens verlief schweigend.

Endlich erschien der König, angekündigt durch aufgeregtes Geflüster und Geraschel im Publikum. Marie hielt den Atem an und stierte hinüber zu der Gasse, die sich bildete, um den Ankommenden einen Weg zu bahnen. In einiger Entfernung bewegten sich zwei violette Gestalten umgeben von einem Tross schwarzer Begleiter gemessenen Schrittes auf die Bühne zu. Ehrfürchtig erwiesen die anwesenden Höflinge ihre Reverenz, um das Herrscherpaar willkommen zu heißen. Ein leichter Rippenstoß des Marquis ermahnte Marie, es ihm gleichzutun und ebenfalls das Haupt zu neigen. Im letzten Moment noch erinnerte sie sich ihres Turbans und umklammerte hastig die lästige Kopfbedeckung. Als sie sich wieder erhob, war der König bereits an ihnen vorbeigeschritten, und jeder Versuch, den Hals zu recken oder sich auf die Zehenspitzen zu stellen, war vergebens. »Lasst mich auf Eure Schultern, Monsieur«, flehte sie leise. Das aber brachte ihr erneut eine scharfe Rüge des Marquis ein. »Bist du von Sinnen, Kind! Was glaubst du, wie es aussieht, wenn der Marquis de Montagnac einem Pagen erlaubt, auf seine Schultern zu klettern, um ihm den König von Frankreich zu zeigen, als sei dieser eine Schießbudenfigur.«

»Aber ich kann ihn nicht sehen.« Maries Stimme schraubte sich vor Verzweiflung in die Höhe. Doch damit erreichte sie lediglich, dass sie die Aufmerksamkeit der umstehenden Personen erregte. Tadelnde Blicke trafen sie und den Marquis. »Reiß dich gefälligst zusammen«, zischte er ihr ins Ohr. »Wenn du den König unbedingt sehen musst, dann male dir blaue Flecken ins Gesicht und gesell dich zu den Kranken, die er vor den Toren von Saint-Germain empfängt. Vielleicht legt Seine Majestät dir dann sogar die Hand auf deinen hirnlosen Kopf. Jetzt aber schweig still.«

Und so entschwand der violette Punkt, welcher der König

sein sollte, langsam ihren gehetzten Blicken. Marie fühlte ein Flimmern in den Augen. Ihre Kehle war wie zugeschnürt. Hastig schlug sie die brennenden Augen nieder. Verflucht! Das hatte ihr gerade noch gefehlt. Niemand sollte sehen, dass sie heulte wie ein Wickelkind. Marie beschloss, dass es keinen Zweck hatte, länger herumzustehen. Sie würde den König ohnehin nicht mehr sehen.

Das also war es, wofür sie ihr Dorf verlassen hatte und nach Paris gekommen war. Der Zipfel eines bunten Rockes, in dem Gott weiß wer stecken mochte. Die drückende Hitze des Tages war vorbei, und ein lauer Wind hatte eingesetzt. Von ferne hörte sie die Stimmen der Sänger. Die Aufführung hatte offenbar schon begonnen. Doch da war noch ein anderes Geräusch, näher und feiner. Leise Gitarrenklänge wehten zu ihr herüber. Marie blieb stehen und sah sich um. Der gekieste Weg, den sie entlanggelaufen war, wurde links und rechts von Hainbuchenhecken gesäumt. Dahinter erstreckte sich zu beiden Seiten eine Ebene aus Gras. Zur Linken, etwa hundert Schritte von ihr entfernt, erhob sich ein kleiner, von Lampions illuminierter Marmortempel auf einem Hügel. Von dort kam die Musik. Es war ein trauriges Lied, das da gespielt wurde. Marie ging es durch Mark und Bein. Worte hätten ihre bittere Enttäuschung kaum besser beschreiben können als diese kleine Melodie. Zumindest, dachte Marie, gibt es auf dieser Welt noch einen anderen Menschen, der genauso unglücklich ist wie ich. Für einen Moment schloss sie die Augen, und fast war es ihr, als sähe sie den armen Teufel, der da in seiner Einsamkeit auf der Gitarre herumzupfte. Maries Neugierde war geweckt. Vermutlich sollte sie umkehren. Der Marquis würde sicher wütend sein, weil sie sich ohne Erlaubnis davongemacht hatte. Die Versuchung allerdings, herauszufinden, um wen es sich bei ihrem Leidensgenossen handelte, war stärker. Zögernd verließ

Marie den Pfad und ging auf den kleinen Marmortempel zu. Sie war froh, dass der Grasteppich die Geräusche ihrer Pantoffeln verschluckte. Schließlich wollte sie den Unbekannten nicht stören. Trotzdem wurden ihre Schritte fast schleichend, je näher sie dem kleinen Tempel kam. Zum Glück besaß sie ein gewisses Talent darin, andere heimlich zu beobachten. Obwohl, das musste Marie sich eingestehen, genau dieses Talent für ihren beklagenswerten Zustand verantwortlich war.

Plötzlich stolperte sie. Beinahe wäre sie über den Degen des Marquis gefallen. Dieses verfluchte Ding! Marie verstand nicht, wozu er nützte. Niemand sollte damit abgestochen werden, und zum Schneiden war er viel zu stumpf. Die Herren gebrauchten ihn lediglich als Spazierstock oder ließen ihn zur Zierde von ihrem Gürtel baumeln. Das sollte ihr Onkel einmal sehen. Der würde an so einem Degen höchstens seine Bohnen wachsen lassen. Bedachtsam setzte Marie den Weg fort. Am Fuße des Hügels angekommen, blieb sie stehen und sah nach oben. Ein paar Stufen, ebenfalls aus Marmor, führten hinauf. Schlanke Säulen, von Kletterrosen umrankt, trugen das gewölbte Dach des kleinen Pavillons und gaben ihm zusammen mit den Lampions einen fremden, fast feenhaften Zauber. Marie nahm den Turban vom Kopf, legte ihn zusammen mit dem Degen ins Gras und huschte lautlos die Treppe empor.

Der Gitarrenspieler saß mit dem Rücken zu ihr; eine kleine, verwachsene Gestalt, vielleicht ein Kind, vielleicht ein Zwerg, das ließ sich schwer erkennen. Vor Staunen blieb Marie der Mund offen stehen. Eigentlich hatte sie einen großen, gut gewachsenen Edelmann erwartet, so einen wie den Marquis. Es dauerte einen Moment, bis sie begriff, dass dieses bucklige Männlein es war, das dem Instrument die wunderschönen Klänge entlockte. Am seltsamsten fand Marie, dass der mickrige Körper in einem prächtigen weißen Gewand steckte, das über und über mit goldenen Schleifen und glitzernden Steinen bestickt war. Die künstlichen Locken einer blonden, fast weißen Perücke, wie sie die feinen Herren trugen, breiteten sich über dem schiefen Rücken aus und hoben die Missbildung des Körpers nur noch deutlicher hervor. Vervollständigt wurde die lächerliche Aufmachung durch einen breitkrempigen Hut mit geschwungener Feder, der auf dem Kopf des seltsamen Geschöpfs schaukelte. Die komische Erscheinung dieses wunderlichen Musikanten führte dazu, dass Marie jegliche Vorsicht fahren ließ.

»Ei, was bist du denn für einer? Dein Kopf ist ja größer als die Wassermelonen bei uns zu Hause.« Langsam wandte der missgebildete Gitarrenspieler sich zu ihr um.

Marie blieb der Schrei im Halse stecken. So etwas hatte sie noch nie gesehen. Die abscheulichen Verwachsungen im Gesicht des Kleinen ließen kaum Platz für menschliche Züge. Auch war schwer zu schätzen, wie alt er sein mochte. Ein Knabe jedenfalls war er nicht mehr. Das Männlein wirkte vollkommen gelassen, und fast schien es, als umspiele ein Lächeln das grässliche Maul. Langsam erhob er sich vom Boden, nahm den Hut vom Kopf und verneigte sich in höfischer Manier. Schaudernd wich Marie zurück. Er ging einen Schritt in ihre Richtung und lud sie durch ein Zeichen seiner riesigen Hand dazu ein, an seine Seite zu treten. »Komm mir nicht zu nahe.« Abwehrend streckte ihm Marie die Arme entgegen. Sofort blieb der zwergenhafte Kerl stehen und blickte sie mit Augen, die glänzten wie blankpolierte Knöpfe, erwartungsvoll an. Gehetzt sah Marie sich um. Doch da war niemand außer ihr und dem unheimlichen Wesen. Schreckliche Gedanken jagten ihr durch den Kopf. Was, wenn dieser Gnom ein Messer zog, um sie anzugreifen? Vielleicht war er ja wahnsinnig? Vielleicht war seine Seele genauso verwachsen wie der hässliche kleine Körper, in dem er steckte? Marie ließ den grauenhaften Musikanten nicht aus den Augen, während sie Schritt für Schritt zurückwich. Dabei war sie darauf bedacht, keine hastigen Bewegungen zu machen. Wer wusste schon, was das Männlein anstellen mochte, wenn sie es aufschreckte. Um sich nicht umdrehen zu müssen, tastete sie mit den Füßen die Breite der Stufen ab. Dann stieg sie rückwärts hinab.

Erst als der Zwerg ihrem Blickfeld entschwunden war, drehte sie sich um. So schnell sie konnte, sprang Marie die restlichen Stufen hinunter und lief, ohne sich umzublicken, davon.

Der Marquis erwartete sie bereits am Wagenschlag der gemieteten Kutsche. Er hielt eine kleine Laterne in der Hand, da es inzwischen vollkommen dunkel geworden war.

»Wo bist du gewesen?«

So ein Pech, schoss es Marie durch den Kopf. Sie hatte gehofft, vor Ende der Darbietung ihren Platz an seiner Seite wieder einnehmen zu können, um so eine mögliche Strafe abzuwenden. Allerdings hatte sie bei ihrer überstürzten Flucht eine falsche Richtung eingeschlagen, und erst als sie mitten in einem kleinen Zierwäldchen völlig außer Atem eine Pause einlegen musste, war ihr bewusst geworden, dass sie sich verlaufen hatte.

»Warum trägst du meinen Degen nicht bei dir?«

Nun würde es kommen, das Donnerwetter. Es wäre ein Leichtes gewesen, Degen und Turban wieder aufzusammeln. Marie war sicher, dass beides noch am Fuße des Hügels im Gras lag. Aber nichts und niemand hätte sie veranlassen können, noch einmal dorthin zurückzukehren. »Er ist mir weggekommen, Monsieur. Bitte verzeiht.«

»Das war nachlässig von dir. Doch bleibt uns keine Zeit, ihn zu suchen. Und nun steig ein. Ich bin in Eile.«

Ein zweites Mal an diesem Abend war Marie vollkommen überrascht. Mindestens hatte sie mit einer ordentlichen Tracht

Prügel gerechnet, sogar mit Schlimmerem, ihrer eigenen Hinrichtung nämlich, auf dem Place de Grève.

Zur Belustigung der Bürger, das zumindest behauptete Marthe, nagelte man Dieben, bevor sie gehängt wurden, die Hand auf ein Stück Holz. Die Köchin kannte sämtliche Strafen für Verbrechen, die auf dem Richtplatz gesühnt wurden. An ihrem freien Tag ging sie gerne mit einer Tüte Mandeln dorthin, um sich an den schauerlichen Bildern der öffentlichen Bestrafungen zu ergötzen.

Jetzt aber sah es so aus, als würde keine von Maries düsteren Vorahnungen eintreffen. Der Marquis schien sich für den verlorenen Degen noch nicht einmal zu interessieren. Dabei war er aus purem Silber. Auch fiel Marie nun auf, dass ihr Herr seltsam zerstreut wirkte. Er nagte an seiner Unterlippe, während er abwesend einen großen Türkis betrachtete, der auf seiner rechten Hand prangte. Ein wütender Aufschrei lenkte Maries Aufmerksamkeit von dem Marquis ab.

»Du elender Taugenichts. Habe ich dir nicht gesagt, du sollst zur Stelle sein, sobald der König sich entfernt.«

Unweit von ihnen, vor einer prunkvollen sechsspännigen Kalesche, war eine kleine Gruppe von Menschen zusammengekommen. Zwischen Fackelträgern standen zwei junge Frauen. Eine von ihnen war vor Wut ganz außer sich.

»Schau gut zu, Marie«, erklärte der Marquis mit einiger Erheiterung, »nun bekommst du etwas geboten, das dich für deine Enttäuschung entschädigen sollte. Das ist einer der berühmten Auftritte Madame de Montespans. Vor ihr zittert selbst der König.« Neugierig sah Marie hinüber. Die üppige, blonde Schönheit war leicht zu erkennen. Madame de Montespan bot einen herrlichen Anblick in ihrer silbergrauen, mit Perlen bestickten Robe und einem langen Schleier auf dem Haupt, unter dem ihre schweren Locken in komplizierter

Ordnung hervorquollen. Die Verwünschungen aber, welche unaufhörlich aus dem Mund der Dame hervorsprudelten, passten so gar nicht zu ihrer prachtvollen Erscheinung. Sie verwandelten Madame de Montespan trotz aller Zeichen ihrer hohen Stellung in eine kreischende Furie. Das also war die Geliebte des Königs.

»In der Gosse hätte ich dich verrecken lassen sollen, Elender! Du bist die schäbigen Kupferstücke nicht wert, die ich für dich bezahlt habe! Pfui!« Voller Verachtung spuckte sie in hohem Bogen aus. Besser könnte ich es auch nicht, dachte Marie. Die andere junge Frau, die den Wutausbruch bisher schweigend beobachtet hatte, mischte sich nun ein. Im Gegensatz zur Favoritin des Königs war ihre Stimme sanft und voller Güte. »Lasst es gut sein, Athénaïs. Hippolyte hat die Zeit vergessen. Das passiert auch mir zuweilen. Es wird sicher nicht wieder vorkommen.« Der wohlgemeinte Beschwichtigungsversuch schürte jedoch nur die Wut der anderen. »Das hätte ich mir denken können«, fauchte Madame de Montespan. »Natürlich verteidigt Ihr dieses Scheusal! Nimmt er nun den Platz des Königs bei Euch ein, ja? Macht er es Euch gut?«

Entsetzt wich die so Angesprochene zurück. Ekel breitete sich auf ihrem Gesicht aus. »Zügelt Euer Temperament, Athénaïs.«

»Mein Temperament, Louise, ist so heiß wie mein Schoß. Darum kommt der König des Nachts nun auch zu mir und nicht mehr zu Euch.« Die so beschimpfte Dame wandte sich ab. Im Schein der Fackeln konnte Marie für einen Moment den gepeinigten Ausdruck erkennen, der ihre zarten Gesichtszüge entstellte. Plötzlich schwang Madame de Montespan etwas in der Hand. Marie traute ihren Augen nicht. Es war die Gitarre des kleinen Monsters, dem sie vorhin im Park begegnet war. Ohne dass jemand ihr Einhalt gebot, ließ die aufgebrachte Frau das Instrument auf ihr unglückliches Opfer niedersausen.

Ein Schmerzensschrei, so herzzerreißend und furchtbar, wie Marie ihn noch nie vernommen hatte, durchschnitt die Nacht. »Da hast du's, widerlicher Krüppel.« Madame de Montespan trat zur Seite und gab den Blick auf den Delinquenten frei. Vor ihr auf dem Boden krümmte sich vor Schmerz der Zwerg, dem Marie vorhin begegnet war. Sein Hut war ihm vom Kopf gefallen und das Gesicht blutverschmiert. Doch noch immer schien die Wut Madame de Montespans nicht gestillt. Sie wandte sich den Fackelträgern zu. »Nehmt ihn euch vor. Er soll lernen, dass man die mächtigste Frau Frankreichs nicht warten lässt.« Ohne zu zögern, waren die Männer bereit, dem Befehl ihrer Herrin Folge zu leisten.

»Haltet ein.« Die Stimme des Marquis klang freundlich, aber bestimmt. Lässig schritt er auf Madame de Montespan zu, die ihm überrascht entgegenblickte. »Euer Page war unachtsam, Madame, gewiss. Doch habt Mitleid mit dem armen, hässlichen Kerlchen. So wie er aussieht, hat Gott ihn zur Genüge gestraft.«

Marie, die dem Marquis gefolgt war, kam es für einen Moment so vor, als wollte Madame de Montespan sich nun auch auf ihren Herren stürzen. Wütend blitzte sie ihn an. Plötzlich aber war der Sturm vorbei. Ein zauberhaftes Lächeln umspielte die rot geschminkten Lippen der königlichen Geliebten.

»Ah, Monsieur le Marquis. Ich hörte von Eurer Rückkehr. Leider habt Ihr bisher verabsäumt, mir Eure Aufwartung zu machen. Und nun ist das Erste, was ich von Euch zu hören bekomme, eine Zurechtweisung. Ich muss Euch für Eure Nachlässigkeit tadeln.« Der drohende Unterton war selbst Marie nicht entgangen. Doch ließ sich der Marquis davon nicht im Mindesten beeindrucken. Galant verbeugte er sich vor Madame de Montespan. »Ihr tut mir unrecht. Wie hätte ich wagen können, darauf zu hoffen, dass mein Besuch Euch etwas bedeutet? Selbstverständlich werde ich keinen Frieden finden, bis ich Versäumtes nachgeholt habe.«

»Monsieur le Marquis«, das Lachen Madame de Montespans klang offen und fröhlich, »macht Ihr mir schöne Augen? Fürwahr, so wie Ihr ausseht, ist es eine Schande, dass Ihr für die Frauen verloren seid. Dennoch, ein Besuch von Euch wäre mir angenehm.« Sie wandte sich an ihre Begleiterin, die scheinbar voller Gleichmut etwas abseits stand. »Was meint Ihr, Louise, vielleicht können wir Euren Bruder bewegen, sich unserer kleinen Gruppe anzuschließen.« Spitz fügte sie hinzu: »Man kann mir viel nachsagen, doch für die Unterhaltung meiner Gäste ist immer auf das Trefflichste gesorgt.«

Während der Marquis sich weiter mit den Damen unterhielt, sah Marie zu dem beklagenswerten Zwerg hinüber. Der hockte immer noch auf dem Boden und wischte sich mit einem seidenen Tuch das Blut von der Wange. Inzwischen hatte sie begriffen, dass von diesem merkwürdigen Geschöpf, das offenbar auf den Namen Hippolyte hörte, keine Gefahr ausging. Trotzdem empfand Marie nach wie vor Abscheu und Furcht bei seinem Anblick. Als sie jedoch erkannte, dass es dem Zwerg schwerfiel, sich von alleine zu erheben, und keiner der Fackelträger Anstalten machte, ihm behilflich zu sein, fasste sie sich ein Herz. Schüchtern trat sie auf ihn zu und reichte ihm die Hand. Der unglückliche Page hob den Blick und sah sie schweigend an. Marie hätte nicht sagen können, ob er traurig war, wütend oder auch froh, endlich Hilfe gefunden zu haben. Die schrecklichen Verwüstungen in seinem Gesicht verbargen jegliche Regung. Mit einer Hand, die wohlgestaltet, aber viel zu groß für seinen kleinen Körper war, griff er nach der ihren und ließ sich von ihr aufhelfen. Dabei rutschte der Ärmel seiner Jacke in die Höhe und gab den Blick auf seinen tätowierten Unterarm frei. Das Mal stellte drei Kugeln dar und einen Schlüssel, dessen

Bart nach oben zeigte. Noch bevor Marie fragen konnte, was es damit für eine Bewandtnis hatte, stand Hippolyte wieder auf den Füßen und begann mit äußerster Sorgfalt, sein zerknittertes Gewand von Staub und Schmutz zu befreien. Als würde ein sauberer Rock an der Scheußlichkeit seines Äußeren etwas ändern, dachte Marie voller Mitleid. Sie griff in die Taschen ihrer weiten Pluderhose und fischte ein Stück kandierten Ingwer daraus hervor. »Da, nimm. Es schmeckt gut.« Hippolyte nahm die Süßigkeit entgegen und vollführte erneut seine zeremonielle Verbeugung. Als er sich wieder erhob, riss er mit einer kleinen, schnellen Bewegung einen funkelnden Knopf von den Aufschlägen seines linken Ärmels und reichte ihn Marie.

»Hippolyte.« Ohne dass sie es bemerkt hatten, war die Begleiterin Madame de Montespans an ihre Seite getreten. »Du kannst jetzt kommen. Hab keine Angst. Der Sturm ist vorüber.« Ein sanftes Lächeln erhellte die blassen Gesichtszüge der Dame. Sie nickte Marie kurz zu und schritt dann zurück zu der Kalesche, die Madame de Montespan mit Hilfe des Marquis soeben bestieg. Hippolyte wollte ihr gerade folgen, doch Marie hielt ihn zurück. »Warte noch.« Hastig trat Marie näher und beugte sich zu ihm hinunter. »Mein Name ist Marie«, flüsterte sie ihm ins Ohr. »Du kannst zu mir kommen, wenn sie dich wieder schlägt. Im Hotel Montagnac wohne ich, Rue de Boulloir, ganz in der Nähe von St. Eustache ist das.«

Ohne sie noch einmal anzusehen, wandte der Kleine sich ab und hinkte davon. Marie sah ihm nach. Erst jetzt wurde ihr bewusst, dass Hippolyte nicht ein einziges Wort gesprochen hatte. Besorgt fragte sie sich, ob er sie überhaupt verstehen konnte.

Den König hatte Marie ganz vergessen, und dennoch war sie traurig.

Kapitel 12

Von Geigenklängen begleitet bäumte sich das barbusige Opfer unter den Schlägen einer mehrzüngigen Peitsche auf. Ihr Peiniger, ebenfalls eine Frau, war nackt und üppig, genau wie sie. Zu Füßen der beiden suhlten sich in einem unentwirrbaren Gebilde aus verschiedenen Leibern Männer und Frauen in den unterschiedlichsten Positionen der Kopulation.

Antoine nippte an seinem Wein und kniff die Augen zusammen. Aber so sehr er sich auch mühte, die Schemen auseinanderzuhalten, dennoch kam es ihm vor, als bewege sich hinter der seidenen Wand nur ein einziger, vielgliedriger Körper in ekstatischen Zuckungen. Ein Reigen junger Mädchen erschien und führte das geschundene Wesen davon. An seine Stelle trat ein muskelbepackter Mann, mit dem nun auf gleiche Weise verfahren wurde. Das unstete Flackern der Kerzen, die die Schatten der Darsteller auf den Stoff warfen, verlieh der Szene etwas von den Visionen eines erregenden Fiebertraums. Doch abgesehen von Marie, die das Geschehen hinter der seidenen Wand atemlos verfolgte, schien die Darbietung ihre Wirkung auf die Zuschauer zu verfehlen. Zu Antoines

Linken saß ein dürrer Greis mit schief sitzender Perücke in einem Lehnstuhl und schnarchte. Speichel troff ihm aus dem Mund. Die übrigen Gäste brachten dem Treiben kaum mehr als stillschweigendes Desinteresse entgegen.

»Habt Ihr das gesehen, Monsieur? Jetzt hat sie seinen Hintern erwischt. Aua, das tat bestimmt weh.« Aufgeregt rutschte Marie auf ihrem seidenen Sitzkissen hin und her. »Warum lässt er sich das nur gefallen?«

Antoine blickte zu ihr hinab. »Geh und frag, wenn du es unbedingt wissen willst.« Marie betrachtete ihn kopfschüttelnd und stieß einen nachsichtigen Seufzer aus. Dann schenkte sie ihre Aufmerksamkeit wieder ganz den kunstvollen Verrenkungen der Schattenspieler. Amüsiert fragte sich Antoine, was die Akteure wohl dazu sagen würden, wüssten sie, dass einzig ein schlichtes Waisenkind aus dem Languedoc ihre Kunst zu würdigen wusste. Er ließ seine Uhr aufschnappen. Sie waren nun schon seit über einer Stunde im Palais der Comtesse de Chalmart, doch bisher war nichts geschehen, das ihm eine Erklärung dafür geliefert hätte, was er hier sollte. In dem Billett, welches der Kutscher ihm nach der Gedenkfeier ausgehändigt hatte, hieß es, er möge sich unverzüglich hierher begeben, da er etwas beobachten könne, das für ihn von größtem Interesse sein werde. Wer der Überbringer dieser Nachricht war, konnte Antoine nicht mehr in Erfahrung bringen. Irgendein Bursche vermutlich, dem ein paar Sou zugesteckt worden waren, damit er diesen Botengang erledigte. Eines aber stand nun zweifelsfrei fest: Es gab zumindest eine Person, die wusste, dass er nicht an den Hof zurückgekehrt war, um des Königs Marstall mit frischen Pferden zu versorgen.

»Etwas Obst, Monsieur?« Ein Lakai mit grell geschminktem Gesicht hatte sich ihm lautlos genähert. Sofort erkannte Antoine, dass er kein gewöhnlicher Diener war. Interessiert ließ er seinen Blick an der Gestalt des jungen Mannes hinabgleiten. Maries Anwesenheit störte ihn dabei wenig. Das Rouge auf den Wangen des Burschen wollte nicht recht zu den kräftigen Armen passen, mit denen er ihm die Obstschale entgegenhielt. Ohne ihn aus den Augen zu lassen, nahm Antoine einen Schluck aus seinem Pokal. »Wem gehörst du?«

Gelangweilt blickte der junge Mann über Antoines Schulter hinweg. »Kommt ganz darauf an, Monsieur.« Die vorgetäuschte Gleichgültigkeit gehörte anscheinend zum Geschäft und sollte dazu dienen, die Neugier des Kunden zu wecken. Antoine war versucht, darauf einzugehen. Im letzten Moment aber rief er sich zur Ordnung. Deswegen war er nicht hergekommen. »Pack dich und versuch dein Glück bei einem anderen.« Achselzuckend wandte der Lakai sich ab und ging davon.

»Was?« Maries munteres Lächeln ärgerte ihn. Um ihm zu entgehen, sah Antoine erneut nach vorne auf das Schattenspiel. Immer noch schlug die Frau auf den Herkules ein, was diesen aber wenig zu bekümmern schien. Ohne die Talente seiner Vorgängerin ausgestattet, gelang es ihm kaum, seine Hüften im Takt der Peitschenhiebe kreisen zu lassen. Antoine unterdrückte ein Gähnen. »Komm, ich will mich ein wenig umsehen.« Mit leisem Murren erhob Marie sich von ihrem Kissen und folgte ihm.

Der diskret beleuchtete Salon, den sie nun betraten, war in Gold und Violett gehalten. Leicht bekleidete Flötistinnen spielten einfache Weisen, die sich mit dem Geplauder der Gäste zu einem Schleier aus zarten Tönen verwoben, der fast spürbar über dem Raum zu schweben schien. Livrierte Lakaien bewegten sich lautlos von Tisch zu Tisch und servierten gekühlte Weine, Früchte und Konfekt. In nichts unterschied sich diese Abendgesellschaft von denen, die in den Häusern der großen Familien gegeben wurden, sah man von dem etwas ungewöhnlichen Orchester ab. Unzählige Male schon war Antoine Gast bei solchen immer gleich verlaufenden Zusammenkünften gewesen. Es wurde gespielt, geplaudert und musiziert. Der Schein aber trog.

Das Palais der Comtesse de Chalmart war eines der unzähligen Bordelle auf der Île St. Louis. Zwar gehörte dieses Haus unleugbar zu den besseren seiner Art, doch blieb es eine Kupplerstätte, an der weibliche und männliche Huren ihre Dienste feilboten. Wer die Comtesse war, wusste keiner zu sagen. Niemand hatte sie je zu Gesicht bekommen, und es war zweifelhaft, ob sie überhaupt existierte. Obwohl das Palais nicht zu den bevorzugten Stätten in Paris zählte, an denen die Mitglieder des Hofes sich zu vergnügen pflegten, erfreute es sich einer gewissen Beliebtheit.

Antoine leerte sein Glas und überließ es einem vorbeieilenden Diener. Aufmerksam betrachtete er die Gäste. Einige kamen ihm bekannt vor. Vielleicht hatte er sie auf dem Cours-la-Reine, in der Oper oder in irgendeinem anderen Bordell schon einmal gesehen. Allerdings konnte er keines der Gesichter mit Monsieur oder Madame in Verbindung bringen. Plötzlich aber zuckte Antoine zusammen. In einer Fensternische, halb verborgen durch einen Vorhang, entdeckte er einen alten Bekannten. Der Marquis d'Effiat war in ein Gespräch vertieft und hatte ihn noch nicht bemerkt. Antoine packte Marie bei den Schultern. »Komm mit.« Eilig verbargen sie sich hinter einer breiten Gipssäule. Es war Antoine unangenehm, ausgerechnet hier einem der Lieblinge Monsieurs zu begegnen. Sein erster Gedanke war, so unauffällig wie möglich zu verschwinden. Dann jedoch fiel ihm das Billett wieder ein.

Na, sieh einer an, schoss es ihm durch den Kopf. Hatte man ihn womöglich herbestellt, um ihn auf den Marquis d'Effiat treffen zu lassen?

»Verratet Ihr mir vielleicht jetzt, was wir hier suchen?« Marie hatte ihre Stimme zu einem aufgeregten Flüstern gesenkt. Ihr schien das Versteckspiel großen Spaß zu machen.

»Mir wäre wohler, wenn ich es wüsste.« Vorsichtig lugte Antoine hinter der Säule hervor. »Siehst du die zwei Männer dort drüben?« Er deutete auf den Marquis und seinen Begleiter. »Was, glaubst du, tun die beiden?«

»Das sieht doch ein Blinder, Monsieur. Sie streiten. Zumindest der Große ist ziemlich wütend.«

Marie hatte recht. Zwar konnte Antoine nur Vermutungen über die Natur des Gesprächs anstellen, doch selbst aus der Distanz war deutlich zu erkennen, dass es dem Marquis schwerfiel, Haltung zu bewahren. Der Unbekannte in seiner Gesellschaft hingegen schien vollkommen teilnahmslos. Er war, das erkannte Antoine auf den ersten Blick, weder ein Kavalier des Hofes, noch gehörte er zu den Huren, die hier ihre Körper verkauften. Der schäbige blaue Rock schloss das eine, die Hässlichkeit des Gesichts das andere aus. Warum aber, überlegte Antoine, ließ der Marquis sich herab, die Gesellschaft eines einfachen Mannes zu suchen und noch dazu an einem Ort wie diesem? Plötzlich packte d'Effiat den seltsamen Fremden am Kragen. Allerdings genügten wenige Worte aus dem Mund des Angegriffenen, und er ließ ihn wieder los. Erneut suchte d'Effiat den Saal mit den Augen ab. Dabei wirkte er gehetzt, ja fast verängstigt. Antoine ging in Deckung. Wieso konnte ein gewöhnlicher Kerl den Marquis, der so hoch in der Gunst Monsieurs stand, dass selbst der König ihn mit äußerster Sorgfalt behandelte, in einen solchen Zustand versetzen?

Eine prall gefüllte, lederne Börse wechselte den Besitzer. Dann wandte der Marquis sich ab und steuerte auf den Ausgang zu. Verflucht! Antoine blieb kaum Zeit zu überlegen. »Höre«, er beugte sich zu Marie hinunter, »du bleibst hier und beobachtest, was der komische Vogel in dem blauen Rock treibt. Kannst du das für mich tun?« Marie nickte. Doch war ihr anzumerken, dass es ihr keinesfalls gefiel, alleine zurückzubleiben.

»Ich bin gleich wieder da«, fügte Antoine in beruhigendem Ton hinzu. Damit ließ er sie hinter der Säule stehen und folgte d'Effiat unauffällig ins Vestibül. Hier herrschte reges Gedränge. Männer und Frauen jeden Alters zeigten ihrer Kundschaft, was sie zu bieten hatten, und handelten die Preise aus. Dabei ging es zu wie auf dem Viehmarkt hinter der Place de Vendôme. Schließlich wollten die Käufer genau wissen, wofür sie bezahlten.

Vom Vestibül führte eine breite Treppe zu den oberen Etagen. Diese eilte der Marquis nun hinauf. Antoine heftete sich ihm an die Fersen, achtete aber darauf, dass er für d'Effiat unsichtbar blieb. Das dichte Gedränge auf den Stufen erleichterte ihm diese Aufgabe. Immer wieder musste Antoine zur Seite treten und warten, bis er vorbeigelassen wurde. Dem Verfolgten fiel es offensichtlich schwer, diese Geduld aufzubringen. Energisch bahnte er sich einen Weg durch die Menge und sparte dabei nicht mit Flüchen und dem Gebrauch seiner Fäuste. Antoine blieb nichts anderes übrig, als seinem Beispiel zu folgen, wollte er ihn nicht aus den Augen verlieren. Von der Galerie in der ersten Etage führten zwei Gänge zu den privaten Gemächern, in denen die Geschäfte abgewickelt wurden. Diejenigen, die es sich leisten konnten, zogen sich mit ihrem käuflich erworbenen Gut hierher zurück. Die anderen trieben es in Ecken und Nischen. d'Effiat wandte sich dem linken Gang zu. Zielstrebig eilte er den spärlich beleuchteten Flur hinunter. Das Gewühl der Eingangshalle hatten sie inzwischen hinter sich gelassen. Außer ein paar wenigen Liebenden, die sich an den Wänden herumdrückten, war hier niemand mehr zu sehen. Antoine spürte ein feines Rieseln in der Magengegend. Wenn d'Effiat sich jetzt umsah, musste er ihm unweigerlich in die Augen blicken. Wie würde der Marquis auf eine Begegnung mit ihm reagieren? Das herauszufinden barg einen gewissen Reiz. Außerdem hätte Antoine nur zu gerne gewusst, was es mit dem geheimnisvollen Begleiter des Marquis auf sich hatte. Wurde d'Effiat von ihm erpresst? Und wenn ja, warum? Am interessantesten schien ihm aber immer noch die Frage, wer ihn hierher bestellt hatte. Glaubte sein geheimnisvoller Auftraggeber, dass der Marquis in den Mord an Madame verwickelt war? Nur, warum ging er mit seinem Wissen dann nicht zur Polizei? War er vielleicht zu gering, um sich Gehör zu verschaffen? Oder gar zu mächtig, um in diesen Skandal verwickelt zu werden?

Antoine beschloss, seine Deckung aufzugeben. Es war die einzige Möglichkeit, etwas Licht in das Dunkel zu bringen. Was hatte er schon zu verlieren? Das Bordell bot die beste Erklärung für seine Anwesenheit. Der Marquis war inzwischen hinter einem Vorhang verschwunden, der von weitem wie das Ende des Ganges ausgesehen hatte, sich jetzt aber als ein schweres Stück Stoff entpuppte. Vorsichtig teilte Antoine den Wandbehang und schlüpfte ebenfalls hindurch. Gerade wollte er auf sich aufmerksam machen, als der Marquis abrupt stehen blieb. Vollkommen überrascht hielt Antoine inne. d'Effiat trat auf eine Tür zu. Doch noch ehe er anklopfen konnte, wurde diese geöffnet. Eine beringte Hand ergriff den erhobenen Arm des Marquis und zog ihn in das dahinter liegende Zimmer. Vollkommen verblüfft trat Antoine näher. Vorsichtig ging er auf die Tür zu und lauschte. Doch kein Laut drang aus dem Gemach zu ihm heraus. Unschlüssig blieb er stehen. Für einen Moment erwog er, anzuklopfen und so zu tun, als hätte er sich in der Türe geirrt. Aber sofort verwarf er diesen Gedanken wieder. Die Begegnung auf dem Gang eines Bordells hätte er dem Marquis vielleicht noch als Zufall verkaufen können, alles andere war unglaubwürdig. Antoine beschloss, zu Marie in den Salon zurückzukehren. Plötzlich aber tippte ihm jemand von hinten auf die Schulter. Er wandte sich um.

Niemals hätte Marie es zugegeben, doch sie fürchtete sich. Alles hier war fremd und unerklärlich. Vorsichtig lugte sie hinter ihrer Säule hervor. Der Kerl, den sie beobachten sollte, stand immer noch da. Gierig stopfte er sich einige Trauben in den Mund und spülte sie mit einem Glas Wein hinunter. Sehnsüchtig blickte Marie auf die saftigen, runden Früchte in seiner Hand. Ihr knurrte der Magen. Sie wusste nicht mehr, wann sie das letzte Mal etwas zu essen bekommen hatte. Eine Ewigkeit war seitdem vergangen. Jetzt bereute sie es, dass sie dem Zwerg das letzte Stück Konfekt geschenkt hatte. Schließlich verließ der seltsame Bursche seinen Platz am Fenster und schlenderte durch den Saal. Unglücklich, ihr Versteck aufgeben zu müssen, schlich Marie hinterher. Dabei versuchte sie, so unauffällig wie möglich zu bleiben. Tatsächlich schien keiner der Anwesenden Notiz von ihr zu nehmen. Sie war bei weitem nicht das einzige Mädchen in diesem Salon. Manche von ihnen waren in funkelnde Roben gehüllt wie große Damen, andere wiederum trugen bunte Kostüme genau wie sie. Alle aber, mit Ausnahme von ihr selbst, waren in Gesellschaft eines älteren Begleiters. Doch das ließ sich jetzt nicht ändern. Sie musste versuchen, alleine zurechtzukommen. Gerade verließ ihr ahnungsloses Opfer den Salon und betrat das Gemach, in dem das Schattenspiel aufgeführt wurde. Er blieb stehen, um sich das seltsame Treiben hinter der seidenen Wand anzusehen. Mehrere Minuten verharrte er in atemlosem Staunen. Ganz plötzlich aber wandte er sich ab und steuerte zielstrebig auf den Ausgang zu. Marie verfolgte ihn bis in die Vorhalle. Zwei

Diener öffneten ihm die schwere Eingangspforte, und schon hatte die dunkle Nacht ihn verschluckt. Ratlos blieb Marie zurück. Würde der Marquis wollen, dass sie ihm folgte? War das ihr Auftrag? Sie wusste es nicht. Liebend gerne wäre sie dem Mann hinterhergegangen. Alles war besser, als alleine an diesem Ort zu bleiben. Dennoch entschied sie sich, auf ihren Herren zu warten. Sie konnte nicht riskieren, noch ein zweites Mal zu verschwinden. Es grenzte schon an ein Wunder, dass sie mit ihrem ersten unerlaubten Ausflug so glimpflich davongekommen war. Marie kehrte der Pforte den Rücken und sah sich nun etwas genauer um. Im Vergleich zu der vornehmen Ruhe in den Gesellschaftsräumen sorgte hier eine unüberschaubare Menschenmenge für lärmende Betriebsamkeit. Die meisten standen in kleinen Gruppen zusammen und führten hitzige Gespräche. Eine alte Frau hatte ein paar Mädchen um sich geschart, auf die sie wild gestikulierend einredete. Dabei wies sie mit ihrem spitzen Kinn zu einem jungen Mann, der von vier Lakaien in einer offenen Sänfte getragen wurde. Kühl blickte er über die kleine Versammlung hinweg und sah so aus, als ginge ihn das Ganze nichts an. Erst beim zweiten Hinsehen bemerkte Marie, dass sein Körper unterhalb des Rumpfs endete. Zu gerne hätte sie gewusst, was da gesprochen wurde. Zwar hatte der Marquis es nicht gesagt, doch Marie wusste, wo sie sich befand. Dies war ein Hurenhaus. Vermutlich erklärte die Alte den Mädchen gerade, wie sie dem Mann ohne Beine gefällig sein konnten. Plötzlich entdeckte sie einen Jungen in ihrem Alter. Er saß mitten im Gewühl am Fuß einer großen Marmortreppe und wurde von den Vorbeieilenden immer wieder angerempelt oder fluchend zur Seite gestoßen, was ihn jedoch vollkommen kalt ließ. Im Vergleich zu allen anderen war er recht ärmlich gekleidet. Allerdings hielt er ein großes Stück Obstkuchen in der Hand, in das er gerade herzhaft hineinbiss. Marie trat näher und stierte den Jungen mit großen, hungrigen Augen an.

»Was glotzt du?«

»Gibst du mir von deinem Kuchen?«

Erneut biss der Junge ein großes Stück ab. Er kaute mit offenem Mund und sah dabei nachdenklich zu Marie hinüber. Ein kleines Stück von dem Kuchen war auf den Boden gefallen. Marie hätte es gerne aufgehoben, doch noch ehe sie sich danach bücken konnte, war es unter der Sohle eines schwarzen Stiefels verschwunden.

»Nein. Ich weiß aber, wo du welchen kriegen kannst. Komm mit.« Der Junge erhob sich und eilte flink die Stufen hinauf, ohne sich noch einmal nach ihr umzusehen. Geschickt wich er dabei immer wieder den Entgegenkommenden aus. Einen Augenblick zögerte Marie und überlegte, ob sie ihm folgen sollte. Das tiefe Loch in ihrem Bauch nahm ihr die Entscheidung ab. Sie würde zur Stelle sein, wenn der Marquis zurückkehrte. Es dauerte bestimmt nicht lange. Auf der oberen Galerie angekommen, wandte der Junge sich nach links und eilte einen dunklen Flur hinunter. Marie blieb dicht hinter ihm. Plötzlich wurde zu ihrer Rechten eine Tür geöffnet. Ein fetter Mann und eine noch fettere Frau traten laut grölend heraus. Marie konnte den alkoholgeschwängerten Atem riechen.

»Wie heißt du eigentlich, und was machst du hier?«

»Frag nicht. Komm einfach mit.« Die Stimme des Jungen klang schläfrig. Marie ignorierte ein ungutes Gefühl, das dem nagenden Hunger in ihrem Magen allmählich Gesellschaft leistete und immer stärker wurde, je weiter sie den Gang hinunterliefen. »Wohin bringst du mich?« Sie versuchte sich ihre Nervosität nicht anmerken zu lassen.

»Wart's ab. Wir sind gleich da.«

Er schlug einen schweren Vorhang zur Seite und ließ Marie als Erste hindurchtreten. Sie legten nur noch wenige Schritte zurück, dann blieb er stehen. Ohne anzuklopfen öffnete er eine Tür und trat ein. Gleißendes Licht flutete ihnen entgegen.

»Holla, da ist ja der kleine Pierre. Und wen bringst du uns heute?« Pierre packte Marie etwas unsanft am Arm und schubste sie nach vorne. »Sag deinen Namen.« Marie war viel zu eingeschüchtert, um antworten zu können. Drei Augenpaare betrachteten sie aufmerksam. Die Männer saßen in bequemen Lehnstühlen um einen Tisch herum, der reichlich mit Speisen und Getränken gedeckt war. Dort stand auch eine Platte mit verschiedenen Kuchen. Maries Hunger war mit einem Mal verschwunden. Der Älteste von ihnen, ein kahlköpfiger Riese, richtete zuerst das Wort an sie. »Mir scheint, unser kleiner Türke hier ist ganz stumm. Wo hast du denn deinen Turban?« Er griff in seine Tasche und warf dem Jungen, der auf den Namen Pierre hörte, ein Geldstück zu. Geschickt fing dieser die Münze auf. »Geh jetzt.«

»Nein!« Erschrocken drehte Marie sich zu ihm um. »Ich komme mit.« Gelangweilt sah Pierre sie an. Dann verließ er das Zimmer, ohne ein weiteres Wort an sie zu verschwenden. Marie wollte ihm folgen, aber einer der jüngeren Männer versperrte ihr den Weg. »Nicht so hastig, wohin will der kleine Vogel denn flattern?« Sanft strich er Marie über die Wange und lächelte sie an. Freundlich blickten seine braunen Augen auf sie herab.

»Bring ihn zu uns herüber, Eugène«, ließ der Ältere sich nun vernehmen. »Vielleicht mag er ja etwas Gebäck.«

Natürlich, schoss es Marie durch den Kopf. Die kurzen Haare. Sie denken, ich bin ein Junge. »Monsieur«, Marie versuchte ihrer Stimme einen festen Klang zu geben, »ich möchte lieber gehen.«

»Aber warum denn? Du bist doch gerade erst angekommen.« Der Mann, den der kahle Riese Eugène genannt hatte, fasste sie sanft an den Schultern und führte sie an den Tisch. Der Glatzkopf beugte sich vor und betrachtete sie eingehend. Dabei drückte er mit Daumen und Zeigefinger so stark gegen Maries Wangen, dass ihr Unterkiefer wie von selbst herunterklappte. »Du hast schöne Zähne, mein Kleiner. Das mag ich.« Er langte nach einer Schale, die kleine Kuchen und schokoladenüberzogene Früchte enthielt. »Los, greif zu!« Maries Augen glitten über die köstlichen Naschereien. Obwohl eine innere Stimme sie warnte, davon zu nehmen, war die Versuchung größer. Sie fischte sich einen schokoladenüberzogenen Apfelkringel heraus und nahm noch schnell ein Stück, das aussah wie eine Rosenblüte.

»Wie alt bist du, Bursche?« Zum ersten Mal sprach der jüngste von den dreien. Er hatte bisher still dagesessen und Marie aus unergründlichen, schwarzen Augen gemustert. Der Klang seiner Stimme verriet, dass er ein Ausländer war. »Zehn Jahre, Monsieur.«

Die Schokolade in Maries Händen begann bereits zu schmelzen. Zögernd biss sie in den Kringel. Der süße Geschmack auf ihrer Zunge wirkte beruhigend.

»Komm, Matteo«, forderte der Alte ihn auf, »zeig dem Kleinen deine Ringe.« Flink schlüpfte Matteo aus seiner Weste und knöpfte sich das Hemd auf. Marie stutzte. Dann trat sie erschrocken zurück, sodass sie gegen Eugène prallte, der immer noch hinter ihr stand. Die Brustwarzen auf dem schmächtigen Oberkörper Matteos waren durchstochen. Zwei goldene Ringe hingen daran, die wiederum jeweils mit einer tropfenförmigen Perle verziert waren.

»Möchtest du sie anfassen?« Matteo wollte nach ihrer Hand greifen, doch Marie verbarg sie schnell hinter dem Rücken.

Hastig sprang sie zur Seite und eilte auf die Tür zu. Ehe sie diese aber erreichen konnte, war Eugène dort angelangt und versperrte ihr den Weg.

»Du hast Schokolade bekommen und durftest die schönen Ringe unseres Freundes Matteo sehen. Meinst du nicht, du solltest uns auch etwas geben?« Die braunen Augen schienen nun gar nicht mehr freundlich. Verschlagen sahen sie auf Marie herab. Doch da war noch etwas anderes in dem Blick des Mannes, etwas, das Marie nicht zu deuten wusste. Sie spürte eine unerträgliche Hitze durch ihren Körper strömen. Ihre Augen füllten sich mit Tränen. »Bitte, lasst mich gehen, Messieurs. Bitte.«

Die beiden anderen waren inzwischen ebenfalls hinzugetreten. Gemeinsam bildeten sie einen Kreis um Marie, aus dem es kein Entkommen gab.

»Er hat Angst«, höhnte Matteo, »unser kleines Vögelchen hat Angst.« Mit einem Mal waren überall Hände auf ihrem Körper. Marie wand sich und versuchte sie abzuschütteln. Vergebens.

»Los, zieht ihn aus.« Die Stimme des Glatzköpfigen klang kalt und grausam. Wie die alte Katze, die Marie früher immer geärgert hatte, schubsten die Männer sie nun hin und her, zerrten das seidene Wams von ihren Schultern und fassten nach der weiten Pluderhose.

»Nein, bitte nicht.« Immer wieder bettelte sie, doch die Männer kümmerten sich nicht darum. Sie lachten, und das Lachen wurde lauter, je mehr sie flehte. Einem gelang es schließlich, ihre Hose herunterzureißen. Brutal griff er zwischen ihre Schenkel. »Ja, aber …«, hörte sie den überraschten Ausruf, »das da ist ein Mädchen. Pierre, dieser Idiot, hat uns ein Mädchen gebracht.« Anklagend deutete er mit dem Finger auf Marie. »Das da ist ein Mädchen.«

»Was? Warum hast du das nicht gleich gesagt, du kleine Metze?« Der Alte trat näher und ballte die Hand zur Faust. Marie spürte den Schlag kaum. Eine warme Flüssigkeit rann an den Innenseiten ihrer Schenkel herab.

»Sie pisst auf den Boden, wie ein streunender Hund.«

Marie sackte in sich zusammen und hielt schützend die Hände über ihren Kopf. Wie aus weiter Ferne drangen die Stimmen nun zu ihr. Was gesprochen wurde, konnte sie nicht mehr verstehen. Nur das Lachen hörte sie laut und deutlich. Immer wieder dieses furchtbare Lachen. »Lasst mich gehen, bitte, lasst mich gehen.« War das ihre Stimme, die da so brüchig klang? Plötzlich wurde sie hochgehoben. Jemand riss ihre Schenkel auseinander. Der Ältere war es nicht. Er trat näher, ein freudiges Lächeln auf den Lippen. In seiner Hand blitzte etwas auf, spitz und glänzend. Marie begann zu schreien. So laut sie konnte, schrie sie um Hilfe. Von der Decke hing ein schwerer, silberner Leuchter, die Quelle des strahlenden Lichts.

Antoine war keinesfalls überrascht, als er sich umwandte und in das schlecht geschminkte Gesicht des Lakaien blickte, der ihm vorhin seine Dienste angetragen hatte. Warum nicht, dachte er. Ein bisschen Spaß konnte bestimmt nicht schaden. Außerdem würde er d'Effiat heute ohnehin nicht mehr zur Rede stellen. Und wenn er nun schon mitten in der Nacht auf den düsteren Fluren eines Bordells herumschlich, um etwas über den Mord an der Duchesse d'Orléans in Erfahrung zu bringen, konnte er gleich auch die Vorzüge eines solchen Hauses für sich in Anspruch nehmen. Der Handel war schnell abgemacht. Nun lag der Bursche mit entblößtem Oberkörper in seinen Armen und ging äußerst kunstvoll daran, sein Geschäft auszuüben.

Plötzlich horchte Antoine auf und drehte den Kopf zur Tür. »Schtt.«

»Was ist denn, mein Herr?«

»Hörst du es nicht, da ruft jemand um Hilfe.«

Gleichgültig blickte sein Gespiele auf. »Na und? Hier schreien sie andauernd und winseln um Gnade. Das gehört doch dazu.« Der rot verschmierte Mund näherte sich Antoines und flüsterte mit süßer Stimme: »Kümmert Euch nicht um die anderen. Lehnt Euch zurück und schließt die Augen. Es wird Euch sicher gefallen.«

Gerade wollte Antoine dieser Aufforderung nachkommen, als der Hilferuf erneut an sein Ohr drang. Hastig sprang er aus dem Bett. »Das ist keiner der Freier. Da ruft ein Kind um Hilfe!« Ohne auf die Proteste seines Bettgefährten zu achten, stürzte er hinaus. Ganz deutlich hörte er nun auch lautes Lachen. Die Stimmen kamen aus einem Zimmer, das sich in unmittelbarer Nähe des schweren Wandbehangs befinden musste. Während er den Gang hinuntereilte, erfüllte ein gellender Schrei die Nacht. Verwirrt hielt er inne, und mit einem Mal erkannte er, wer es war, der dort so verzweifelt um Hilfe schrie. Antoine stürzte der angstvollen Stimme entgegen. Doch fand er das Gemach, aus dem der qualvolle Laut gedrungen war, versperrt. Entschlossen versetzte er der Tür einen kräftigen Tritt. Holz splitterte. Er musste einen zweiten Anlauf nehmen, um sich Einlass zu verschaffen. Anders als auf dem kaum beleuchteten Gang herrschte in dem Zimmer strahlende Helligkeit. Erstaunte Gesichter hatten sich ihm zugewandt. Schnell erfasste Antoine die Situation. Marie lag halbnackt auf einem Tisch, umgeben von umgeworfenen Gläsern, Karaffen und verschiedenen Schalen. Zwei Männer drückten sie auf die Tischplatte, während ein dritter sich über sie beugte. Er hielt ein Messer in der Hand. Mit Grauen erkannte Antoine, dass die Klinge blutverschmiert war. Sofort stürzte er sich auf ihn. Dabei war der Vorteil der Überraschung auf seiner Seite. Obwohl der Mann von bulliger Statur war, taumelte er und fiel zu Boden. Einer seiner Kumpanen ließ von Marie ab und eilte ihm zu Hilfe. Er sprang auf Antoine zu und versetzte ihm einen Kinnhaken. Schmerzhaft prallte Antoine gegen die Wand. Zwei Hände schnellten empor. Geschickt wich Antoine seinem Widersacher aus und bekam, bevor dieser erneut auf ihn losgehen konnte, eines seiner Handgelenke zu fassen. Kraftvoll bog er es zurück und schlug den Arm mit voller Wucht gegen das Mauerwerk. Antoine spürte, wie der Knochen brach. Im selben Augenblick heulte der Verletzte auf und flüchtete davon.

Der Bullige mit dem Messer hatte sich inzwischen wieder aufgerafft und attackierte ihn nun von der Seite. Mit einer Hand drückte er Antoines Gesicht gegen die Wand, während er mit der anderen das Messer unter seinen Augapfel hielt. Antoine spürte einen scharfen Schmerz. Eine falsche Bewegung, und die Klinge würde unweigerlich in sein Auge dringen. Ohne zu überlegen, was er tat, rammte Antoine ihm das Knie zwischen die Beine. Der Mann lief puterrot an und ließ das Messer fallen. Ein zweiter Stoß und er ging in die Knie. Vor Schmerzen röchelnd sackte er in sich zusammen. Antoine sprang über ihn und stürzte sich jetzt auf den letzten Gegner. Der schmächtige Jüngling mit dem entblößten Oberkörper hatte dem Kampfgetümmel bisher nur zugesehen. Er stand immer noch am Tisch und hielt Marie fest. Nun aber stellte er sich Antoine in den Weg und wollte ihm einen Tritt versetzen. Antoine wich dem Fuß aus und landete einen schweren Schlag in die Magengrube seines Angreifers. Der Kerl fiel rücklings zu Boden. Antoine griff nach einem der Ringe und riss ihn mit aller Gewalt aus der Brust seines Opfers. Der Schmerzensschrei war ohrenbetäubend. Ohne sich weiter um ihn zu kümmern, trat Antoine hastig an den Tisch. Marie lag vollkommen regungslos da. Mit Ausnahme eines kleinen, roten Blutfadens, der den Mundwinkel hinablief, war jegliche Farbe aus ihrem Gesicht gewichen. Auch an ihrem linken Oberschenkel war Blut, das einer schmalen Schnittwunde entströmte. Behutsam umfasste Antoine den mageren Körper und trug Marie hinaus. Ein einziger Gedanke hämmerte in seinem Kopf: Es ist meine Schuld!

Kapitel 13

Gut gelaunt verließ Louis seinen Schreibtisch und machte sich auf den Weg zu den Gemächern der königlichen Mätressen. Die Audienz der moskowitischen Gesandtschaft war besonders günstig verlaufen; nicht zuletzt dank des Charmes und der Heiterkeit, die Athénaïs sogar im Angesicht dieser raubärtigen Barbaren zu versprühen vermochte. Er würde sich erkenntlich zeigen. Ihm war zu Ohren gekommen, dass es Athénaïs nach einem Diamantschmuck verlangte, für dessen Anschaffung ihr im Augenblick die nötigen Mittel fehlten. Gott allein wusste, warum. Er ließ es ihr gegenüber an Großzügigkeit wahrlich nicht mangeln. Immer wieder aber war sie in Geldverlegenheiten, was sie, dank der Emsigkeit seines Finanzministers Colbert, vergebens vor ihm zu verheimlichen suchte. Doch in diesem Fall kamen ihm die ewigen Geldnöte seiner bezaubernden Freundin gerade recht. Als Louis ihr Appartement betrat, blieb er wie angewurzelt in der Tür stehen. Athénaïs wurde von ihren Damen umringt, die gerade damit beschäftigt waren, ihr beim Auskleiden behilflich zu sein. Sie hatte die Röcke ihres bauschigen Unterkleides angehoben und Louise, die vor ihr auf dem Boden kauerte, den linken Fuß in den Schoß gelegt. »Aber bitte seid vorsichtig mit den Smaragdschnallen, liebste Freundin. Der König hat sie mir zum Geschenk gemacht. Er wäre sicher sehr betrübt, wenn sie beschädigt würden.«

Mit geübten Händen löste Louise die Spangen des Schuhs und reichte sie dem Krüppel, der sie in einem geschnitzten Holzkästchen verstaute. Hernach platzierte Athénaïs den rechten Fuß in Louises Schoß und blickte dabei hämisch auf ihre Vorgängerin hinab. Still, den Blick gesenkt, schien Louise sich voller Hingabe ihrer Aufgabe zu widmen und glich dabei eher einer Kammerzofe als einer Duchesse von Frankreich. Bis jetzt hatte keine der Damen Louis' Anwesenheit bemerkt. »Bravo, Louise!«, rief Athénaïs, nachdem auch die zweite Schnalle in dem hölzernen Kästchen verschwunden war. »Es ist so schwierig, diese Spangen herunterzubekommen. Ihr seid die Einzige, die sich darauf versteht.« Ein spöttisches Lächeln lag auf ihren Lippen. »Wahrlich, ich schwöre, Ihr seid beim An- und Auskleiden unersetzlich für mich. Und nun noch den Spitzenbesatz. Aber beeilt Euch, der König kann jeden Moment erscheinen. Ich möchte bereit sein, wenn er kommt.« Einen Augenblick schloss Louise erschöpft die Augen.

Louis hatte genug gesehen. »Madame, was tut Ihr?« Die Gesichter der Anwesenden wandten sich ihm zu. Louise erhob sich rasch und neigte wie die anderen das Haupt.

»Meine Damen sind mir beim Entkleiden behilflich, Sire«, erwiderte Athénaïs, wobei ein verärgerter Unterton in ihrer Stimme mitschwang. »Die Audienz Eurer Majestät hat so viel von meiner Zeit beansprucht, dass Ihr mich noch nicht bereit findet, Euch zu empfangen.«

Louis trat näher. »Wir richteten das Wort nicht an Euch, Madame. Wir sprachen zur Duchesse de Vaujours.« Louise hob den Blick. »Erklärt Euch, Madame la Duchesse.«

»Verzeiht, wenn mein Tun Euer Missfallen erregte, Sire. Dies lag nicht in meiner Absicht.«

»Auf ein Wort, Madame.« Als er mit Louise in eine Fensternische trat, war ihm sehr wohl bewusst, dass er Athénaïs durch den vertraulichen Umgang kränkte, den er seiner ehemaligen Favoritin gegenüber an den Tag legte. Ihm war auch klar, dass sie sich dafür an Louise rächen würde. »Warum tut Ihr das?«, fragte er verärgert. »Warum lasst Ihr Euch von Madame de Montespan wie eine Kammerfrau behandeln? Sprecht!«

»Sire«, Louises Stimme klang resigniert, »war es nicht Euer Wunsch, dass die Marquise und ich wie Schwestern miteinander leben sollten?«

Drohend baute Louis sich vor ihr auf. »Es war aber keinesfalls unser Wunsch, Madame, dass Ihr Euch behandeln lasst wie eine Magd. Damit macht Ihr Euch zum Gespött der Leute, und das kann ich nicht dulden.« Für einen kurzen Augenblick glomm ein Hoffnungsschimmer in den Augen seiner offiziellen Mätresse auf. »Durch meine Hand wurdet Ihr eine Duchesse von Frankreich«, setzte Louis hastig hinzu, »verhaltet Euch entsprechend.« Sofort erlosch der Hoffnungsschimmer wieder. »Meine Sünde war offenkundig, Sire. Gott wünscht, dass meine Buße es ebenso sei«, flüsterte sie. Louis wandte sich ab. Die märtyrerhafte Duldsamkeit Louises ging ihm auf die Nerven. Sollte sie ruhig ihre Buße empfangen. Athénaïs, davon war er überzeugt, war in dieser Angelegenheit durchaus befähigt, Gottes Werkzeug zu spielen.

»Und was ist mit mir?« Empört schritt Athénaïs in ihrem Schlafgemach auf und ab, wobei sie die Schleppe ihres leichten, pfirsichfarbenen Déshabillé wütend hinter sich herzog. »Was kümmert Euch Louises Stellung bei Hof? Sorgt Euch lieber um die meine. Ihr habt ihr bereits einen Schemel zugewiesen.

Aber ich muss immer noch stehen.« Louis ließ Athénaïs nicht aus den Augen. Er hasste ihre Wutausbrüche. Gleichzeitig faszinierten sie ihn. Kein anderer Mensch würde es wagen, in diesem Ton zu ihm zu sprechen. Für Athénaïs aber galten die Regeln der anderen nicht. Sie war maßlos: maßlos in ihrer Wut, maßlos in ihrer Gier, maßlos in ihrer Schönheit. Und genau darin bestand der Reiz. »Madame!« Er verließ seinen Fauteuil und ging drohend auf sie zu. »Wenn Ihr einer Person, der durch uns die höchsten Ehrungen zuteil wurden, Schimpf antut, indem Ihr sie behandelt wie Euer Gesinde, dann beleidigt Ihr dadurch auch uns. Bedenkt dies wohl.«

»Was hat sie denn geleistet, die Duchesse de Vaujours, dass sie dieser hohen Gunst teilhaftig wurde?« Athénaïs spuckte ihm Louises Titel förmlich vor die Füße. »Sie war nichts, bevor sie das Bett mit Euch teilte. Die Geringste unter den Kammerfrauen der Duchesse d'Orléans. Aber ich, ich bin eine Mortemart. Mir gebührt der Titel, den sie trägt.«

Louis setzte ein höhnisches Lächeln auf. »Und verratet Ihr uns vielleicht auch, Madame la Marquise de Montespan, was mit Eurem Gemahl geschehen soll, wenn wir Euch zur Duchesse erheben?« Der Punkt ging an ihn. Er sah es in ihrem verängstigten Blick. Vor kurzem erst hatte sich der Marquis de Montespan in der Oper mit einem Hut gezeigt, den zwei Hörner zierten. Athénaïs wusste, wie sehr Louis die ständigen Provokationen ihres Gemahls verabscheute, wie er diese öffentlichen Bloßstellungen hasste. Sie schadeten der Würde seiner Person und das durfte er nicht zulassen. Was den Marquis de Montespan anbelangte, waren ihm aber die Hände gebunden. Denn eben dieser offen zur Schau getragene Protest gegen die Liaison seiner Frau schützte ihn vor einem allzu raschen Ende. Sosehr es Louis auch reizte, Athénaïs zu besitzen, mehr als einmal schon hatte er erwogen, ihre Verbindung zu lösen, bevor der Skandal nicht mehr aufzuhalten war. Athénaïs war sich darüber sehr wohl im Klaren. Er hatte ihr gegenüber seine Bedenken nie verheimlicht.

Mit einem Mal glätteten sich die Zornesfalten auf dem schönen Antlitz seiner Geliebten. »Sire«, flehend richtete sie ihren Blick auf ihn. »Ich bitte doch nicht für mich um diese Gunst. Ich bitte für unseren Sohn. Was soll aus ihm werden, wenn Ihr ihm nicht Eure besondere Aufmerksamkeit angedeihen lasst? Schon jetzt schimpft man ihn einen Bastard.«

Louis runzelte die Stirn. Auch das war ein Problem, dem er sich widmen musste. Er brachte allen seinen Kindern aufrichtige Zuneigung entgegen. Und er wünschte, dass es jedem von ihnen, auch denen, die nicht im Ehebett gezeugt worden waren, zur Ehre gereichen sollte, ein Kind von Louis XIV. zu sein. Mit einem Mal fühlte er sich müde. Er ging zu einem der Fensterflügel und blickte hinaus. Obwohl die Sonne lange untergegangen war, herrschte noch immer drückende Schwüle. Für einen Moment presste Louis seine Stirn gegen die kühle Scheibe. »Aber, Madame. Ich werde darüber nachdenken, jetzt lasst es gut sein. Ich ziehe mich zurück.«

Athénaïs war hinter ihn getreten. »Bleibt. Nur einen Moment noch.« Ihre Stimme klang samtweich. »Den ganzen Tag habe ich diesen Augenblick herbeigesehnt, und nun wollt Ihr mich schon wieder verlassen?« Er spürte ihren warmen Leib in seinem Rücken, atmete den Duft nach Orangen, welchen er verströmte. Am liebsten hätte er sich zu ihr umgewandt und sie geküsst. Doch so leicht wollte er es ihr nicht machen. »Ihre Majestät erwartet mich. Viel zu lange schon habe ich ihr nicht mehr beigewohnt.« Athénaïs' Hand, die sanft über seinen Rücken geglitten war, hielt einen Augenblick inne. Dann setzte sie ihren Weg zu seiner Taille fort. »Erfrischt Euch wenigstens mit einem Glas Wein, bevor Ihr zur

Königin geht. Sie wird es mir danken, dass ich die Sorge um Euer Wohl mit ihr teile.«

Louis spürte den durchdringenden Blick ihrer veilchenblauen Augen auf seinen Schultern ruhen. Er zuckte die Achseln. Zwar stand ihm nicht der Sinn nach einer weiteren unerfreulichen Szene, doch den Moment, da er seinen ehelichen Pflichten nachkommen musste, wollte er gerne noch ein bisschen hinauszögern. »Vielleicht habt ihr recht. Der Wein wird mir guttun.« Athénaïs entfernte sich und mit ihr der verführerische Duft. Louis schnupperte ihm nach. Noch immer blickte er in den Park, der inzwischen fast vollkommen im Dunkeln lag, da eine Wolke sich vor den Mond geschoben hatte.

Im hinteren Teil des Gemachs bereitete Athénaïs das Getränk für den König vor. Sie füllte einen Pokal zur Hälfte mit Wein und gab aus einer Kristallkaraffe frisches Wasser hinzu. Nie trank Louis XIV. seinen Wein unverdünnt. Einen Moment hielt sie inne und blickte sich nach ihm um. Der König stand immer noch mit dem Rücken zu ihr. Blitzschnell öffnete sie die Lade einer Kommode, entnahm ihr eine kleine Phiole, die ein bernsteinfarbenes Elixier enthielt, und goss es in den Weinpokal. Wieder warf sie einen kurzen Blick in die Richtung des Königs. Er hatte nichts bemerkt. Athénaïs ließ das leere Fläschchen verschwinden und griff nach dem Getränk. Vergebens würde die Königin in dieser Nacht auf den Besuch ihres Gemahls warten.

Kapitel 14

Mit flauem Gefühl im Magen folgte Marie dem kleinen, gedrungenen Mann die Wendeltreppe hinunter. Das Ende der vielen Stufen war zwar noch nicht zu sehen, doch schon jetzt drangen unheimliche Geräusche zu ihr herauf, die keineswegs dazu angetan waren, ihr Unbehagen zu schmälern. Ein gellender Schrei durchriss das Halbdunkel. Marie erstarrte. »Was war das?« Der Mann blieb stehen und sah zu ihr hoch. Eine Kerze an der Wand beleuchtete sein blasses Gesicht und verlieh ihm etwas Dämonisches. »Was soll schon gewesen sein? Sie stechen eine Sau ab.« Zufrieden stellte Marie fest, dass die Stimme ihres Führers im Gegensatz zu den kerzenbeschienenen Zügen seines fleischigen Gesichts so gar nichts Unheimliches an sich hatte. Ohne weiter auf sie zu achten, setzte der Mann seinen Weg nach unten fort.

Es war das erste Mal, dass Marie ihr Krankenlager verlassen durfte. Sie hatte ihre gesamte Überredungskunst aufbringen müssen, um dem Marquis die Erlaubnis abzuringen, ihn nach Saint-Cloud begleiten zu dürfen. Zwar war er, nachdem er sie in den ersten Tagen der Genesung mit einer scheuen Freundlichkeit behandelt hatte, wieder zu seinem vertrauten, neckenden Ton übergegangen, dennoch, das spürte Marie, hatte sich seit den Ereignissen im Palais de Chalmart etwas in seinem Verhalten ihr gegenüber verändert. Marie gab sich große Mühe, die Erinnerungen an jene Nacht aus ihrem Gedächtnis zu verbannen. Irgendwie war es ihrem Herren gelungen, sie vor den drei Männern in Sicherheit zu bringen. Wie, das wusste sie nicht. Von Marthe erfuhr sie später, dass der Marquis nach ihrer Rückkehr die ganze Nacht nicht von ihrer Seite gewichen war. Einen Arzt habe er kommen lassen, extra für sie, damit die Wunde versorgt wurde. Dabei habe er selbst eine ganz schöne Beule abbekommen. Wieder und wieder ließ Marie sich erzählen, wie der Marquis ganz blass gewesen sei und keine Stärkung zu sich nehmen wollte, bis der Arzt ihm versichert hatte, dass sie außer Gefahr sei. Das Wissen um seine Sorge bescherte Marie ein wohliges Gefühl in der Magengegend. Dafür nahm sie auch gerne Marthes Schelte in Kauf, die sich immer wieder darüber ärgerte, dass Marie sie hatte glauben lassen, sie sei ein Junge.

Inzwischen waren Marie und ihr griesgrämiger Begleiter am Ende der Wendeltreppe angelangt. An den Wänden zuckten die glutroten Schatten eines riesigen Feuers, das in dem angrenzenden Kellergelass brannte. Eine mörderische Hitze schlug ihnen entgegen. Der Eingang zur Hölle unterschied sich vermutlich kaum vom Eingang zu den Küchengewölben des Schlosses von Saint-Cloud. Zunächst durchquerten sie die Fleischbraterei. Über einem glühenden Kohlenbecken wurden zwei Lämmer geröstet, deren Duft Marie betörend in die Nase stieg. Mehrere Küchenjungen waren damit beschäftigt, den Spieß zu drehen, während andere das Fleisch unentwegt mit Brühe übergossen. Weiter ging es einen schmalen Gang entlang, von dessen Decke pralle Würste hingen. Zu gerne wäre Marie hochgesprungen, um sich eine abzureißen. Doch das wagte sie nicht. Bei dem nächsten Gewölbe handelte es sich um die Geflügelküche. Hier hielt Maries Begleiter inne. »Wo sind die Tauben für den Duc?«

Ein knochiger Riese, wie das übrige Küchenpersonal mit einem grauen Kittel und einer Haube angetan, kam ihnen entgegen und verneigte sich tief. »Bereits auf dem Spieß, Monsieur de Purnon. Sie werden pünktlich fertig sein.«

Der so Angesprochene nickte und eilte weiter. Marie hatte Mühe, ihm zu folgen. Schließlich gelangten sie in ein geräumiges Gelass, in dem auf mehreren Feuerstellen Töpfe dampften. Hier roch es nach Gemüse und frischen Kräutern. Über den Lärm von klappernden Schüsseln und Töpfen hinweg schrien die Küchenmeister ihrem Heer von Gehilfen unentwegt Anweisungen zu. Als man Monsieur de Purnons ansichtig wurde, trat ein älterer Mann respektvoll näher. Marie vermutete, dass er der Aufseher über die Suppenküche war, da er im Gegensatz zu allen anderen, die hier arbeiteten, Schuhe an den Füßen trug.

»Was kann ich für Euch tun, Monsieur?« Purnon wandte sich um und schob Marie etwas unsanft nach vorne. »Sorge dafür, dass der Page des Marquis de Montagnac etwas zu essen bekommt. Eine Schale Suppe oder ein Stück Huhn. Und wenn er satt ist, zeige ihm den Weg zum Wasserfall. Sein Herr möchte, dass er ihn sich ansieht.« Ohne die Antwort seines Untergebenen abzuwarten, kehrte Monsieur de Purnon ihm den Rücken und ging davon. Der Alte blickte ihm unwillig hinterher und spie zwischen den Zähnen aus. Dann warf er Marie einen bösen Blick zu. »Ich habe noch was anderes zu tun, als mich um ein mageres Bürschchen wie dich zu kümmern.« Marie sog die Luft ein. Sie wollte etwas erwidern, unterließ es dann aber im letzten Moment. Zu groß war ihre Furcht, der Kerl würde ihr nur klebrigen Haferschleim und einen Kanten trockenes Brot vorsetzen, wenn sie ihm frech kam. »Was stehst du hier herum? Komm mit.« Er führte Marie zu einem langen Tisch, der im hinteren Teil der Suppenküche stand, und forderte sie barsch auf, sich hinzusetzen. Dann verschwand er. Auf beiden Seiten des Tisches standen Bänke, vollbesetzt mit Küchengehilfen und Mägden, die gerade eine Pause machten und aus irdenen Schalen einen dicken, nach Hammel duftenden Eintopf löffelten. Marie lief das Wasser im Munde zusammen. Sie musste sich beherrschen, um nicht unentwegt auf die Schale des jungen Mädchens zu starren, das neben ihr saß. Nach wenigen Minuten kehrte der Küchenmeister zurück und reichte Marie eine ähnliche Schale. Dazu gab er ihr ein Stück Brot. »Da, das muss reichen. Huhn konnte ich nicht kriegen. Wenn du gegessen hast, komm zu mir. Ich zeig dir dann den Weg.« Sobald er weg war, machte Marie sich gierig über ihr Abendessen her. Zufrieden stellte sie fest, dass der Eintopf mit mehreren fetten Fleischbrocken angereichert war. Als sie die Suppe ausgelöffelt und sich das letzte Stück Brot in den Mund gestopft hatte, begann sie, ihre Umgebung etwas genauer zu betrachten. Die junge Magd, die neben ihr auf der Bank gesessen hatte, war inzwischen aufgestanden. Ihren Platz hatte ein großer, breitschultriger Mann eingenommen, dessen zerrissenes Hemd mit klebrigen, dunklen Flecken beschmutzt war. Marie dachte an die abgestochene Sau und schauderte. Ihr Blick fiel auf den Tisch gegenüber. Offenbar schien an dieser Tafel nur die Dienerschaft aus den oberen Etagen zu essen. Marie erkannte dies an den Livreen der Männer, die daran Platz genommen hatten. Auch fiel ihr auf, dass das Geschirr, aus dem die Lakaien und Pagen aßen, weniger grob war als das, aus dem sie gegessen hatte. Beleidigt verschränkte Marie die Arme vor der Brust. An diesem Tisch hätte sie essen sollen. Schließlich war sie der Page des Marquis de Montagnac! Sie nahm sich vor, dem ungehobelten Küchenmeister gehörig die Meinung zu sagen. Nachdem sie gegessen hatte, fand Marie, konnte sie sich ein paar freimütige Worte durchaus erlauben. Während sie noch in Gedanken das ein oder andere Schimpfwort ausprobierte, stutzte sie. Soeben hatte sich ein weiterer Kammerdiener hingesetzt, der nun, ohne sich am lauten Geschwätz der anderen Livrierten zu beteiligen, seine Mahlzeit in sich hineinschaufelte. Irgendwie kam ihr das hässliche Gesicht des Mannes bekannt vor. Vermutlich aber irrte sie sich. Sie war noch nie vorher in Saint-Cloud gewesen. Woher also sollte sie den Mann kennen? Maries Gedankengang wurde plötzlich durch eine blitzartige Erinnerung unterbrochen. Vor ihrem geistigen Auge baute sich ein Bild auf, das sie immer wieder vergeblich zu verdrängen suchte: der Salon des Palais de Chalmart. Ihr Blick hastete zurück und blieb an dem schweigenden Diener hängen. Nun wusste sie, woher sie ihn kannte. Er war der Begleiter des Marquis d'Effiat!

Monsieur war in dieser Nacht besonders guter Stimmung. Zum ersten Mal seit dem Tod seiner Gemahlin hatte er ein paar ausgesuchte Gäste nach Saint-Cloud gerufen, um mit ihnen eine Medianoche zu feiern. Diese mitternächtlichen Zusammenkünfte, bei denen viel gegessen und getrunken wurde, waren zwar berühmt für ihre Üppigkeit, nicht aber für die Exklusivität der Gesellschaft. An der Tafel des Duc d'Orléans tummelten sich Abenteurer, Spieler und Personen mit zweifelhaften Titeln und noch zweifelhafterem Ruf. Dennoch waren die Einladungen zu diesen Festen bei den Mitgliedern des Hofes sehr begehrt, da Monsieur es verstand, seine Gäste auf das Trefflichste zu unterhalten. Diesmal jedoch hatte er etwas ganz Besonderes ersonnen und sich selbst zur Attraktion des Abends gemacht. Als Schäferin verkleidet, in einem silbrigen Gewand mit schwarzer Schürze, die über und über mit rosafarbenen Schleifen besetzt war, saß er nun inmitten seiner Getreuen und nahm mit huldvoll geneigtem Haupt den Beifall für die gelungene Maskerade entgegen.

»Wahrlich«, rief der Duc de Créquy, »Monsieur ist die entzückendste Beschützerin von Lämmern und Schnucken, die man sich nur denken kann!« Er wandte sich Antoine zu. »Findet Ihr nicht auch, Monsieur le Marquis?«

»In der Tat«, bemerkte Madame de Gordon unaufgefordert. »Hübschere Schäferinnen sah ich selbst in meiner schottischen Heimat nicht.« Irritiert hob Monsieur die Hand.

»Schweigt, Madame de Gordon. Wir wollen hören, was der Marquis de Montagnac zu sagen hat.« Beschämt senkte die gedemütigte Dame unter den gehässigen Blicken einiger Anwesenden das Haupt.

Antoine setzte sein Glas ab und nahm Monsieur mit zusammengekniffenen Augen ins Visier. In banger Erwartung blickte der Bruder des Königs ihn an. Schließlich erhob er sich langsam von seinem Stuhl. Die Lippen des Prinzen bebten; doch reckte er stolz das Kinn und schien entschlossen, selbst die herbste Kritik mutig zu empfangen. Mit einer Hand, auf der mehrere Smaragde prangten, strich er die Falten seiner Schürze glatt. Antoine ließ sich Zeit. Und je länger er die Antwort hinauszögerte, desto zappeliger wurde Monsieur. Es herrschte atemlose Stille.

»Wenn Ihr wissen wollt, ob Eure Verkleidung gelungen ist, Monsieur, geht auf die Weide und zeigt Euch den Schafen. Folgen sie Euch, kennt Ihr die Antwort.«

Ein empörtes Raunen ging durch die Menge. Monsieur jedoch brach in schallendes Gelächter aus. »Bravo, Antoine! Ihr wisst, was mir gefällt.« Hastig stimmten nun auch die anderen mit ein. Am lautesten lachte der Marquis d'Effiat. Überhaupt schien es der Marquis an diesem Abend darauf anzulegen, alle Welt mit seiner guten Laune anzustecken. Vor dem Dîner hatte Antoine die Gelegenheit genutzt, ihn auf seinen Besuch im Palais de Chalmart anzusprechen. »Mir scheint, Monsieur le Marquis, wir beide lieben die gleichen Plätze in Paris.«

»Wie das?« Mit artigem Interesse hatte d'Effiat ihn angeblickt.

»Nun, erst kürzlich sah ich Euch im Palais der Comtesse de Chalmart. Ihr befandet Euch, wenn ich das so sagen darf, in recht ungewöhnlicher Gesellschaft.« War es ihm nur so vorgekommen oder hatten sich die Augen des Marquis bei der Erwähnung des Palais tatsächlich für einen kurzen Moment furchtsam geweitet?

»Ich muss gestehen«, erwiderte d'Effiat darauf mit unverbindlichem Lächeln, »dass dieses Haus keineswegs zu den Plätzen in Paris gehört, die ich favorisiere. Dringende Geschäfte allerdings erforderten meine Anwesenheit.« Ein kleines Lächeln huschte über Antoines Lippen, durch das der Marquis sich offenbar genötigt fühlte, in seiner Erklärung noch etwas weiter auszuholen. »Meine Pflicht als Christenmensch führte mich dorthin. Der Mann, mit dem Ihr mich saht, ist einer meiner Schützlinge.«

»Das überrascht mich«, antwortete Antoine mit gespieltem Erstaunen. »Ich konnte mich des Eindrucks nicht erwehren, dass Ihr einen gewissen Groll gegen diesen Burschen hegtet.«

»Ihr habt ganz recht, Monsieur le Marquis.« Hinter vorgehaltener Hand verbarg d'Effiat ein gelangweiltes Gähnen. »Leider erlebt man allzu häufig, dass die Großzügigkeit gerade von den Menschen, die am meisten von ihr profitieren, ausgenutzt wird. Auch ich musste an jenem Abend wieder einmal diese trübsinnige Erfahrung machen. Aber sagt, welche Geschäfte führten Euch auf die Île Saint-Louis?« Antoine blieb es erspart, etwas darauf erwidern zu müssen, da sich in diesem Augenblick die Comtesse de Brégis in Begleitung des ewig schüchternen Chevalier de Châtillon zu ihnen gesellte. Ihm fiel allerdings auf, dass der Marquis d'Effiat ihn im weiteren Verlauf des Abends immer wieder unauffällig musterte.

Nachdem Monsieur sich wieder gesetzt hatte und äußerst kunstvoll fortfuhr, auf einer vierzinkigen Gabel kleine grüne Erbsen zu balancieren, hörte man, dass es vor der Tür zu einem Tumult kam. Irritiert wandte Monsieur sich an den obersten Kammerherren. »Was ist da los?«, bellte er. Der Kammerherr beugte sich vor und flüsterte seinem Gebieter hastig etwas ins Ohr. Monsieurs Blick wanderte zu Antoine und blieb an ihm hängen. Antoine wurde nervös. Wollte der Duc d'Orléans sich vielleicht doch für seine gewagte Antwort rächen? Schließlich nickte Monsieur und bemerkte knapp: »Bring ihn her.«

Zu Antoines größtem Erstaunen wurde wenige Augenblicke später Marie, eskortiert von zwei kräftigen Türstehern, hereingeführt. Mit einem vergnügten Lächeln richtete Monsieur nun das Wort an ihn. »Euer Page scheint so große Sehnsucht nach Euch zu haben, dass er es gewagt hat, sich mit meinen Männern anzulegen. Solcher Heldenmut verdient belohnt zu werden.«

Alle Augenpaare waren auf Marie gerichtet, die Antoine immer wieder bedeutungsvolle Blicke zuwarf und dabei seltsam mit den Augen rollte. Trotz des Ärgers, der in ihm aufstieg, konnte Antoine nicht umhin zu bemerken, dass Marie sich in ihrer orientalischen Aufmachung zwischen den beiden Männern äußerst schmuck ausnahm. Der neue Turban stand ihr wirklich ausgezeichnet. Monsieur schien der gleichen Ansicht zu sein. »Komm näher, mein Kleiner. Wie ist dein Name?« Marie folgte der Aufforderung und erwies Monsieur ihre Reverenz, an der selbst Antoine nichts mehr auszusetzen fand. Schüchtern sah sie zu Boden. Die beiden boten einen seltsamen Anblick. Der kleine, dickliche Mann, herausgeputzt wie die Schäferinnen einer zweitklassigen Opernaufführung, und das zierliche Mädchen im orientalischen Pagenkostüm. Auch Maries hilfloses Schweigen erweckte Monsieurs Beifall. »Köstlich, er will ihn uns nicht verraten. So werde ich dich Süleiman nennen, wie den Großtürken, von dem ich kürzlich las. Nun verrate uns, Süleiman, was hast du deinem Herren zu sagen?«

Marie, der die Schamesröte ins Gesicht stieg, heftete ihre braunen Augen hilfesuchend auf Antoine. Dieser erhob sich und eilte an ihre Seite. »Verzeiht die Ungehörigkeit meines Dieners, Monsieur. Aber der kleine Bursche hier ist schüchtern. Falls Ihr nichts dagegen habt, werde ich unter vier Augen mit ihm sprechen und Euch später Bericht erstatten.«

»Tut das. Adieu, kleiner Süleiman. Falls der Marquis deiner überdrüssig werden sollte, komm zu mir. In meinem Haushalt findet sich immer Verwendung für einen Pagen.«

»Hoffentlich kannst du das erklären«, zischte Antoine, sobald sie das Speisezimmer verlassen hatten.

»Ich habe ihn gesehen, Monsieur le Marquis«, platzte es aus Marie heraus, während sie die große Treppe hinunter in die Halle stiegen.

»Wen hast du gesehen?«

»Den Begleiter des Marquis d'Effiat.«

»Wo?« Plötzlich war jeder Nerv in Antoines Körper gespannt.

»Im Schloss. Unten in den Küchengewölben, da wo die Diener essen.«

Ungläubig sah Antoine zu ihr herab. »Du musst dich irren.«

»Nein.«

»Bist du ganz sicher?«

»Ja, bestimmt.« Maries Stimme bebte vor Aufregung.

»Er ist einer der Lakaien hier in Saint-Cloud.«

Nachdenklich hielt Antoine inne.

»Was ist, Monsieur le Marquis, Ihr müsst mir folgen. Lange wird er dort bestimmt nicht mehr sitzen, und wer weiß, wo er dann hingeht.«

Antoine schüttelte den Kopf. »Ich kann nicht. Was glaubst du, wie schnell sich herumgesprochen hat, dass der Marquis de Montagnac in der Küche des Duc herumschnüffelt und seine Diener verhört.«

»Wollt Ihr denn nicht wissen, was es mit ihm und dem Marquis d'Effiat auf sich hat?« Maries Stimme klang enttäuscht.

»Natürlich. Und ich werde es auch erfahren.« Antoine kramte eine blanke Silbermünze hervor und reichte sie ihr. »Gib ihm das und sage ihm, er soll dich zu den Wasserfällen führen. Doch verschweige ihm unter allen Umständen, dass ich dort auf euch warten werde.«

»Aber Monsieur«, entgeistert starrte Marie ihn an. »Was ist, wenn er nicht mitkommen will?«

»Er wird mitkommen, wenn du ihm eine weitere Münze versprichst, sobald ihr dort angelangt seid. Und nun beeil dich.« Unwillig machte Marie sich auf den Weg.

Antoine betrat den Park und schlenderte die Alleen hinab in Richtung Fluss. Nach dem unentwegten Geplapper Monsieurs und seiner Clique genoss er die Stille der Gärten, auch wenn von der schillernden Blumenpracht Saint-Clouds in der Dunkelheit nichts mehr zu sehen war. Doch der betäubende Duft der Blüten zeugte eindrucksvoll von ihrer abertausendfachen Existenz.

Als Antoine den vereinbarten Treffpunkt erreichte, setzte er sich auf eine kleine Bank und sah hinauf in den Himmel. Schwere Wolkengebilde türmten sich über ihm auf und versperrten die Sicht auf den Mond. Ein Gewitter lag in der Luft. Endlich. Nach der langanhaltenden Hitze würde das klärende Unwetter eine Wohltat sein. Noch war alles ruhig, doch schien jeder Baum und jeder Strauch in geduckter Haltung darauf zu warten, dass sich die Natur machtvoll über ihnen entlud. Antoine wurde ungeduldig. Endlich aber vernahm er die Geräusche sich nähernder Schritte über dem Kies. Er stand auf. Wenig später hörte er die ärgerliche Stimme eines Mannes. »Wehe dir, du hast mich reingelegt. Wenn ich nicht gleich meine Silberstücke bekomme, schneide ich dir die Ohren ab.«

»Ja, ja«, antwortete Marie in aller Seelenruhe, »gleich gebe ich sie dir.« Antoine ging hinter einem der Zierbüsche in Deckung. Kluges Kind, dachte er schmunzelnd. Nun machte es sich bezahlt, dass Marie eine so famose Schwindlerin war.

Wenige Augenblicke später tauchten zwei Schemen aus der Dunkelheit auf. »So, wir sind da. Und jetzt will ich mein Geld. Wenn ich nicht bald zurück im Schloss bin, bekomme ich mächtigen Ärger.«

»Nicht so hastig, junger Freund.« Der größere der beiden Schemen wirbelte herum. »Wer da?«

Antoine war aus seinem Versteck hervorgetreten und stand nun ganz dicht vor ihm. Er konnte die Züge des Mannes kaum erkennen, dennoch spürte er dessen Furcht. »Was wollt Ihr von mir?« Das Zittern in seiner Stimme bestätigte Antoines Gefühl. Marie war an seine Seite getreten und zupfte ihn am Ärmel. Antoine beugte sich zu ihr herab. »Ich musste ihm zwei Münzen versprechen. Sonst wäre er nicht mitgekommen«, flüsterte sie ihm leise ins Ohr.

»Das war recht so. Du hast deine Sache sehr gut gemacht.«

Diesen kurzen Moment der Unachtsamkeit nutzte der Lakai, um die Flucht zu ergreifen. Vergebens: Antoine war schneller. Die körperliche Ertüchtigung, welche er sich in seinem unfreiwilligen Exil auf Montagnac verordnet hatte, machte sich nun bezahlt. In zwei Sätzen war er bei dem Flüchtenden und riss ihn an der Schulter zurück. »So eilig? Es ehrt dich zwar, dass du geschwind auf deinen Posten zurückkehren möchtest, aber etwas Zeit wirst du für mich schon erübrigen müssen.«

»Und wieso sollte ich das?« Antoine spürte, wie seine Hand unwillig abgeschüttelt wurde.

»Weil ich das Doppelte von dem zahle, was der Marquis d'Effiat dir gibt, wenn du mir sagst, warum du Geld von ihm bekommen hast.«

»Woher wisst Ihr davon?«, fragte der Bursche unsicher.

»Weil wir dabei waren, als er's dir gegeben hat«, platzte es aus Marie heraus.

»Vorsicht«, mahnte Antoine. »Wir wollen doch nicht alle unsere Karten auf den Tisch legen.« Zufrieden stellte er fest, dass es nun nicht mehr nötig war, den Kerl gewaltsam aufzuhalten. Mit einer kleinen, eleganten Bewegung warf er seine Rockschöße auseinander und nahm erneut auf der Bank Platz. »Es stimmt allerdings, wir waren ebenfalls im Palais de Chalmart. Und verzeih, wenn ich das sage, aber ich kann kaum glauben, dass der Marquis dir für geleistete Liebesdienste seine Börse überlassen hat.« Antoine wippte lässig mit dem Fuß hin und her, war jedoch jederzeit bereit, aufzuspringen, um den verwirrten Mann an der Flucht zu hindern. Einige Sekunden vergingen in Schweigen. Marie, die es in der Dunkelheit des Parks offensichtlich vorzog, in Antoines Nähe zu bleiben, setzte sich zu ihm. »Vielleicht verrätst du uns zunächst einmal, wie du heißt.« Zögernd trat der Mann einen Schritt auf die Bank zu und blieb unschlüssig davor stehen. Trotz des betörenden Dufts der Blüten stieg Antoine der beißende Geruch seines Schweißes in die Nase. Wer so schwitzt, dachte er, hat Angst.

»Gaspard.«

»Da du nicht wieder wegläufst, Gaspard, gehe ich davon aus, dass mein Angebot von einigem Interesse für dich sein könnte.«

»Ich will hundert Louisdor.«

Antoine pfiff durch die Zähne. Wieder zupfte Marie ihn am Ärmel und reckte sich zu ihm hinauf. Ihr Atem kitzelte in seinem Ohr. »Der lässt mit sich handeln. Vorhin im Schloss war's das Gleiche.«

»Nein, lass ich nicht.« Entschlossen trat Gaspard einen weiteren Schritt auf sie zu. »Ich will einhundert Louisdor. Und das, was ich weiß, sage ich erst, wenn Ihr mir das Geld gebracht habt. Das ist mein letztes Wort.«

»Deine Information ist teuer. Ist sie es auch wert?«

»Ob sie es wert ist?« Gaspard lachte hämisch auf. »Ich will Euch etwas verraten, mein Herr.« Er machte eine bedeutungsvolle Pause. Antoine wartete. Desgrez kam ihm in den Sinn. Der alte Fuchs würde nicht begeistert sein, so viel Geld für eine Information aufwenden zu müssen, dachte er mit Schadenfreude.

»Bevor ich zu Monsieur kam, tat ich Dienst bei seiner Gemahlin. So auch am Tage, als sie starb.« Geheimnisvoll senkte er die Stimme. »Und nun …«

Gaspard brach plötzlich ab.

»Und nun was, mein Freund?«, fragte Antoine und versuchte seine Stimme dabei möglichst gleichgültig klingen zu lassen. »Sprich dich ruhig aus. Mir will scheinen, dass wir jetzt zum interessanteren Teil der Unterhaltung übergehen.«

Doch kein weiteres Wort kam über die Lippen des Dieners. Nur ein leises Röcheln drang aus seiner Kehle, dann kippte er vornüber auf die Bank. Marie schrie auf. Aus Gaspards linkem Schulterblatt ragte ein Pfeil.

Noch ehe Antoine oder Marie aufspringen konnten, tauchten zwei Gestalten aus der Dunkelheit auf. Antoine spürte, wie Marie angstvoll nach seiner Hand griff. »Rühr dich nicht«, flüsterte er. Trotz der Finsternis war unschwer zu erkennen, dass es sich um zwei Männer handelte. Ein jeder von ihnen hielt Pfeil und Bogen bereit zum Abschuss. Die beiden näherten sich bis auf wenige Schritte. Dann blieben sie regungslos stehen.

»Was wollt Ihr von uns?« Beruhigend drückte Antoine Maries schweißnasse Hand. »Wir sind Gäste des Duc d'Orléans. Er wird es übel aufnehmen, wenn uns in seinen Gärten Schaden zugefügt wird.« Die Männer rührten sich nicht und sagten kein Wort. Plötzlich vernahm Antoine ein merkwürdiges Geräusch. Es klang wie das Zischen eines Pfeils, der durch die Luft fliegt. Fast im selben Moment wurde die Dunkelheit von zuckenden Blitzen zerrissen. Feuerknospen öffneten sich vor der Schwärze des Himmels und tauchten den Park in ein Meer aus gleißendem Licht. Noch einen Moment verharrten die Männer, dann ließen sie ihre Bögen sinken und verschwanden zwischen den tanzenden Schemen der leuchtenden Sträucher.

Stunden waren seit dem Ende des Feuerwerks vergangen und ein heftiges Unwetter hatte eingesetzt, als Antoine ins Schloss zurückkehrte und die Zimmerflucht betrat, die der Marquis d'Effiat während seiner Aufenthalte in Saint-Cloud zu bewohnen pflegte.

Der Intimus des Duc saß in einem weiten Schlafrock an seinem Sekretär und schrieb. Einige wenige Kerzen spendeten sanftes Licht. Ohne seine Korrespondenz zu unterbrechen, richtete er das Wort an Antoine. »Ihr kommt spät. Ich habe bereits auf Euch gewartet.«

»Ihr wusstet, dass ich kommen würde?«

»Ich nahm es an.« Jetzt erst blickte d'Effiat auf und schenkte

Antoine ein zufriedenes Lächeln. »Euer exotisch gewandeter Page ist leicht zu erkennen. Meine Männer berichteten mir, dass er diesen Schurken Gaspard überreden konnte, ihm in den Park zu folgen. Und nachdem Ihr kurz vorher die Medianoche Seiner Königlichen Hoheit so überraschend verlassen musstet, war es nicht schwer zu erraten, wen er dort treffen würde. Wo steckt Euer kleiner Türke überhaupt?«

»Mit Sicherheit werde ich Euch das nicht sagen.«

Der Auftritt der beiden Bogenschützen war selbst für die abenteuerlustige Marie etwas zu viel gewesen, also hatte Antoine sie, nachdem sie ihm am ganzen Leibe schlotternd zurück ins Schloss gefolgt war, mit seiner gemieteten Equipage zurück nach Paris geschickt.

»Übrigens wurde Seine Königliche Hoheit von einer außerordentlichen Schwäche zu Eurem kleinen Süleiman befallen«, fuhr der Marquis nach einem Augenblick fort. »Er brennt darauf, zu erfahren, was er Euch so Wichtiges zu sagen hatte.« Das Lächeln vertiefte sich. »Und ich hoffe für Euch, Monsieur le Marquis, dass Ihr Monsieur eine hübsche Geschichte erzählen werdet.« Antoine war an den Schreibtisch getreten und blickte nun auf den Marquis hinab. »Ist das eine Drohung?«

»Ja.«

»Dann verratet Ihr mir vielleicht auch, wozu Gaspard keine Gelegenheit mehr hatte.«

»Guter Freund, warum setzt Ihr Euch nicht? Ich bin sicher, nach den Aufregungen im Park wäre Euch ein Schluck Wein angenehm.« D'Effiat erhob sich, schlenderte auf eine große, mit bronzenen Ornamenten beschlagene Anrichte zu und machte sich daran, aus einer Kristallflasche zwei Gläser zu füllen. Währenddessen fuhr er in herzlichem Ton fort. »Zuweilen, lieber Marquis, erinnert Ihr mich sehr an meinen armen Freund Lorraine.« Antoine hatte inzwischen Platz genommen, ließ d'Effiat dabei aber nicht aus den Augen. Er hielt es zwar für unwahrscheinlich, dass der Marquis versuchen würde, ihn zu vergiften, immerhin hätte er ihn schon im Park durch seine Männer beseitigen können. Dennoch schien es Antoine geboten, in Gegenwart des Marquis auf der Hut zu sein. »Was veranlasst Euch zu dieser interessanten Feststellung?« D'Effiat trat auf ihn zu und hielt ihm ein Glas entgegen, das eine goldene Flüssigkeit enthielt. »Auch Ihr besitzt das Talent, durch gezielte Boshaftigkeiten das Interesse des Duc an Eurer Person wachzuhalten. Lorraine hat es in dieser Kunst zu einer so großen Meisterschaft gebracht, dass er für den Prinzen unersetzbar schien.«

Antoine beugte sich vor und blickte dem Marquis tief in die Augen. »Deshalb bediente sich Monsieur Eurer, um seine Gemahlin ins Jenseits zu befördern, und das ist auch der Grund, warum Gaspard Geld von Euch bekam?«

»Nein, mein guter Freund, Ihr irrt.« Der Marquis versuchte zu lächeln, doch mit einem Mal wirkte er angespannt. Eine tiefe Sorgenfalte zog sich von seiner Nasenwurzel die Stirn hinauf. »Es stimmt. Gaspard hat mich erpresst. Wie Ihr glaubte auch er, ich wäre für den Tod der Duchesse verantwortlich. Aber ich versichere Euch, dem ist nicht so.«

»Aber was hatte dieser Gaspard gegen Euch in der Hand?«

»Er war einer der Kammerherren Madames. Ihm oblag es, dafür Sorge zu tragen, dass die Limonade, die Madame in diesen heißen Sommermonaten täglich zu sich nahm, in einem ganz bestimmten Schrank ihres Vorzimmers bereitgestellt wurde. Unglücklicherweise sah er, wie ich mich am Tage ihres Todes an eben diesem Schrank zu schaffen machte.«

Antoine pfiff leise durch die Zähne. »Das erklärt, warum er mir sein Wissen so teuer verkaufen wollte.«

»Ich hatte Durst«, verteidigte sich d'Effiat. »Und da ich wusste, dass dort die Getränke für die Duchesse bereitstanden, öffnete ich den Schrank und bediente mich. Nachdem sie in der darauffolgenden Nacht so überraschend und qualvoll gestorben war, bildete dieser schäbige Halunke sich ein, ich hätte Madame ermordet. Doch ich habe nichts mit ihrem Tod zu tun.«

Antoine lehnte sich zurück und trank einen kleinen Schluck aus seinem Glas. Der Wein war köstlich, süß und voll. Er spürte, wie der Alkohol sich wohlig in seinem Körper ausbreitete und die Anspannung von ihm nahm. »Bei Hofe ist man anderer Ansicht. Mir sind Gerüchte zu Ohren gekommen, nach denen Ihr und der Chevalier de Lorraine für das Ableben der Duchesse verantwortlich seid.«

»Das überrascht mich nicht. Es war allgemein bekannt, dass Madame die Freunde Monsieurs nicht schätzte.«

»Aber Euch und den Chevalier scheint sie besonders verabscheut zu haben.«

»Das ist wohl wahr. Madame entstammte zwar einem der vornehmsten Fürstengeschlechter Europas, doch mangelte es ihr bedauerlicherweise an einer Tugend, die für Personen ihres Standes unerlässlich ist.«

»Ihr meint, sie war nicht diskret.«

»Richtig.«

Antoine trank einen weiteren Schluck aus seinem Glas und ließ den Wein langsam die Kehle hinabrinnen. Dann nahm er den Marquis fest ins Visier. »Es dürfte ihr schwergefallen sein, Diskretion zu wahren, eingedenk der ungeheuren Summen, die Monsieur aufwendete, um die Glut des Chevaliers anzufachen. Und ein paar Brocken aus der herzoglichen Schatulle sind mit Sicherheit auch für Euch abgefallen. Ist es nicht so?«

Im Schein der Kerzen blitzten die Augen des Marquis amüsiert auf. »Höre ich da einen gewissen Tadel aus Eurer Stimme?«

»Gewiss nicht. Euch oder den Chevalier der Habsucht zu bezichtigen, käme mir mit Sicherheit nicht zu. Auch mir ist sehr lebhaft in Erinnerung geblieben, dass die Liebespfade des Duc mit Gold gepflastert sind.«

»Das ist Euer Glück. Wäre dem nicht so, Ihr säßet nicht hier und würdet mit mir plaudern.«

»Wie darf ich das verstehen?«

»Bevor ich sie in den Park schickte, gab ich meinen Männern Anweisung, Euch zu schonen. Diese Nachsicht, mein lieber Marquis, verdankt Ihr nicht nur den freundschaftlichen Gefühlen, die ich für Euch hege, sondern vor allem Euren intimen Kenntnissen über die Person des Duc.«

Lächelnd neigte Antoine das Haupt. »Habt Dank für Eure zarte Rücksichtnahme. Trotzdem ist mir immer noch schleierhaft, wie ich in den Genuss derselben komme.«

»Monsieur le Marquis, da Ihr Euch einst der Gunst des Duc erfreutet, ist Euch sicher nicht entfallen, wie leicht man seiner Freundschaft auch wieder verlustig gehen kann. Ein unbedachtes Wort, eine verschmähte Liebkosung, und die Gefühle des Prinzen flattern davon wie ein Schmetterling auf einer Sommerwiese.«

»Wollt Ihr andeuten, dass der Duc bereits nach einem neuen Favoriten Ausschau hält?«

D'Effiat zuckte die Achseln. »Wer weiß das schon. Überraschenderweise denkt er noch immer an den armen Lorraine. Obwohl sie nun schon über sechs Monate voneinander getrennt sind. Euch, teurer Freund«, fügte er süffisant hinzu, »hatte Monsieur bereits nach wenigen Wochen vergessen.« D'Effiat hob sein Glas und leerte es in einem Zug. »Kommt mit. Ich möchte Euch etwas zeigen.«

Schweigend durchquerten sie das Gemach und blieben vor einer unauffälligen Tür stehen, die mit der gleichen Seidentapete wie die übrige Wand bespannt war. »Seid leise«, forderte der Marquis ihn auf. Behutsam drückte er die Klinke herunter und schlüpfte in das angrenzende Gemach. Antoine folgte ihm und fand sich nun im Schlafzimmer seines Gastgebers wieder. Auch hier brannten nur wenige Kerzen, die ein mattes, rötlich flackerndes Licht verbreiteten. An der Wölbung des schimmernden Lakens, das ausgebreitet über dem Bett lag, war unschwer zu erkennen, dass er und der Marquis nicht alleine waren. D'Effiat trat an die Schlafstatt und sah mit versonnenem Lächeln auf den jungen Mann herab, der eingerollt wie ein kleines Kind dort lag und schlief. Es war der Chevalier de Châtillon. Auch Antoine hatte sich dem Bett genähert und beobachtete nun schweigend die regelmäßigen Atemzüge des Edelmannes, der mit beiden Händen die Decke schützend vor die Brust hielt, als sei er sich selbst noch im Schlaf seiner Nacktheit bewusst.

Plötzlich blieb Antoines Blick an einem wertvollen, rubinumkrusteten Diamantring hängen. Vorher war ihm dieses Schmuckstück an der Hand des Chevaliers nie aufgefallen. Dennoch kam er ihm irgendwie bekannt vor. Für einen kurzen Moment überlegte er, wo er das Geschmeide schon einmal gesehen haben könnte. Vielleicht in einem der Juweliergeschäfte um die Place Royale. Gerade wollte das Erkennen sich aus seinem Gedächtnis wieder verflüchtigen, als die Erinnerung daran zurückkehrte. Eben dieser Ring zierte die Hand, die den Marquis d'Effiat während der nächtlichen Verfolgungsjagd im Palais de Chalmart in eines der privaten Gemächer gezogen hatte. Also war der Chevalier ebenfalls dort gewesen. Interessant, dachte Antoine. Er fragte sich, ob Châtillon die Hintergründe des Besuchs auf der Île Saint-Louis kannte. Er bezweifelte es. Aber es spielte auch keine Rolle.

Wieder ließ Antoine seinen Blick über die schlafende Gestalt gleiten. Er empfand ein leises Bedauern, denn Schultern und Oberarme machten Lust, auch den Rest des bloßen Körpers zu bewundern. Dennoch widerstrebte es ihm, die Wehrlosigkeit des jungen Mannes auszunutzen, um ihn zu begaffen. Er entfernte sich vom Bett und nötigte d'Effiat, ihm zu folgen. An der Tür blieb er stehen. »Der Chevalier ist ein schöner Mann.«

»Nun, das Gleiche sagte er auch über Euch, Marquis. Doch seid achtsam. Er ist nicht für Euch bestimmt.«

»Wo denkt Ihr hin«, Antoine hob in gespieltem Entsetzen die Hände. »Niemals würde ich es wagen, mich zwischen Euch und Euren Geliebten zu drängen.«

D'Effiat schüttelte den Kopf. »Es geht nicht um mich, mein lieber Marquis. Es geht nicht um mich.«

Fragend sah Antoine ihn an. Dann jedoch dämmerte es ihm.

»Ahntet Ihr es nicht?« D'Effiat bedachte ihn mit einem unverbindlichen Lächeln. Wider Willen nötigte die Skrupellosigkeit des Marquis Antoine einen gewissen Respekt ab. Sollte der Chevalier de Lorraine in Gnaden an den Hof zurückkehren, würde d'Effiat ihn gewiss mit offenen Armen empfangen. Gefiel es dem König aber, den Favoriten Monsieurs in seinem römischen Exil verschmachten zu lassen, war der Marquis bereit, seinen besten Freund, in dessen Schatten er Karriere gemacht hatte, zu verraten, indem er den eigenen Geliebten als Hure an den Duc d'Orléans verkaufte. D'Effiat würde gewinnen, so oder so. Er hatte keinen Grund, den Tod der Duchesse herbeizuführen, denn das Rad drehte sich weiter. Es würde immer einen Nächsten geben, ob er es war, Lorraine oder Châtillon. Mit einem Mal begriff Antoine, warum die Bogenschützen nicht auf ihn gezielt hatten. Er kannte die Gesetze des Zirkels, der sich um Monsieur scharte. Er selbst war ein Teil davon.

Genauso lautlos, wie sie es betreten hatten, verließen sie das Schlafgemach wieder. »Und was ist mit Lorraine?«

Gleichgültig sah d'Effiat ihn an. »Wie sollte es ihm in seiner trüben Situation möglich sein, ein Mordkomplott gegen die Duchesse d'Orléans anzuzetteln? Man benötigt Geld und einflussreiche Freunde, um einen so großen Plan in die Tat umzusetzen. Wie Ihr Euch sicher denken könnt, fehlt es dem armen Lorraine an beidem.«

Antoine hatte genug gehört. »Es ist spät, Monsieur le Marquis. Die Nacht war lang.«

»Wenn Ihr wünscht, werde ich veranlassen, dass Euch eine Kutsche zurück nach Paris bringt.«

»Meinen Dank. Ich wäre Euch sehr verbunden.« Antoine kehrte dem Marquis den Rücken, öffnete die Tür, durch die er eingetreten war, und schlenderte den Gang hinunter. Plötzlich aber wurde er zurückgerufen. »Auf ein Wort, Monsieur le Marquis.« D'Effiat war ihm gefolgt und stand nun dicht bei ihm. »Ich habe den Eindruck, dass Ihr sehr regen Anteil nehmt am Tode Madames. Es war sicher kein Zufall, der Euch in jener Nacht ins Palais de Chalmart führte.« Antoine wollte etwas erwidern, doch der Marquis machte eine abwehrende Handbewegung. »Mich interessieren Eure Gründe nicht. Eines aber sei gesagt: Sollte Madame keines natürlichen Todes gestorben sein, forscht Ihr vielleicht nach dem falschen Motiv.«

»Was meint Ihr?«

D'Effiat betrachtete gedankenvoll seine blankpolierten Fingernägel. »Zwar wiegt in der Reihenfolge der Todsünden die Habgier schwerer als der Neid, doch kommt es mir so vor, als sei Neid ein weitaus passenderes Motiv, um das plötzliche Hinscheiden der Prinzessin zu erklären.« Er musterte Antoine eindringlich, dann drehte er ihm den Rücken zu und kehrte zurück in seine Gemächer. Antoine sah ihm nach, bis er hinter der Türe verschwunden war. Grübelnd setzte er seinen Weg fort. Worauf wollte d'Effiat nur hinaus? Gewiss hatte die junge, schöne Madame viele Neider. Wer aber hatte so sehr unter diesem zersetzenden Gefühl gelitten, dass er ihrem Leben ein Ende bereiten wollte?

Während Antoine den dämmrigen Flur entlangschritt, war er so in Gedanken versunken, dass er die schwitzende Gestalt nicht bemerkte, die sich hastig in eine dunkle Ecke verzog und dort angespannt den Atem anhielt.

Kapitel 15

»Was habe ich nur getan? Warum werde ich mit Eurer Missachtung gestraft und vor aller Augen gedemütigt?« Philippes hohe Stimme überschlug sich vor Wut. »Dem Verräter Condé schenkt Ihr mehr Vertauen als mir, Eurem eigenen Bruder.«

Louis schloss die Augen. Durch einen wabernden Schleier aus Schmerz und Erschöpfung drang die Empörung Philippes zu ihm hindurch. Schon den ganzen Tag über quälte ihn ein heftiger Druck hinter der Stirn. Außerdem wurde er während des Mittagessens von einem Schwindel erfasst und hatte sich im Anschluss an die öffentliche Mahlzeit übergeben müssen. Wenn dieses unerfreuliche Gespräch hinter ihm lag, würde er Docteur d'Aquin rufen lassen. Louis atmete tief durch und richtete seine Aufmerksamkeit wieder auf Philippe, der erregt das Zimmer durchmaß und dabei mit zitternder Hand den goldenen Knauf eines Spazierstocks umklammerte. Philippe war eigens aus Saint-Cloud nach Saint-Germain gekommen, um seinem Wunsch den nötigen Nachdruck zu verleihen. Doch die Mühe hätte er sich sparen können. »Lieber Bruder, ich habe keine Wahl. Bedenkt nur, wie groß das Befremden in

Whitehall sein wird, wenn ich Euch gestatte, so kurz nach dem Tode Madames am Einmarsch in Lothringen teilzunehmen.«

Philippe unterbrach seine Wanderung und sah ihn schmollend an. Begütigend fuhr Louis fort. »Ihr wisst, mit welcher Betroffenheit unser englischer Cousin auf den Tod seiner geliebten Schwester reagiert hat. Wenn wir es ihm gegenüber jetzt an Zartgefühl fehlen lassen, steht zu fürchten, dass er den Vertrag von Dover für ungültig erklärt. Alles, wofür Madame in den letzten Monaten ihres Lebens gekämpft hat, wäre umsonst.«

»Pah, da haben wir es wieder.« Wütend bohrte Philippe die Spitze seines Stockes in den Holzboden. »Allen, die mir übel wollen, wendet Ihr Euch in Freundschaft zu.« Gekränkt nahm er die Wanderung wieder auf. »Madame hat Euch so lange in den Ohren gelegen, bis Ihr bereit wart, Lorraine von mir zu trennen. Und als Dank für diese schändliche Tat habt Ihr sie auch noch mit Eurem Vertrauen belohnt. Während ich, alleine und verlassen, vergebens auf ein Zeichen Eures Mitgefühls hoffte.«

Philippe irrte sich. Henriettes Beteiligung am Vertrag von Dover war keinesfalls eine Entschädigung dafür, dass sie so lange unter der Impertinenz des Chevalier de Lorraine gelitten hatte. Seine Verbannung aus ihrer Umgebung war vielmehr der Preis, den Louis hatte zahlen müssen, um sich ihre Unterstützung an diesem geheimen Projekt zu sichern. Tatsächlich war er ohne Zögern auf Henriettes Forderung eingegangen, obwohl er wusste, dass Philippe den Chevalier vergötterte. Aber Louis brauchte den Vertrag mit England. Charles musste unter allen Umständen stillhalten, wenn Frankreich in den spanischen Niederlanden einfiel. Der Kaiser würde der Ausdehnung des französischen Machtbereichs mit Sicherheit nicht tatenlos zusehen. Aber Frankreich konnte es sich nicht leisten, gegen das Reich in den Krieg zu ziehen und gleichzeitig eine kostspielige Seeschlacht zu schlagen.

Inzwischen war Philippe an den großen Schreibtisch herangetreten, hinter dem Louis saß, und sah beleidigt auf ihn hinab. »Im Übrigen, sprecht mir nicht von mangelndem Zartgefühl gegen unseren englischen Cousin, da doch jedermann weiß, dass Ihr bereits nach einer neuen Gemahlin für mich Ausschau haltet.«

»Ihr habt Pflichten, Philippe. Eurem Haus und Eurem Land gegenüber.«

»Warum aber, Monsieur, tragt Ihr so peinlich Sorge, mich von diesen Pflichten fernzuhalten?« Getroffen schlug Philippe sich gegen die Brust. »In keinen Eurer Pläne bezieht Ihr mich ein. Über militärische Operationen werde ich nicht unterrichtet. Und sogar meine eigene Frau habt Ihr angestiftet, mich hinters Licht zu führen, nur um mich über Eure außenpolitischen Bewegungen im Unklaren zu lassen!«

In der Tat hatte man auf Louis' Wunsch hin alle nur erdenklichen Anstrengungen unternommen, um vor seinem Bruder zu verbergen, dass Henriette maßgeblich am Zustandekommen des Paktes mit England beteiligt war. Als er jedoch wie alle anderen bei Hof davon erfuhr, war Philippe so wütend, dass er entschlossen war, die Verhandlungen kurz vor ihrem erfolgreichen Ende zum Scheitern zu bringen. Kurzerhand machte er also von seinem Recht als Ehemann Gebrauch und verbot Henriette, nach Dover zu reisen, um dort ihren Bruder zu treffen. Diese Reise allerdings war Charles' ausdrücklicher Wunsch. Denn nur in Anwesenheit seiner Schwester als Unterhändlerin der französischen Regierung war er bereit, den Vertrag mit seiner Unterschrift zu ratifizieren. Es hatte Louis sehr viel Geduld und einen tiefen Griff in die Staatskasse gekostet, um Philippe wieder zu besänftigen.

Nachdenklich betrachtete er die geschmückte Gestalt, die ärgerlich vor ihm auf und ab schritt. Früher hatte Philippe alle Entscheidungen der Regierung seine Person betreffend klaglos hingenommen. Doch in den letzten Jahren machte er immer häufiger Schwierigkeiten. Die Unzufriedenheit, von jeglicher politischer Verantwortung ausgeschlossen zu sein, nahm spürbar zu.

Von seiner eigenen Mutter, der Königin Anna, und ihrem ersten Minister Kardinal Mazarin zur Bedeutungslosigkeit bestimmt, war Philippe seit seiner Geburt mit allem nur erdenklichen Luxus überhäuft worden, um ihm die Existenz im Schatten seines königlichen Bruders so schmackhaft wie möglich zu machen. Unter allen Umständen musste verhindert werden, dass Philippe ein zweiter Gaston d'Orléans würde. In seinen Albträumen verfolgte Louis noch heute die Erinnerung an jene Nacht, als der Pöbel, aufgehetzt von seinem Onkel, den Louvre gestürmt hatte und bis in sein Schlafzimmer vorgedrungen war. Nur dank des beherzten Einschreitens seiner Mutter, die sich schützend zwischen ihn und die wütende Masse gestellt hatte, konnte die Bedrohung für Leib und Leben seiner Person abgewendet werden. Damals war Louis gerade acht Jahre alt und schon drei Jahre König von Frankreich gewesen. Gelähmt vor Entsetzen hatte er neben Philippe im Bett gelegen und gehört, wie der Pöbel lautstark seine Herausgabe verlangte. Es war nicht der erste Versuch seines Onkels gewesen, die Macht an sich zu reißen. Von frühester Jugend an hatte Gaston d'Orléans sich immer wieder an die Spitze der Unzufriedenen gestellt und gegen Louis XIII. opponiert. Anders als sein Vater aber, der die Umsturzversuche seines Bruders Gaston ein Leben lang mit stoischer Ruhe ertragen hatte, war Louis nicht gewillt, sich die Macht von Philippe streitig machen zu lassen. Doch war er sich auch darüber im Klaren, dass ihn Philippe, im Gegensatz zu Gaston, der Louis XIII. verabscheut hatte, aufrichtig liebte.

»Philippe, hört mir zu.« Louis stand auf und hakte sich versöhnlich bei ihm unter. »Ihr wisst, dass ich niemals absichtlich etwas unternehmen würde, um Euch zu kränken. Dafür liebe ich Euch viel zu sehr.« Lächelnd blickte er in das unzufriedene Gesicht seines Bruders. »Und ich gelobe, Euch für die versäumte Reise zu entschädigen.«

Hoffnungsfroh sah Philippe ihn an. »Flandern, Monsieur«, flüsterte er aufgeregt. »Ihr werdet mir ein Kommando im flandrischen Feldzug geben, nicht wahr?«

»Nicht so voreilig, mein Bruder«, entgegnete Louis hastig. »Wer spricht denn von Flandern? Ich beabsichtige im nächsten Jahr, ein Caroussel zu veranstalten, und Ihr werdet mein Ehrengast sein.« Das Strahlen in den Augen Philippes erlosch. »Ich bitte Euch, für mein Land kämpfen zu dürfen, Sire«, flüsterte Philippe voller Abscheu, »und Ihr bietet mir einen Jahrmarkt als Entschädigung.« Am ganzen Körper bebend löste er sich aus der brüderlichen Umarmung und ging erhobenen Hauptes davon. Unzufrieden sah Louis ihm hinterher. Es war schwer, ein guter König zu sein und gleichzeitig auch ein guter Bruder. Warum nur wollte Philippe das nicht begreifen?

Kapitel 16

Obwohl die Mittagssonne strahlend hell am Himmel stand, drang nur wenig Licht durch die rundbogigen Fenster in die nüchterne Amtsstube des Châtelet. Dort, hinter einem riesigen Schreibtisch, von zwei Türmen aus Akten und Verhörprotokollen flankiert, saß Desgrez und rauchte eine langstielige Pfeife. Es war dies der erste Anflug von Intimität, den sich der spröde Beamte in Gegenwart Antoines erlaubte. Während er kleine Rauchkringel in die Luft blies, hatte er schweigend dem Bericht über die nächtlichen Ereignisse in Saint-Cloud gelauscht. Nun lehnte er sich zurück und blickte den blauen Kreisen hinterher, die sich langsam in die dunklen Ecken seines staubigen Reiches verflüchtigten. »Das besagt überhaupt nichts«, beschied er schließlich. »Der Marquis hat geblufft, um Euch zu täuschen. Aber die Polizei von Paris kann er nicht hinters Licht führen.«

»Der Polizei von Paris wird es schwerfallen, dem Marquis etwas nachzuweisen, Monsieur Desgrez. Vergesst nicht, der einzige Zeuge, der d'Effiat mit dem Mord in Verbindung bringen könnte, ist tot.« Zum wiederholten Mal wedelte Antoine mit einem Taschentuch in der Luft herum, um dem Pfeifenrauch zu entgehen. Desgrez allerdings ignorierte das Missfallen seines Gastes und paffte gleichmütig weiter. »Das ist wahr.« Nachdem der Polizist diesem für die Ermittlungen äußerst ungünstigen Umstand eine geraume Zeit des Nachsinnens gewidmet hatte, beschloss Antoine, Desgrez' Gedankenfluss erneut zu beleben. »Übrigens schien mir die abschließende Betrachtung des Marquis d'Effiat über die Qualität der Todsünden recht interessant. Was könnte er damit gemeint haben?«

»Nun, das lässt sich leicht erklären, Monsieur le Marquis. Die Duchesse stand Seiner Majestät in diesem Frühjahr bei geheimen außenpolitischen Vertragsverhandlungen hilfreich zur Seite. Der Duc, den man vorher nicht informiert hatte, fasste es sehr übel auf, als er davon erfuhr. Man sagt, dass er seiner Gemahlin selbst über den Tod hinaus diese Schmach nicht verziehen habe.«

»Das sieht ihm ähnlich.« Antoine gab seinen Kampf gegen die Dunstschwaden auf und trat ans Fenster. Von dort blickte er auf den sonnenbeschienenen Quai de la Cité, der vom Châtelet zur Conciergerie führte. In dem alten Gemäuer aus dem vierzehnten Jahrhundert, das sich am Rande der Île de la Cité über den Ufern der Seine erhob, war das Staatsgefängnis untergebracht. »Madame schickt den Günstling Monsieurs in die Verbannung und steigt gleichzeitig im Ansehen des Königs, da sie einen bedeutenden außenpolitischen Erfolg für ihn erzielt. Das sind gleich zwei gute Gründe für den Duc, seiner Gemahlin gram zu sein. Aber sie deswegen gleich ermorden zu lassen? Das scheint mir selbst für den rachsüchtigen Monsieur etwas übertrieben.«

»Ihr könntet durchaus recht haben, Monsieur le Marquis. Daher glaube ich auch, dass d'Effiat Euch getäuscht hat.«

»Den Eindruck hatte ich nicht.«

»Aber wieso sollte d'Effiat Monsieur belasten? Man spuckt nicht in den Brunnen, aus dem man trinkt, Marquis. Es sei denn, man fürchtet, noch mehr zu verlieren als nur seine Pfründe.«

Antoine wandte den Blick von der heiteren Idylle des Quai de la Cité ab. »Mein lieber Desgrez, ich habe den Eindruck, dass Ihr es förmlich darauf anlegt, dem Marquis und seinen Freunden das Verbrechen in die Schuhe zu schieben. Ich würde gerne wissen, warum? Woher nehmt Ihr die Gewissheit, dass ein Günstling Monsieurs dahintersteckt? Es könnte jeder gewesen sein, der sich Zutritt zu den Gemächern in Saint-Cloud verschaffen konnte.«

»Aber nicht jeder hat ein so starkes Motiv wie die Günstlinge Monsieurs«, antwortete Desgrez mit einem nachsichtigen Lächeln. Antoine ließ sich von der Überheblichkeit des Polizisten nicht beirren. »Und was ist mit den Spaniern? Vielleicht war es ja ein spanischer Spion, der Madame aus dem Weg räumen sollte, um die Expansionspolitik des Königs zu durchkreuzen.«

»Eine interessante Theorie.« Desgrez tat einen tiefen Zug aus seiner Pfeife und musterte Antoine mit neuem Interesse.

»Ihr solltet …« Antoine unterbrach sich, da ihm in diesem Augenblick etwas eingefallen war, das er bisher vollkommen außer Acht gelassen hatte.

»Was sollte ich, Marquis?«

»Ach nichts.« Nachdenklich kehrte Antoine zum Schreibtisch zurück. »Es könnte auch eine Frau gewesen sein.«

»Das möchte ich nicht bestreiten«, erwiderte Desgrez. »Wie kommt Ihr darauf?«

»Ich hörte, dass die Duchesse mit ihren Damen nicht besonders zimperlich umgesprungen ist«, entgegnete Antoine. »Vielleicht hat sich eine von ihnen an ihr gerächt. Auch fiel mir soeben ein, dass Ihr eine Schwangerschaft erwähntet, als Ihr mich mit den Umständen ihres Todes vertraut gemacht habt.«

»Das ist richtig. Kurz bevor sie starb, hatte Madame eine Fehlgeburt.« Desgrez legte seine rauchende Pfeife beiseite und beugte sich neugierig vor. »Wollt Ihr damit etwa behaupten, Marquis, dass der Mörder um die Schwangerschaft der Duchesse wusste?«

»Keinesfalls.« Nachdenklich sah Antoine über den Polizisten hinweg. »Ich frage mich nur, was dieses Gift, von dem niemand weiß, woher es stammt, noch alles bewirken kann, wenn es, anders als im Falle von Madame, in weniger hohen Gaben eingenommen wird.«

»Monsieur le Marquis, habt die Güte, Euch etwas deutlicher auszudrücken, denn ich vermag Euch nicht mehr zu folgen.«

»Das ist auch nicht nötig, mein lieber Leutnant«, erwiderte Antoine lächelnd. »Schließlich geht es hier ja nicht um Euren Verbleib bei Hof, sondern um den meinen.« Gut gelaunt kehrte er Desgrez den Rücken und überließ ihn seinem blauen Pfeifendunst.

Kapitel 17

Der Sommer ging allmählich dahin, und voller Erleichterung begrüßte ein jeder die goldenen Schatten der frühen Herbsttage. Mit der kühleren Luft und dem Rauschen der Blätter begann sich auch in Paris das Leben wieder zu regen. Die Spielhäuser nahmen ihre Proben auf, und der Adel, glücklich, die Trauerkleider für Madame ablegen zu können, kehrte in seine Stadtpaläste zurück, um sich für die kommende Wintersaison bei Hof zu rüsten. Madame de Montespan weilte ebenfalls in der Hauptstadt, wo sie in dem eleganten Haus in der Rue de Vaugirard, das der König ihr zum Geschenk gemacht hatte, ein paar ungestörte Tage mit ihrem Sohn verbringen wollte. Vermutlich aber wurde es der verwöhnten Favoritin Louis XIV. in der Gesellschaft eines Wickelkindes und seiner sauertöpfischen Gouvernante allzu schnell langweilig. Anders jedenfalls konnte Antoine sich nicht erklären, warum Madame de Montespan seiner Bitte, ihr einen Besuch abstatten zu dürfen, so schnell stattgegeben hatte.

Ein Diener, gekleidet in Dunkelblau und Silber, den Farben Madame de Montespans, geleitete ihn durch eine Flucht von Vorzimmern und Repräsentationsräumen, sämtliche ausgestattet mit allem Luxus, den die herausragende Stellung der Hausherrin erforderte. An den seidenbespannten Wänden hingen wertvolle Gemälde von van Dyck, Rubens und Tizian. Dazu gesellten sich Spiegel in schweren goldenen Rahmen, die das Bild der Vorbeischreitenden tausendfach wiedergaben. Die Möbel waren aus edlen Hölzern gearbeitet, ein jedes Stück mit aufwendigen Einlegearbeiten verziert. Goldene Leuchter, Statuen und Vasen vervollständigten den Eindruck von unbeschreiblichem Reichtum. Der Gang durch die blendende Pracht endete schließlich in einem kleinen Salon. Als Antoine eintrat, konnte er gerade noch beobachten, wie eine dunkel gekleidete Frau einen Säugling vom Boden auflas und eilig das Weite suchte. Das also war Madame Scarron. Zwar konnte der König sie nicht leiden, trotzdem hatte er die Witwe des verkrüppelten Possenschreibers Scarron auf Betreiben Madame de Montespans zur Erzieherin ihres gemeinsamen Kindes gemacht. Antoine fragte sich, was der Grund für ihre überstürzte Flucht sein mochte. In Paris munkelte man, der Sohn des Königs und der Marquise sei verkrüppelt. Vielleicht suchte Madame Scarron ihn vor fremden Blicken zu schützen. Antoine setzte sich in einen bequem aussehenden Stuhl und nahm den Salon interessiert in Augenschein. Umgeben von Szenen aus der griechischen Mythologie, zierte ein Gemälde des Königs die Wand. Diesem gegenüber hing das Bild eines alten Mannes, der die gleichen vollen Lippen besaß wie Madame de Montespan. Vermutlich zeigte es ihren Vater, den berüchtigten Duc de Mortemart, der zu seiner Zeit ein großer Wüstling gewesen sein musste. Obwohl der Salon ebenso prächtig ausgestattet war wie die übrigen Räume, wirkte er weniger formell. Ziergegenstände aus Porzellan, ein unvollendetes Kartenblatt und eine aufgeschlagene Bibel gaben der starren Pracht etwas Lebendiges, das den anderen Räumen fehlte. Eine Weile ließ Antoine sich durch die Betrachtung der vielen kostbaren Kleinigkeiten unterhalten. Schließlich aber wurde ihm die Zeit lang. Die Marquise war berüchtigt dafür, Besucher endlos warten zu lassen. Egal ob Duc oder einfacher Bittsteller, wer zu ihr kam, musste sich in Geduld fassen. Vermutlich ließ sie ihren berühmten Leib gerade wieder einmal von ihrer Masseuse bearbeiten. Solche Sitzungen, auch dies war hinlänglich bekannt, dauerten oft Stunden. Antoine streckte die Beine aus und schloss die Augen. Wenigstens konnte er versuchen, etwas von dem Schlaf nachzuholen, den er vergangene Nacht im Hotel de Bourgogne versäumt hatte.

Er wollte gerade hinüberdämmern, als sich eine Tür öffnete und vor seinen schläfrigen Augen die kräftige Gestalt Monsieur de Purnons auftauchte.

»Was tut Ihr hier?« Wie vom Donner gerührt blieb der kleine Mann mitten im Raum stehen. Antoine erhob sich und schluckte in Erinnerung an ihre letzte Begegnung die spitze Bemerkung herunter, die ihm auf der Zunge lag. Stattdessen bemühte er sich, einen heiteren, beiläufigen Plauderton anzuschlagen. »Es sieht ganz so aus, Monsieur de Purnon, als hätten wir eine gemeinsame Freundin.«

Der unglückliche Haushofmeister schien Mühe zu haben, sich von seiner Überraschung zu erholen. »Ich ... ich wusste nicht, dass Ihr mit der Marquise bekannt seid«, stammelte er und blickte verlegen an Antoine vorbei auf das Gemälde des Königs.

»Bei der Trauerfeier für Madame sind wir uns nach langer Zeit wieder begegnet. Madame de Montespan war so gut, sich meiner zu erinnern.« Schon bereute er die Bemerkung, denn die Erwähnung der Duchesse rief bei Monsieur de Purnon eine heftige Bewegung des Gemüts hervor. »Davon hat sie mir nichts erzählt.« Die gespenstische Blässe seines runden Gesichts wurde auf einmal von einer heftigen Röte überzogen, und wieder verspürte Antoine jenes bedrückende Gefühl, das er auch schon im Park von Saint-Cloud in Gesellschaft dieses seltsamen Mannes empfunden hatte. Am liebsten hätte er das Thema fallen lassen, doch fragte er sich im selben Moment, ob es nicht aufschlussreich sein konnte, den Haushofmeister Madames noch ein wenig auszuhorchen. »Ich möchte offen zu Euch sprechen, wenn Ihr mir erlaubt.«

Purnon nickte unmerklich, wobei er es immer noch vermied, Antoine anzusehen.

»Gott hat es gefallen, die Duchesse d'Orléans vor ihrer Zeit zu sich zu rufen. Und es schmerzt mich zu sehen, dass ihr Tod Euch so viel Kummer bereitet.« Kaum hatte er seinen Satz beendet, verzerrten Verzweiflung und Wut die fleischigen Gesichtszüge Monsieur de Purnons. »Gott hat damit nichts zu schaffen.«

»Wie darf ich das verstehen?« Antoine gab sich Mühe, seine Stimme so überrascht wie möglich klingen zu lassen. Plötzlich war Purnons Wut wie weggewischt. Eine listige Schläue funkelte aus seinen Augen, als er näher trat und seine Stimme einen unterwürfigen Tonfall annahm. »Es kommt mir nicht zu, über solche Dinge mit Euch zu sprechen, Monsieur le Marquis. Aber da ich neulich im Park spürte, dass mein Kummer Euch nicht gleichgültig lässt, hoffe ich, dass Ihr mir diese Freiheit verzeiht.«

Die plötzliche Zutraulichkeit Purnons war Antoine weitaus unangenehmer als die abweisende Zurückhaltung, die der schweigsame Haushofmeister für gewöhnlich an den Tag legte. Trotzdem versuchte Antoine seiner Stimme einen herzlichen Klang zu verleihen. »Sprecht, Monsieur de Purnon. Ihr könnt ganz offen sein.«

Purnon kam noch etwas näher und brachte seine blutleeren Lippen ganz dicht an Antoines Ohr. »Madame war nicht krank, Monsieur le Marquis. Sie wurde ermordet.« Er trat einen Schritt zurück und wartete lauernd auf Antoines Reaktion.

»Auch mir sind solche Gerüchte schon zu Ohren gekommen«, erwiderte Antoine ruhig. »Bisher hielt ich sie aber für das Geschwätz einiger Höflinge, die sich die Langeweile der Sommermonate vertreiben wollten. Was, wenn ich fragen darf, veranlasst Euch zu dieser Annahme?«

»Madame hatte Feinde, Monsieur le Marquis. Große, mächtige Feinde.« Für einen Moment schwiegen beide. Nur das Ticken einer fein ziselierten Golduhr durchbrach die Stille. Warum wollte sich Purnon mit seinen Anschuldigungen ausgerechnet ihm anvertrauen? Es irritierte Antoine, dass er die Situation nicht richtig einzuschätzen vermochte, daher beschloss er, Zurückhaltung zu wahren. »Ihr seid sehr mutig, Monsieur de Purnon. Immerhin könnte es sein, dass Eure Verdächtigungen den falschen Leuten zu Ohren kommen … und in diesem Fall hättet Ihr mehr zu verlieren als nur Eure Stellung.«

»Was kümmert's mich?« Purnon hatte wieder zu seinem gewohnten, unwirschen Ton zurückgefunden. »Auf Erden gibt es kein schlimmeres Leid als jenes, das ich jetzt schon erdulde. Der Duc hat den Marquis d'Effiat angestiftet, meine Herrin zu vergiften, um den Erzschurken Lorraine zurück an den Hof zu holen.«

»Schweigt! Ihr seid ein Narr, Monsieur de Purnon.« Bebend vor Zorn stand Madame de Montespan in der Tür. Antoine war so überrascht von ihrem plötzlichen Erscheinen, dass er vollkommen vergaß, sich zu verbeugen. Herrisch baute sie sich vor Purnon auf. »Nie wieder möchte ich diese ungeheuren Verdächtigungen hören. Habt Ihr mich verstanden? Mit Euren Behauptungen stört Ihr den Frieden meines Hauses. Das kann ich nicht dulden. Und nun lasst mich mit dem Marquis allein.«

»Verzeiht, Madame«, murmelte Purnon kaum hörbar. »Es lag nicht in meiner Absicht, Euer Missfallen zu erregen.«

»Ihr könnt von Glück sagen, dass Ihr ein treuer Diener meines Vaters wart«, antwortete Madame de Montespan giftig. »Sonst würde ich anders mit Euch verfahren.« Monsieur de Purnon neigte das Haupt und stapfte davon. Der Blick, den Madame de Montespan ihm hinterhersandte, ließ Antoine erschaudern.

Als sie sich ihm schließlich zuwandte, schien ihre Wut jedoch verflogen. »Verzeiht diesen schrecklichen Auftritt, Monsieur le Marquis.« Ein strahlendes Lächeln zerteilte ihre sinnlichen Lippen und gab den Blick auf eine Reihe makellos weißer Zähne frei. »Der arme Monsieur de Purnon ist seit dem schrecklichen Tode Madames ganz außer sich. Er hat sie sehr verehrt, müsst Ihr wissen.« Mitleidsvoll seufzte sie auf.

»Ich hörte bereits davon, Madame. Ihr scheint Monsieur de Purnon recht gut zu kennen.«

»Er hat meiner Familie treu gedient. Außerdem«, fügte sie gedankenvoll hinzu, »spüren wir die Sehnsucht nach derselben Heimat. So etwas verbindet, mein lieber Marquis.« Madame de Montespan setzte sich in einen seiden bespannten Fauteuil und hieß Antoine mit einer lässigen Handbewegung, auf einem niedrigen Hocker ihr gegenüber Platz zu nehmen. Für eine Frau, die es gewohnt war, Herzöge und Prinzessinnen in ihrer Gegenwart stehen zu lassen, war dies eine ungewöhnlich großzügige Geste. Durch den stürmischen Zusammenprall vollkommen unbemerkt, hatten auch Madame de Montespans Zofe, Mademoiselle des Oeillets, und der verkrüppelte Page den Salon betreten. Während das Männlein sich etwas abseits auf ein Kissen hockte und eine sanfte Melodie auf der Gitarre zu zupfen begann, setzte Mademoiselle des Oeillets sich zu Füßen ihrer Herrin auf ein Bänkchen und nahm ihren Stickrahmen zur

Hand. Antoine konnte sich des Eindrucks nicht erwehren, dass Madame de Montespan es offenbar für notwendig hielt, ihre eigene Schönheit hervorzuheben, indem sie sich mit äußerst unansehnlichen Menschen umgab. Nicht nur der Zwerg bot einen schauderhaften Anblick, auch die hagere Mademoiselle des Oeillets mit ihrer langen Nase und dem fliehenden Kinn war von ausgesprochener Hässlichkeit. Diese hob sie noch hervor, indem sie sich schminkte wie eine Straßendirne und ein mit Rüschen überladenes Kleid aus flammend roter Seide trug, das für eine Frau ihres Alters viel zu jugendlich wirkte. Antoine warf der Zofe einen Blick mitleidigen Interesses zu. »Nicht wahr«, lachte Madame de Montespan, der dies nicht entgangen war, »ich sage ihr immer wieder, sie soll sich etwas unauffälliger kleiden. Mit ihrer langen Nase zieht sie sowieso alle Aufmerksamkeit auf sich.« Als habe sie den Spott ihrer Herrin überhört, fuhr Mademoiselle des Oeillets ungerührt fort, die Nadelspitze durch den Stoff der Stickerei zu ziehen. Vermutlich, dachte Antoine, war sie Demütigungen dieser Art gewohnt. Allerdings ließ auch die Aufmachung Madame de Montespans einiges zu wünschen übrig! Das kostbare Hauskleid war mit Schmutzflecken übersät, und unter einer Spitzenhaube lugten ihre blonden Locken nachlässig frisiert hervor. Bei Antoine erweckte sie nicht gerade den Eindruck, als habe sie sich für seinen Besuch besonders herausgeputzt. Ein Schemel zu seinen Ehren mochte angehen, aber für die Mühen, die eine große Toilette erforderte, war er wohl doch zu gering.

»Ist es möglich, Madame«, erkundigte er sich lächelnd, »dass ich soeben die Ehre hatte, Eurem Sohn zu begegnen?« Madame de Montespan blitzte ihn amüsiert an. »Nehmt es Madame Scarron nicht übel, dass sie den kleinen Louis Auguste so eilig aus Eurer Nähe geschafft hat. Sie hält alle Freunde Monsieurs für verlorene Seelen. In manchen Dingen ist sie eben sehr schlicht. Aber wen wundert es?« Erneut entrang sich ein mitleidsvoller Seufzer dem Busen der Marquise. »Die Arme ist in einem Gefängnis zur Welt gekommen. Doch nun sagt: Was erzählt man sich in den Salons? Ihr weilt ja schon eine geraume Zeit in Paris und seid mit Sicherheit bestens unterrichtet.« Es entspann sich eine leichte Plauderei, in deren Verlauf Antoine bemüht war, seine anspruchsvolle Gastgeberin mit Klatsch und Tratsch zu versorgen. Dabei machte es keinen Unterschied, ob er die Geschichten irgendwo aufgeschnappt oder einfach nur erfunden hatte. Madame de Montespan revanchierte sich mit intimen Belanglosigkeiten aus dem inneren Zirkel um den König. So erfuhr Antoine, dass die Königin unter Warzen an den Füßen litt und der Dauphin, als er anlässlich des zweiunddreißigsten Geburtstags seines Vaters im Kreise der Familie ein Gedicht vortragen sollte, sich vor Angst übergeben hatte. Mit diesen kleinen Anekdoten versorgte Madame de Montespan wohl jeden Gast, dem sie schmeicheln und das beglückende Gefühl geben wollte, dem König durch ihre Person ein kleines Stückchen näher zu rücken. Antoine hörte lächelnd zu und sparte an den nötigen Stellen nicht mit beifälligem Gelächter. Als jedoch Madame de Montespan mit einem gewollt unauffälligen Blick auf die Uhr zu verstehen gab, dass sich ihre Plauderstunde dem Ende näherte, kam Antoine zum eigentlichen Anlass seines Besuchs.

»Madame, verzeiht, wenn ich noch ein wenig von Eurer Zeit für mich beanspruche, doch benötige ich den Rat einer klugen Frau.«

»Nur zu, mein Freund. Sprecht freiheraus.«

Antoine zog sorgenvoll die Stirn in Falten und brachte zaudernd sein Anliegen vor. »Ich habe eine junge Verwandte, an deren Wohl mir sehr gelegen ist.« Madame de Montespan unterdrückte ein Gähnen.

»Leider aber ist das junge Mädchen den Verführungen eines tückischen Mannes zum Opfer gefallen und befindet sich nun in recht unglücklichen Umständen.«

»Das tut mir leid«, entgegnete Madame de Montespan arglos. »Doch wüsste ich nicht, wie ich Euch in dieser Angelegenheit behilflich sein könnte.« Antoine sah zerknirscht zu Boden und gab sich den Anschein, als suche er nach den passenden Worten.

»Es wäre wünschenswert, wenn meine junge Verwandte sich von einer gewissen Last befreite. Daher dachte ich, Ihr könntet mir vielleicht sagen, wie eine Dame von Stand dies am einfachsten bewerkstelligen kann.«

»Monsieur le Marquis«, Madame de Montespan erhob sich und blickte kühl auf ihn herab. »Ich helfe gerne, wenn ich es vermag. Allerdings gehört es nicht zu meinen Aufgaben, leichtfertige junge Frauen vor den Konsequenzen ihrer Zügellosigkeit zu bewahren.« Antoine stand ebenfalls auf und neigte tief das Haupt. »Verzeiht, wenn ich Euch mit meinen familiären Nöten zur Last gefallen bin.«

Ein knappes Nicken mit dem Kopf und er war entlassen. Auf dem Weg zurück in die Eingangshalle schalt er sich einen Hornochsen. Er hatte sich zu weit vorgewagt und nun eine wichtige Informationsquelle verloren. Außerdem war es in seiner Situation nicht ratsam, den Unmut einer so bedeutenden Person wie Madame de Montespan auf sich zu ziehen. Aber nun ließ es sich nicht mehr ändern. Er würde sich auf anderem Wege die Auskünfte beschaffen müssen, die er brauchte. Gerade wollte er auf die Rue Vaugirard hinaustreten, als hinter ihm jemand leise seinen Namen rief. Antoine drehte sich um und blickte voller Überraschung in das hässliche Gesicht von Mademoiselle des Oeillets.

»Monsieur le Marquis, folgt mir.« Hastig geleitete sie Antoine in ein kleines Zimmer, das der Hausherrin wohl als Bibliothek dienen mochte, aber selten in Benutzung zu sein schien, und schloss, nachdem sie sich versichert hatte, dass ihnen niemand gefolgt war, sorgsam die Tür.

»Was kann ich für Euch tun, Mademoiselle des Oeillets?«

Die Zofe wandte sich zu ihm um, wobei ein listiger Funke in ihren Augen aufglomm. »Die Frage ist wohl eher, was ich für Euch tun kann, Monsieur le Marquis.« Mademoiselle des Oeillets lächelte kokett und ging mit wiegenden Schritten auf ihn zu. Voller Verblüffung blickte Antoine ihr entgegen. »Wie darf ich das verstehen?« Dicht vor ihm blieb sie stehen und blickte ihm tief in die Augen. Dann plötzlich lachte sie auf. »Habt keine Sorge, Monsieur. Ich bilde mir nicht ein, Euch mit meinen Reizen locken zu können.« Antoine machte eine kleine Verbeugung und schenkte ihr sein strahlendstes Lächeln. »Das, verehrte Mademoiselle, würde selbst Aphrodite nicht gelingen, sollte sie jemals geruhen, sich aus dem Schaum des Meeres zu erheben, um in Paris den Männern die Köpfe zu verdrehen.« Die aufflammende Erinnerung an seine irritierende Begegnung mit Madame de La Fayette bei der Beerdigung der Duchesse d'Orléans schob er dabei eilig zur Seite. »Doch nun verratet mir, wieso Ihr mir gefolgt seid?«

»Es geht um Eure junge Verwandte. Wenn Ihr es wünscht, will ich Euch mit der Information versorgen, die Madame de Montespan Euch verweigerte.«

»Habt Dank für Euer Mitgefühl.« Eilig streckte Mademoiselle des Oeillets ihm ihre Hand entgegen. »Mitgefühl, Monsieur le Marquis, ist eine Tugend, die sich eine Frau in meiner Position nicht erlauben kann. Oder glaubt Ihr etwa, ich möchte für den Rest meiner Tage die Gemeinheiten Madame de Montespans erdulden?«

»Natürlich nicht.« Antoine konnte es der Zofe wahrlich

nicht verübeln, dass sie nahm, was sich ihr bot. Vermutlich würde Mademoiselle des Oeillets in diesem Leben keine Partie mehr machen. Sie musste also sehen, wo sie blieb. Nachdem die geforderte Summe in einem kleinen Säckchen, das an ihrem roten Kleid hing, verschwunden war, gab Mademoiselle des Oeillets ihre Information bereitwillig preis. »Geht zu Madame Monvoisin. Man nennt sie auch La Voisin. Sie ist Hebamme und hat ihr Haus in der Rue La Villeneuve sur Gravois. Dort wird man Eurer jungen Verwandten mit Sicherheit helfen können. Aber sagt niemandem, dass ich Euch geschickt habe.« Bevor sie sich abwenden konnte, ergriff Antoine ihre Hand und hauchte einen zarten Kuss darauf. »Habt Dank, Mademoiselle des Oeillets. Es war mir ein großes Vergnügen, mit Euch Geschäfte zu machen. Und empfehlt mich Eurer Herrin.«

»Das werde ich, Monsieur le Marquis«, erwiderte sie mit einem zufriedenen Lächeln.

»Claude, verzeiht mir.« Madame de Montespan neigte den Kopf zur Seite und bedachte ihn mit einem entwaffnenden Lächeln. Purnon kannte dieses Lächeln gut. Schon als junges Mädchen hatte sie es eingesetzt, um sich Gefälligkeiten zu erschmeicheln oder den Strafen ihres Vaters zu entgehen. Mochte sie damit den König verführen, ihn ließ es kalt. Schweigend blickte er sie an.

»Anstatt zu schmollen, solltet Ihr lieber dankbar sein, dass ich Euch vor einer noch größeren Torheit bewahrt habe.« Sein Schweigen schien die Marquise zu verärgern. »Montagnac ist nicht dumm. Mit Sicherheit wird er sich fragen, woher Ihr die Kühnheit nehmt, den Duc d'Orléans zu belasten. Vergesst nicht, Claude«, fügte sie mit einem gehässigen Lächeln hinzu, »auch Ihr wart in Saint-Cloud, als Madame starb.«

Fassungslos starrte Purnon sie an. »Ich flehe Euch an, treibt keinen Spott mit mir. Ihr wart es, die mir jenes unglückselige Mittel in die Hand gab, das Madame vernichtete.«

»Wollt Ihr etwa behaupten, ich tat es mit Absicht?« Die Augen Madame de Montespans verengten sich zu Schlitzen.

»Nein! Aber wenn Ihr mich nicht überredet hättet, die Mächte der Finsternis anzurufen, um mit ihrer Hilfe der Aufmerksamkeit meiner Herrin teilhaftig zu werden, wäre sie jetzt noch am Leben.«

Wütend warf Madame de Montespan ihren Kopf in den Nacken. »Wer konnte denn ahnen, dass Ihr so ein Tölpel seid und sie gleich vergiftet«, stieß sie verächtlich hervor.

Purnon schlug die Hände vors Gesicht. »Das wollte ich nicht. Bei Gott, das wollte ich nicht.« Eine Zeit lang vernahm er nichts als das Schluchzen, das aus den Tiefen seiner Brust jämmerlich an sein Ohr drang. Plötzlich spürte er, wie die kühle Hand Madame de Montespans nach seiner griff. Sanft zog sie sie von seinen tränennassen Wangen.

»Ihr solltet mir keine Vorwürfe machen, Claude. Ich hatte Euch gewarnt, sparsam mit dem Elixier zu sein.«

»Das war ich, Madame. Das war ich. Gott ist mein Zeuge, ich habe Eure Instruktionen genau befolgt.«

Madame de Montespan sah ihm tief in die brennenden Augen. »Unmöglich«, erklärte sie schließlich entschieden. »Hättet Ihr Euch an meine Anweisungen gehalten, so wäre Madame jetzt noch am Leben.«

»Bitte, Ihr müsst mir glauben, ich …«

»Schweigt!« Abrupt ließ Madame de Montespan seine Hand fallen. »Wir wollen nicht streiten. Sagt mir lieber, was aus dem Leichnam dieses Lakaien wurde.« Achtlos spielte sie mit einer kleinen, goldgefassten Lupe, die neben anderen Ziergegenständen vom Gürtel ihres Kleides baumelte. Beschämt wischte

Purnon sich die Tränen aus dem Gesicht. »D'Effiats Männer müssen ihn beseitigt haben«, gab er, so ruhig er es in seinem aufgelösten Zustand vermochte, zur Auskunft.

»Und seine Abwesenheit wurde noch nicht bemerkt?«

»Doch. Als man mich danach fragte, habe ich behauptet, es seien ein paar silberne Messer entwendet worden. Man vermutet nun, dass Gaspard sie gestohlen und sich davongemacht hat.«

»Das ist gut. Keiner wird Euch mit seinem Verschwinden in Verbindung bringen.« Madame de Montespan griff nach einer Schale voll Schokolade und verzehrte gierig zwei Pralinen auf einmal.

»Ich würde zu gerne wissen«, fuhr sie mit vollem Mund fort, »wie es d'Effiat gelungen ist, damit durchzukommen. Was hat er Montagnac erzählt? Ihr sagtet doch, der Marquis sei mit diesem Gaspard zusammen gewesen, als d'Effiats Männer ihn ermorden ließen.«

»Das ist richtig. Es waren dort der Marquis, sein Page und Gaspard. Später suchte der Marquis de Montagnac d'Effiat in seinen Gemächern auf. Ich bin ihm gefolgt und habe auf ihn gewartet. Aber was zwischen den beiden gesprochen wurde, vermag ich nicht zu sagen.«

»Wir müssen sehr vorsichtig sein und unsere Schritte mit Umsicht planen.«

Purnon hörte nicht mehr zu. Er war müde. Seit dem Tod seiner geliebten Herrin musste er sich verstellen. Es hatte ihn unendliche Kraft gekostet, seine Sehnsucht zu bezähmen, doch nun war er auch noch Teil eines Intrigenspiels geworden, das er nicht beherrschte. Zu spät hatte er erkannt, dass ihm die Leidenschaft fehlte, ein Werkzeug der Rache zu werden, so wie Madame de Montespan es wünschte. Aber nun, da es begonnen hatte, konnte er es nicht mehr aufhalten. Madame de

Montespan würde es nicht zulassen, und er war zu schwach, sich ihr in den Weg zu stellen.

»Claude! Was ist mit Euch? Träumt Ihr?« Seine Gedanken kehrten in das kleine Boudoir zurück. »Verzeiht. Was sagtet Ihr soeben?« Mit einem Mal fühlte er sich schwindelig. Die Fenster waren geschlossen und der intensive Duft nach Orangen bereitete ihm Kopfschmerzen.

»Ihr solltet besser zuhören, wenn ich mit Euch spreche«, fuhr sie ihn ärgerlich an. »Ich frage mich, warum der Marquis de Montagnac ausgerechnet von mir wissen wollte, wo man eine lästige Schwangerschaft unterbrechen kann. Ahnt er etwas von meiner Verbindung zu la Voisin?« Erneut griff sie nach einem Stück Schokolade und verzehrte es hastig. »Das darf auf keinen Fall sein.«

»Aber niemand hat Euch jemals dort gesehen.«

»Das ist wahr.« Madame de Montespans Augen blitzten gefährlich auf. »Und so soll es auch bleiben.«

Kapitel 18

Cécile war ein gutes Kind. Sie tat, was man von ihr verlangte, und war freundlich gegen jedermann. Als Bavent, der Kammerdiener des Herren, sie gebeten hatte, den Staub unter seinem Bett fortzukehren, hatte sie nicht gezögert. Obwohl sie bereits seit fünf Uhr früh auf den Beinen gewesen war und ihre Arme vom Schleppen der Wassereimer schon nicht mehr gespürt hatte. Es gehörte auch nicht zu ihren Aufgaben, die Schlafstätten der Dienerschaft in Ordnung zu halten. Dennoch tat sie es. Bavent war ein stattlicher Mann und er roch immer so gut. Wie hätte sie ihm diese Bitte abschlagen können? Er war ihr gefolgt, als sie unter das Dach gestiegen war, wo er seine Schlafstelle hatte. Noch bevor ihr dämmerte, was geschah, hatte er sie auf die Matratze gedrückt. Und ehe sie aufschreien konnte, war der Schmerz schon wieder vergangen. Bavent hatte seine Hand auf ihre Brust gelegt und sie gestreichelt. Die ganze Zeit, während er in ihr war, hatte er zu ihr gesprochen. Er hatte sie kleine Taube genannt, ihr gesagt, dass sie schön sei und dass er sie liebe. Cécile war seitdem öfter zu ihm gegangen. Er hatte ihr kandierte Früchte gegeben und manchmal auch ein Stück gebratenes Wild und sich dann auf sie gelegt.

Nun war sie hier und schrie. Sie presste und presste, genau wie die Dame mit den schönen Flechten es ihr gesagt hatte, doch das Kind wollte einfach nicht kommen. Sie war zu schmal in den Hüften, sagte die Frau. Gerade das war es, was Bavent so sehr an ihr gemocht hatte, ihre schmalen Hüften und die kleinen Brüste. Als die neue Waschmagd kam, hatte er jedoch schnell das Interesse an ihr verloren. Cécile nahm es ihm nicht übel. Ohnehin war sie meist so erschöpft von der Arbeit, dass sie bei seinen Umklammerungen kaum Freude empfunden hatte. Einmal war sie sogar eingeschlafen, während sie unter ihm lag. Nur um die guten Happen von der Tafel tat es ihr leid. Als ihr Zustand sich nicht mehr verbergen ließ, hatte man ihr die Tür gewiesen. Immer noch sah sie Bavents verängstigten Blick, als sie, begleitet vom Spott der Dienerschaft, das Haus verlassen musste. Aus Dankbarkeit, dass sie ihn nicht verraten hatte, verschaffte er ihr eine Anstellung in der Wäscherei seiner Schwägerin. Hin und wieder kam er vorbei und brachte ihr etwas zu essen. Mit dem Kind wollte er aber nichts zu schaffen haben. Dafür müsse sie schon selber sorgen. Vor zwei Wochen war er wieder gekommen. Ganz aufgeregt war er gewesen. Er habe von einer Wohltäterin gehört, die jungen Mädchen helfe und die ein Haus habe, wo sie ihr Kind zur Welt bringen könne. Die Frau bezahle viel Geld, vier Taler oder mehr, wenn sie bereit sei, das Kind dort zu lassen. Es sei sicher nicht zu seinem Schaden. Denn es handele sich um eine große Dame, die viele adlige Freunde habe und dafür sorgen könne, dass das Kleine in einer anständigen Familie untergebracht werde. Es klang wie ein Wunder. Sie hätte nie alleine für das Kind sorgen können. Und es war sicher gottgefällig, es einer reichen Familie zu überlassen.

Cécile wurde von einer besonders heftigen Wehe erfasst. »Heilige Mutter Gottes, gebenedeit bist du unter den Weibern, und gebenedeit ist die Frucht deines Leibes. Hilf mir in der Not jetzt und immerdar.« Fürsorglich beugte die Frau sich über den Stuhl, auf dem sie saß, und wischte ihr mit einem feuchten Lappen den Schweiß von der Stirn. »Es ist gleich vorbei, meine Kleine.« Sie nahm ihre Hand und legte sie zwischen ihre Schenkel. Cécile fühlte ein kleines, haariges Köpfchen.

»Siehst du, gleich ist es draußen.« Cécile atmete tief durch. Sie nahm ihren ganzen Mut zusammen und presste. Danach war alles vorbei. Erschöpft sank sie zurück. Aus der Ferne hörte sie die Stimme der Frau. »Lass sie etwas ausruhen. Dann gib ihr das Geld und schick sie fort.«

La Voisin wickelte den Neugeborenen in ein Tuch und trug ihn hinaus. Sie durchquerte eine kleine Halle und trat in den Garten. Eilig lief sie an der Hinterfront des Hauses entlang zur Kapelle. Dort war alles vorbereitet.

Kapitel 19

Marie hob die Falten ihres Rockes und sprang voller Freude über den Kadaver einer verwesenden Katze. Lächelnd sah Antoine ihr dabei zu. Er war zufrieden mit sich. Der kleine Ausflug, den er ihr nach dem Besuch bei Madame de Montespan vorgeschlagen hatte, schien seine Wirkung nicht zu verfehlen. Antoines Großzügigkeit entsprang allerdings nicht ganz uneigennützigen Motiven. Seit er aus der Rue Vaugirard zurückgekehrt war, hatte er eine Gelegenheit gesucht, um mit ihr alleine zu sein. Zwar schämte er sich dafür, ein Kind, und kaum mehr war Marie, zu Rate zu ziehen. Doch von den beiden Menschen, mit denen er offen über den Mord an der Duchesse sprechen konnte, gab er eindeutig ihr den Vorzug. Ziel ihres Ausflugs durch den leuchtenden Spätnachmittag war das Viertel Villeneuve sur Gravois, das auf der Strecke zwischen den Wällen und Saint-Denis lag. Was genau er dort zu finden hoffte, wusste Antoine nicht. Doch konnte es mit Sicherheit nicht schaden, das Haus der Madame Monvoisin einer kleinen Inspektion zu unterziehen. Da es ihm aber geboten schien, so wenig Aufsehen wie möglich zu erregen, hatte Antoine sich in der glücklichen Lage gesehen,

Maries Vergnügen an der gemeinsamen Unternehmung noch zu steigern, indem er ihr erlaubte, das unliebsame Pagenkostüm in ihrer Truhe zu verstauen und gegen ein altes Leinenkleid mit dazu passendem Kopftuch einzutauschen. So ausgestattet unterschied Marie sich in nichts von einer Magd, die im Haus reicher Bürger Dienst tat. Er selber hatte versucht, seine Garderobe der von Marie anzupassen, und auf sämtliche Attribute eines eleganten Edelmannes verzichtet. Dennoch wirkte er in seinem schlichtesten, aus blauem Tuch gewebten Rock ungeheuer elegant.

»Der Duc wirft Monsieur de Purnon mit Sicherheit aus dem Schloss, wenn er davon erfährt«, erklärte Marie gerade zufrieden und trat zurück an seine Seite.

»Das wäre durchaus möglich«, bestätigte Antoine. »Aber vielleicht legt Monsieur de Purnon es auch darauf an.«

»Wundern würde es mich nicht.«

»Wie meinst du das?«

Marie zuckte die Achseln. »Den kann in Saint-Cloud doch sowieso niemand leiden.«

»Interessant.« Antoine zwinkerte ihr schelmisch zu. »Und wie kommt unsere Spürnase auf diesen Gedanken?«

»Ihr braucht Euch gar nicht über mich lustig zu machen«, protestierte Marie beleidigt. »Ich hab's genau gemerkt, als er mich neulich runter in die Küche geführt hat. Und umgekehrt ist es genauso.«

»Dann will ich dir etwas verraten, kleine Marie«, entgegnete Antoine beschwichtigend, »der gleiche Gedanke kam mir auch schon in den Sinn.«

»Mich würd's nicht wundern, wenn Monsieur de Purnon bald tot wär«, fuhr Marie mit schauriger Wonne fort. »Wo es diesen Gaspard schon erwischt hat, nur weil er ein bisschen Geld vom Marquis d'Effiat erpressen wollte.«

Plötzlich stutzte Antoine und blieb stehen.

»Was habt Ihr?«

»Ich dachte gerade daran, dass du mit deiner Vermutung recht haben könntest und es schade wäre, wenn ich nicht noch einmal mit Monsieur de Purnon sprechen würde, bevor es ihn dahinrafft.«

»Was wollt Ihr denn von ihm?«, erkundigte sich Marie voller Neugier.

Antoine setzte sich wieder in Bewegung. »Irgendwie habe ich so eine Ahnung, dass er vielleicht etwas mit unserem Besuch im Bordell auf der Île Saint Louis zu tun haben könnte.«

Inzwischen hatten sie die belebteren Viertel hinter sich gelassen und gelangten nun in die seltsame Gegend von Villeneuve sur Gravois, wo stattliche Villen und ödes Brachland einander abwechselten. Seit einiger Zeit ließen sich hier reiche Bürger nieder, um dem Schmutz der Innenstadt zu entfliehen. Die meisten Häuser waren relativ neu und von außen durch hohe Mauern vor den Blicken neugieriger Passanten geschützt. Sie bogen gerade in eine großzügig angelegte Allee, als ihnen eine schwarze Kutsche entgegenpreschte. »Vorsicht!« Antoine riss Marie zur Seite, da sie sonst unweigerlich von dem Gefährt erfasst worden wäre. Erbost rief sie dem Kutscher eine Unflätigkeit hinterher, die jedoch im Donnern der Hufe unterging.

Sie wandten sich in die Richtung, aus der das Gefährt gekommen war. Wie der Rest des Viertels wirkte auch diese Allee trotz ihrer Prachtbauten öde und verlassen. In einiger Entfernung jedoch saßen zwei Sänftenträger am Straßenrand und warteten auf Kundschaft. Antoine deutete in ihre Richtung. »Dort drüben muss es sein.« Gemächlich gingen sie auf die beiden zu.

»Nicht viel los heute«, sagte Antoine freundlich, als sie bei den Männern angelangt waren. Während einer der beiden teilnahmslos nickte, schien sein Gefährte froh über etwas Abwechslung zu sein. Grinsend kratzte er sich das verfilzte Haar. »Unsere Kundschaft ist da drin.« Er deutete auf das Haus, vor dem sie hockten. »Sie zahlt uns extra, wenn wir hier auf sie warten.« Antoine blickte durch ein schmiedeeisernes Tor. Dabei ignorierte er beflissen den kräftigen Kerl, der an einem kleinen Pförtnerhäuschen auf der anderen Seite des Gitters lehnte und sie finster beobachtete. Das Gebäude, welches er so sorgsam bewachte, war eine zweigeschossige Villa aus hellem Haustein, die sich durch ihre bescheidene Eleganz von den protzigen Häusern der Nachbarschaft deutlich unterschied.

»Das Haus gefällt mir recht gut«, erklärte Antoine und wandte sich wieder dem Sänftenträger zu. »Weißt du, wer darin wohnt?«

»Woher soll ich das wissen? Fragt den da.« Er deutete auf den unerfreulichen Gesellen jenseits des Tores, der sie unverwandt anstierte. Plötzlich wurde die Haustür geöffnet und eine tief verschleierte Frau trat heraus. Mühsam stieg sie die wenigen Stufen vom Portal hinab, wobei sie sich schwer auf einen Stock stützte. Sofort sprangen die beiden Burschen auf und griffen nach den Enden ihrer Tragestangen. Der ungeschlachte Pförtner öffnete der Dame mit einer tiefen Verbeugung das Tor und trat hinter ihr hinaus auf die Straße, um ihr in die Sänfte zu helfen. Nachdem er seinen Dienst versehen hatte, wofür ihm ein blankes Geldstück in die Hand gedrückt worden war, schloss er mit einem drohenden Blick auf Antoine und Marie das Gitter wieder sorgfältig ab. Inzwischen hatten die beiden Sänftenträger sich in Bewegung gesetzt und verschwanden mitsamt ihrer verschleierten Last Richtung Cité.

Antoine bedeutete Marie, ihm zu folgen. Gemeinsam gingen sie an der Mauer entlang, die den Garten des Hauses umgab. Sie blieben erst stehen, als Antoine sicher war, aus dem Blickwinkel des Türhüters entschwunden zu sein.

»Die sah aber nicht so aus, als ob sie in ihrem Leben noch mal zu 'ner Hebamme gehen müsste«, stellte Marie trocken fest.

»Du besitzt einen anbetungswürdigen Scharfsinn, zu dem man dich beglückwünschen muss, meine Kleine.«

»Ich bin nicht klein«, protestierte Marie verärgert. »Immer sagt Ihr, ich sei klein.«

»Vermutlich«, fuhr Antoine ungerührt fort, »verfügt Madame Monvoisin neben der Fähigkeit, ungewollte Schwangerschaften zu beenden, noch über weitere Talente, die sie gegen entsprechendes Entgelt in den Dienst ihrer Mitmenschen stellt.«

»Was für Talente meint Ihr?«

»Ich habe keine Ahnung. Es dürfte aber recht interessant sein, das herauszufinden.« Er blickte an der Mauer empor und tastete die gleichförmigen Quader ab, aus denen sie zusammengefügt war.

»Da kommen wir nie rauf«, stellte Marie fest.

»Vielleicht«, überlegte Antoine, »gibt es irgendwo eine kleine Tür, die in den Gemüsegarten führt und unverschlossen ist.«

Sie umrundeten die Mauer und stellten fest, dass der Besitz, außer zur Straße hin nach allen Seiten von verwilderten Feldern und Gärten umgeben war. Eine Seitenpforte entdeckten sie dabei aber nicht. »Es gibt nur eine Möglichkeit, auf das Grundstück zu gelangen«, erklärte Antoine schließlich. »Wir müssen an dem düsteren Gesellen vorbei.«

»Das schaffen wir bestimmt nicht.« Marie lehnte sich gegen die Mauer und befreite ihren Rocksaum von Brombeerzweigen und kleinen Disteln, die auf ihrem Erkundungsgang durch das Gestrüpp dort hängen geblieben waren. »Wir können den Kerl ja nicht bitten, uns hereinzulassen.«

»Du hast recht, bitten können wir ihn nicht. Aber womöglich können wir ihn dazu bringen, uns das Tor zu öffnen, ohne dass er es merkt.«

»Und wie, bitte schön, soll das funktionieren?«

Antoine sah zum Himmel, der sich langsam dunkel färbte. Allmählich wurden die Abende wieder kürzer. In aller Eile weihte er Marie daher in seinen Plan ein, den sie mit einiger Skepsis vernahm. Sie traten zurück auf die breite Allee und schlichen dicht an der Mauer entlang, bis sie das Portal wieder erreicht hatten. Antoine wagte einen Schritt nach vorne, um festzustellen, wo der Pförtner sich befand, doch er war nirgends zu sehen. »Was ist, wenn er Euch bemerkt?«

»Das Risiko müssen wir eingehen.« Antoine zog einen ledernen Beutel hervor und leerte den Inhalt. Er zählte einige Silbermünzen ab, den Rest des Geldes legte er zurück. Marie bückte sich und hob ein paar flache Steine auf. »Tut diese hinein. So verliert Ihr wenigstens kein Geld.«

»Dann wird er in jedem Fall Verdacht schöpfen. Wenn er aber ein paar Münzen im Beutel findet, denkt er vielleicht, dass einer der Sänftenträger ihn verloren hat.« Antoine streifte seine Wildlederstiefel ab und forderte Marie auf, ihre Schuhe ebenfalls auszuziehen. Eilig platzierte er den Beutel an der Stelle, wo in seiner Erinnerung die beiden Sänftenträger gesessen hatten. Dabei vermied er es geflissentlich, zu dem schmiedeeisernen Eingang hinüberzublicken. Es vergingen mehrere Minuten, die Antoine wie eine Ewigkeit vorkamen. Schließlich aber vernahmen sie Schlüsselgeklapper und das Quietschen eiserner Scharniere. Dann trat der Pförtner in ihr Blickfeld. Er bemerkte sie nicht, da er zielstrebig auf den ledernen Beutel zusteuerte, sich bückte und ihn aufhob. In diesem Moment nickte Antoine Marie hastig zu. Leise huschten sie durch das geöffnete Tor und suchten Deckung im nächstgelegenen Busch. Wenige Augenblicke vergingen, bevor der Pförtner zurückkehrte. Mit zufriedenem Grinsen drehte er einen großen Schlüssel mehrmals im Schloss herum und verschwand in dem kleinen Häuschen.

»Jetzt sind wir drinnen«, wisperte Marie. »Nur, wie kommen wir wieder hinaus?«

»Das wird sich finden, wenn es so weit ist.«

Geduckt schlichen sie von Deckung zu Deckung und gelangten so in den hinteren Teil des Gartens. Der Rasen unter ihren Füßen fühlte sich feucht an, und schon bald waren die seidenen Strümpfe Antoines vollkommen durchnässt. Doch noch immer wagten sie es nicht, ihre Schuhe anzuziehen.

»Und jetzt?« Maries Augen leuchteten voll kindlicher Neugier.

»Wir werden uns den Salon der Dame ein wenig näher ansehen«, schlug Antoine vor. »Vielleicht gibt es dort etwas Interessantes zu entdecken.« In geduckter Haltung liefen sie auf die Terrasse zu, die sich über die gesamte Länge der rückwärtigen Fassade zog. Doch keine der unzähligen Glastüren, die hinausführten, ließ sich öffnen. Allerdings waren die Vorhänge noch nicht zugezogen, und man konnte ungehindert in das luxuriöse Innere des Hauses spähen. Der Salon war das einzige Zimmer im Erdgeschoss, in dem bereits Kerzen brannten. Bei näherem Betrachten beschied Antoine, dass er eindeutig von einer Frau eingerichtet worden war. Um mehrere kleine Tische gruppierten sich elegante Sitzgelegenheiten, die mit geblümten Stoffen bezogen waren. Farbenfrohe Landschaftsgemälde und eine gepolsterte Ruhestatt, die, wie er vermutete, der bevorzugte Aufenthaltsort der Dame des Hauses war, verstärkten seinen Eindruck. Einzig ein schwerer Lehnstuhl, der direkt vor den Kamin gerückt war, verriet die Existenz eines Hausherren.

»Hier gibt es nichts zu sehen. Und hinein kommen wir auch nicht«, maulte Marie.

»Es sei denn, wir schlagen eine Scheibe ein«, schlug Antoine zwinkernd vor. Ungläubig sah Marie ihn an. Antoine wollte sie gerade darüber aufklären, dass es sich bei seinem Vorschlag um einen Scherz handelte, als er verblüfft zu dem Lehnstuhl hinübersah.

»Na, so was. Hast du das gesehen?«

»Was denn?«

»Der Stuhl hat sich bewegt.«

»So ein Unfug. Ihr denkt wohl, ich …«, doch auch auf Maries Gesicht zeichnete sich plötzlich Überraschung ab. Ganz deutlich waren nun zwei knochige Hände zu sehen, die sich schwerfällig auf die Armlehnen stützten. Dann tauchte hinter der Rückenlehne die Spitze einer Nachtmütze auf, der ein kahler, grauer Schädel folgte.

»Monsieur!«, schrie Marie leise auf. Instinktiv fasste sie nach Antoines Hand. Aber schon war es zu spät, um unerkannt zu entkommen. Der Alte hatte ihnen sein Gesicht zugewandt und starrte sie an. »Schnell, Monsieur, wir müssen hier weg.« Marie zappelte vor Ungeduld.

»Warte. Irgendetwas stimmt mit dem alten Vogel nicht.«

Tatsächlich starrte der Mann zu ihnen herüber, doch mit keiner Regung verriet seine Miene, dass er ihre Anwesenheit wahrnahm. Langsam kam er auf sie zugeschlurft.

»Vielleicht ist er ja blind«, bemerkte Marie voller Hoffnung.

»Das glaube ich nicht. Wäre er blind, hätte er einen Stock und würde sich damit vorwärtstasten. Trotzdem scheint er uns nicht zu bemerken.«

Inzwischen war der unheimliche Alte ganz dicht an das Fenster herangetreten. Nur die Scheibe trennte ihn noch von den ungebetenen Besuchern auf der Terrasse. Plötzlich begann der Mann seine Lippen zu bewegen. Er formte Worte, doch schien seine Ansprache tonlos und an niemanden gerichtet zu sein.

»Blind oder nicht«, sagte Marie verängstigt. »Wir sollten schleunigst von hier verschwinden.«

»Du hast recht.« Auf einmal aber entdeckte Antoine die Ursache für die seltsame Starrheit des Mannes jenseits der Glastür.

»Bleib noch einen Moment. Von dem komischen Kauz droht uns keine Gefahr.«

»Wie könnt Ihr das wissen?«

»Siehst du, was unser Freund da um den Hals trägt?«

Tatsächlich baumelte von einem braunen Lederband eine schmale Kristallphiole, die halb gefüllt mit einer durchsichtigen Flüssigkeit war.

»Was ist das?«

»Laudanum. Wir könnten hier ein Feuerwerk anzünden, und der Alte würde nichts merken. Sei also ganz beruhigt.«

An Maries zweifelnder Miene erkannte Antoine, dass ihr diese Droge fremd war. »Der arme Teufel. Wenn das Monsieur Monvoisin sein sollte, hat er an der Seite seiner Gemahlin sicher nichts zu lachen.«

Antoine gab schließlich Maries Drängen nach und folgte ihr die Stufen hinunter in den Park. Erneut schlugen sie sich ins Gebüsch, streiften im Schutz der Blätter ihre Schuhe über und zogen weiter. Wie sie bei ihrem Rundgang um die Mauer bereits festgestellt hatten, war das Grundstück von beträchtlicher Größe. Entgegen der Mode, die für die Bepflanzung einer Grünanlage strenge geometrische Formen vorsah, machte dieser Park einen recht verwilderten Eindruck. Büsche und Sträucher wuchsen überall auf den Rasenflächen. Auch gab es vereinzelt wilde Kastanien, die dem Himmel ihre alten Äste entgegenstreckten. Dazwischen führten mehrere blumenumsäumte Wege sternförmig auf einen Teich zu, der das Zentrum des Parks ausmachte. Direkt dahinter lag ein kleines Unterholz, durch dessen Baumwipfel die Spitze eines Steinhauses herausragte. Von dort stiegen feine Rauchschwaden auf. Marie und Antoine tauschten einvernehmliche Blicke und steuerten darauf zu. Dank des Zwielichts, das die nahende Nacht ankündigte, waren sie von der Terrasse aus nicht mehr zu sehen und konnten es wagen, ungehindert den Park zu durchqueren. Dennoch nutzten sie jeden Strauch, der ihnen Deckung bot, um sicherzustellen, dass ihnen niemand folgte. Als sie in das Wäldchen traten, herrschte dort bereits vollkommene Finsternis. Mühsam stolperte Antoine voran. Marie hingegen schien sich in der Dunkelheit bestens zurechtzufinden. Wie ein kleines Kätzchen sprang sie vor ihm her. »Beeilt Euch«, vernahm Antoine ihr aufgeregtes Flüstern, »sonst kommen wir nie an.«

»Verflucht!« Ein Ast, den Marie zur Seite gebogen hatte, war zurückgeschnellt und hatte schmerzhaft seine Wange gestreift. »Kannst du nicht aufpassen!«

»Ihr müsst besser achtgeben, Monsieur le Marquis«, kicherte Marie. »Oder wollt Ihr, dass ich Euch führe?«

»Lach du nur. Gleich morgen werde ich zu Monsieur Desgrez gehen und ihm sagen, dass du in Wirklichkeit eine Hexe bist, die nicht nur beißt und kratzt wie eine Katze, sondern des Nachts auch genauso gut sieht.«

»Das freut ihn bestimmt. Dann kann er mich endlich in einem Brunnen ersäufen.« Wie selbstverständlich griff Marie erneut nach seiner Hand und führte ihn sicher an den Rand des kleinen Dickichts. Mit einem Mal blieb Antoine irritiert stehen. »Riechst du das?« Ein leichter Geruch nach verbranntem Fleisch wehte zu ihnen herüber.

Marie nickte. »Da drinnen wird bestimmt nicht nur Holz ins Feuer geworfen.«

Sie standen jetzt wenige Schritte von dem Steinhaus entfernt. Eigentlich war es kein richtiges Haus. Eher glich es einer Kirche. Der hohe, spitze Giebel, den eine gläserne Rosette zierte, gab dem kleinen Bauwerk etwas Sakrales und ließ es wie eine Kathedrale in Miniaturgröße erscheinen.

»Vielleicht ist das ja die Privatkapelle von Madame Monvoisin«, vermutete Antoine.

»Eine Kapelle mit einem rauchenden Schornstein? Das ist aber merkwürdig. Wir sollten uns das Haus mal anschauen, Monsieur le Marquis. Dann wissen wir's.«

Voller Tatendrang setzte Marie sich in Bewegung. Antoine aber hielt sie zurück. »Nicht so hastig, Mademoiselle. Wir haben keine Ahnung, was oder wer uns dort drinnen erwartet. Deshalb möchte ich, dass du dich immer schön hinter mir hältst. Verstanden?«

»Denkt Ihr etwa, ich hätte Angst?«

»Keinesfalls. Ich habe Angst. Eine gute Rückendeckung wirkt daher äußerst beruhigend auf mich.« Zweifelnd sah Marie ihn an, ließ ihm dann aber den Vortritt. Durch die geöffnete Tür drang helles Licht zu ihnen heraus und beleuchtete die wenigen Stufen, die zum Eingang führten. Antoine schlich sie hinauf und spähte in das Innere. Kein Mensch war zu sehen. Er winkte Marie heran, und gemeinsam betraten sie das seltsame Bauwerk. Dem Eingang direkt gegenüber stand ein grob gehauener Steintisch, der einem Altar ähnelte. Wie zu einer Gasse aufgereiht, säumten mannshohe Kandelaber den Weg dorthin. Dahinter hing ein schwarzer Samtvorhang, auf den ein großes weißes Kreuz genäht war, das mit dem Kopf nach unten zeigte. Plötzlich zupfte Marie ihn am Ärmel. Sie hatte den Kopf in den Nacken gelegt und betrachtete voller Staunen die Deckengemälde. Antoine folgte ihrem Blick. Die leuchtenden Fresken zeigten eine Darstellung der Mutter Gottes. Doch anders als die Mariendarstellungen, die er bisher gesehen hatte, war Maria nicht umgeben von himmlischen Heerscharen, die sie frohlockend auf dem Weg ins Paradies begleiteten. Hier war sie umringt von kleinen gehörnten Bestien, die sich lustvoll aneinander vergingen, während Satan, dargestellt als wolfsähnliches Wesen mit glühenden Augen und blutenden Lefzen, ihr helfend seine Klaue reichte, um sie in die Hölle hinabzuführen. »Habt Ihr so etwas schon einmal gesehen?«, wisperte Marie voller Staunen.

»Nein. Aber wenn mich nicht alles täuscht, sind wir mitten in ein Nest von Satansjüngern und Teufelsanbetern geraten.« Fasziniert von der Kuriosität der Umgebung ging Antoine auf den Altar zu. Ein rotes Seidentuch verdeckte die Oberfläche. Er schlug es zurück und blickte auf ein Pentagramm, das Zeichen Luzifers.

Inzwischen hatte Marie den Altar umrundet und lugte hinter den Vorhang. »Monsieur«, flüsterte sie aufgeregt, »hier geht's weiter. Wollen wir mal nachsehen?« Noch ehe Antoine protestieren konnte, war sie hinter dem Vorhang verschwunden. »Marie«, zischte er. Dieses naseweise Kind! Ärgerlich folgte er ihr. Der Gang, der sich nun vor ihnen auftat, war schmal und gerade hoch genug, um aufrecht darin stehen zu können. An seinem Ende befand sich eine halb angelehnte Tür, durch die ein Lichtschein fiel. Wie zwei Einbrecher, die die Angst vor Entdeckung zu äußerster Vorsicht nötigt, pressten er und Marie sich gegen die Wand.

»Riecht Ihr es auch? Das wird ja immer schlimmer«, wisperte Marie und rümpfte die Nase. Antoine nickte. Der seltsame, süßliche Geruch, den sie schon zuvor wahrgenommen hatten, wurde immer stärker. Ebenso stieg die Temperatur, je weiter sie sich der Tür näherten. Dort angekommen, spähte Antoine vorsichtig in die dahinter liegende Kammer. Sie war leer. »Scheint niemand da zu sein.«

»Sieht aus wie die Küche von Marthe, nur viel kleiner«, stellte Marie enttäuscht fest, nachdem sie eingetreten waren.

»Was hast du denn erwartet?«, fragte Antoine spitz, »eine Schatzkammer?« In gewisser Hinsicht hatte Marie recht. Die Mitte des Raums wurde von einem riesigen Herd eingenommen, der eine unerträgliche Hitze verbreitete. Darüber baumelten Töpfe, kupferne Pfannen und Schüsseln. Damit allerdings erschöpfte sich die Ähnlichkeit mit Marthes Küche. Auf einem Tisch, der vermutlich als Arbeitsstätte diente, standen mehrere Phiolen und Retorten, die allerlei farbige und klare Flüssigkeiten enthielten. Dazu reihten sich Destillierkolben, Sezierinstrumente, Eisenfeilen, Mörser, gläserne und steinerne Gefäße, die Pasten, Kräuter sowie undefinierbare, pulverisierte Substanzen bargen. »Dies scheint mir nicht unbedingt der Ort zu sein, an dem ein Küchenmeister sein Handwerk ausübt.« Antoines Unruhe wuchs. »Viel eher kommt es mir so vor, als rührte ein Alchimist hier in den Töpfen.« Zu seiner Überraschung wollte Marie gar nicht wissen, was es mit einem Alchimisten auf sich hatte. Überaus fasziniert betrachtete sie ein paar Flaschen, die in Alkohol konservierte Insekten enthielten. Es gab verschiedene Käfer und Würmer, kleine Mäuse und Schlangen, aber auch ein Salamander fand sich in der gläsernen Menagerie. Antoine war ebenfalls gefesselt von dem Sammelsurium an Gefäßen, Stoffen und Farben. Einige der Behältnisse trugen Etiketten. Die Aufschriften waren in Latein, einige aber auch in Französisch. Die Flaschen enthielten Arsenik, Antimon, kalziniertes Vitriol, Quecksilber und sogar ein Destillat aus Vipernfleisch. Nachdem Antoine die Aufschriften studiert hatte, sah er zu dem Herd hinüber, neben dem ein hölzerner Bottich stand. Er spürte eine seltsame Scheu vor dem Eimer, trotzdem drängte es ihn zu erfahren, was er enthielt. Zögernd ging er darauf zu. Zunächst sah er lediglich eine schleimige rote Masse, die den Eimer bis zur Hälfte füllte. Es dauerte einen Moment, bis Antoine erkannte, woraus dieser matschige Brei bestand. Blutige Eingeweide und Gliedmaßen von den unterschiedlichsten Kreaturen waren zu einem schauderhaften Schlamm verrührt worden. Der abgerissene Flügel einer Taube ragte aus der glitschigen Masse empor. Auch den abgezogenen Kopf einer Katze und etwas, das aussah wie das Hinterbein von einem Hund oder Fuchs, entdeckte er bei genauem Hinsehen. Vermutlich wurden hier die ekligen Überreste teuflischer Riten verbrannt, was auch den Geruch erklärte, den sie schon am Rande des Gehölzes bemerkt hatten. Zwischen all den Überresten tierischer Kadaver entdeckte er plötzlich ein weißes Schimmern, ähnlich dem Perlmutt einer Muschel. Antoine starrte darauf. Zunächst verweigerte sein Gehirn den Dienst, gestattete ihm nicht zu begreifen, was er vor sich sah. Dann jedoch durchfuhr ihn ein furchtbares Entsetzen. Inmitten all der blutigen Scheußlichkeiten lagen die sterblichen Überreste eines Neugeborenen, dem man die Kehle durchgeschnitten hatte. Taumelnd wandte er sich ab. »Marie!«

»Was ist, Monsieur le Marquis? Warum seid Ihr so bleich?«

»Es ist nichts. Nur sollten wir schleunigst von hier verschwinden.«

»Ja, gleich.« Neugierig kam Marie näher. »Was ist denn in dem Eimer?« Bevor sie hineinblicken konnte, stellte Antoine sich ihr in den Weg. »Da ist nichts«, fuhr er sie harsch an. »Nur widerliches Gekröse toter Tiere, falls du es unbedingt wissen musst. Und nun lass uns endlich gehen.«

Empört verzog Marie die Miene. Gerade wollte sie zu einer

Erwiderung ansetzen, als plötzlich der fröhliche Gesang einer jungen Frau aus dem Gang zu ihnen herüberdrang. Bestürzt sah Marie ihn an. Hastig suchte Antoine die Kammer nach einer Fluchtmöglichkeit ab. Neben dem Arbeitstisch gab es eine weitere Tür. Während sie lautlos darauf zustürzten, schickte Antoine ein Stoßgebet gen Himmel, dass sie unverschlossen sein möge. Hastig drückte er die Klinke hinunter. Sie hatten Glück. Blitzschnell öffnete Antoine die Tür gerade so weit, dass sie hindurchschlüpfen konnten. Nachdem er sie leise wieder geschlossen hatte, blieb er für einen Moment regungslos stehen. Gierig saugte er die frische Nachtluft ein. Nach dem grässlichen Fund wollte er tief durchatmen, um seine Lungen von der blutverpesteten Luft der Hexenküche zu reinigen. Als er wieder einen klaren Gedanken fassen konnte, stellte er fest, dass der Gesang mit wenig Talent, dafür aber mit umso mehr Freude fortgesetzt wurde. Die Frau hatte ihr Eindringen also noch nicht bemerkt. Er schlich zu Marie, die unter einem Fenster kauerte und neugierig hindurchlinste. Eine junge Magd, nur wenig älter als sie, hatte die Kammer betreten und ließ sich nun vor dem Ofen nieder. Unter dem Arm trug sie einige Holzscheite, die sie in die Glut warf. Mit grausiger Faszination beobachtete Antoine, wie sie anschließend vollkommen beiläufig ihre Hand in den Eimer tauchte, um den blutigen Inhalt im Ofen zu verbrennen. Einen Moment lang wurde ihm schwarz vor Augen. Dann riss er sich mit aller Kraft zusammen. Er packte Marie am Arm und zog sie so schnell er konnte davon. Im Schutz der Dunkelheit umrundeten sie den Satanstempel und steuerten auf das Gehölz zu. Als sie erneut durch das Dickicht stolperten, machte Marie ihrem Unmut Luft. »Warum wart Ihr auf einmal so grob gegen mich? Ich habe Euch doch nichts getan.«

»Ich fürchtete, man könnte uns entdecken«, log Antoine.

Und um weitere Fragen zu vermeiden, fügte er in bissigem Ton hinzu: »Im Übrigen schickt es sich nicht für ein kleines Mädchen wie dich, Kritik an seinem Herren zu üben. Wir sollten lieber darüber nachdenken, wie wir hier wieder herauskommen.«

Nachdem sie das Wäldchen durchquert hatten, erhob sich vor ihnen das Wohnhaus wie ein festlich erleuchtetes Schiff auf dunkler See. Alle Räume im unteren Stockwerk strahlten nun in hellem Licht. Antoine und Marie wandten sich der Mauer zu, die das Grundstück umgab, und suchten nach einer Möglichkeit, darüberzuklettern. Die Nacht, die inzwischen zur Gänze hereingebrochen war, erschwerte die Suche. Schließlich stießen sie auf eine alte Tanne, die leicht zu erklimmen war und dicht genug an der Mauer stand, dass ihre Zweige herüberragten. »Kommst du da hinauf?«, fragte Antoine besorgt.

Abfällig lachte Marie auf. »Wofür haltet Ihr mich? Das ist ein Kinderspiel. In Euren Gärten bin ich schon auf ganz andere Bäume gestiegen.«

»Was ich dir sicher nicht gestattet habe.«

Behände hangelte Marie sich von Ast zu Ast. Als sie aber neben Antoine auf der Mauer stand, war ihre Kühnheit verflogen. Wie ein kleines Kätzchen ließ sie sich auf alle viere nieder und klammerte sich an den Mauersteinen fest. »Ich habe Angst, Monsieur. Vielleicht breche ich mir den Hals, wenn ich hinunterspringe.«

»Das wäre nicht so schlimm.« Antoine kehrte mit Absicht zu der vertrauten Scherzhaftigkeit zurück, da er Marie unter keinen Umständen seine Beunruhigung wegen des schrecklichen Fundes in der Hexenküche spüren lassen wollte. »Die Welt würde wohl kaum einen Verlust erleiden, wenn ein ungehorsames Mädchen weniger auf ihr wandelte.«

»Ihr seid gemein. Hoffentlich breche ich mir den Fuß, dann müsst Ihr mich den ganzen Weg zurück auf Eurem Buckel tragen.«

»Dann sollten wir dafür sorgen, dass du unverletzt unten landest. Ich verspüre nämlich nicht die geringste Lust, dich bis in die Stadt mit mir herumzuschleppen.« Antoine ging in die Hocke und sprang mit einem kraftvollen Satz hinab. Dabei fing er den Aufprall geschickt mit Händen und Füßen ab. Er klopfte sich das Gras von der Hose und breitete die Arme aus. »Nun bist du an der Reihe. Hab keine Angst, ich fange dich auf.«

Marie zögerte.

»Du kannst mir vertauen. Es wird dir nichts geschehen.«

»Versprochen?«

»Versprochen.«

»Dann komme ich jetzt.« Im Sitzen stieß Marie sich ab und landete schlotternd in seinen Armen.

»Das ging doch ganz gut.«

Als sie wieder auf die Allee traten, sahen sie, dass vor dem Haus der Monvoisin einiger Tumult herrschte. In Gesellschaft zweier Lakaien, die brennende Laternen in Händen hielten, stand der Pförtner vor einer riesigen Kalesche und redete wild gestikulierend auf sie ein. »Was ist da los, Monsieur?«

»Keine Ahnung. Aber das finde ich auch noch heraus. Bleib du solange hier.« Anstandslos willigte Marie ein. Vermutlich, dachte Antoine erleichtert, war ihr Bedarf an Abenteuern für den heutigen Tag gedeckt. Wieder schlüpfte er aus seinen Stiefeln und pirschte sich geräuschlos an die kleine Gruppe heran. Wortfetzen flogen zu ihm herüber. Einer der Männer erzählte einen schmutzigen Witz, den die anderen mit grölendem Gelächter quittierten. Inzwischen war Antoine bei der Kutsche angelangt und schlich um sie herum. Die Größe der

Kalesche ließ vermuten, dass der nächtliche Gast der La Voisin eine hochgestellte Persönlichkeit war. Neugierig betrachtete Antoine die Reihe der davorgespannten Pferde und stutzte. Er zählte vier auf jeder Seite. Nur Herzögen und Mitgliedern der königlichen Familie war es gestattet, acht Pferde vor ihre Equipagen zu spannen. Erwartungsvoll richtete Antoine seinen Blick auf den Eingang des Hauses. Wer würde heraustreten, wenn sich die Tür öffnete?

Plötzlich begannen die Tiere nervös mit den Hufen zu scharren. Seine heimliche Anwesenheit schien sie zu verwirren. Das Pferd, dem er am nächsten war, stieß ein leises Wiehern aus und warf den Kopf zurück. Besorgt sah Antoine über den Rücken des Tieres zu den Männern hinüber. Die aber ließen sich durch die Unruhe der Rösser nicht ablenken und plauderten ungestört weiter. Trotzdem war er noch nicht beruhigt. Irgendwo musste doch auch der Kutscher stecken? Kaum hatte er sich diese besorgniserregende Frage gestellt, als die Haustür aufgerissen wurde und zwei Frauen, gefolgt von einem Mann, der den breitkrempigen Hut eines Kutschführers trug, heraustraten. Gleich der Alten, die er und Marie vor wenigen Stunden das Haus verlassen sahen, waren auch die Gesichtszüge dieser beiden Frauen hinter Schleiern verborgen. Sofort eilten die Lakaien den Damen entgegen, um ihnen den Weg zu leuchten, sodass Antoine kaum Zeit blieb, sich vor dem näher kommenden Lichtschein in die schützende Dunkelheit der anderen Straßenseite zu flüchten. Sobald er sich in Sicherheit wähnte, blieb er stehen, um das weitere Geschehen zu beobachten. Die Damen hatten die Kutsche erreicht und ließen sich von ihren Dienern hineinhelfen. Dann nahmen diese im rückwärtigen Teil der Kalesche ihre Plätze auf den Trittbrettern ein, während der Bursche mit dem Hut vorne den Kutschbock erklomm. Bevor er in die Zügel griff, vergewisserte er sich, dass die Lakaien ihre Laternen am Dach des Gefährts befestigt hatten. Deutlich wurde nun das Emblem auf dem Wagenschlag sichtbar. Antoine sog scharf die Luft ein. Es war der aufrecht stehende Löwe, auf rot-goldenem Grund. Jeder kannte dieses Wappen. Kaum drei Jahre war es her, als seine Trägerin in ganz Europa von sich reden gemacht hatte. Kraftvoll griff der Kutscher in die Zügel. Die Pferde bäumten sich auf und preschten davon.

Es war die Kalesche der unglücklichen Louise de La Vallière, die da unter lautem Getöse an Antoine vorbei in die Nacht fuhr.

Kapitel 20

Die entvölkerten Räume im Schloss von Saint-Germain gaben trauriges Zeugnis von der Bedeutungslosigkeit, in die ihre Bewohnerin, Louise de La Vallière, herabgesunken war.

»Darf ich fragen, verehrter Marquis, wieso Ihr meiner Schwester Eure Aufwartung zu machen wünscht?«

Der misstrauische Ton des Marquis de La Vallière entging Antoine keinesfalls, während er ihm durch die einsamen Zimmerfluchten folgte.

»Ich hörte, die Duchesse läge danieder, und wollte mich nach ihrem Befinden erkundigen.«

»Deshalb habt Ihr den Weg von Paris auf Euch genommen?« Die Verblüffung in der Stimme des Marquis klang echt.

»Euch scheint meine Anteilnahme zu erstaunen«, entgegnete Antoine mit einem Seitenblick auf das mädchenhaft geschminkte Gesicht seines Begleiters.

»Fürwahr«, der Marquis lachte bitter auf.

»Bisher hielt ich Euch für einen Mann, der mit den Moden geht.« Eine kleine Handbewegung in die Leere der Empfangsräume unterstrich seine Bemerkung. Zur allergrößten Verwunderung des Marquis de La Vallière gab es jedoch noch eine weitere Person, die den Weg aus der Hauptstadt auf sich genommen hatte, um der Duchesse ihre Aufwartung zu machen. Gerade waren sie in den Salon getreten, als sich eine hochaufgeschossene Gestalt vom Krankenlager erhob. Obwohl sie mit dem Rücken zu ihnen stand, erkannte Antoine sie sofort an der Scheußlichkeit ihrer Gewänder. Es war Mademoiselle des Oeillets. Als sich die Zofe Madame de Montespans ihnen zuwandte, verriet keine Regung ihres Gesichts, dass sie sich so kurz nach ihrer ersten Begegnung über dieses neuerliche Zusammentreffen mit Antoine wunderte.

»Mademoiselle des Oeillets!«, rief der Marquis. »Ich wähnte Euch bei Eurer Herrin in Paris.«

»Madame de Montespan sandte mich hierher, als sie von der Unpässlichkeit der Duchesse erfuhr. Sie hat mir eine Medizin mitgegeben und wünscht über den Gesundheitszustand ihrer Freundin in Kenntnis gesetzt zu werden.«

»Sagt Madame de Montespan unseren Dank«, erklärte La Vallière eilig und schlug vor dem bohrenden Blick Mademoiselle des Oeillets' die Augen nieder. Diese neigte flüchtig das Haupt und verließ, ohne sich noch einmal nach der Kranken umzuwenden, den Salon. Louise de La Vallière hatte das Zusammentreffen ihrer Besucher teilnahmslos beobachtet. Sie lag auf einer Ruhestatt, die diskret in die Wand ihres Salons eingelassen war, und sah mit halbgeschlossenen Lidern auf einen unbestimmten Punkt irgendwo im Raum.

»Madame«, eingedenk der misslichen Lage seiner Gastgeberin neigte Antoine das Haupt etwas tiefer, als es die Etikette vorgesehen hätte. »Auch mir ist es ein Bedürfnis, mich nach Eurem Gesundheitszustand zu erkundigen.« In der Stille, die nun folgte, sah Antoine voller Mitgefühl auf die unglückliche Frau herab, die ein Berg von Kissen fast unter sich begrub.

»Wieso?« Die müden Augen der Duchesse richteten sich fragend auf ihn. Einen Moment lang war Antoine ratlos. Während der Fahrt von Paris hierher hatte er sich in Gedanken lediglich darauf konzentriert, wie er der Duchesse möglichst viele Informationen entlocken konnte. Darüber, dass sie, die vor gar nicht allzu langer Zeit die bedeutendste Frau am französischen Hof gewesen war, eine Erklärung für diesen einfachen Krankenbesuch fordern würde, hatte er gar nicht nachgedacht.

»Wir teilen das gleiche Schicksal, Madame«, entgegnete Antoine nach einem Moment des Grübelns und fügte als Rechtfertigung in Gedanken hinzu, dass dies noch nicht einmal gelogen war. Ein flüchtiges Lächeln huschte über das Gesicht Louise de La Vallières. »Das stimmt nicht ganz, Monsieur. Denn im Gegensatz zu mir seid Ihr zurückgekehrt. Habt die Güte«, richtete sie nun das Wort an ihren Bruder, »und lasst uns allein.« Nachdem der Marquis de La Vallière gegangen war, deutete sie mit müder Geste auf einen Hocker. »Setzt Euch und dann verratet mir, was Euch wirklich zu mir führt.«

»Nun, so will ich offen sein.« Nervös nestelte Antoine an den Spitzen seiner Manschetten. Die Rolle, die er hier zu spielen gedachte, behagte ihm ganz und gar nicht. »Neulich sah ich Eure Equipage vor dem Haus einer Frau mit recht zweifelhaftem Ruf. Man nennt sie La Voisin. Sagt, was hattet Ihr dort zu suchen?«

Die fiebrig glänzenden Augen der Duchesse weiteten sich furchtsam.

»Bitte geht«, flüsterte sie und sank in ihre Kissen zurück. Mühsam unterdrückte Antoine den Impuls, nach der schmalen Hand zu greifen, die sich leichenblass vom Rot der Kissen abhob. Stattdessen aber fuhr er ruhig mit seiner Befragung fort.

»Madame Monvoisin, wie sie mit richtigem Namen heißt,

verdient ihren Lebensunterhalt als Engelmacherin und Hexe. Wusstet Ihr davon?«

»Ich hatte keine Ahnung.«

»Und dennoch suchtet Ihr sie auf. Seid Ihr schwanger?«

»Ich, schwanger?« Das Lachen der Duchesse klang rau und freudlos. »Nachdem der König mit mir fertig ist, werdet Ihr keinen einzigen Mann bei Hofe finden, der es wagen würde, in meine Nähe zu kommen. Ich habe verspielt, Monsieur. Von wem sollte ich ein Kind unter meinem Herzen tragen?«

Antoine setzte ein künstliches Lächeln auf. »Also ist es die Hexenkunst, die Euch zu La Voisin führte?«

Plötzlich flackerte so etwas wie Kampfesgeist in den Augen der abgelegten Mätresse auf. Mit trotziger Miene begegnete sie Antoines falschem Lächeln. »Seid versichert, Monsieur, hätte ich mich irgendwelcher Zauberkünste bedient, wäre meine Situation jetzt nicht so trostlos.«

»Das ist sie in der Tat. Es muss schrecklich sein, in dieser hoffnungslosen Lage all Euren früheren Neidern gegenübertreten zu müssen. Die Duchesse d'Orléans, so hört man, hat Euch ganz besonders gehasst, weil sie damals den König an Euch verlor.«

»Wenn Ihr glaubt, ich hätte Madame ermordet, Monsieur le Marquis, dann übersteigt Eure Dummheit Eure Skrupellosigkeit bei weitem. Welchen Grund sollte ich haben, sie aus dem Weg zu schaffen?« Zu spät erkannte die Duchesse ihren Fehler und biss sich auf die Lippen.

»Madame, ich wollte nichts dergleichen andeuten. Die Duchesse verstarb an einer Blinddarmentzündung, oder etwa nicht?«, entgegnete Antoine mit geheuchelter Unschuld.

»Warum seid Ihr gekommen? Wollt Ihr Geld?« Eilig streifte sie einen Ring von ihrem Finger und hielt ihn Antoine entgegen. »Ich habe keins. Nehmt diesen Ring stattdessen. Der

König hat ihn mir zur Geburt unserer ersten Tochter geschenkt. Er ist mindestens 10 000 Livres wert.«

»Behaltet Euren Schmuck, Madame. In Eurer Lage solltet Ihr mit den Mitteln, die Euch zur Verfügung stehen, besser haushalten.«

»Wenn es nicht Geld ist, das Euch zu mir führt, was ist es dann?«

»Manchmal ist Wissen mehr wert als Gold. Mich interessiert, wer außer Euch noch zur Kundschaft der La Voisin zählt.«

»Natürlich. Es hat sich bereits herumgesprochen, dass bei mir nicht mehr viel zu holen ist. Also sucht Ihr andere Opfer, denen Ihr durch schäbige Erpressung Geld entlocken könnt.«

»Verratet mir, Madame la Duchesse, wäre dies ein einträgliches Geschäft für einen Edelmann, der Mühe hat, sein Auskommen zu finden?«

»Ich erkenne Euch nicht wieder, Marquis.« Ungläubig suchten die haselnussbraunen Augen der Duchesse in seinem Gesicht zu lesen. »Seid Ihr derselbe Mann, der noch vor ein paar Wochen durch sein mutiges Einschreiten den kleinen Hippolyte vor einer grausamen Strafe bewahrte? Damals glaubte ich, einem gütigen Geist begegnet zu sein.«

Antoine wich ihrem Blick aus. »Nennt mir den Grund Eures Besuchs bei La Voisin«, entgegnete er scharf. »Hofftet Ihr vielleicht, durch verzauberte Tinkturen Euren Teint wieder aufzufrischen? Wolltet Ihr damit die Gunst des Königs zurückgewinnen?«

»Genug«, schluchzend schlug Louise de La Vallière die Hände vors Gesicht. Dabei verrutschte der linke Ärmel ihres Kleides und enthüllte einen Verband, der eng um ihr Handgelenk geschlungen war. Ein dunkler Fleck zeichnete sich unter den Schichten aus blütenweißem Mull ab. Antoine starrte auf die Armbinde und spürte, wie ihm das Blut ins Gesicht schoss.

Seit ein paar Tagen kursierte in Paris das Gerücht, die ehemalige Favoritin habe einen Schwächeanfall erlitten. Dass es sich dabei tatsächlich um einen Selbstmordversuch handelte, ahnte in den Salons der Hauptstadt wohl niemand.

»Madame!« Alle Tücke fiel mit einem Mal von Antoine ab. Besorgt beugte er sich vor und streifte sanft den Verband. »Was habt Ihr getan?«

Langsam ließ Louise de La Vallière die Hände über ihre fahlen Wangen gleiten. Antoine wich zurück. Ihre lieblichen Gesichtszüge, die einstmals die Aufmerksamkeit des Königs erregt hatten, waren von Verzweiflung und Trauer gänzlich zerstört. »Monsieur le Marquis«, hauchte sie fast unhörbar. »Euer Weg zu mir soll nicht umsonst gewesen sein. Denn etwas kann ich Euch verraten. Es gibt Geschöpfe an diesem goldenen Ort, die so verzweifelt sind, dass sie ihr Leben wegwerfen. Und nun geht. Mehr werdet Ihr von mir nicht erfahren.« Ohne ein weiteres Wort an ihn zu verschwenden, kehrte sie ihm den Rücken und schlang wie ein kleines Kind die Arme um ihre angezogenen Schenkel. Antoine sprang von seinem Schemel auf und verließ fluchtartig die Gemächer der Duchesse de Vaujours. Noch nie in seinem Leben hatte er sich so geschämt.

Kapitel 21

Wie hell die Sonne strahlt, wenn sie durch geputzte Fensterscheiben fällt, hatte Marie bis zu diesem Vormittag nie besonders interessiert. Nun aber bot sich ihr reichlich Gelegenheit, über das Zusammenspiel von Licht und funkelndem Glas nachzusinnen. Verdrossen tauchte sie einen weichen Lederlappen in das kalte, schmutzig braune Wasser und machte sich daran, das nächste bleigefasste Fensterstück zu polieren. Der schwere Kloß im Hals erleichterte die Arbeit nicht. Missmutig wanderte ihr Blick an der langen Reihe von Fenstern entlang, die noch darauf warteten, von ihr gesäubert zu werden. Und die ganze Schinderei nur, weil der Marquis launischer als ein altes Waschweib war. Lautlos bedachte sie ihn mit einer Reihe saftiger Flüche.

Seit seinem Besuch bei der Duchesse de Vaujours gestern Nachmittag behandelte er sie wieder genauso gemein wie früher. Dabei hatte sie bloß gefragt, ob ihm in Saint-Germain der König begegnet sei und was es mit dem nächtlichen Besuch der Duchesse bei der Hexe auf sich gehabt hatte. Zumindest auf diese Frage hatte sie eine Antwort verdient. Wer war denn stundenlang an seiner Seite um das Haus der La Voisin geschlichen?

Außerdem: Was konnte sie dafür, dass sein Besuch nicht so verlaufen war, wie er es sich gewünscht hatte?

»Lass mich in Frieden.« Mehr war ihm nicht zu entlocken gewesen, als sie ihm bei seiner Rückkehr entgegengeeilt war. Auf keine ihrer Fragen hatte sie eine Antwort erhalten. Stattdessen hatte der Marquis sich in sein Gemach gesperrt und war für den Rest des Tages nicht mehr herausgekommen. Nur mit Mühe war es Marie gelungen, ihre Neugier zu zähmen und einen trostlosen Abend in Gesellschaft von Marthe und des schweigsamen Auguste zu verbringen. Der Intendant in der kleinen Pariser Haushaltung des Marquis sprach sowieso nie mit ihr. Aber so leicht wollte sie den Marquis nicht davonkommen lassen. Daher hatte sie sich heute Morgen mit ihrer Arbeit beeilt und Marthe überredet, ihr das Tablett mit dem Kaffee zu überlassen, das die Köchin dem Marquis jeden Morgen hinaufbrachte. Die Glocken von Saint-Eustache hatten gerade zehnmal geschlagen, als sie sein Schlafgemach betrat. Ihr Herr war schon auf, lag jedoch mit einem leichten Hemd bekleidet unter einer zerschossenen Seidendecke und schrieb etwas in ein kleines, schwarzes Büchlein. »Stell das Tablett auf den Tisch«, brummte er ohne aufzublicken. Marie tat wie ihr geheißen und blieb dann unschlüssig im Raum stehen.

»Was noch? Wenn du Geld für den Markt benötigst, geh zu Auguste.«

»Einen schönen, guten Morgen wünsche ich, Monsieur le Marquis.«

Das Erstaunen, mit dem er sie im ersten Moment ansah, war schnell gewichen. »Wo ist Marthe?«, blaffte er ungehalten.

»Marthe ist beschäftigt. Sie will Früchte einkochen, deshalb hat sie mich heute heraufgeschickt.« Unwillig presste der Marquis die Lippen aufeinander. Es war nicht zu übersehen, dass er ihre Lüge durchschaute.

»Wie ist es denn nun gestern im Schloss des Königs zugegangen«, platzte es aus Marie heraus, bevor er sie wieder abwimmeln konnte.

»Das geht dich nichts an, und jetzt lass mich alleine.« Er kehrte ihr den Rücken und tauchte seine Feder in ein Tintenfass, das neben dem Bett auf einer kleinen Kommode stand. Dabei schien es ihn nicht zu stören, dass Tinte von der Spitze tropfte und große schwarze Kleckse auf seinem Bettzeug hinterließ. Erneut flog die Feder mit kratzendem Geräusch über das Papier, und nach wenigen Augenblicken war der Marquis wieder so sehr in seine Schreibarbeit vertieft, dass es Marie vorkam, als habe er ihre Anwesenheit vollkommen vergessen. Sie wartete eine Weile geduldig, dann wagte sie sich ein paar Schritte an das riesige, vierpfostige Bett heran. »Vielleicht können wir ja gemeinsam überlegen, was als Nächstes zu tun ist. Wie wäre es zum Beispiel, wenn Ihr der Hexe einen Besuch abstattet?«

»Bitte verschone mich«, erklärte er, ohne sie eines Blickes zu würdigen. »Es fehlt mir heute die Muße, den Vorschlägen einer frechen Bauerngöre mein Ohr zu leihen.«

Marie spürte, wie ihr die Empörung das Blut ins Gesicht trieb. Wie konnte er sie nur so abweisend behandeln, nach allem, was sie gemeinsam erlebt hatten. »Ich bin nicht dumm.« Wütend stampfte sie mit dem Fuß auf. »Im Gegenteil, ich bin schlauer als Ihr. Wenn ich nicht gewesen wäre, würdet Ihr wahrscheinlich auch glauben, dass der Marquis d'Effiat die Duchesse d'Orléans umgebracht hat.«

»Mag sein.« Ihr Protest schien wirkungslos an ihm abzuprallen.

»Ich wäre neulich beinahe in Stücke geschnitten worden, nur weil Ihr mich in dem Bordell alleine gelassen habt.«

»Marie, es reicht.«

Wider besseres Wissen ignorierte sie den eisigen Klang in der Stimme ihres Herren. »Mir ist langweilig.« Geräuschvoll klappte der Marquis sein Buch zu und schlug die Decke zurück. »Wenn du Langeweile hast, will ich etwas finden, womit du dich beschäftigen kannst.« Barfuß trat er an den Tisch und goss sich etwas von der dampfenden Flüssigkeit in eine Schale.

»Die Fenster der Vorderfront müssen gereinigt werden. Du kannst dich ihrer annehmen.«

»Es ist doch egal, ob die Fenster schmutzig sind, dieser Teil des Hauses wird sowieso nicht bewohnt.«

»Dennoch will ich, dass sie funkeln wie Diamanten, hast du mich verstanden?« Warnend hob er den Zeigefinger. »Wir Montagnacs sind Nachfahren Karls des Großen. Mein Stammbaum ist länger als der des Königs, und es ist eine Schande, wenn die Fenster meines Stadthauses für alle Welt sichtbar blind sind vor Dreck.«

»Monsieur!«

Der gefährliche, keinen Widerspruch duldende Blick des Marquis ließ Marie verstummen.

Und so wischte sie sich nun von einem Fenster zum nächsten, mit nichts anderem zur Ablenkung als ihren düsteren Gedanken und dem alltäglichen Treiben auf der Rue du Boulloir. Schließlich, als ihre Finger schon ganz verschrumpelt waren und der Rücken vom vielen Bücken schmerzte, hockte Marie sich mit angezogenen Beinen auf das Fenstersims, zog den rotbackigen Apfel hervor, den Marthe ihr zum Trost geschenkt hatte, und blickte auf die Straße hinab. Unten gingen schwatzend zwei gut gekleidete Bürgersfrauen vorbei, die sich ihre Einkäufe von einem Diener hinterhertragen ließen. Direkt unter ihrem Fenster hatte ein Messerschleifer seinen Stand aufgebaut, und aus einigen Häusern waren die Küchenmädchen herbeigeeilt, um das Schneidewerkzeug ihrer Herrschaft schärfen zu lassen. Lachend und schwatzend standen sie in kleinen Gruppen um den alten Mann herum und schienen dankbar für die kleine Unterbrechung ihres Tagwerks. Neidisch beobachtete Marie die fröhliche Versammlung. Ein junger Mann kam die Straße entlanggeschlendert. Seine modische Aufmachung, das bestickte Wams und ein kleiner Degen, der lässig von seiner Hüfte baumelte, erinnerten Marie auf unangenehme Weise an die Männer im Palais de Chalmart. Es war nicht zu übersehen, dass der so ausstaffierte Geck auch die Aufmerksamkeit der wartenden Mägde auf sich zog. Sie stießen sich in die Seiten und kicherten, als er an ihnen vorüberzog. Hochnäsig wandte er sein hübsches Gesicht von den Dienerinnen ab und ließ es über die Fassade des Hotel Montagnac gleiten. Bestimmt, dachte Marie, war er Aufmerksamkeiten dieser Art gewohnt. Sie hatte inzwischen die Hälfte ihres Apfels verzehrt und beschloss, den Rest für eine weitere Pause aufzusparen. Seufzend hüpfte sie von ihrem Platz und machte sich daran, die nächste Fensterscheibe in Angriff zu nehmen. Insgeheim hoffte sie aber, der Marquis würde nach ihr sehen und sie von ihrer Strafe erlösen. Doch der Tag schritt voran, ohne dass er sich blicken ließ. Irgendwann gegen Mittag brachte Marthe ihr eine Scheibe Schinken und ein Stück Brot, auf die sie sich wie ein ausgehungerter Wolf stürzte. »Mach dir nichts draus, Kindchen«, redete die bucklige Köchin ihr zu, »als ich so'n junges Ding war wie du, ließ der Großvater des Marquis mich das gesamte Weißzeug waschen, nur weil eine Maus sich in die Truhe verirrt hatte, in der wir es aufbewahrten.« Gelassen zuckte sie die Achseln. »So sind sie eben, die Herren von Montagnac.«

Bei der Arbeit, die noch vor ihr lag, empfand Marie Marthes wohlmeinende Worte kaum als Trost. Vermutlich würde sie auch noch den ganzen morgigen Tag damit verbringen, die Fenster des vorderen Hauses zum Glänzen zu bringen.

Am Nachmittag gönnte sie sich eine weitere Pause auf dem Sims, verzehrte die andere Hälfte ihres Apfels und sah hinunter auf die Straße. Der Scherenschleifer hatte inzwischen seinen Dienst beendet und war verschwunden. Eine verhängte Sänfte wurde vorbeigetragen. Sie kam gefährlich ins Schaukeln, da sich die Träger eilig in einen Hauseingang drängen mussten, um zwei berittenen Gendarmen Platz zu machen. Als die Rösser an ihnen vorbeigetrabt waren, setzten sie ihren Weg fort. Zwischen einigen Fußgängern, die den Pferden folgten, erkannte Marie den jungen Stutzer vom Vormittag wieder. Sorgsam setzte er einen Schritt vor den anderen, vermutlich um seine Lederstiefel vor dem Unrat der Straße zu schützen. Marie fand seine gezierten Bewegungen albern. Der Kerl verschwand aus ihrem Blickfeld, nur um nach kurzer Zeit wieder aufzutauchen und sich in der gegenüberliegenden Toreinfahrt zu postieren. Er nahm eine Prise Tabak und zog anschließend ein lächerlich großes Schnupftuch aus dem Ärmel, um sich zu schnäuzen. Er wird hier irgendwo ein Liebchen haben, dachte Marie, und hoffte wohl, einen heimlichen Blick auf sie erhaschen zu können. Gähnend tauchte sie ihren Lappen in das Putzwasser und nahm sich eine weitere Fensterscheibe vor. Plötzlich erblickte sie Auguste, der die Straße in Richtung Markthallen hinuntereilte. Wenig später hielt eine Kutsche vor dem Haustor. Auguste sprang heraus, verschwand durch das Portal und kehrte bald darauf in Begleitung des Marquis zurück. Bevor er die Kutsche bestieg, hielt der Marquis kurz inne und sah prüfend zu ihr herauf. Schon wollte sie sich hinabbeugen, um in Erfahrung zu bringen, wohin die Fahrt ging, aber gerade noch rechtzeitig presste sie ihre Lippen aufeinander und erwiderte mit einer, wie sie hoffte, gleichgültigen Miene den Blick ihres Herren. Dieser deutete mit spöttischem Lächeln eine Verbeugung an und verschwand im Wageninneren. Auguste gab dem Kutscher ein Zeichen, und die Pferde setzten sich in Bewegung. Finster sah Marie dem Gefährt hinterher. Ihre letzte Hoffnung, nicht die ganze Härte der Strafe tragen zu müssen, rollte soeben davon. Schwungvoll fischte sie den Lappen aus dem Eimer und presste mit aller Kraft jeden Tropfen Wasser heraus. Unter der Anstrengung verzog sie grimmig das Gesicht und stellte sich vor, das weiche Stück Leder zwischen ihren Händen sei der Eigentümer der Fensterscheiben, die sie noch zu putzen hatte. Ihr entging vollkommen, dass der junge Mann, der soeben noch in der gegenüberliegenden Toreinfahrt gestanden hatte, nun ebenfalls verschwunden war.

Marie schlug die Augen auf. Etwas hatte sie geweckt, doch wusste sie nicht, was. Benommen taumelte sie in die Ecke, wo der Nachttopf stand, und hob fröstelnd den Saum ihres Hemdes. Trommelnd fiel der warme Strahl auf den Grund der tönernen Schüssel. Als sie fertig war, tapste sie zurück zu ihrem Lager, zog sich die Decke bis über beide Ohren und schloss die Augen. Da war es wieder.

Marie richtete sich auf und horchte angestrengt in die Dunkelheit. Die Geräusche kamen von unten. Jemand sang. Sie erhob sich und trat aus ihrer Kammer hinaus auf den düsteren, schmalen Gang unter dem Dach, wo sich die Dienstbotenunterkünfte des Hotel Montagnac befanden. Jetzt hörte sie es ganz deutlich. Es war der Marquis. Er sang, oder besser, er grölte mit alkoholgeschwängerter Stimme einen unflätigen Gassenhauer. Er war aber nicht allein. Das Lachen eines Mannes begleitete seine nächtliche Darbietung. Ärgerlich kehrte Marie in die Kammer zurück. Sie legte sich wieder auf ihren

Strohsack und kniff die Augen zusammen. Den ganzen Tag hatte sie damit zugebracht, sich über den Marquis zu ärgern. Sie war wirklich nicht in der Stimmung, ihm auch noch ihren Schlaf zu opfern. Eine Weile atmete sie ruhig und regelmäßig und versuchte dabei mit aller Macht, die Gedanken an den Herren des Hauses aus ihrem Kopf zu verdrängen. Sie dachte an die eingekochten Früchte unten in der Küche, die nur darauf warteten, in einem heimlichen Moment von ihr verzehrt zu werden. Sie dachte an die Mägde, die sie heute Vormittag beobachtet hatte; vielleicht sollte sie versuchen, sich mit einer von ihnen anzufreunden. Sie dachte daran, Auguste zu bitten, ihr noch eine Decke zu geben, denn bald würde es erbärmlich kalt sein hier oben. Sie dachte an den Ausflug zum Geflügelmarkt am Quai des Grands Augustins, auf den Marthe sie morgen früh mitnehmen wollte. Vergebens. Unweigerlich kehrten ihre Gedanken von den fetten, schnatternden Gänsen zurück zum Marquis.

Marie wälzte sich auf die andere Seite und versuchte es erneut. Ärgerlich musste sie schließlich feststellen, dass es nicht viel gab, worüber sich nachzudenken lohnte, das nicht mit dem Marquis in Verbindung stand. Sie hätte zu gerne gewusst, was während des Besuchs bei der Duchesse vorgefallen war. Außerdem brannte sie darauf, zu erfahren, wie es im Schloss des Königs aussah. Schwamm sein Bett wirklich in einem See aus flüssigem Gold, das nur über eine gläserne Brücke zu erreichen war? Und warum fuhr die Duchesse, die ja eine hohe Dame war, in ihrer Kutsche nach Paris, um das Haus einer Hexe aufzusuchen? Marie richtete sich auf. Es hatte keinen Sinn, liegen zu bleiben. Schlafen konnte sie sowieso nicht mehr. Zwar würde sie auf ihre Fragen heute Nacht mit Sicherheit keine Antworten mehr bekommen, immerhin aber konnte sie jetzt ein wenig von dem Apfelmus naschen, das noch unversiegelt auf einem der Küchenregale stand. Und wenn sie schon einmal unterwegs war, würde sie gleichzeitig auch herausfinden, mit wem der Marquis sich zu so später Stunde amüsierte. Marie verließ ihr Lager und schlüpfte in ihre Stiefel. Sie legte sich die Decke über ihre Schultern und schlich erneut hinaus auf den Gang. Dort blieb sie stehen und horchte. Aus dem unteren Teil des Hauses war nichts mehr zu hören. Dafür aber drang plötzlich das laute Schnarchen der Köchin zu ihr nach draußen. Von den vier Dienstboten, die der Marquis sich hielt, um seinen Haushalt zu bewirtschaften, waren sie und Marthe die einzigen, die hier oben unter dem Dach schliefen. Auguste hatte sich, abgeschreckt von Marthes geräuschvollem Schlaf, zu Michel dem Knecht geflüchtet, der in einem Zimmer über den verwaisten Stallungen hauste. Marie war unschlüssig, wohin sie ihre Schritte zuerst lenken sollte. Kurz entschlossen ließ sie ihren Bauch entscheiden und stieg hinunter in die Küche. Nachdem sie sich ausreichend an dem süßen Mus gelabt und auch noch ein Stück Speck den Weg in ihren Magen gefunden hatte, machte sie sich auf, das Geheimnis um den nächtlichen Besucher des Marquis zu ergründen. Zurück in der Halle blieb Marie eine Weile reglos stehen und lauschte. Doch außer den Geräuschen, die ein altes Gemäuer wie das Hotel Montagnac des Nachts von sich gab, war alles still. Wahrscheinlich schlief der Marquis bereits, und sein Besuch war längst gegangen, dachte sie mit einem Anflug von Enttäuschung. Zu gerne hätte sie nämlich in Erfahrung gebracht, welche Mittel außer seinem schiefen Gesang dem Marquis noch zu Gebote standen, um einen nächtlichen Besucher bei Laune zu halten. Geräuschlos huschte sie dem Treppenaufgang entgegen und erklomm in geduckter Haltung die steinernen Stiegen. Diese Vorsichtsmaßnahmen waren zwar vollkommen unnötig, denn außer der misstrauischen Marthe, die oben lag und schnarchte, würde es niemanden interessieren, was sie mitten in der Nacht hier unten zu suchen hatte. Aber das war Marie egal. Es machte doch viel mehr Spaß, so zu tun, als wäre man ein Dieb, der heimlich durch fremde Häuser schleicht. Auf der Galerie angekommen, presste Marie sich in eine dunkle Ecke und zog die Decke fester um ihren Körper. Sie war froh, dass sie daran gedacht hatte, sich diesen wärmenden Schutz über die Schultern zu hängen. Trotzdem drang ihr die Kälte allmählich in Glieder und Knochen. Lange würde die Freude an ihrer nächtlichen Wanderung nicht mehr andauern. Sie musste sich ein wenig sputen, wollte sie ihre Neugierde befriedigen. Auf der rechten Seite befand sich ein langer Flur, an dessen Ende die Gemächer ihres Herren lagen. Eilig lief sie ihn hinab, wobei ein muffig riechender Läufer die Schritte ihrer Stiefel verschluckte. Vor dem Schlafgemach blieb sie stehen und blickte missmutig auf die geschlossene Tür, durch deren Ritze ein schwacher Lichtschein zu ihr nach draußen drang. Marie überlegte kurz, ob sie es wagen konnte, die Klinke vorsichtig nach unten zu drücken, entschied sich aber dagegen. Sie schlich zurück bis zur vorletzten Tür, hinter der das Ankleidezimmer ihres Herren lag. Marie hatte Glück, denn diese Tür war nur angelehnt. Vorsichtig öffnete sie sie einen Spaltbreit, wobei das Quietschen der Angeln Marie für einen Moment erstarren ließ. Sie horchte, doch noch immer drang kein Laut aus dem Schlafgemach zu ihr nach draußen. Wahrscheinlich kam Marie wirklich zu spät und außer einem schlafenden Trunkenbold gab es nichts mehr zu entdecken. Da sie aber schon mal hier war, wollte sie wenigstens nachsehen. Marie schlüpfte durch die halbgeöffnete Tür und schlich auf Zehenspitzen zu dem Vorhang, der die Schlafstätte ihres Herren vom Ankleidezimmer trennte. Plötzlich hörte sie ein leises Geräusch, als würde Papier rascheln. Langsam schob sie die samtene Stoffbahn ein kleines Stück zur Seite, sodass die Sicht auf das Bett frei wurde. Halb bekleidet lag der Marquis quer über der Decke und rührte sich nicht. Sie hatte also recht gehabt. Er schlief bereits tief und fest. Schnell erfasste sie den schmalen Ausschnitt, der sich ihr hinter dem Vorhang darbot. Auf einer Frisierkommode links vom Bett thronte eine der Perücken des Marquis auf ihrem Halter. Es war das längere der beiden blonden Lockengebilde, die er sich hatte machen lassen, nachdem sie in Paris angekommen waren. Marthe behauptete, von dem, was sie wert sei, könnten hundert Bauernfamilien ein Jahr lang essen. Der Marquis trug diese kostbare Haarpracht nur zu offiziellen Anlässen, wenn er eingeladen war oder an den Hof ging. Marie wollte den Vorhang gerade wieder fallen lassen, als etwas sie innehalten ließ. Auf dem anderen Halter, für gewöhnlich die Heimat der zweiten Perücke, wenn sie nicht gerade auf dem Haupt des Marquis saß, hingen jetzt Locken aus dunkelbraunem Haar. Erneut vernahm sie das leise Rascheln von Papier. Vorsichtig öffnete sie den Vorhang noch etwas weiter. Mit dem Rücken zu ihr, nur wenige Schritte entfernt, stand ein fremder Mann. Wie der Marquis war auch er nur halb bekleidet, doch hatte er zusätzlich seine Perücke abgenommen, sodass sein strubbeliges dunkles Haar zu sehen war. Genau in diesem Moment drehte er sich um. Erstaunt stellte Marie fest, dass er das schwarze Büchlein, in dem der Marquis heute früh geschrieben hatte, in der Hand hielt und darin herumblätterte. Weitaus größer aber war ihr Erstaunen, als sie in ihm den Stutzer erkannte, den sie tagsüber zweimal auf der Rue de Boulloir gesehen hatte. Obgleich sein Äußeres durch die unvollständige Garderobe und das kurze Haupthaar verändert war, konnte doch kein Zweifel daran bestehen, dass es sich um denselben Mann handelte. In aller Seelenruhe legte der Kerl nun das Büchlein zur Seite und zog ein kleines Messer aus seinem Gürtel. Zum Angriff bereit hob er die Hand und näherte sich lautlos dem schlafenden Marquis. Vor Schreck ließ Marie den Vorhang fallen. Die Absicht des Fremden war eindeutig. Er würde ihren Herren im Schlaf erdolchen und sich dann mit dem Büchlein aus dem Staub machen. Sie musste den Burschen unter allen Umständen davon abhalten, seine schändliche Tat zu vollbringen. Aber wie sollte sie das bewerkstelligen? Der Marquis würde ihr keine Hilfe sein, so viel war sicher. Selbst wenn er aus seinem Schlaf erwachte, wäre er vermutlich viel zu benommen, um den Missetäter zu überwältigen. Ein furchtbarer Gedanke bemächtigte sich ihrer. Vielleicht hatte der Kerl den Marquis bereits betäubt, um ihn hernach in aller Seelenruhe zu ermorden. Was aber konnte sie alleine gegen einen Halunken wie diesen ausrichten? Auf der Suche nach einer Waffe hastete ihr Blick durch den dunklen Raum. Ohne zu überlegen, griff sie nach einem Leuchter und stürzte mit lautem Geschrei in das angrenzende Gemach. Die Verblüffung ihres Gegners verschaffte ihr einen Vorteil. Kraftvoll holte Marie aus und schlug den Meuchelmörder mitten ins Gesicht. Dieser stöhnte auf vor Schmerz, taumelte nach hinten und fiel mit seinem ganzen Gewicht auf den Marquis. Flüchtig nahm Marie wahr, dass sich unter dem Kerl etwas regte. Gott sei Dank. Der Marquis war erwacht. Doch die Erleichterung darüber währte nicht lange, denn schon rappelte ihr Gegner sich wieder auf. »Helft mir, Monsieur! Man will Euch umbringen.« Erneut holte Marie zum Schlag aus. Diesmal aber war der Bursche gewarnt. Ein Arm schnellte hervor. Eisern krallten sich seine Finger um ihr Handgelenk. Mit aller Macht versuchte Marie die Umklammerung abzuschütteln. Vergebens. Krachend fiel der Kerzenleuchter zu Boden. Maries Blick flog gehetzt zum Bett, wo der Marquis sich mühsam aufrichtete. Plötzlich aber verschwand er aus ihrem Blickfeld, und ein dumpfer Aufschlag bestätigte ihre schlimmsten Befürchtungen. Er würde ihr nicht helfen können. Sie war schutzlos einem gemeinen Verbrecher ausgeliefert, der selbst vor Mord nicht zurückschreckte. Doch anstatt sein schmutziges Geschäft fortzuführen, schleuderte er Marie zur Seite, sodass sie schmerzhaft gegen den Bettpfosten prallte. Geduckt erwartete sie den tödlichen Schlag. Aber der blieb aus. Als Marie sich wieder aufrichtete, sah sie, dass ihr Gegner in aller Eile seine herumliegenden Kleider zusammenraffte. Hastig stülpte er sich die braune Lockenmähne über, sodass sie schief auf seinem Kopf saß, und stolperte auf die Tür zu. Ein rascher Blick in Richtung des Marquis verriet ihr, dass dieser gerade versuchte, vom Boden aus auf die Beine zu kommen. Plötzlich hielt der Flüchtende inne. Er stürmte zurück zur Frisierkommode und griff nach dem schwarzen Büchlein, das er vorhin dort abgelegt hatte. Die Erleichterung, noch am Leben zu sein, sowie der lächerliche Anblick ihres halbbekleideten Widersachers verliehen Marie neuen Mut. Eilends sprang sie auf die Füße und stellte sich ihm in den Weg, als er gerade mit seiner Beute aus dem Zimmer fliehen wollte.

»Lass das liegen.« Voller Genugtuung registrierte sie die blutende Wunde auf der Wange des Mannes, die nur von ihrem Schlag herrühren konnte.

»Geh mir aus dem Weg, du kleine Kröte.« Die Stimme klang eher furchtsam als drohend. Einen Augenschlag zögerte Marie, dann stürzte sie sich auf ihn und grub ihre Zähne mit aller Macht in seinen Unterarm. Ein gellender Schrei erfüllte den Raum und das Büchlein fiel zu Boden. Verzweifelt versuchte der Mann sie abzuschütteln. Doch wie ein junger Hund, der sich in einem Kissen festgebissen hat, hielt Marie ihn mit ihren Zähnen gefangen. Schließlich ging der Kerl dazu über, nach ihr zu treten, doch sie wich seinen Attacken immer wieder geschickt aus. Auf einmal spürte sie einen scharfen Schmerz am Hinterkopf. Ihr Genick wurde gewaltsam zurückgerissen, sodass sie gezwungen war, von ihrem Gegner abzulassen. Dafür aber bekam sie das kleine Messer zu fassen, das wieder in seinem Futteral am Gürtel des Verbrechers steckte. Marie riss es an sich und wollte gerade zu einem neuerlichen Angriff übergehen, als sie energisch an den Schultern gepackt und zur Seite geschoben wurde. Bei dem Versuch, seinen späten Gast am Entkommen zu hindern, war dem Marquis jedoch weitaus weniger Glück beschieden als ihr. Ein kräftiger Schlag, wohl platziert auf die edel geformte Nase, brachte ihren Herren erneut zu Fall. Und noch ehe sie gemeinsam versuchen konnten, den Kerl festzusetzen, war er schon durch die Tür verschwunden. Keuchend ließ Marie sich auf dem Boden nieder. Nachdem sie wieder zu Atem gekommen war, stellte sie zufrieden fest, dass das Notizbuch ihres Herren gerettet war. Dann zog sie das Messer aus seiner Hülle und hielt es wie Beutegut triumphierend in die Höhe. Eigentlich sah es gar nicht so aus, als wäre es zum Morden gemacht. Es ähnelte viel eher einem Obstmesser. Die kleine scharfe Klinge steckte in einem schlanken Knauf aus massivem Silber, in den ein Wappen geprägt war. Marie betrachtete es genauer. Es zeigte einen Schlüssel und drei Kreise oder Kugeln. Ganz vage regte sich eine Erinnerung. Es war gar nicht lange her, da hatte sie etwas Ähnliches schon einmal gesehen.

Mit aufgeblähten Backen kauerte Marie vor dem Kamin und pustete so kräftig sie konnte. In der Nähe schlugen die Glocken von Saint-Eustache zur zweiten Stunde. Wieder saugte sie ihre Lungen voll Luft und stieß sie machtvoll hinaus. Endlich züngelte ein kleines, bläuliches Flämmchen aus dem Haufen zusammengeschichteter Zweige und Kienspäne hervor. Zufrieden wandte sie sich dem Marquis zu, der mit ausgestreckten Beinen in seinem Lehnstuhl saß und düster vor sich hin starrte. »Gleich wird es warm.«

»Danke.«

Sie setzte sich ihm gegenüber, faltete die Hände und wartete darauf, dass er endlich das Wort an sie richten würde. Von Zeit zu Zeit schweifte ihr Blick dabei unauffällig zu ihm hinüber.

»Warum starrst du mich an?«

»Ich starre Euch nicht an.«

»Doch, tust du. Glaubst du etwa, ich merke es nicht? Du machst mich ganz nervös.«

Marie richtete ihr Augenmerk auf die Hände in ihrem Schoß und seufzte ergeben.

»Was?«

»Nichts.«

Unwillig schob der Marquis ihr die Schale mit Apfelmus herüber, die sie aus der Küche für ihn geholt hatte.

»Iss du. Ich habe keinen Hunger.«

Etwas Ähnliches hatte Marie bereits geahnt und deshalb noch einen Schlag hinzugegeben, nachdem die Schale bereits gut gefüllt gewesen war. Schweigend begann sie zu löffeln, wohl wissend, dass nun sie es war, die beobachtet wurde.

»Sag, warum warst du zu so später Stunde noch auf den Beinen?«

»Ich musste mal.«

»Und deshalb schleichst du mitten in der Nacht vor meinem Schlafgemach herum?«

»Ich habe ein Geräusch gehört.«

»Was für ein Geräusch?« Er beugte sich vor und sah ihr voller Argwohn ins Gesicht. Marie begann sich unwohl zu fühlen. »Ein Geräusch eben. Außerdem konnte ich nicht schlafen.

Deshalb bin ich in die Küche hinuntergestiegen und habe etwas Wasser getrunken.«

»Soso. Ich dachte schon, du wolltest die Studien, die du seinerzeit am See von Montagnac begonnen hattest, hier fortsetzen.« Das Zwinkern in seinen Augen entging Marie nicht. Hastig wechselte sie das Thema. »Wer war der Mann?«

Nachdenklich schüttelte der Marquis den Kopf. »Ich weiß es nicht. Ich habe ihn in der Oper getroffen.«

»In der Oper?«

»Herrgott, du musst es mal wieder ganz genau wissen, habe ich recht? Ja, in der Oper, in den unteren Rängen. Dort fragt man nicht nach Namen und Stand.«

»Ihr wusstet noch nicht mal, wie der Kerl heißt, und trotzdem nahmt Ihr ihn mit nach Hause?«

»Willst du mir deswegen etwa Vorhaltungen machen?« Erschöpft fuhr der Marquis sich mit beiden Händen übers Gesicht und sank dann in seinen Sitz zurück. »Das ist wirklich nicht nötig. Mir ist selber klar, dass ich mich wie ein Esel benommen habe.« Erneut begann Marie zu essen. Eine Weile war nichts zu hören, nur das leise Knistern im Kamin. Fast schon glaubte sie, der Marquis sei wieder eingeschlafen. Als sie jedoch zu ihm hinübersah, stellte sie überrascht fest, dass er sie unter halbgeschlossenen Lidern musterte. »Ich glaube, ich muss mich bei dir bedanken. Du hast mir das Leben gerettet, obgleich du guten Grund hattest, wütend auf mich zu sein.« Marie spürte, wie ihr vor Freude das Blut ins Gesicht schoss. »Dann … dann sind wir jetzt quitt.«

»Eines kann ich dir versichern«, fügte der Marquis gähnend hinzu, »mir ist die Lust auf die Gesellschaft solcher Kanaillen gründlich vergangen. Das war das letzte Mal, dass du mich aus den Fängen eines Hurenbuben befreien musstest.« Er stieß den Lehnstuhl zurück und erhob sich. Sobald er aber auf den

Beinen stand, wankte er so gefährlich, dass Marie beispringen musste, um ihn zu stützen. »Vielleicht kannst du mich noch in mein Schlafzimmer begleiten. Ich möchte nachsehen, ob der Kerl meine Börse gestohlen hat.«

»Der wollte kein Geld, Monsieur. Das kann ich Euch versichern. Der wollte das schwarze Büchlein stehlen, in das Ihr heute Morgen geschrieben habt. Ich sah ihn darin herumblättern.«

»Was sagst du da?« Plötzlich schien der Marquis wieder ganz klar zu sein. Er beugte sich zu ihr herab und ließ eine Hand schwer auf ihre Schulter fallen. »Bist du ganz sicher?«

»Ganz sicher. Außerdem ist er heute Vormittag schon vor dem Haus herumgelungert.«

»Woher weißt du das?« Mit gespieltem Ärger verdrehte Marie die Augen, dabei hüpfte jedoch ihr Herz vor Vergnügen. »Na, woher werd' ich das wohl wissen? Euch habe ich es doch zu verdanken, dass ich den ganzen Tag über die Fenster wischen musste. Da hatte ich reichlich Gelegenheit, das Treiben auf der Straße zu beobachten.« Der Marquis ließ sie los und kehrte langsam an seinen Platz zurück. Auch Marie setzte sich wieder hin. »Ich habe ihn sogar zweimal gesehen. Am Vormittag, als der Messerschleifer kam, schlenderte er die Rue Boulloir entlang. Und am Nachmittag, kurz bevor Ihr mit der Kutsche ausgefahren seid, drückte er sich in einem Hauseingang auf der anderen Straßenseite herum und hat Tabak geschnupft. Ihr hättet mal das riesige Taschentuch sehen sollen, mit dem er sich hinterher die Nase geschnäuzt hat.«

»Ist dir sonst noch etwas aufgefallen?«

Marie runzelte die Stirn und genoss jeden Augenblick, den der Marquis sie wie gebannt anstarrte. »Wenn ich's mir recht überlege: Nachdem Ihr weg wart, war auch dieser Kerl verschwunden.« Nun wandte der Marquis seine Aufmerksamkeit dem kleinen Feuer zu, das inzwischen gemütlich prasselte, und trommelte dabei nachdenklich mit der Spitze des Zeigefingers gegen seinen Nasenflügel. »Glaubt Ihr etwa, er hat was mit der ermordeten Duchesse zu tun?« Ein wohliger Schauer durchrieselte Maries Körper. »Vielleicht hat ihr Mörder ihn angestiftet, Euch den Garaus zu machen. Oder aber«, mit einem Mal wurde sie ganz aufgeregt, »oder aber er hat sie sogar selber umgebracht.«

»Das glaube ich kaum.«

»Woher wollt Ihr das wissen?«

»So einer wie der verkehrt nicht bei Hof. Dafür waren die Spitzen seiner Manschetten zu billig.« Immer noch trommelte der Marquis mit dem Finger gegen seine Nase. »In der Rue aux Ours oder auf der Île Saint-Louis trifft man diesen hübschen Todesengel wahrscheinlich eher an. Aber mit deiner ersten Vermutung könntest du durchaus recht haben.«

Wie ein Blitz leuchtete mit einem Mal die Erinnerung an jenen Tag in Versailles vor Maries geistigem Auge auf, der dem schrecklichen Besuch auf der Île Saint-Louis vorangegangen war. Ganz deutlich sah sie aus dem Gewirr halbvergessener Bilder das blutverschmierte Gesicht des verkrüppelten Pagen von Madame de Montespan aufsteigen. Hippolyte hatte ihn die Duchesse de La Vallière genannt. Sie hatte ihm ihre Süßigkeit geschenkt und zum Dank dafür einen Knopf von seiner Uniform erhalten. Sie bewahrte ihn unter ihrem Kissen auf, wie die übrigen Habseligkeiten, die sie besaß. Er war sehr hübsch, vielleicht sogar kostbar. Marie stockte der Atem. Nun wusste sie, wo sie das Zeichen auf dem Messer schon einmal gesehen hatte. »Monsieur le Marquis!«

»Marie, bitte, sei einen Moment still.«

»Aber …« Abwehrend hob der Marquis die Hand. »Warte.«

Wie eine Feder kitzelte diese Neuigkeit Maries Gaumen,

bis es fast unerträglich wurde, sie noch länger zurückzuhalten. Sogar die Lust auf das restliche Apfelmus war ihr vergangen. Was würde der Marquis für Augen machen, wenn sie ihm von dem Messer erzählte, das nun geschützt durch seine kleine lederne Hülle im Schaft ihres Stiefels steckte.

»Es steht ganz außer Zweifel, dass es jemanden gibt, der ein großes Interesse daran hat, meinen Ermittlungen ein Ende zu setzen. Wer auch immer das sein mag, er wird es nicht bei diesem einen Versuch belassen.«

»Ich glaube aber nicht, dass Euer aufgeplusterter Mordgeselle noch mal zurückkehrt«, entgegnete Marie im freudigen Vorgefühl der aufregenden Neuigkeit, die sie ihrem Herren mitzuteilen hatte. »Nicht, nachdem ich ihn gebissen habe.«

Vergnügt blinzelte der Marquis ihr zu. »Das mag sein. Dafür wird mit Sicherheit ein anderer kommen.«

»Nun, dann vertreiben wir den auch.«

»Falsch, Marie, nicht wir werden ihn vertreiben, ich werde ihn vertreiben. Du kehrst nach Montagnac zurück.«

Ein Zweig knackte im Kamin. »Jetzt starr mich nicht an. Und mach den Mund wieder zu. Es steht jungen Damen nicht, der Welt so tiefen Einblick in ihr Innerstes zu gewähren.«

»Monsieur! Ihr dürft mich nicht wegschicken. Wir werden den Mörder gemeinsam fangen.«

»Ich bezweifele, dass ich den Mörder überhaupt fangen werde. Der König und Desgrez scheinen meine Talente als Schnüffler ein wenig überschätzt zu haben.«

»Gemeinsam schaffen wir es sicher. Denkt nur an Gaspard. Hätte ich ihn in der Küche nicht wiedererkannt, wüssten wir vermutlich bis heute nicht, dass er ein Kammerdiener Madames gewesen war.«

»Das ist richtig, Marie. Ich möchte nicht bestreiten, dass du mir bei der Suche nach dem Mörder sehr hilfreich zur Seite gestanden bist. Auch gebe ich zu, dass ich auf deine Unterstützung nur ungern verzichte. Dennoch bleibt mir nichts anderes übrig. Die Angelegenheit wird allmählich zu gefährlich.« Marie schauderte. Noch nie hatte der Marquis ihr gegenüber diesen ernsthaften Ton angeschlagen. Er lachte sie aus, verfluchte und neckte sie, aber dieser milde, wahrhafte Klang in seiner Stimme war etwas vollkommen Neues, das nichts Gutes verhieß. Marie spürte förmlich, wie eine eiskalte Hand nach ihr griff und sie festhielt.

»Aber der König, Monsieur«, nur mit Mühe konnte sie sprechen, ohne dabei in Tränen auszubrechen. Dass der König ihr in diesem Augenblick vollkommen gleichgültig war, scherte Marie wenig.

»Ich verspreche dir, sobald diese Angelegenheit geklärt ist, wirst du den König sehen. Wir gehen beide hin und lassen uns zum Abendessen einladen. Du hast mein Wort darauf.«

Marie wusste, dass er log. Sie wusste aber auch, dass er es für sie tat. Durch einen Schleier von Tränen blickte sie in seine schönen, blauen Augen, die auf einmal sehr traurig wirkten. Das war zu viel. Marie sprang auf und stürzte davon. »Marie! Ich hole dich wieder zu mir, hörst du? Sobald der Mörder gefasst ist, kommst du zurück. Du hast …« Donnernd fiel die Tür hinter ihr ins Schloss.

Kapitel 22

Nachdem Marie den Rest der Nacht schlaflos auf ihrem Lager verbracht hatte, erhob sie sich bei Tagesanbruch mit neuem Mut und einem frisch gefassten Entschluss. Sie tappte hinunter in die Küche und gab sich alle erdenkliche Mühe, der misstrauischen Marthe eine heftige Erkältung vorzugaukeln. Marthe, die Marie inzwischen gut genug kannte, um zu wissen, dass nur ein Ereignis von der Schwere eines Erdbebens sie bewegen konnte, auf ein Vergnügen wie den Besuch des Marktes zu verzichten, ließ sich indes durch vorgetäuschtes Krächzen und die vom Weinen geröteten Augen relativ leicht überzeugen, dass sie tatsächlich krank war. Und nachdem sie Marie mit einem heißen Kräutersud für den Hals sowie dem Versprechen auf eine kräftige Hühnersuppe am Abend versehen hatte, verließ Marthe endlich das Haus. Kaum war die Tür hinter der Köchin zugeschlagen, flog Marie hinauf in ihre Kammer, um es ihr gleichzutun. Kurz überlegte sie, ob sie das orientalische Gewand anlegen sollte, entschied sich dann aber für die vergleichsweise einfache Pagenuniform. Obgleich es bei dem wolkenlosen Himmel ein schöner Tag zu werden versprach, war es doch schon empfindlich kühl. Der warme Samtstoff würde sie weitaus besser gegen die morgendliche Kälte schützen, als es die flatternde Seide des Phantasiekostüms vermochte. Außerdem würde sie im schlichten Blau der Hauslivree weitaus weniger auffallen als in den leuchtenden Farben des Turbans und der Pluderhose. Bevor Marie die Kammer verließ, griff sie unter ihr Kopfkissen und schob das Messer, ihre Jagdtrophäe von gestern Nacht, wieder in den Schaft des rechten Stiefels. Nach kurzem Überlegen steckte sie auch noch den kleinen glitzernden Knopf ein. So konnte sie sich zu erkennen geben, sollte Hippolyte sich nicht mehr an sie erinnern. Dann eilte sie zur Tür hinaus. Der Marquis würde sehr wütend sein, wenn er von ihrem Ausflug erfuhr, aber das war ihr egal. Lieber putzte sie sämtliche Fenster des Hotel Montagnac, als nach Hause zurückzukehren. Im Übrigen würde er Augen machen, wenn sie ihm verriet, was sie herausgefunden hatte. Sie musste sich nur vergewissern, ob es wirklich kein Irrtum war. Mit dieser Neuigkeit im Ärmel würde der Marquis sie bestimmt nicht mehr wegschicken.

Marie schlüpfte durch eine Seitenpforte aus dem Haus und lief hinab zum Fluss. Dort betrat sie die Pont-Neuf, wo trotz der frühen Morgenstunde schon etliches Volk versammelt war und die Buden der fliegenden Händler umdrängte. Von Heiligenbildchen bis hin zu wertvollen Kämmen aus Schildpatt und Silber gab es alles zu kaufen, was in einer riesigen Stadt wie Paris für Geld zu haben war. Allerdings wurden die wirklich interessanten Geschäfte unter den Ladentischen abgewickelt. Das zumindest behauptete der Marquis. Wer wollte, konnte hier seinen gestohlenen Schmuck zurückkaufen, elternlose Kinder erwerben und sogar verbotene Schriften aus Flandern und dem Reich, die über das gotteslästerliche Leben am Hof berichteten. Trotz ihrer Nervosität ließ Marie sich von dem lebhaften Treiben auf der Brücke mitreißen. Neugierig trat sie an einen Verkaufsstand heran, der von besonders vielen Menschen umringt wurde, und drängte sich zwischen den Leibern hindurch nach vorne. Auf einer Kiste stand ein rotnasiger Marktschreier, der mit ausladenden Gesten den pulvrigen Inhalt eines kleinen, braunen Töpfchens anbot.

»Husten, Pest und dünnen Schiss,
so treibt Ihr's aus,
das ist gewiss.«

Neben ihm stand eine dralle Frau mittleren Alters, die mit grimmiger Miene genau darauf achtete, dass keines der Döschen unbezahlt wegkam. »Und für euch Herren bietet dieses Mittel noch etwas ganz Besonderes. Wenn es mal nicht mehr klappt im sonnigen Süden«, mit diesen Worten griff er sich lachend zwischen die Beine, »zwei Messerspitzen meines Pulvers wirken wahre Wunder.«

»Ha, das behauptet ihr doch alle«, bemerkte ein mickriger Greis, der direkt neben Marie stand. »Mein ganzer Keller ist voll von nutzlosen Pudern und Säften, die die Manneskraft zurückholen sollen. Aber noch nicht mal die Ratten wollen dieses Zeug fressen.«

Zum großen Vergnügen seiner Kundschaft sprang der so in die Pflicht genommene Händler von seiner Kiste herunter und schubste das dicke Weib an seiner Seite in Richtung des alten Mannes. »Dann probier's doch aus. Meine Gemahlin ist schon ganz wild auf deine alten Knochen. Ich seh's an ihren Augen. Stimmt's, Babette?« Als wollte sie die Aussage ihres freigebigen Gatten bestätigen, stemmte Babette ihre Hände in die Hüften und blickte nun noch grimmiger drein. Marie, die das Geschehen bis dahin mit Spannung verfolgt hatte, wurde plötzlich von hinten gepackt und in die Luft gehoben. »Gib doch diesem Burschen mal von deinem Pülverchen zu fressen«, hörte Marie eine dunkle Männerstimme dicht an ihrem Ohr. »Vielleicht macht es ihm ja auch Lust, deine Alte zu besteigen.«

Marie wusste nicht, wie ihr geschah. Doch dann trat sie heftig um sich. »Nimm sofort deine stinkenden Pfoten von mir, oder es passiert was!« Sie landete unsanft auf ihrem Gesäß und boxte sich, verfolgt von Gelächter und zotigen Sprüchen, einen Weg aus der Menge. Die Lust, noch länger hier herumzulungern, war ihr gründlich vergangen. Hastig setzte sie ihren Weg über die Brücke fort und betrat ohne weitere Zwischenfälle das linke Seine-Ufer. Aufmerksam blickte sie dabei immer wieder nach links und rechts. Schließlich war es möglich, dass sie Marthe in die Arme lief, die ja auf den Geflügelmarkt wollte, der in unmittelbarer Nähe der Pont-Neuf lag. Marthe hatte sie häufig gewarnt, niemals ohne Begleitung in diesen Teil der Stadt zu gehen. Denn auch wenn sich die Königinnen Margarethe und Maria ihre Häuser auf dieser Seite des Flusses hatten bauen lassen, es blieb ein Viertel, in dem Studenten, Diebe und Ausländer ihr Unwesen trieben. Allerdings hatte Marie auch nicht vor, die Gegend genauer zu erkunden. Sie erinnerte sich noch ganz gut an den Weg, den sie damals in der Kutsche zurückgelegt hatten, um ins Luxembourg zu gelangen. Das Schloss der Grande Mademoiselle lag in der Rue Vaugirard, genau wie das Haus von Madame de Montespan. Marie lief eine breite Straße entlang und trat durch ein altes, steinernes Tor auf die Rue de Tournon. Von hier aus konnte sie schon das Portal der königlichen Residenz erkennen. Bald würde sie ihr Ziel erreicht haben. Trotz des sonnigen Morgens fühlte Marie sich niedergedrückt. Wehmütig dachte sie an den Spaziergang zurück, den sie vor ein paar Tagen mit dem Marquis in das Viertel La Villeneuve sur Gravois unternommen hatte, und an den aufregenden Erkundungsgang über das Anwesen der La Voisin. Mit dem Marquis an ihrer Seite hatte sie es in vollen Zügen genossen, Teil der großen geheimen Ermittlung zu sein, die der König persönlich angeordnet hatte. Jetzt aber, alleine in dieser riesigen Stadt und noch dazu in einer Gegend, die sie kaum kannte, wollte sich die Lust auf Abenteuer nicht so recht einstellen. Sicherheitshalber machte Marie einen großen Bogen um die Ehrengarde, die vor den Toren des Luxembourg Wache hielt. Wie auch damals, als sie zum ersten Mal hierher gekommen war, herrschte ein furchtbares Gewimmel. Ohne Unterlass ergoss sich ein Strom von Fuhrwerken, Sänften und Reitern in beiderlei Richtungen durch die Pforte. Wer in diesem Gewühl zwischen die Räder käme, wäre unweigerlich verloren. Marie eilte weiter und ignorierte dabei geflissentlich eine innere Stimme, die sie mahnte umzukehren. Was war denn schon dabei, wenn sie einem Freund guten Tag sagen wollte? Hinter dem Luxembourg ebbte das Treiben auf der Rue Vaugirard jäh ab, und es wurde sehr still, was nicht gerade dazu beitrug, Maries Stimmung zu heben. Vereinzelt säumten einige herrschaftliche Wohnhäuser die Straße, sonst gab es hier nichts außer windschiefen Katen, alten Ruinen und ödem Brachland. Marie konnte sich nicht erklären, warum der König von allen Straßen in Paris ausgerechnet diese ausgesucht hatte, um ein Haus für seine Mätresse zu kaufen. Auch zog sich die Rue Vaugirard zu ihrem Verdruss endlos in die Länge. Marie hatte das Stadtschloss der Grande Mademoiselle schon längst hinter sich gelassen, und noch immer war das Haus, das sie aus den Erzählungen des Marquis kannte, nicht in Sicht. Plötzlich aber wurde die Gegend wieder belebter. Zwei Sänftenträger überholten eilig einen jungen Mann, der seinen leeren Karren gemächlich die Straße entlangschob, und etwas weiter entfernt hielt eine Kutsche vor den Toren eines eleganten, neu errichteten Wohnhauses. Marie verlangsamte ihre Schritte. War sie vielleicht schon am Ziel? Ihre Vermutung wurde zur Gewissheit, als der Wagenschlag aufflog und ein alter Bekannter dem Innern der Kutsche entstieg. Zielstrebig steuerte Monsieur de Purnon auf den Eingang des Hauses zu und verschwand, ohne sich nach links oder rechts zu drehen, aus ihrem Blickfeld.

Mit einem Mal waren Maries Ängste und Bedenken verflogen. Um nichts in der Welt wäre sie nun zurückgekehrt, ohne sich Gewissheit darüber zu verschaffen, ob die Tätowierung auf dem Unterarm des verkrüppelten Pagen den gleichen Schlüssel zeigte wie das Wappen auf dem Messer. Marie blieb stehen. Erst einmal musste sie sich einen Plan zurechtlegen, wie sie unbemerkt in das Haus hineingelangen konnte. Früher oder später würde es bestimmt jemandem auffallen, wenn sie ziellos davor herumlungerte. Also machte sie kehrt und schlenderte in die Richtung zurück, aus der sie gekommen war. Während ihr Gehirn fieberhaft über einem Schlachtplan brütete, kam ihr ein Mann entgegen, dessen kräftige Brust von einer blutigen Schürze umspannt wurde. Vier prall gefüllte Ledersäcke baumelten von seinen breiten Schultern herab. Marie schenkte ihm jedoch keine besondere Beachtung. Auch den kleinen Fuhrwagen mit den Holzfässern bemerkte sie kaum. Als aber ein altes Mütterchen beladen mit zwei riesigen Obstkörben an ihr vorbeikeuchte, wurde Marie aus ihren Gedanken gerissen. Die Alte schien kaum vorwärts zu kommen, so sehr drückte das Gewicht der Körbe sie nieder. Marie blieb stehen und beobachtete die Frau mit einem Anflug von Mitleid. Inzwischen stand die Sonne hoch am Himmel, und auch ohne schwere Lasten tragen zu müssen, kam Marie in ihrem Samtanzug gehörig ins Schwitzen. Wie musste sich da erst die unglückliche Obstfrau fühlen? Wahrscheinlich lieferte sie Ware aus und war den ganzen weiten Weg von den Hallen bis hierher zu Fuß gelaufen. Plötzlich keimte eine Hoffnung in ihr auf. Sie folgte der Alten. Und richtig: Diese steuerte geradewegs auf einen Seiteneingang zu, der ebenfalls auf das Grundstück des Hauses führte, das Madame de Montespan bewohnte.

Der Lieferanteneingang. Das war die Lösung. Schnell hatte Marie die Alte eingeholt. »He, gutes Mütterchen, kannst du vielleicht ein bisschen Hilfe gebrauchen?« Die Frau hielt inne und fixierte Marie argwöhnisch aus triefenden Schweinsäuglein. Wankend setzte sie ihre Körbe ab. »Was willste denn dafür haben? Bestimmt gibt's deine Hilfe nicht umsonst.«

»Die Trauben.« Marie deutete auf eine pralle Rebe, die verführerisch aus dem Korb hervorlugte. Die Frau brach in ein meckerndes Gelächter aus. »Du bist wohl nicht ganz bei dir. So was bekommen nur die ganz feinen Leute auf den Tisch. Außerdem«, sie deutete mit dem Kinn auf das schmucke Stadthaus, »bin ich sowieso gleich da.«

»Dann schenkt mir einen Apfel. Dafür trage ich auch beide Körbe.« Mitleid heischend sah Marie die Alte an. »Ich habe mich verlaufen und bin schrecklich hungrig.« Die Frau verzog ihre Lippen zu einem Grinsen, wobei sie eine ganze Anzahl schwarzer Zahnstummel sehen ließ. »Einen Apfel kannste kriegen, aber erst, wenn wir da sind.« Eifrig griff Marie nach den Körben und folgte der Obstverkäuferin die wenigen Schritte zum Haus von Madame de Montespan. »Bleib immer dicht an meiner Seite und geh mir ja nicht verloren.« Als sie die Seitenpforte erreicht hatten, schlug die Obstverkäuferin mit mehr Kraft, als Marie ihr zugetraut hätte, dagegen. Eine Klappe in der Mitte öffnete sich. »Früchte für die Küche«, krähte sie und deutete dabei auf die Körbe. Die Tür schwang auf und sie betraten einen Hof, in dem es von Lieferanten, Dienstpersonal und Fuhrleuten nur so wimmelte. Marie war einigermaßen überrascht, da nichts von der Geschäftigkeit innerhalb der Mauern nach draußen auf die Straße drang. Im Zentrum des vielfältigen Betriebs stiegen dampfende Dunstschwaden aus einem riesigen Bottich empor, deren beißender Gestank sich über den gesamten Hof gelegt hatte. Marie rümpfte die Nase und versuchte flach zu atmen, um möglichst wenig von der übel riechenden Luft in sich aufzunehmen. Doch ausgerechnet auf die Magd, die vor dem Bottich stand und mit einem hölzernen Knüttel darin herumrührte, steuerte die Alte nun zu.

»Einen schönen Tag wünsche ich, Sylvie. Hast wohl viel zu tun heute?« Die junge Wäscherin wandte sich der Marktfrau zu und starrte aus milchigen Augen an ihr vorbei.

»Ach, Mutter Odile, warst lange nicht mehr bei uns. Ja, ja, die Herrschaft kehrt an den Hof zurück, da muss alles hübsch sauber sein.« Mit einem Schaudern bemerkte Marie, dass die Haut an den Händen der blinden Magd von der ätzenden Lauge fast vollständig weggefressen war. Doch schien Sylvie den Schmerz nicht zu spüren, denn während sie fröhlich mit ihrer Bekannten plauderte, griff sie wieder zum Knüttel und rührte damit kräftig in dem Waschzuber herum. Endlich, nachdem Marie schon glaubte, ihre halbe Lunge sei bereits zerfallen, wandte die Marktfrau sich ihr wieder zu.

»Komm weiter. Wenn ich nicht pünktlich liefere, gibt mir der Küchenmeister weniger Geld.« Erleichtert, aus dem stinkenden Nebel heraustreten zu können, ließ Marie den Waschzuber hinter sich und folgte der Alten. Auch würde sie froh sein, ihre Last bald loszuwerden, da sie das Gewicht der Körbe allmählich im Kreuz zu spüren bekam. Sie durchquerten einen weiteren Hof und steuerten auf eine Tür zu, vor der zwei kichernde Küchenjungen Hühner ausnahmen. Zwischen ihren Schemeln stand ein Korb, der bereits bis zum Rand mit den nackten, weißlichen Leibern des toten Federviehs gefüllt war. Marie fiel die Hühnersuppe wieder ein, die Marthe am Abend kochen wollte. Sie überließen die Küchenjungen ihrem Geschäft und tauchten in das dämmrige Zwielicht der Küchengewölbe ein. Marie brauchte einige Sekunden, um ihre Augen an die neuen Lichtverhältnisse zu gewöhnen, dann aber stellte sie fest, dass es hier noch lebhafter zuging als in den Höfen, die sie gerade durchquert hatten. Köche schrien ihre Anweisungen, als würden sie miteinander im Wettstreit stehen, und hielten so eine unzählige Schar von Gehilfen in ständiger Bewegung. Gerade versetzte einer von ihnen einem Spülmädchen eine Ohrfeige, worauf diese laut zu zetern anhob, was ihr lediglich einen weiteren Hieb bescherte. Während sie sich mit ihren Körben durch die Menge schlängelte, überlegte Marie voller Verwunderung, was für ein Leben Madame de Montespan führen musste, wenn so viele Menschen vonnöten waren, um es ihr angenehm zu machen. Diese Frage zu beantworten blieb ihr jedoch wenig Gelegenheit, da sie Mutter Odile in einen Raum folgte, dessen Wohlgerüche ihre Gedanken in ganz andere Bahnen lenkten. An dem Duft von Gebackenem, Schokolade, Gewürzen und Früchten ließ sich unschwer erkennen, dass sie in die Dessertküche des Hauses vorgedrungen waren. Mutter Odile blieb an der Schwelle stehen und sah sich suchend um. Als sie einen kleinen Mann erspähte, der damit beschäftigt war, aus Marzipanmasse einen Blumenkorb zu formen, wandte sie sich an Marie. »Siehst du den da drüben? Der kümmert sich darum, dass die Herrschaft hier immer was zu naschen hat. Crèmes und Kompott rührt der wie kein Zweiter. Dabei ist er noch geiziger als die Schotten auf ihren verregneten Hügeln. So viel ist mal sicher.« Trotz ihrer wenig freundlichen Bemerkung begrüßte sie den Küchenmeister wie einen alten Freund. Ohne von beiden beachtet zu werden, stand Marie eine Weile daneben und lauschte, wie sie Neuigkeiten vom Markt austauschten, über Bekannte tratschten und schließlich anhoben, um Münzen zu feilschen. Marie setzte ihre Körbe ab und entfernte sich ein paar Schritte. Unauffällig warf sie dabei einen Blick über ihre Schulter. Die Verhandlungen um den Preis der Früchte hatten sich inzwischen zu einem gutmütigen Streit ausgewachsen. Vermutlich legten die beiden sich häufiger an. Ihr konnte es nur recht sein, denn so hatte sie endlich die Möglichkeit, unbemerkt zu verschwinden. Im hinteren Teil der Küche entdeckte sie eine Treppe, die in die oberen Stockwerke führte. Marie setzte eine unschuldige Miene auf und steuerte, ein kleines Liedchen pfeifend, darauf zu. Am Fuß der Treppe angekommen, sah sie sich noch einmal um. Mutter Odile und der Küchenmeister zankten immer noch miteinander herum. Hastig sprang Marie die Stufen empor und gelangte in einen engen, von Öllampen erleuchteten Gang. Sie blieb stehen und horchte nach unten, ob jemand ihr folgte. Doch alles blieb ruhig. Marie sah sich um. Die Decke des muffigen Schlauchs hing niedrig, gerade hoch genug, dass ein ausgewachsener Mann aufrecht darin stehen konnte. In kurzen Abständen waren schlichte Tonöfen an den Wänden angebracht, wohl um die dahinter liegenden Räume zu beheizen. Als Marie einen der Öfen näher untersuchte, steckte eine kleine Ratte ihre Schnauze aus einem Holzhaufen, der fein säuberlich davor aufgeschichtet war. Marie ging weiter. Nach wenigen Schritten bog der Gang links ab. Dahinter stand eine grob gezimmerte Anrichte, auf der sich allerhand Geschirr und Gerätschaften befanden, die zum Servieren von Speisen und Getränken benötigt wurden. Wahrscheinlich lag hinter dieser Wand der Speisesaal. Nachdem sie die Umgebung des Möbels etwas genauer untersucht hatte, entdeckte sie eine unauffällig in das Mauerwerk eingelassene Luke. Unschlüssig, was sie tun sollte, blieb Marie davor stehen. Schließlich aber siegte die

Neugier. Vorsichtig zog sie an dem kleinen Griff, der zum Öffnen der Luke diente.

Auf der anderen Seite der Wand schwang der wohlgeformte Busen einer Dryade zurück, die mit ihren Kameradinnen zu Ehren der Jagdgöttin Diana einen Reigen tanzte. Als Marie durch das Loch spähte, fiel ihr Blick auf eine riesige Tafel, die sich unter einem monströsen silbernen Tafelaufsatz bog. Schwere Leuchter, so groß wie Wagenräder, schwangen darüber hinweg. Wahrscheinlich waren sie heruntergelassen worden, um von Wachsresten befreit und poliert zu werden. Fast hätte Marie vor Schreck aufgeschrien, als sich plötzlich ein flatterndes, weißes Etwas über den Berg aus Silber senkte. Nahezu im selben Augenblick trat ein Lakai in ihr Sichtfeld, der den Schonbezug über dem Tafelschmuck straff zog. Gerade als Marie die Klappe zufallen ließ, hob der Mann das Gesicht, und für den Bruchteil einer Sekunde trafen sich ihre Blicke. Marie war wie gelähmt. Unfähig, sich zu rühren, stand sie vor der Luke und wartete darauf, dass er sie fassen und in die strahlende Pracht des Speisezimmers zerren würde. Doch nichts geschah. Sie atmete ein und wieder aus, wohl an die dreißigmal, aber immer noch regte sich nichts, wurde kein Alarm geschlagen, erklang kein lautes Rufen. Allmählich stellte sich die Gewissheit ein, von dem Diener nicht bemerkt worden zu sein. Wahrscheinlich war der Moment, in dem ihre Blicke sich begegnet waren, doch zu flüchtig gewesen.

Erleichtert sandte Marie ein kleines Stoßgebet gen Himmel. Trotzdem musste sie schnell überlegen, was zu tun war, denn hier konnte sie nicht bleiben. Zu groß war die Gefahr, entdeckt zu werden. Der Weg zurück würde sie unweigerlich in die Dessertküche führen, aber auch die Herrschaftsräume jenseits des Ganges boten keine Fluchtmöglichkeit. Vermutlich wimmelte es dort von dienstbaren Geistern, die vielleicht etwas aufmerksamer waren als ihr Kamerad im Speisesaal. Sie blickte den schmalen Flur hinab. Am anderen Ende machte er wieder einen scharfen Knick. Marie nahm an, dass es um die Salons und Vorzimmer einen verborgenen Ring von Korridoren und Stiegen gab, die gewährleisten sollten, dass die nicht livrierte Dienerschaft möglichst unsichtbar blieb. Wenn sie Glück hatte, würde es auch eine Treppe in die oberen Gemächer geben. Denn dass Hippolyte sich irgendwo in dieser Etage aufhielt, war unwahrscheinlich. Vermutlich betrat er die Gesellschaftsräume nur in Begleitung von Madame de Montespan. Und die würde sich sicher nicht in ihren Salons blicken lassen, wenn ihre Leute gerade damit beschäftigt waren, alles für die Abreise vorzubereiten. Auf Zehenspitzen setzte Marie ihren Weg fort. Als sie um die Ecke lugte, stellte sie erleichtert fest, dass ihre Hoffnung berechtigt war. Etwa in der Mitte des Flurs befand sich eine schmale Stiege, die nach oben führte. Geduckt erklomm Marie die Treppen und spähte durch die Öffnung im Boden. Niemand war zu sehen. Auch in dieser Etage gab es Tonöfen an den Wänden. Allerdings waren sie etwas kleiner als die, die sie im unteren Stockwerk gesehen hatte. Marie brauchte nicht lange zu suchen, um eine Tür zu finden, die auf die andere Seite in die Herrschaftsräume führte. Was blieb ihr anderes übrig? Sie musste es wagen. Sachte drehte sie den Knauf und die Tür schwang auf. Das Gemach dahinter war ein Salon. Viel kleiner als der Speisesaal, aber nicht weniger luxuriös ausgestattet. Der Boden war mit weichen Teppichen ausgelegt, die es an Farbenpracht mit den goldgerahmten Gemälden aufnehmen konnten. Eines der Bilder fiel Marie besonders ins Auge. Es zeigte einen herrisch dreinblickenden Mann mit vollen Lippen und fliehendem Kinn, der in die höfische Tracht einer vergangenen Zeit gekleidet war. Marie wollte die Türe gerade wieder zuziehen, als unvermittelt zarte Gitarrenklänge zu ihr herüberwehten. Sie war so überrascht, dass sie jegliche Vorsicht außer Acht ließ und aus dem Gang in das Zimmer trat. Es war eine leise Melodie, die da gespielt wurde, fast wie ein Wiegenlied. Marie schlich der Musik entgegen auf eine weiß lackierte Tür zu, die gut eine Handbreit offen stand. Den Kopf von ihr abgewandt, lag eine blond gelockte Frau auf einer Bahre und ließ sich von einer Matrone mit kräftigen Armen massieren. Immer wieder goss die Masseuse Öl auf den üppigen Körper der Frau und verstrich es mit ausladenden Bewegungen. Maries Augen glitten weiter. Auf dem Boden kauernd entdeckte sie den verkrüppelten Pagen. Er griff in die Saiten einer bauchigen Gitarre, um die Massage seiner Herrin mit sanften Weisen zu begleiten. Nur hin und wieder wurde die Musik von leisen Seufzern gestört, die die Frau auf der Bahre mit hörbarem Wohlgefallen ausstieß. Marie glaubte, sich vor Angst übergeben zu müssen. Wenn man sie jetzt, hier in den privaten Gemächern Madame de Montespans, entdeckte, war sie verloren. Trotz ihrer Angst überlegte sie so gut es ging, wie sie den verunstalteten Pagen auf sich aufmerksam machen konnte. Wieder ließ die Masseuse aus einem silbernen Kännchen Öl auf den Rücken ihrer Herrin laufen. Durch zwei Fenster, die bis zum Boden reichten, fielen die blendenden Strahlen der Mittagssonne in das Zimmer. Sie brachen sich in dem dünnen Faden aus Öl und verwandelten ihn in einen Schweif aus glitzerndem Licht. Plötzlich hatte Marie eine Idee, die genauso kühn wie verzweifelt war.

Kapitel 23

Den Blick verklärt in eine ungewisse Zukunft gerichtet, schritt Maria von Medici über die Rampe ihrer Yacht, um als Braut Heinrichs IV. zum ersten Mal französischen Boden zu betreten. In ihrem Gefolge befand sich eine ganze Armee von Nereiden und Tritonen, die angeführt von Poseidon für die sichere Überfahrt der königlichen Frau gesorgt hatten und ihr nun jubelnd die Arme entgegenstreckten.

Selbst die momentane, unglückliche Schieflage, in die das gewaltige Werk Meister Rubens' durch einen gebrochenen Eisenstift geraten war, konnte der Glorie dieser bedeutungsvollen Szene nichts anhaben. Trotzdem ließ die Grande Mademoiselle es sich nicht nehmen, höchstpersönlich dafür Sorge zu tragen, dass das Gemälde wieder an seinen ursprünglichen Platz gerückt wurde. Da sie sich allerdings einer so hohen und verantwortungsvollen Aufgabe allein nicht gewachsen fühlte, hatte sie sich der Unterstützung des Chevalier de Lauzun und der Marquise de Sévigné versichert. Antoine, den die Hoffnung auf eine private Audienz ins Luxembourg geführt hatte, konnte nur mit Mühe seine Ungeduld bezähmen, als die schwitzenden Handwerker auf Geheiß der Prinzessin wohl zum hundersten Mal das monumentale Ölgemälde mit Hilfe einer komplizierten Seilkonstruktion herabließen, um sich erneut die genaue Stelle zeigen zu lassen, an der es gehangen hatte. Weit davon entfernt, auf fremde Hilfe angewiesen zu sein, sparte die Grande Mademoiselle nicht mit Flüchen über das Unvermögen der Männer, ihren Anweisungen Folge zu leisten, und drohte jedem Einzelnen mit Galeerenhaft, falls die Arbeit nicht ihren Wünschen entsprechend ausgeführt würde. Klangvoll untermalt wurde das delikate Vorhaben vom Raunen der Besucher, die sich auf der großen Galerie zusammengefunden hatten und nun ehrfurchtsvoll zurückwichen, als die Prinzessin entrüstet zum Chevalier de Lauzun herumwirbelte. »Da seht Ihr es! Die Worte einer wehrlosen Frau machen keinen Eindruck auf diese rohen Halunken. Sprecht Ihr mit den Männern. Ich flehe Euch an.«

Antoine ließ seinen Blick von der matronenhaften Gestalt zu dem Häuflein Unglücklicher gleiten, die erschöpft und verängstigt in einer Gruppe zusammenstanden und nicht wagten, den wütenden Blicken ihrer Herrin zu begegnen.

Der Chevalier unterdrückte ein Gähnen. »Mir will scheinen, dass die Aureole, mit der Meister Rubens Eure Großmutter versehen hat, durch nichts beschädigt werden kann. Ein paar Fingerbreit weiter links oder rechts sind vollkommen unerheblich. Ihr solltet Eure Kräfte auf wesentlichere Dinge konzentrieren.«

»Wie könnt Ihr es wagen!«, rief die so Gescholtene empört aus, »Ihr wisst, wie sehr es mich langweilt, wenn man mir widerspricht.« Drohend baute sie sich vor dem winzigen Edelmann auf. »Und was die wesentlicheren Dinge angeht: Seid versichert, dass ich mich außerstande sehe, meinen Einfluss auf den König geltend zu machen, um Euch zu befördern, solange

Ihr mir derart schlechte Dienste erweist.« Schwungvoll wandte sie sich wieder dem Gemälde zu und fuhr umso erbitterter fort, ihren Zorn über die eingeschüchterten Handwerker zu ergießen. Dem vorwitzigen Chevalier schien die schlechte Laune der Prinzessin wenig auszumachen. Gleichgültig zuckte er die Achseln und spazierte auf seinen hohen, roten Absätzen davon. Madame de Sévigné schenkte Antoine ein amüsiertes Lächeln. Da sie ein häufiger Gast im Luxembourg war, kannte sie vermutlich derartige Auftritte unter den Liebenden. »Er grollt ihr, da sie für ihn immer noch nicht das Oberkommando über die Artillerie beim König erwirkt hat«, flüsterte sie Antoine zu, der dem Chevalier erstaunt hinterhersah.

»Wenn er sich aber derart spröde zeigt«, entgegnete Antoine, »und nicht bereit ist, ihr den kleinsten Dienst zu erweisen, wird sie sich sicher nicht für ihn verwenden.«

»Oh, Ihr irrt«, erwiderte die geistvolle Marquise lächelnd. »Die Gleichgültigkeit, mit der der Chevalier unsere erhabene Freundin behandelt, ist seine Art, ihr zu zeigen, dass er Macht über sie besitzt. Und bisher hat diese Methode immer recht gut funktioniert.« Mit einem Augenzwinkern ließ sie Antoine stehen, hakte sich bei ihrer königlichen Freundin unter und setzte das ganze diplomatische Geschick einer Dame von Welt ein, um sie wieder milde zu stimmen. Antoine, der inzwischen erkannt hatte, dass er nichts zum glücklichen Gelingen der Unternehmung beitragen konnte, beschloss, seine Ungeduld zu zügeln, indem er sich die übrigen Bilder auf der Galerie ansah.

Zwar glitten seine Augen über den Wirbel aus Farben und Figuren, den der Maler heraufbeschworen hatte, um die Regentschaft der wenig geliebten Königin zu preisen, doch seine Gedanken kehrten immer wieder zu den Ereignissen der vergangenen Nacht zurück.

Obwohl nur vereinzelt Erinnerungsfetzen an die Oberfläche seines Bewusstseins drangen, war er sich sehr wohl im Klaren darüber, welch unrühmliche Rolle er bei der Vertreibung des mordwütigen Lumpenhundes gespielt hatte. Ohne Marie wäre er bestimmt nicht mit einem Brummschädel und dem schalen Geschmack einer durchzechten Nacht erwacht. Er wäre überhaupt nicht erwacht, so viel stand fest. Sobald er hier fertig war, würde er sich seinen Lebensretter noch einmal vorknöpfen. Sicher würde Marie begreifen, dass er nur ihr Wohl im Auge hatte, wenn er sie jetzt fortschickte. Doch erst einmal wollte er einem gewissen Verdacht nachgehen, den er schon seit den Trauerfeierlichkeiten für Madame hegte und der durch den gestrigen Anschlag neue Nahrung erhalten hatte.

»Sind die Damen Eurer ebenfalls überdrüssig geworden?« Antoine wandte sich um, sah im Gewimmel der Menschen aber nur fremde Gesichter. Erst als er den Kopf senkte, erblickte er die spitzen Züge des Chevalier de Lauzun.

»Ich fürchte, ich war nur von geringem Nutzen, und wollte ihnen deshalb mit meiner Anwesenheit nicht lästig fallen«, antwortete er mit einer kleinen Verbeugung.

»Man sollte Frauen nicht unbeaufsichtigt lassen. Es erwächst nie etwas Gutes daraus«, erwiderte der Chevalier, und mit einem ironischen Lächeln fügte er hinzu: »Auch Ihr solltet das wissen.«

»Was veranlasst Euch zu diesem schwerwiegenden Urteil über das weibliche Unvermögen?«

Der kleine Edelmann kniff die geröteten Augen zusammen und deutete mit der Spitze seines Zierdegens auf das Gemälde, vor dem sie standen. Es zeigte Maria von Medici, welche aus den Händen ihres Gemahls den Reichsapfel empfing. »Sie ist das beste Beispiel. Die Königin beanspruchte alle Macht für sich und hat mit ihrem Bestreben jahrelange Unruhen heraufbeschworen. Sie trieb es sogar so weit, dass der eigene Sohn ihrer überdrüssig wurde und sie schließlich verjagte. Selbst der Künstler, den die Königin bezahlte, um ihrer Herrschaft ein Denkmal zu setzen, gibt mir recht.«

»Eine kühne Interpretation seines Werks.«

»Keinesfalls, mein Freund! Keinesfalls!« Erneut flog der Zierdegen in die Luft, als wollte der kleine Mann den überlebensgroßen Figuren an der Wand den Kampf ansagen. »Hier seht Ihr eine stolze Frau in rauschenden Gewändern, ausgestattet mit allen Attributen ihrer hohen Stellung. Doch ist sie stets umringt von einem Tross himmlischer Wächter, die jede ihrer Bewegungen genau beobachten. Für die Darstellung wirklicher Machtausübung bleibt in diesen Gemälden wenig Platz.«

Antoine ließ seinen Blick über die monumentalen Bilder gleiten, diesmal jedoch mit echtem Interesse. Tatsächlich war die Königin in den meisten Darstellungen Mittelpunkt der bewundernden Aufmerksamkeit einer mythischen Gefolgschaft.

»Eure Behauptung entbehrt nicht einer gewissen Originalität.« Er warf dem Chevalier einen anerkennenden Blick zu. »Und was, glaubt Ihr, hat den Künstler veranlasst, seine Herrin dieser göttlichen Schutzhaft auszusetzen?« Gemeinsam spazierten sie nun die große Galerie entlang, wobei Antoine keinesfalls entging, dass man überall respektvoll zur Seite trat, um sie vorbeizulassen. Das innige Verhältnis zur Grande Mademoiselle räumte dem gascognischen Edelmann eine nicht zu übersehende Sonderstellung in ihrem Hause ein.

»Wie Ihr sicher wisst«, fuhr Lauzun lächelnd fort, »war die Königin längst jeglicher Macht beraubt, als sie die Bilder in Auftrag gab. Vielleicht wollte es sich Rubens mit den wahren Machthabern nicht verscherzen. Frauen und Politik«, fügte er nach einem Moment entschieden hinzu, »das verträgt sich einfach nicht.«

»Eure Wohltäterin, wenn ich mir diese Bemerkung erlauben darf, scheint anderer Meinung zu sein. Immerhin hat sie einen nicht unerheblichen Beitrag geleistet, die Geschichte unseres Landes mitzugestalten.«

»Pah.« Lauzun machte eine wegwerfende Handbewegung. »Und was hat sie damit erreicht? Sie ist wie ihre Großmutter. Auch sie bedarf stetiger Führung.«

»Wenn dem so ist«, fragte Antoine mit einem belustigten Zwinkern, »wieso seid Ihr vorhin einfach weggegangen?«

»Wie schon der König, so setze auch ich mein ganzes Vertrauen in Euch.«

»Was wollt Ihr damit sagen?« Antoine war stehen geblieben und sah den kleinen Mann an seiner Seite misstrauisch an.

»Monsieur le Marquis«, in gespielter Empörung drehte sich der Chevalier zu ihm um, wobei die Schöße seines blau-roten Rockes, das äußere Zeichen königlicher Gunst, fröhlich durch die Luft flatterten. »Versucht es nicht zu leugnen. Alle Welt weiß doch, dass Seine Majestät Euch eine Aufgabe übertragen hat, deren Bewältigung eines ganz besonderen Fingerspitzengefühls bedarf.«

»Alle Welt? Sprecht Ihr von den Pferden, die ich im Auftrag des Königs begutachten soll?« Der Chevalier bedachte ihn mit einem nachsichtigen Lächeln. »Ich spreche von einer geheimen Untersuchung, verehrter Marquis. Nicht von den Pferden.«

Scharf sog Antoine die Luft ein. Von Anfang an also hatte ihn sein Gefühl nicht getäuscht. Die Begründung seiner plötzlichen Rückkehr an den Hof war allzu fadenscheinig gewesen, als dass sie irgendjemand hätte glauben können. »Und wie, wenn ich fragen darf, ist diese vertrauliche Information bis zu Euch vorgedrungen?«

»Ich erinnere mich nicht genau. Lasst mich überlegen.« Gewichtig legte Lauzun die Stirn in Falten und rieb sich das unrasierte Kinn. »Ach ja«, schien es ihm plötzlich wieder einzufallen. »Madame de Montespan hat es mir erzählt. Sie wiederum weiß es von Monsieur le Prince, der seinerseits von unserer verehrten Freundin, der Grande Mademoiselle, ins Vertrauen gezogen wurde, die, wenn ich nicht irre, mit Monsieur höchstselbst über diese traurige Angelegenheit sprach. Und Monsieur …«

Der Chevalier überließ es Antoine, die Informationskette zu vollenden. »Hat sein Wissen direkt vom König.«

»Richtig«, strahlte Lauzun. »Ihr dürft Ihrer Königlichen Hoheit diese kleine Indiskretion wirklich nicht übelnehmen. Sie ist ohnehin von keinerlei Bedeutung. Denn weiß Monsieur erst einmal Bescheid, weiß es gleich der ganze Hof.«

»Habt Dank für Eure Offenheit, Chevalier«, brachte Antoine beherrscht hervor. »Und nun empfehlt mich Ihrer Königlichen Hoheit. Dringende Geschäfte erfordern, dass ich mich ihnen unverzüglich widme.« Ohne auf eine Antwort des kecken, kleinen Edelmannes zu warten, stürmte Antoine die Treppe hinab. Desgrez, der alte Teufel, würde einiges zu erklären haben.

Kapitel 24

Sie musste schnell handeln, schnell und lautlos. Das Gelingen ihres Plans und vielleicht sogar ihr Leben hingen davon ab, dass sie ihre Anwesenheit durch kein Geräusch verriet. Doch auch Hippolyte durfte keinen Ton von sich geben, wenn er auf sie aufmerksam wurde. Mit Schaudern dachte Marie daran, was Madame de Montespan dem armen Kerl damals im Park von Versailles angetan hatte. Sie wagte nicht, sich auszumalen, wie die Mätresse des Königs mit ihr verfahren würde, wenn sie sie erwischte. Marie trat ein paar Schritte zurück und kramte den Knopf hervor, den der unglückliche Page ihr in jener Nacht geschenkt hatte. Dann vergewisserte sie sich, dass die Masseuse der Tür, hinter der sie stand, immer noch den Rücken zugekehrt hatte. Vorsichtig setzte sie ihren Fuß dagegen und betete, dass die Angeln geölt waren. Stück für Stück schob sie die Tür so weit auf, dass sie über die Schwelle des Zimmers treten konnte. Der Schweiß brach Marie aus allen Poren und in ihren Ohren begann es zu rauschen. Als würde sie in ein Wespennest greifen, streckte sie ihren Arm den Sonnenstrahlen entgegen, die durch das Fenster fielen, sodass das Licht sich funkelnd in der geschliffenen Oberfläche des Knopfes brach. Genauso, wie sie es bei dem glitzernden Ölfaden gesehen hatte. Auf der gegenüberliegenden Wand, über dem Kopf des verunstalteten Gitarrenspielers, entstand ein leuchtender Punkt. Vorsichtig ging Marie ein wenig in die Knie. Der Punkt sank tiefer, glitt über die unnatürlich gewölbte Stirn des Pagen und erreichte sein Auge. Hippolyte blickte auf. Wie schon bei ihrer ersten Begegnung verbargen die Verwüstungen seines Gesichts jegliche Gefühlsregung. Lediglich die kaum merkliche Verzögerung, mit der er den nächsten Ton griff, ließ darauf schließen, dass er überrascht war, Marie zu sehen. Ein zufriedenes Stöhnen lenkte ihre Aufmerksamkeit erneut auf Madame de Montespan.

»Die Schenkel, Adèle. Mach sie weich und geschmeidig.«

Die Masseurin gehorchte sofort. Noch immer stand sie mit dem Rücken zu Marie.

»Ich brauche neues Öl, Madame.«

»Dann geh und hol welches.« Die Stimme Madame de Montspans klang verärgert. »Aber denke das nächste Mal daran, dich ausreichend mit Essenzen zu versehen, bevor du zu mir kommst, dummes Ding.«

Marie glaubte, der Boden unter ihren Füßen beginne zu beben. Es gelang ihr gerade noch, sich hinter eine gepolsterte Liege zu werfen. Ihr blieb jedoch keine Zeit, die Tür, durch die sie aus dem dunklen Gang in den Salon getreten war, wieder zu schließen. Was, wenn der Frau auffiel, dass sie vorher nur angelehnt war und nun offen stand? Marie hielt die Luft an. Sie kauerte auf dem Teppich und wagte kaum durch die Füße ihres Verstecks hindurchzuspähen. Schon spürte sie den Windhauch, als die kräftige Masseuse eilig an ihr vorbeischritt. Sehen konnte sie nur die groben Galoschen. Eine Tür wurde geöffnet und wieder geschlossen. Erleichtert sank Marie in sich zusammen. Es dauerte einen Moment, bis sie wieder so weit zu Kräften gekommen war, dass sie es wagen konnte, aus ihrem Versteck hervorzukriechen, um die Öffnung zum Gang zu schließen. Sie wusste nicht, was sie tun sollte. Würde Madame de Montespan die Unterbrechung nutzen, um eine Erfrischung zu sich zu nehmen? Und was war mit Hippolyte, nun da er wusste, dass sie hier war? Unverändert drang das Spiel der Gitarre aus dem Nebenraum zu ihr herüber. Vielleicht hatte er ja gar nicht verstanden, dass er es war, zu dem sie wollte.

Während sie noch in Gedanken erwog, was sie als Nächstes tun sollte, zerriss ein Misston das leise Klanggewebe der Musik aus dem angrenzenden Gemach. Eilig flüchtete Marie wieder hinter das schützende Möbelstück. Dann herrschte Stille.

»Spiel weiter!«, vernahm sie nach wenigen Augenblicken die herrische Stimme Madame de Montespans.

Diesmal schwebte eine traurige Weise zu Marie herüber, die sie umfing und streichelte wie ein luftiger, weicher Schleier. Fast schon war es ihr, als würde sie von der Gitarrenmusik in den Schlaf gewiegt, als erneut ein falsch gegriffener Ton den Frieden störte.

Sie hielt den Atem an.

»Tölpel! Wehe dir. Wenn du noch einmal meine Ruhe störst, wird es dir schlecht bekommen.« Marie wartete eine Weile, doch nichts geschah. Die Musik setzte wieder ein, und kurze Zeit später kehrte auch die Masseurin zurück. Voller Anspannung fragte sich Marie, ob Hippolyte es wagen würde, ein weiteres Mal den Unmut seiner Herrin zu wecken. Er tat es.

»Unselige Missgeburt! Mir aus den Augen, sofort.«

Etwas fiel krachend gegen die Wand. »Madame, das Öl«, rief eine verängstigte Frauenstimme.

»Hinaus mit dir, du schäbiger Wicht. Ich sollte dich meinen Hunden zum Fraß vorwerfen.« Das Gezeter Madame de

Montespans ebbte plötzlich ab und wurde zu einem undeutlichen Gemurmel. Marie spürte, dass sich mit ihr noch jemand im Raum befand. Noch ehe sie hinter ihrem Versteck auftauchen konnte, war Hippolyte zu ihr getreten und blickte mit seinen glänzenden Augen auf sie herab. Diesmal verspürte Marie keine Furcht mehr vor ihm. Im Gegenteil. Ihr schien es, als könnten selbst die schrecklichen Verwüstungen seines Gesichts nicht verhindern, dass Freundlichkeit und Güte dahinter hervorbrachen. Sie richtete sich auf und reichte ihm ihre Hand. »Komm mit. Ich möchte dich um etwas bitten.«

Ohne Widerstand ließ er sich von ihr in den dämmrigen Gang führen. »Rasch, zeig mir das Mal, das du auf deinem Unterarm trägst.«

Hippolyte schien zu zögern.

»Kannst du mich verstehen?« Er nickte.

»Bitte zeig es mir. Nur deinetwegen bin ich hergekommen. Ich muss es sehen.«

Wie auch bei ihrer ersten Begegnung war Hippolyte in eine prächtige Hoftracht gekleidet. Während er umständlich die kostbare Jacke von seinem buckligen Oberkörper zerrte und mit der riesigen Perücke kämpfte, deren Haarfontänen ihm immer wieder ins Gesicht fielen, krampfte sich Maries Herz vor Mitgefühl zusammen. Wie konnte man einen Menschen nur auf so niederträchtige Weise der Lächerlichkeit preisgeben? Endlich stand Hippolyte in Weste und Hemd vor ihr. Langsam löste er die Spitzenmanschetten und rollte seinen rechten Ärmel hoch. Unterdessen griff Marie in den Schaft ihres Stiefels und zog das kleine Lederetui hervor. Als sie das Messer herausholte, wich der Page furchtsam vor ihr zurück.

»Keine Sorge, ich tue dir nichts«, flüsterte sie. Langsam kam der Zwerg wieder näher. Er hielt ihr seinen Unterarm hin, ließ dabei die scharfe Klinge aber nicht aus den Augen. Gespannt beugte Marie sich über die Tätowierung. Sie zeigte einen umgedrehten Schlüssel. Es war der gleiche, der auch auf den Griff des Messers geprägt worden war. An den drei Kreisen, die ihm vorangestellt waren, konnte Marie ihn leicht erkennen. Ihr Gedächtnis hatte sie also nicht getäuscht. Was aber hatte das zu bedeuten? »Warum trägst du dieses Mal? Wer hat es dir beigebracht?«

Statt Antwort zu geben, legte Hippolyte seinen Zeigefinger an die Lippen. Marie sah ihn an. Dann hörte sie es auch. Schritte, direkt unter ihr. Sie stammten von mehreren Personen. Die Leute schienen es sehr eilig zu haben. Verzweifelt sah Marie sich um. »Sie dürfen mich hier nicht finden.« Hippolyte griff nach ihrer Hand und zog sie, so schnell sein hinkender Gang es erlaubte, mit sich fort. Marie folgte ihm durch ein Gewirr von Gängen, immer mit der Angst im Nacken, hinter der nächsten Ecke einem Diener in die Arme zu laufen. Nach einer Weile vermochte sie nicht mehr zu sagen, in welchem Stockwerk sie sich überhaupt befanden. Plötzlich aber stand sie wieder vor der Anrichte, die den Eingang zum Speisesaal flankierte. Hippolyte führte sie weiter. Jetzt erst begriff Marie, was er vorhatte. In aller Öffentlichkeit wollte er sie hinausschmuggeln. Sein Plan war riskant, aber nicht ohne Chancen auf Erfolg. Denn war sie erst wieder eingetaucht in die Geschäftigkeit der Küchen, konnte sie unbemerkt verschwinden. Keiner würde in dem Gewühl, das dort unten herrschte, auf sie achten. Sie nahmen die letzte Biegung. Abrupt blieb Hippolyte stehen, sodass Marie beinahe über ihn gestolpert wäre. An den Stufen, die hinunterführten, standen zwei Diener und versperrten den Durchgang. Lautlos machten sie kehrt und liefen zurück in die Richtung, aus der sie gekommen waren. Von dort aber näherten sich die Schritte ihrer Verfolger. Als sie sich wieder auf der Höhe des Speisesaals befanden, riss Hippolyte die grob gezimmerte Tür der Anrichte auf und schubste Marie hinein. Es war fast dunkel in ihrem hölzernen Versteck. Nur durch die Schlitze der zusammengefügten Bretter glosten dünne Streifen dämmrigen Lichts zu ihr herein. Marie horchte dem Takt unregelmäßiger Schritte hinterher, die sich allmählich entfernten. Dann war alles still.

Ein Krampf im Schenkel riss Marie aus ihrem Dämmerschlaf. Schmerzhaft wie ein Tritt in die Magengrube kehrte die Erinnerung an die missliche Lage zurück, in der sie sich befand. Sie biss die Zähne zusammen, um nicht laut aufzuschreien. Der begrenzte Platz ihres Verstecks bot indes kaum Möglichkeit, das krampfende Bein auszustrecken. Auch im Nacken, der unnatürlich abgewinkelt auf ihrer Schulter lag, verspürte sie ein quälendes Ziehen. Vorsichtig rutschte Marie mit dem Gesäß zur Seite, um ihre Lage etwas erträglicher zu machen. Sie wusste nicht, wie viel Zeit vergangen war. Wenige Minuten oder bereits ganze Stunden. Noch wagte sie nicht, ihren Schlupfwinkel zu verlassen. Sicher würde Hippolyte kommen und sie holen, sobald die Gelegenheit zur Flucht günstig war. Doch allzu lange konnte sie es in diesem unbequemen Kasten nicht mehr aushalten. Am schlimmsten war der Durst. Wie ein zäher Klumpen klebte die Zunge an ihrem Gaumen, und mit jedem Atemzug, den sie tat, spürte sie, wie die staubige Luft ihre ausgetrocknete Kehle mehr und mehr zum Husten reizte. In der Hoffnung, endlich den hinkenden Gang des Pagen zu vernehmen, presste Marie ihr Ohr gegen die Tür der hölzernen Truhe. Aus der Küche glaubte sie ein dumpfes Gewirr von Geräuschen zu vernehmen. Aber da war noch etwas. Aus weiter Ferne schien ein leises Winseln an ihr Ohr zu dringen. Oder bildete sie sich das nur ein? Vielleicht waren es ja die Hunde, denen Hippolyte zum Fraß vorgeworfen werden sollte. Der arme Kerl. Als hätte Gott ihn mit seinem schrecklichen Aussehen nicht schon genug gestraft. Wieso musste er ihn auch noch den Grausamkeiten einer erbarmungslosen Herrin aussetzen? Wenn sie heil nach Hause zurückgekehrt war, würde sie den Marquis bitten, ihn vom Dienst in Madame de Montespans Haus freizukaufen. Getröstet durch diese Aussicht, schloss Marie die Augen und schlief wieder ein.

Jäh schreckte sie auf. Die Gewissheit, nicht mehr alleine zu sein, durchströmte Marie vom Kopf bis in die Zehenspitzen und machte ihr eine Gänsehaut.

»Hippolyte«, wisperte sie fast lautlos.

Knarzend öffnete sich die Tür von außen. Maries Herz setzte einen Schlag lang aus. Dann blickte sie voller Erleichterung in das hässliche Antlitz des Zwergs, nur um im nächsten Augenblick entsetzt zurückzuweichen. Sein kostbares Wams war blutüberströmt. Flehend hielt er ihr die fleischigen Fetzen seiner Hand entgegen. »Hippolyte! Was ist geschehen?« Brutal wurde er zur Seite gestoßen und Marie unbarmherzig aus ihrem Versteck hervorgezerrt. Fassungslos starrte sie in die kalten Gesichtszüge Madame de Montespans. Sie war schöner, als sie sie in Erinnerung hatte. Schöner und größer. »Wer bist du? Und was hast du hier zu suchen?«

Angst schnürte Marie die Kehle zu. »Sprich! Oder willst du, dass es dir genauso ergeht wie diesem kleinen Scheusal hier.« Madame de Montespan verpasste Hippolyte einen unsanften Tritt, sodass er zu Boden fiel. Wimmernd brachte er sich in Sicherheit.

»Es ist der Page des Marquis de Montagnac, Madame.« Die blassen Gesichtszüge Monsieur de Purnons tauchten vor Marie auf. Voller Mitleid sah er auf sie herab.

»Ah!« Der rotgeschminkte Mund Madame de Montespans

teilt sich zu einem kleinen Lächeln. »Der Marquis de Montagnac hat dich also geschickt. Dachte ich es mir doch.«

»Nein, Madame.« Mit dem Mut der Verzweifelten trat Marie einen Schritt vor. »Er weiß gar nicht, dass ich hier bin.«

Madame de Montespan tauschte einen raschen Blick mit Monsieur de Purnon. »Ich glaube, den hast du vergessen.« Sie zauberte einen rotwangigen Apfel hervor und hielt ihn Marie entgegen.

Er war das Letzte, was Marie sah. Der Schlag, der ihren Schädel traf, löschte das Bild.

Kapitel 25

Die Fahrt vom Palais du Luxembourg zum Châtelet hatte keinesfalls dazu beigetragen, Antoines erregtes Gemüt abzukühlen. Im Gegenteil, das Verkehrschaos auf den Straßen fachte seinen Zorn erst richtig an. Als seine Mietkutsche von der eines italienischen Handlungsreisenden eingekeilt wurde, warf sich Antoine heißblütig in das erregte Wortgefecht der rivalisierenden Kutscher, um mit blanker Klinge seine Rechte geltend zu machen. Immerhin gebührte ihm, einem Mitglied des französischen Uradels, der Vortritt vor einem einfachen Krämer, der noch dazu ein Ausländer war. Nur dem entschiedenen Einschreiten eines Trupps von Ordnungshütern war es zu verdanken, dass der Degen bei dieser Gelegenheit nicht zum Einsatz kam.

Als er sein Ziel endlich erreicht hatte, stürmte Antoine durch die feuchten Gänge des alten Gemäuers und stürzte bissig wie Zerberus in die dunstgeschwängerte Amtsstube Desgrez'.

Dieser sah gleichmütig von seinem Schreibtisch auf. »Ah, der Marquis de Montagnac. Habt Ihr Neuigkeiten für den König?«

Die kühle Distanz des Beamten rief Antoine zur Ordnung.

Zwar kostete es ihn erhebliche Mühen, nicht in wüste Beschimpfungen auszubrechen, doch wollte er sich in Gegenwart Desgrez' unter keinen Umständen die Blöße geben, wie ein keifendes Fischweib aufzutreten. »Neuigkeiten für den König? Das hängt davon ab.« Desgrez legte seinen Federkiel zur Seite und sah Antoine verärgert an.

»Seid so gut und kommt zur Sache, verehrter Marquis. Meine Zeit ist knapp bemessen, und ich habe keine Lust, mit Euch Rätsel zu raten.«

Lässig schlenderte Antoine auf den Schreibtisch zu und sah über Desgrez hinweg auf einen billig gefertigten Stich, der den König in dekorativer Pose beim Gebet zeigte. »Seine Majestät ist ein wahrhaft frommer Mann, Monsieur Desgrez.«

»Das liegt in der Natur der Dinge. Er ist der von Gott erwählte Herrscher. Und nun verratet mir endlich, weswegen Ihr hergekommen seid.«

Antoine ignorierte die barsche Aufforderung des Polizisten. Er umfasste mit beiden Händen die Tischkante und beugte seinen Oberkörper vor, sodass er Desgrez direkt ins Gesicht sehen konnte. »Dann wäre es wünschenswert, Monsieur«, zischte er, »wenn der König dem Wohl seiner treuen Untertanen die gleiche Aufmerksamkeit zukommen lassen würde wie der Ausübung seiner religiösen Pflichten.«

»Wie könnt Ihr es wagen!« Aufgebracht sprang Desgrez auf und umrundete seinen Schreibtisch.

»Nein, Monsieur! Wie könnt Ihr es wagen?« Unbeeindruckt trat Antoine ihm entgegen. Die offensichtliche Empörung des Beamten leistete einen entscheidenden Beitrag zur Festigung seiner eigenen stürmischen Stimmungslage. »Wie könnt Ihr es wagen, aus mir einen albernen Hampelmann zu machen, der gerade gut genug ist, um für Euch den Lockvogel zu spielen?«

Die Wut des Polizisten verrauchte so schnell, wie sie gekommen war. Eine leichte Wölbung seiner rechten Augenbraue verriet indessen sein Erstaunen. »Ach, das ist es«, entgegnete er nach einem Moment und nahm seinen Platz hinter dem Schreibtisch wieder ein. »Es war nur eine Frage der Zeit, bis Ihr es herausfinden würdet.« Als wäre die Sache damit erledigt, tauchte er seinen Federkiel in das Tintenfass und fügte den Schriften, an denen er soeben gearbeitet hatte, ein paar Bemerkungen hinzu.

»Ihr leugnet es nicht?«

Desgrez sah auf. »Was sollte ich leugnen?«

»Dass Ihr mich als Köder benutzt habt, um den Mörder Madames nervös zu machen.«

»Wenn es nach mir gegangen wäre, hätten wir einen meiner Leute genommen. Doch der König wollte Euch.«

»Ich schmeichele mir nicht, wegen meines kriminalistischen Gespürs ausgewählt worden zu sein. In den Augen Seiner Majestät gehöre ich wohl zu dem Kreis von Personen, auf die die Welt sehr gut verzichten kann. Vermutlich schien ich dem König deshalb so besonders geeignet für diese Aufgabe.«

»Was spielt das für eine Rolle?« Desgrez legte das Schreibinstrument zur Seite und schickte sich an, seine Pfeife zu stopfen. »Der König hat Euch die Möglichkeit gegeben, ihm zu dienen. Dafür solltet Ihr ihm dankbar sein.«

»Dann will ich Euch verraten, dass mich dieser Gunstbeweis gestern Nacht beinahe das Leben gekostet hätte.«

Neugierig sah Desgrez von seiner Tätigkeit auf. »Interessant. Wollt Ihr mir von Eurem nächtlichen Abenteuer erzählen?«

Knapp schilderte Antoine, was geschehen war, wobei er seinen Ruf nicht schonte, vor allem aber Maries Beobachtungen und auch ihr mutiges Einschreiten hervorhob.

»Ein ereignisreicher Abend, Monsieur le Marquis. Seid Ihr sicher, dass dieses … Kind sich nicht irrt?«

»Ganz sicher. Marie verfügt über einen äußerst scharfen Verstand.«

»Vor allem verfügt sie über scharfe Zähne«, entgegnete Desgrez düster.

»Auch das. Eines steht für mich jedenfalls fest.«

»Und das wäre?«

Antoine setzte sich Desgrez gegenüber auf einen unbequemen Schemel, der wohl den Unglücklichen vorbehalten war, die hier verhört wurden.

»Es ist ein Fehler, den Täter im Kreise von Monsieur zu suchen. Weder d'Effiat noch Lorraine haben Madame ermorden lassen. Dem einen mangelt es an Mitteln, dem anderen an Interesse. Und was Monsieur anbelangt, selbst er ist nicht geschwätzig genug, Gerüchte über einen Mord auszustreuen, den er selbst zu verantworten hat.«

»In diesem Punkt teilt der König Eure Ansicht. Auch er hat Monsieur inzwischen von der Liste der Verdächtigen gestrichen. Der König«, fuhr Desgrez fort, nachdem Antoine ihm einen auffordernden Blick zugeworfen hatte, »macht sich über seinen Bruder keine Illusionen. Er weiß die wenig rühmliche Neigung Monsieurs für Klatsch und Tratsch richtig einzuschätzen. Diesmal erwies sich Monsieurs Gesprächigkeit jedoch als wahrer Glücksfall, da sie eine ungeheure Last von den Schultern Seiner Majestät nahm. Denn besser als jede Untersuchung es vermocht hätte, bewies Monsieur seine Unschuld, indem er jeden, der es hören wollte, von den Plänen des Königs in Kenntnis setzte.«

»Aber was ist mit der englischen Regierung?«, wandte Antoine ein. »Monsieur hat dafür gesorgt, dass ganz Paris über den Mord an Madame Bescheid weiß. Es dürfte schwer sein, ihren

Bruder weiterhin glauben zu lassen, sie sei einer Blinddarmentzündung zum Opfer gefallen. Auch wenn diese Erkenntnis unangenehme Folgen für ihn nach sich zieht: Charles II. wird handeln müssen.«

Mit Hilfe eines Holzspans, den er an einer Kerze entzündete, setzte Desgrez seine Pfeife in Brand und blies genüsslich eine Rauchwolke in Antoines Gesicht. »Das denke ich nicht, Marquis. Es ist kaum anzunehmen, dass Charles II. in dieser Angelegenheit aktiv werden wird. Ich erwähnte Euch gegenüber bereits, dass der König von England Geld braucht, viel Geld. Er führt ein aufwendiges Leben und ist stets auf die Großzügigkeit seiner Freunde angewiesen. Glaubt Ihr etwa, er würde seine einträglichste Quelle zum Versiegen bringen, indem er die französische Regierung öffentlich bezichtigt, die Duchesse nicht ausreichend vor ihren Feinden geschützt zu haben?« Erneut tat Desgrez einen tiefen Zug und gönnte sich die Freude, den Rauch in kunstvollen Ringen auszuatmen. »Selbst die Zuneigung, die er zweifelsohne für seine verstorbene Schwester hegte, könnte Charles II. nicht dazu veranlassen, Seine Majestät derart zu brüskieren.«

»Und wenn Monsieur nun doch schuldig gewesen wäre?«

Desgrez zuckte die Achseln. »Für Geld lässt sich alles kaufen, Marquis. Ihr solltet das am besten wissen.«

Antoine erhob sich. »Nun, dann wäre das ja geklärt. Der König kann wieder ruhig schlafen, das Wohlwollen der Engländer wird durch Gold gesichert, und mir steht es frei, endlich die Annehmlichkeiten von Paris zu genießen.«

»Moment!« Desgrez ließ seine Pfeife sinken. »Ganz so einfach ist es nicht.«

»Ach nein?« Antoine nahm wieder auf dem Büßerstuhl Platz und schenkte Desgrez ein unverbindliches Lächeln.

»Es ist richtig, dass die Freundschaft mit England durch diesen … diesen unglücklichen Todesfall nicht ernsthaft gefährdet ist, trotzdem liegt dem König viel daran, den Mord aufgeklärt zu sehen.«

»Und wieso? Es erwächst ihm doch kein Vorteil daraus, wenn er den Mörder kennt. Vielleicht stößt er sogar auf Dinge, die besser unentdeckt bleiben.« Für einen kurzen Moment tauchten wieder die schaurigen Bilder aus der Hexenküche der Monvoisin vor Antoines geistigem Auge auf.

»Sagen wir, aus einer Art Rührseligkeit.« Erneut umfing Antoine eine Wolke aus bläulichem Pfeifendunst.

»Aus Rührseligkeit?«

»In ihrer Jugend waren der König und Madame einander sehr zugetan.«

Antoine hatte genug gehört. Unvermittelt stand er auf, riss Desgrez die Pfeife aus der Hand und schleuderte sie in die hinterste Ecke des Zimmers. »Dann lasst Euch gesagt sein, dass ich keine Lust habe, mich wegen sentimentaler Jugenderinnerungen abschlachten zu lassen. Auch wenn es die Erinnerungen des Königs sind. Richtet dies auch Seiner Majestät aus.«

»Ihr habt eine Abmachung mit dem König, Monsieur le Marquis«, rief Desgrez empört, nachdem er seine Fassung wiedergewonnen hatte. »Vergesst das nicht!« Die Protestrufe des Beamten begleiteten Antoine bis an die Tür der Amtsstube, die er mit lautem Donnern hinter sich ins Schloss warf.

Den Weg vom Châtelet in die Rue de Boulloir legte Antoine zu Fuß zurück. Die Nachmittagssonne schien warm auf ihn herab und tat ein Übriges, seine gute Laune wiederherzustellen. Zu Hause angekommen, ging er direkt in die Küche, wo Marthe mit hochrotem Kopf eine Gans rupfte und einen wahren Wirbelwind aus Federn um sich verbreitete.

»Wo ist Marie?«

Die bucklige Köchin sah auf und wischte sich mit der Hand übers Gesicht, wobei mehrere Federn an ihrer schweißnassen Stirn hängen blieben. »Ich weiß nicht, Herr.«

»Ist sie heute Morgen nicht mit dir zum Markt gegangen?«

Marthe schüttelte den Kopf. »Sie hatte Halsweh und wollte lieber zu Hause bleiben. Vermutlich ist sie im Bett und schläft.«

Ein ungutes Gefühl beschlich Antoine. Er überließ Marthe der Gesellschaft des Federviehs und machte sich auf den Weg zum Dachboden. Dort angekommen, stieß er die Tür zu Maries Kammer auf und trat ein. Aufmerksam sah er sich in dem spärlich möblierten Zimmerchen um. In einer Ecke lag Maries Strohsack. Antoine ging darauf zu und griff unter die Decke. Das Lager fühlte sich kühl und trocken an. Hier hatte schon eine ganze Weile niemand mehr gelegen. Sie wird im Winter frieren, schoss es ihm durch den Kopf, während er die Decke zurückschlug. Er würde Auguste beauftragen, auf dem Markt einen wärmeren Überwurf zu kaufen. Nachdem er die Schlafstatt inspiziert hatte, öffnete er die Truhe, in der Marie ihre wenigen Habseligkeiten aufbewahrte. Obenauf lag der Turban ihres orientalischen Kostüms und darunter ein Knäuel aus Pluderhose, Schärpe und Weste. Auch die Kleider, die Marie auf ihrem Spaziergang zum Haus der Voisin getragen hatte, waren noch da. Nur die blaue Pagenuniform fehlte. Nachdenklich strich Antoine über die rote Seide des Turbans, dann verließ er Maries Kammer und eilte die Treppen hinab, wobei er immer wieder ihren Namen rief, ohne jedoch eine Antwort zu erhalten. Im Hof traf er auf Auguste, der gemeinsam mit Michel das wuchernde Unkraut zwischen den Steinen herauskratzte. Auch sie hatten den ganzen Tag über nichts von Marie gesehen oder gehört. Antoine ließ die beiden stehen und lief weiter. Er durchstöberte den vorderen, unbewohnten

Teil des Hauses, wo er Eimer und Putzlappen fand, die Marie gestern Abend hier vergessen haben musste. Danach suchte er die alten Stallungen ab. Aber außer ein paar Ratten, die sich hierher zurückgezogen hatten, um zu überwintern, war keine Spur von einem weiteren Lebewesen zu entdecken. Auch im Garten mit den riesigen alten Eichen und der Unzahl verwilderter Sträucher, an die schon lange kein Gärtner mehr Hand angelegt hatte, war Marie nicht zu finden. Dieses kleine Biest, dachte Antoine ärgerlich. Vermutlich wollte sie ihn mit ihrem plötzlichen Verschwinden erpressen, um nicht fortgeschickt zu werden. Aber so leicht würde er sich nicht um den Finger wickeln lassen. Spätestens wenn sie Hunger hatte, würde sie von selbst dieses alberne Versteckspiel aufgeben.

Als Marie am Abend immer noch nicht wieder aufgetaucht war, rief er Marthe und Auguste zu sich, um sie noch einmal zu befragen. Doch auch in der Zwischenzeit war den beiden nichts eingefallen, was Aufschluss über Maries Aufenthaltsort hätte geben können. Und sosehr Antoine sich einzureden versuchte, dass sie irgendwo saß und schmollte, die Sorge, dass mehr hinter ihrem Verschwinden steckte, ließ ihn nicht mehr los.

Nach dem Abendessen, das er fast unberührt gelassen hatte, beschloss er, in der Stadt nach Marie zu suchen. Vielleicht trieb sie sich irgendwo auf den Straßen und Plätzen der Nachbarschaft herum. Weit konnte sie jedenfalls nicht gekommen sein. Schließlich hatte sie kein Geld und kannte sich in Paris kaum aus. Er tauschte die elegante Hoftracht, die er seit seinem Besuch im Luxembourg getragen hatte, gegen unauffällige Kleider, stülpte sich einen schmucklosen schwarzen Hut über das bloße Haupthaar und steckte zur Sicherheit noch ein Messer ein. So ausgestattet verließ er das Haus. Inzwischen war es dunkel, und nur wenige Menschen hielten sich noch auf den Straßen auf. Die meisten von ihnen schienen es ziemlich eilig zu haben. Vermutlich waren sie auf dem Heimweg und konnten es kaum erwarten, zwischen sich und das Gesindel, das des Nachts die Straßen bevölkerte, den Schutz einer verschlossenen Haustür zu bringen. Zunächst suchte Antoine die Gegend um die Markthallen ab, wobei er sich immer wieder in Hauseingängen und Mauernischen verbarg, um den Patrouillen der berittenen Polizeiwachen auszuweichen, die die Sperrstunde kontrollierten. Von dort schlug er sich hinunter zum Fluss und überquerte die Pont-Neuf bis zur Place Dauphin. Dieser von Heinrich IV. an der Westspitze der größten Seine-Insel angelegte Platz war das Tor zum Herzen von Paris, dem alten Viertel der Île de la Cité. Nachdem er ihn überquert hatte, lief Antoine durch die verwinkelten Gassen und gelangte schließlich über den Parvis Notre Dame bis zu den Stufen der mächtigen Kathedrale. Hier tummelten sich ein Rudel halbverwilderter Hunde und ein paar herrenlose Schweine. Doch keine Menschenseele ließ sich blicken, die er nach Marie hätte fragen können. Schließlich gab er seine Suche auf und kehrte voller Sorge in die Rue de Boulloir zurück.

Am nächsten Morgen stürmte Antoine wie Tags zuvor die Amtsstube im Châtelet. Desgrez, der sich im Gespräch mit einigen Offizieren der Stadtgarde befand, sah ihm mit einem zufriedenen Lächeln entgegen. »Ich hatte nicht gehofft, Euch so schnell wiederzusehen.«

»Schickt Eure Leute hinaus.« Der barsche Ton ließ den Polizisten aufhorchen. Nachdem er die Männer mit einem Nicken entlassen hatte, wandte er sich Antoine zu. »Ist etwas vorgefallen? Gab es wieder einen Anschlag?«

»Marie ist verschwunden.«

»Seit wann?« Die Beunruhigung in Desgrez' Stimme war nicht zu überhören.

»Ich weiß es nicht genau. Meine Köchin hat sie gestern früh zuletzt gesehen. Seither fehlt jede Spur von ihr.« Knapp berichtete Antoine, was er von Marthe erfahren hatte, und erwähnte auch seine Auseinandersetzung mit Marie.

»Ich habe Euch gewarnt. Hoffentlich kommt Euer Entschluss, das Mädchen zurückzuschicken, nicht zu spät, Monsieur.«

Zornig machte Antoine einen Satz auf Desgrez zu. »Ihr, Monsieur«, stieß er hervor, »habt sie erst der Gefahr ausgesetzt. Hättet Ihr mir von Anfang an gesagt, was es mit den Ermittlungen tatsächlich auf sich hat, ich hätte niemals zugelassen, dass sie in diese Sache hineingezogen wird.« Der Vorwurf des Polizisten hatte Antoine wie die Spitze eines Stachels getroffen, denn er fühlte sich ohnehin für Maries Verschwinden verantwortlich. Und dass er jetzt versuchte, in Desgrez so etwas wie Schuldgefühle zu wecken, hatte lediglich damit zu tun, dass er sich die Unterstützung der Pariser Polizei bei der Suche nach ihr sichern wollte.

»Beruhigt Euch erst einmal«, mahnte Desgrez. »Dann wollen wir gemeinsam überlegen, was zu tun ist.« Aus einer Flasche, die er seinem Schreibtisch entnahm, goss er etwas von einer klaren Flüssigkeit in ein Glas und reichte es Antoine. »Hier, trinkt. Danach wird es Euch bessergehen.«

In einem Zug stürzte Antoine den Inhalt des Glases hinunter. Das scharfe alkoholische Getränk brannte in der Kehle, verbreitete aber sofort ein warmes, wohliges Gefühl in seinem Magen.

»Nun setzt Euch.« Desgrez hatte aus dem hinteren Teil des Raumes einen alten, abgewetzten Sessel herangeschoben, in den Antoine sich erschöpft hineinfallen ließ. Die unruhige Nacht, in deren Verlauf er mehrmals unters Dach gestiegen war, um nach Marie zu sehen, machte sich mit dem Schnaps in seinem leeren Magen besonders deutlich bemerkbar. Nachdem Antoine einen zweiten Schluck abgelehnt hatte, fuhr Desgrez fort. »Ihr erwähntet vorhin, dass Eure kleine Freundin Euch grollte. Es wäre doch möglich, dass sie nur wieder versucht, ihren Dickkopf durchzusetzen, und Euch mit ihrem Verschwinden einen gehörigen Schrecken einjagen möchte.«

»Das habe ich zunächst auch geglaubt, aber inzwischen bin ich davon überzeugt, dass mehr dahintersteckt. Es kann doch kein Zufall sein, dass Marie spurlos verschwindet, nachdem man versucht hat, mich aus dem Weg zu räumen.«

»Wir wollen hoffen, dass Ihr Euch irrt.« Desgrez setzte sich wieder hinter seinen Schreibtisch und forderte Antoine auf, ihm für den Suchtrupp eine detaillierte Personenbeschreibung von Marie zu geben. Dabei machte er sich voller Bedacht Notizen und stellte immer wieder penible Fragen, um die Angaben Antoines zu präzisieren. Reichte sie ihm bis zur Schulter oder nur bis kurz darunter? Und wie trug sie ihr Haar? Hatte sie Sommersprossen oder ein Muttermal? Wenn nicht im Gesicht, dann vielleicht an einer anderen Stelle ihres Körpers?

»Herrgott!«, entfuhr es Antoine. »Woher soll ich das wissen? Glaubt Ihr etwa, ich hätte sie untersucht, bevor sie verschwand?« Im selben Moment, da sie ihm entschlüpft waren, bereute er seine barschen Worte. Schließlich gab Desgrez sich alle Mühe, ihm zu helfen, obwohl er sicher Besseres zu tun hatte, als ein entlaufenes Mädchen zu suchen. Die Straßen von Paris waren überfüllt mit heimatlosen Kindern, für die im besten Fall niemand besonderes Interesse zeigte. »Sie hat eine frische Narbe an der Innenseite ihres linken Schenkels. Dort wurde sie erst kürzlich mit einem Messer verletzt.« Desgrez sah Antoine fragend an, unterließ es aber, sich nach der Ursache der Verletzung zu erkundigen. Schließlich legte er seine Feder beiseite.

»Monsieur le Marquis, Ihr solltet nach Hause gehen und Euch etwas ausruhen.« Die Andeutung eines Lächelns legte sich für einen Herzschlag auf sein Gesicht. »Wenn Ihr mir die Bemerkung erlauben wollt, die Sorge um Euren entwichenen Pagen schadet Eurem Aussehen.«

Antoine musterte den Polizisten mit neuem Interesse. Diesen gutmütigen Klang in seiner Stimme hatte er bisher noch nicht wahrgenommen. Auf einmal fragte er sich, was Desgrez wohl tat, wenn er seine Amtsstube verließ und nach Hause zurückkehrte? Wurde er dort von einer liebenden Gattin und einer Schar rotwangiger Kinder empfangen? Antoine versuchte sich den dunkel gewandeten Staatsdiener vorzustellen, wie er mit einem kleinen Jungen auf den Schultern ausgelassen durch sein Haus tobte. Er erhob sich und trat auf die Tür zu.

»Monsieur le Marquis!«

Antoine drehte sich zu dem Schreibtisch um.

»Wir finden Eure kleine Freundin. Ihr habt mein Wort.«

Antoine zweifelte nicht daran. Doch gerade diese Gewissheit bereitete ihm die größte Sorge.

Desgrez hielt sein Versprechen. Schneller als Antoine es zu hoffen gewagt hatte. Zwei seiner Männer sprachen am Abend in der Rue de Boulloir vor und geleiteten ihn zurück ins Châtelet. An den Stufen, die in die feuchten Keller der alten Festung hinabführten, wartete der Polizist bereits auf ihn. Spätestens als Antoine in das ernste, von Fackeln beschienene Gesicht des hageren Mannes sah, wurde seine schlimmste Befürchtung zur Gewissheit.

Schweigend schritten sie die ausgetretenen Steintreppen hinunter und betraten das düstere Gewölbe, in dem alle Leichenfunde der Stadt aufgebahrt wurden, bevor man sie bestattete. Wie eine giftige Welle schlug der süßliche Gestank nach Verwesung über Antoine zusammen. Er presste einen Ärmel vors Gesicht und folgte Desgrez, der ihn an den schier endlosen Reihen von Totenbahren vorbeiführte. Als wären sie die seelenlosen Hüllen der Verstorbenen, baumelten die Kleider, in denen man die Leichen aufgefunden hatte, an Haken von der Decke herab. In manchen Fällen halfen sie, die Identifizierung eines Leichnams zu vereinfachen. Für gewöhnlich aber wurde keiner der Unglücklichen vermisst, der in den Kellern des Châtelet gestrandet war. Über einige der Toten waren Tücher geworfen, und während Antoine an den schmutzigen Stofffetzen vorbeieilte, bemerkte er, dass hier und da ein Arm oder Fuß darunter hervorlugte. Andere wiederum waren nackt mit grotesk angewinkelten Gliedmaßen, sodass die Körper aussahen, als hätte man sie achtlos liegen gelassen. Die bizarre Grausigkeit des Ortes machte es Antoine schwer, zu glauben, dass Marie auch hier unten sein sollte. Daher war es für ihn wie ein Schock, als Desgrez plötzlich stehen blieb und mit seiner Fackel eine der steinernen Bahren beleuchtete. »Hier ist sie.« Zögernd trat Antoine in den Lichtkreis und senkte scheu den Blick. Unter einem groben Wollhemd, das Marie bis zu den Fesseln reichte, zeichneten sich die Konturen ihres zarten Körpers ab. Nur ihre Füße waren nackt. Wie Muscheln leuchteten die kleinen Zehennägel im flackernden Licht der Fackel, die Desgrez in eine Halterung an der Wand gesteckt hatte. »Wir haben sie am Ufer der Seine gefunden. Daher gab ich Anweisung, sie zu waschen und ihr etwas Trockenes überzuziehen.«

»Danke.« Für einen gnädigen Moment suchte Antoine Trost in dem mitleidsvollen Blick des Polizisten. Dann griff er nach dem Leinentuch, das Maries Gesicht bedeckte. Sofort spürte er Desgrez' Griff auf seinem Arm. »Das solltet Ihr lieber nicht tun, Marquis.«

»Ich muss sie sehen. Egal was man ihr angetan hat, ich

möchte es wissen.« Vorsichtig, als könnte er Marie noch im Tod Schmerzen zufügen, zog Antoine den Stoff von ihrem Gesicht. Gleich darauf taumelte er entsetzt zurück, fiel auf die Knie und erbrach sich. Von dem lebendigen Antlitz Maries war nichts geblieben als eine Wüste aus zerstörtem Fleisch.

Mühevoll kam Antoine wieder auf die Füße und kühlte seine schweißnasse Stirn an den feuchten Steinen des groben Mauerwerks. »Verzeiht.« Desgrez hatte sich während seiner Unpässlichkeit diskret abgewandt. Nun reichte er ihm ein grobes Taschentuch. »Ich hätte Euch diesen Anblick gerne erspart.« Nachdem Antoine sich wieder gefasst hatte, trat er erneut an die Bahre. Der Anblick von Maries gespaltenem Schädel war grauenvoll. Das braune Haar war blutverklebt, und weißliche Gehirnmasse quoll aus einem Spalt hervor, der sich von ihrer hinteren Schädeldecke bis tief in die Stirn zog. »Sie ist mit einem scharfen Gegenstand erschlagen worden. Vermutlich war es eine Axt.«

»Aber was ist mit ihrem Gesicht …?« Antoine versagte die Stimme. »Warum wurde ihr Gesicht zerfetzt?«

»Die …« Desgrez stockte. »Fragt nicht. Es lässt sich ohnehin nicht ändern.«

»Was ist geschehen?« Antoine packte den Polizisten bei den Handgelenken und schüttelte ihn.

»Die Schweine haben sie vor uns gefunden.«

Antoine schloss die brennenden Augen. Desgrez löste sich sanft aus seinem Griff und entfernte sich ein paar Schritte. Als Antoine die Augen öffnete, waren die zerstörten Gesichtszüge Maries wieder unter dem Leinentuch verschwunden. »Ich nehme sie mit. Hier kann sie nicht bleiben.«

»Monsieur le Marquis, ich möchte Euch sagen, dass es mir leidtut«, erklärte Desgrez etwas unbeholfen. »Es … es ist schwer, einen Freund zu verlieren.«

»Ich finde ihren Mörder«, stieß Antoine hervor und konnte nur mit Mühe eine Träne fortblinzeln, die sich erneut hinter sein Auge verirrt hatte.

»Aber wie wollt Ihr das anstellen?« Desgrez deutete auf die Toten um sie herum. »Könnt Ihr Euch vorstellen, wie viele Mordopfer wir in einer Woche aus dem Schmutz der Gassen lesen? Und nur ein Bruchteil der Fälle wird aufgeklärt. Wie wollt Ihr den Mörder des Mädchens finden? Vermutlich hat sie einfach Pech gehabt und ist einer Bande von Dieben in die Hände gefallen.«

»Ach ja?« Antoine deutete auf die Kleider, die über Maries Leichnam von der Decke schaukelten. »Dann erklärt mir doch, warum die Diebe vergessen haben, ihre Kleidung an sich zu nehmen. Der Anzug ist aus Samt, die Schuhe sind aus Leder. Es waren die einzigen Dinge von Wert, die sie bei sich trug. Man hätte die Sachen verkaufen können. Stattdessen aber werden sie in den Fluss geworfen?« Antoine zitterte vor Erregung. »Ihr wisst genauso gut wie ich, dass sie nicht von dahergelaufenen Dieben umgebracht wurde. Wer auch immer Madame aus dem Weg geräumt hat, ist auch für Maries Tod verantwortlich.«

Desgrez nickte fast unmerklich.

»Sagt Eurem König, dass ich nicht ruhen werde, bis ich weiß, wer dahintersteckt. Aber egal wer es ist: Wenn ich den Mörder gefunden habe, dann gnade ihm Gott. Sagt ihm das.«

»Wie Ihr wünscht«, erwiderte Desgrez kaum hörbar. Schweigend leuchtete er den Weg, als Antoine Marie mit sich fortnahm, um sie auf ihrem letzten Gang zu begleiten.

Vor den Toren der Stadt besaßen die Montagnacs einen Apfelgarten, an den Antoine schon seit Jahren nicht mehr gedacht hatte. Nachdem er aber mit Marie im Arm aus den dunklen Gewölben des Châtelet getreten war, fiel ihm das alte Stück

Land wieder ein, das sein Urgroßvater bei einem Wettkampf im Ringelstechen angeblich Heinrich II. abgenommen haben sollte. Die wiedergewonnene Erinnerung an den verwilderten Garten schien ihm ein Wink des Schicksals zu sein, und so beschloss er, Marie dorthin zu bringen. Eigenhändig hatte er im fahlen Licht der ersten Morgenstunden unter dem größten Baum ein Loch ausgehoben und den toten Körper auf ein Polster aus goldenem Herbstlaub gebettet. Sehr zum Schrecken des Priesters, der es sich teuer bezahlen ließ, außerhalb von Paris die Tröstungen der Mutter Kirche zu spenden, hatte Antoine auf einen Sarg verzichtet und das Grab mit Blättern, Zweigen und Gras aufgefüllt, bevor er es mit Erde wieder verschloss. Sicher wäre Marie nicht damit einverstanden gewesen, in einer schmalen Holzkiste vergraben zu werden. Antoine hoffte von ganzem Herzen, dass ihr hingegen der Gedanke gefallen hätte, nach ihrem Tod einem Apfelbaum als Nahrung zu dienen, der im Frühling Blüten trieb und dessen Zweige sich im Herbst vom Gewicht der schweren Früchte bogen, die für alle Zeit auch einen winzigen Teil von ihr selbst enthalten würden.

Kapitel 26

Ein nicht enden wollender Fluss von Möbeln, Bildern und Teppichen strömte über die gebeugten Rücken der Träger die Stufen hinab, um in der Eingangshalle des Schlosses von Saint-Cloud in einem stetig anschwellenden See aus Kostbarkeiten zu münden, der das Erdgeschoss allmählich zu überfluten drohte. Nachdem Monsieur seine Residenz verlassen hatte und an den Hof zurückgekehrt war, mussten umgehend alle Dinge zusammengepackt werden, die er bis zu seiner Rückkehr im nächsten Sommer unter keinen Umständen missen wollte. Inspizient des aufwendigen Abtransports war Monsieur de Purnon, der sich mit einer überraschenden Behändigkeit zwischen den Packleuten hindurchschlängelte, dabei immer wieder Anweisungen brüllte und selbst Hand anlegte, wenn eine der Pretiosen des Duc ihren Träger unter sich zu begraben drohte. Antoine, der Purnon in diesem Chaos dicht auf den Fersen blieb, hatte allerdings den Eindruck, dass der vierschrötige Mann nur nach einer Gelegenheit suchte, einer Unterhaltung mit ihm aus dem Weg zu gehen. Aber so leicht wollte er sich nicht abschütteln lassen. »Monsieur de Purnon, wäre es möglich, dass wir uns in einen ruhigeren Teil des Hauses zurückziehen?«

»Es gibt keinen ruhigeren Teil des Hauses«, blaffte Purnon und tauchte unter einer schweren Eichentruhe ab. »Außerdem«, fügte er fahrig hinzu, als er auf der anderen Seite der Holzkiste wieder zum Vorschein kam, »seht Ihr doch, was hier los ist! Ich habe keine Zeit für Eure Fragen.«

»Monsieur!«, entgegnete Antoine gereizt und konnte gerade noch verhindern, dass er von einem schweren Holzrahmen umgestoßen wurde, in dem ein Jugendbildnis der Königin Anna steckte. »Lasst es mich so formulieren. Ich bin im Auftrag Seiner Majestät gekommen. Wenn Ihr Euch also weigert, etwas von Eurer Zeit für mich zu erübrigen, handelt Ihr den Wünschen des Königs zuwider. Haben wir uns jetzt verstanden?«

Purnon ließ von einem vergoldeten Frisiertisch ab, den er gerade auf seine Schultern wuchten wollte, und sah voller Verblüffung zu Antoine. »Der König schickt Euch?«, entfuhr es ihm. »Aber ich … ich glaubte …« Er ließ den Satz unvollendet.

»Ihr glaubtet was?«, fragte Antoine und baute sich provozierend vor Purnon auf. Die Gerüchte über seine geheime Mission waren also auch bis zu diesem Halunken vorgedrungen, dachte er wütend und verfluchte Desgrez und den König einmal mehr für das falsche Spiel, das sie mit ihm getrieben hatten. Wenn Desgrez ihm von Anfang an reinen Wein eingeschenkt hätte, wäre Marie jetzt noch am Leben.

»Nichts.« Hastig wandte Purnon sich ab und zerrte ein Taschentuch hervor, mit dem er sich die Stirn abwischte. »Folgt mir«, erklärte er schließlich steif, unterließ es aber, Antoine ins Gesicht zu sehen. An einem Sammelsurium aus Möbeln und Ziergegenständen vorbei schlängelte Antoine sich eilig hinter Monsieur de Purnon her bis hinaus auf die Terrasse. Dort holte er den Haushofmeister ein und schritt mit ihm Seite an Seite auf den Park zu.

Wie verändert waren die Gärten, nachdem Monsieur sein Sommerdomizil verlassen hatte. Da, wo vordem ein Blütenmeer gewogt hatte, lag nur noch nackte, braune Erde. Die prachtvollen Marmor- und Steinskulpturen waren unter groben Holzverkleidungen verschwunden, und auch die Scheinperspektiven, die Wege und Alleen so wirkungsvoll ins Unendliche geführt hatten, waren fort. Sogar die Lorbeer- und Orangenbäumchen hatte man bereits in die Orangerien überführt. Zurück blieben leere Pavillons und die berühmten Brunnenanlagen, die jedoch ohne das silbern emporschießende Wasser all ihrer Pracht beraubt waren. Antoine musste an Marie denken, während er mit Purnon die öden Anlagen durchmaß. Das letzte Mal war er mit ihr hier gewesen, und nun, da sie nicht mehr lebte, schien es ihm nur angemessen, dass es auch mit der Herrlichkeit dieses Parks vorbei war.

Purnon entfernte sich mit großen Schritten vom Schloss und blieb erst stehen, nachdem er sich versichert hatte, dass niemand in Hörweite war. Dann wandte er sich voller Scheu Antoine zu. »So sprecht. Aber bitte beeilt Euch. Ich habe wirklich alle Hände voll zu tun.«

»Ich möchte nicht lange um den heißen Brei herumreden. Wieso glaubt Ihr, Madame sei in Monsieurs Auftrag ermordet worden?«

Purnon sah zu Boden und scharrte mit der Spitze seines Schuhs im Dreck herum. »Warum interessiert Ihr Euch für den Tod meiner Herrin?«

Antoine musterte Purnon und wartete so lange, bis dieser ihn unsicher anblickte. Schließlich erwiderte er eisig: »Lassen wir das Theater, Monsieur. Wie alle Welt wart auch Ihr darüber unterrichtet, dass ich vom König mit der Aufgabe betraut wurde, die Umstände des Ablebens Ihrer Königlichen Hoheit zu untersuchen. Ihr hättet mir gegenüber niemals diesen ungeheuerlichen Verdacht gegen Monsieur geäußert, wenn dem nicht so gewesen wäre.«

Purnon fuhr fort, die Spitze seines staubigen Schuhs zu inspizieren, wobei ihm erneut der Schweiß auf die Stirn trat. Schließlich aber gab er den Widerstand auf.

»Also gut, ich wusste davon. Dennoch hatte das, was ich im Hause Madame de Montespans sagte, keinerlei Bedeutung.«

»Wie darf ich das verstehen?«

»Ich … ich wusste nicht, was ich tat. Der Schmerz um den Tod Ihrer Königlichen Hoheit hatte mein Urteilsvermögen getrübt. Das ist alles.«

»Und deshalb ist Euch diese unbedachte Bemerkung in meiner Gegenwart entschlüpft?«

»Ja.«

»Ich glaube Euch nicht.« Antoine trat ganz dicht an Purnon heran und blickte auf den kleinen stämmigen Mann hinab. »Ich glaube viel eher, dass Ihr Euch voller Absicht an mich wandtet, um Monsieur für den Mord an seiner Gemahlin verantwortlich zu machen.«

Purnon schlug die Augen nieder. Auf seinen Wangen brannten hektische, rote Flecken, und es war nicht zu übersehen, dass Antoine den richtigen Nerv getroffen hatte. Er beschloss, dem Verdacht auf den Grund zu gehen, der ihn seit seinem Zusammentreffen mit dem störrischen Haushofmeister in der Rue de Vaugirard nicht mehr losgelassen hatte. »Wart Ihr es nicht auch, Monsieur de Purnon, der mir seinerzeit die Aufforderung zukommen ließ, das Bordell der Comtesse de Chalmart aufzusuchen?« Die roten Flecken im Gesicht des Haushofmeisters breiteten sich aus. Doch immer noch sagte er nichts.

»Ihr«, fuhr Antoine eindringlich fort, »habt mich benutzt, um d'Effiat ans Messer zu liefern, den Ihr für den Mörder der Duchesse haltet. Ist es nicht so?«

»Ja.« Die Stimme Purnons war nicht mehr als ein raues Flüstern. »Ja, so ist es. Und ich wollte zusehen, wie sein sündiges Fleisch auf dem Place de Grève in Stücke gerissen wird.«

»Verratet mir, wieso Ihr den Marquis für den Schuldigen haltet.«

Purnon taxierte Antoine argwöhnisch, dann nahm er seine unruhige Wanderung wieder auf. »Er hat meine Herrin gehasst. Er hat sie beschimpft und ihren Stolz gekränkt, wann immer sich ihm die Gelegenheit dazu bot.«

»Ist das alles, was Ihr gegen ihn vorzubringen habt?«

»Nein, das ist es nicht. Es gab einen Kammerdiener hier auf dem Schloss, Gaspard mit Namen. Er sah, wie der Marquis ein Erfrischungsgetränk präparierte, das für die Duchesse bestimmt war.«

»Dachte ich es mir doch«, entgegnete Antoine zufrieden. »Dieser Gaspard hat also auch mit Euch gesprochen. Er scheint mir ein sehr tüchtiger, junger Mann gewesen zu sein. Leider hatte sein Geschäftssinn fatale Folgen.« Purnons Schweigen war für ihn Beweis genug, dass der Haushofmeister sehr wohl darüber unterrichtet war, welches Ende der Kammerdiener genommen hatte. Er überlegte, ob es das Herz des gequälten Mannes erleichtern würde, wenn er ihm berichtete, dass d'Effiat gar nicht beabsichtigte, den Chevalier de Lorraine an den Hof zurückzuholen. Gerade wollte er sein Vorhaben in die Tat umsetzen, als er hinter einer Hecke, die den äußersten Rand eines kleinen Irrgartens bildete, Rauchwölkchen entdeckte, die, begleitet vom fröhlichen Gelächter junger Mädchen, hinauf in den Himmel stiegen.

»Wenn du nicht aufpasst, geht es dir so wie der armen Adèle. Dass sie Madames Liebling war, hat sie auch nicht vor Schande und Tod bewahrt.«

Bevor Purnon auf die Hecke losstürmen konnte, packte

Antoine ihn am Arm und forderte ihn mit einem strengen Blick auf, ruhig zu bleiben.

»Ach, Unsinn«, ließ sich nun eine wohlvertraute Stimme vernehmen. »Was macht es schon, wenn ich mir seine Artigkeiten gefallen lasse? Er ist doch nur der Tanzlehrer.«

Antoine trat näher und spähte über den Zierstrauch, der ihm gerade bis über die Schulter reichte. Bei dem Bild, das sich ihm bot, hätte er am liebsten laut aufgelacht. Auf einer Bank, eng aneinandergekuschelt, saßen zwei junge Hoffräulein und saugten mit spitzen Lippen an ihren brennenden Pfeifen. Der Genuss des Rauchens schien für die Damen allerdings eher geistiger Natur zu sein, da sie immer wieder husteten und mit ihren Hauben versuchten, den aufsteigenden Qualm von sich fernzuhalten. Schweren Herzens entschloss sich Antoine, dieses köstliche Idyll zu zerstören. »Einen wunderschönen guten Tag, meine Damen.« Allerliebst zeichnete sich das Entsetzen auf den Gesichtern Mariebelle de Noirmoutiers und ihrer Freundin ab, als sie von ihrer lauschigen kleinen Bank aufsprangen.

»Monsieur le Marquis! Was … was tut Ihr hier?« Hastig flogen die verräterischen Rauchinstrumente über die Hecke, um irgendwo im Inneren des Irrgärtleins in aller Heimlichkeit zu verqualmen. Antoine ergriff über den Busch hinweg die Hand seiner jungen Bekannten und führte sie an die Lippen. Nachdem er einen zarten Kuss auf den nach Veilchen und Tabak duftenden Handschuh gehaucht hatte, bedachte er sie mit seinem strahlendsten Lächeln. »Mademoiselle, ich bin untröstlich, Euch heute keinen Gruß Eurer Verwandten Madame de Grignan übermitteln zu können. Habt dennoch die Güte, mich Eurer reizenden Bekannten vorzustellen!« Unsicher wandte das Fräulein sich ihrer Begleitung zu.

»Camille, darf ich dir den Marquis de Montagnac vorstellen. Monsieur le Marquis, dies ist meine Freundin Camille de Montalou.«

Antoine erinnerte sich, Camille de Montalou schon bei seinem ersten Besuch im Schlosspark von Saint-Cloud unter den verwaisten Ehrenjungfern Madames gesehen zu haben. Sie war ihm wegen ihrer dunklen Schönheit aufgefallen. Auch konnte er nicht umhin zu bemerken, dass sein plötzliches Erscheinen das hübsche Geschöpf nicht annähernd so sehr aus der Fassung brachte wie ihre Freundin. Mit schlecht geheuchelter Verschämtheit hob sie den Blick ihrer dunklen Augen zu ihm auf, nur um ihn voller Neugier an seinem Körper wieder hinabgleiten zu lassen. Antoine zwinkerte ihr zu und wandte sich dann an Mademoiselle de Noirmoutier, deren bebende Apfelbrüstchen davon kündeten, dass sie sich nur langsam von ihrem Schreck erholte.

»Fasst Euch, liebe Freundin. Bei Monsieur de Purnon und mir ist Euer Geheimnis bestens aufgehoben. Ist es nicht so, Monsieur? Und nun, Mademoiselle, dürstet es mich zu erfahren, wie es der armen Adèle denn nun eigentlich ergangen ist.«

Vergebens suchte Mademoiselle de Noirmoutier ihre Hand zu befreien, die immer noch in der seinen lag. Sanft, aber entschlossen hielt er sie fest und führte sie über den Busch hinweg aus dem kleinen Labyrinth. »Adèle … wie war gleich der Familienname des bedauernswerten Geschöpfs?«, begehrte Antoine zu wissen, nachdem er den jungen Frauen gegenüberstand. Doch trotz seines Versprechens, den Fehltritt geheim zu halten, schwiegen die Mädchen beharrlich. Antoine entging nicht, dass sie Monsieur de Purnon immer wieder scheue Blicke zuwarfen.

»Adèle de Fleury«, entgegnete Monsieur de Purnon schließlich und musterte die ertappten Damen abfällig. »Mademoiselle de Fleury genoss das besondere Vertrauen Madames. Gott in seiner Güte hat sie einen Monat vor dem Tod ihrer Herrin zu sich gerufen.«

»Ach ja, ich erinnere mich.« Erneut richtete Antoine das Wort an Mademoiselle de Noirmoutier. »Sagtet Ihr nicht bei unserer ersten Begegnung, der Tod ihrer Vertrauten habe Madame erzürnt? Eine Gefühlsregung, die ich schon damals merkwürdig fand. Was es damit wohl auf sich haben mag?«

Dieser Frage folgte eine stumme Verständigung der Damen, die die possierlichsten Grimassen mit sich brachte. Da wurden Augen gerollt, Schnuten gezogen, Wangen gebläht und Nasen gekräuselt, dass es Antoine eine wahre Lust war, zuzusehen. Endlich aber wurde es ihm zu dumm, und er beschloss, seinem Wunsch, das Geheimnis der Adèle de Fleury zu ergründen, etwas mehr Nachdruck zu verleihen.

»Wie ich sehe, Monsieur de Purnon, bedarf es noch eines kleinen Ansporns, die Zungen der Damen zu lösen. So wollen wir ihnen denn eine kleine Lehre mit auf den Weg geben, die ihnen zukünftig, das hoffe ich, von einigem Nutzen sein wird.« Lächelnd sah er auf die Desmoisellen Noirmoutier und Montalou hinab, die seiner Unterweisung mit unverhohlenem Missvergnügen entgegensahen. »Alles im Leben hat seinen Preis. Auch ein Geheimnis, das gehütet werden will. Und so wie ich die Dinge sehe, steht einiges auf dem Spiel, wenn der König erfährt, dass die Ehrenjungfern seiner verstorbenen und vielleicht auch seiner zukünftigen Schwägerin die Zeit mit Tabakrauchen vertändeln, anstatt ihren Pflichten nachzukommen.«

»Sie war schwanger.«

»Mariebelle! Wir haben geschworen, nichts zu sagen!«

»Na und? Sie war nicht meine Freundin, sondern deine. Außerdem ist sie tot. Was macht es da schon aus?«

Nun, da das Geheimnis gelüftet war, schien Mademoiselle de Noirmoutier ganz begierig, die Geschichte der unglücklichen Ehrenjungfer zu erzählen. »Ihre Königliche Hoheit hatte keine Ahnung, dass Adèle ein Kind erwartete. Wie auch? Adèle war ja ihr Liebling. Sie hat sie uns anderen immer vorgezogen. Außerdem hat Adèle alles getan, um es vor ihr geheim zu halten. Sie fürchtete, Madame würde sie ins Kloster schicken, wenn es herauskäme. Schließlich hat sie den Mann, der es ihr gemacht hat, um Hilfe gebeten.«

»Und, hat er ihr geholfen?«

Das geständige Fräulein ignorierte den ärgerlichen Gesichtsausdruck ihrer Kameradin und fuhr fort: »Eines Tages hat sie sich heimlich davongemacht. Sie wurde in einer Kutsche abgeholt, die am Rand des Schlossparks auf sie wartete. Camille hat sie dorthin begleitet. Davor aber musste Adèle uns andere einweihen, damit wir sie decken. Wir haben Madame angelogen und gesagt, sie sei furchtbar erkältet. Da wir wussten, dass es Madame selber nicht besonders gut ging, waren wir sicher, dass sie es nicht wagen würde, in Adèles Kammer zu gehen, wenn wir behaupteten, sie habe eine ansteckende Krankheit. In derselben Nacht ist Adèle zurückgekehrt. Ihr Unterkleid war voller Blut, und ein paar Tage später ist sie gestorben.«

Antoine richtete seine Aufmerksamkeit nun auf Mademoiselle de Montalou. »Könnt Ihr mir sagen, wer es war, mit dem Eure Freundin sich in aller Heimlichkeit traf?«

Seufzend gab nun auch das dunkelhaarige Fräulein ihren Widerstand auf. »Ich gäb' was drum, wenn ich es wüsste«, antwortete sie mit ehrlichem Bedauern. »Adèle war eine furchtbare Geheimniskrämerin.«

»Aber vielleicht wisst Ihr, wohin sie gefahren ist an jenem Tag, als sie von der Kutsche abgeholt wurde?«

»Nach Paris. Irgendwo in der Nähe von Saint-Denis gibt es eine Kräuterfrau, die jungen Damen hilft, wenn sie in Nöten sind.«

»Was sagt Ihr da!« Es war nicht zu übersehen, dass diese Enthüllung Monsieur de Purnon den letzten Rest an Fassung gekostet hatte. Als wäre Mademoiselle de Montalou der Leibhaftige höchstpersönlich, stierte er sie an und bebte dabei am ganzen Körper. Fast fürchtete Antoine, er würde sich auf sie stürzen.

»Ihr müsst Euch irren, Mademoiselle de Montalou. Das kann nicht sein.«

Verängstigt flog der Blick des Mädchens von Monsieur de Purnon zu Antoine und wieder zurück. »Nein, Monsieur de Purnon. Ich irre mich bestimmt nicht. Nach ihrer Rückkehr erzählte Adèle mir nämlich, sie habe etwas ganz Ungeheuerliches im Haus dieser Frau gesehen. Sie hat mir aber nicht gesagt, was es war. Darüber könne sie nur mit Gott sprechen. Das waren ihre Worte.«

Wie erstarrt verharrte Monsieur de Purnon für einen Moment, dann wandte er sich ruckartig Antoine zu. »Ihr müsst mich jetzt entschuldigen, Monsieur le Marquis. Ich habe zu tun.«

Bevor Antoine versuchen konnte, ihn zurückzuhalten, kehrte Monsieur de Purnon der kleinen Gruppe den Rücken und stürmte davon.

»So wie der rennt«, ließ Mariebelle de Noirmoutier sich wieder vernehmen, »würd's mich nicht wundern, wenn er es war, der Adèle ins Unglück stieß.«

»Vielleicht habt Ihr recht«, entgegnete Antoine und ließ dabei den flüchtenden Haushofmeister nicht aus den Augen. »Doch viel interessanter erscheint mir die Frage, wem außer Gott die bedauernswerte Mademoiselle de Fleury noch anvertraut haben mochte, was sie im Haus der Hebamme gesehen hat.«

Kapitel 27

Obwohl die Nacht empfindlich kühl war, spürte Antoine, wie kleine Schweißtropfen seinen Körper hinabperlten. Bevor ihm Einlass in die Kapelle gewährt worden war, hatte man ihn aufgefordert, eine schwere, wollene Kutte überzuziehen, unter der sich nun die Wärme seines Körpers staute. Antoine sah sich um. Die Reihen des kleinen Gotteshauses waren gefüllt mit ähnlich vermummten Gestalten. Es stand außer Zweifel, dass La Voisin größten Wert auf Diskretion legte. Bei seiner Ankunft – der genaue Zeitpunkt war ihm in einem Billett mitgeteilt worden, das man in einer Schänke für ihn hinterlegt hatte – war ihm kein anderer Teilnehmer dieser nächtlichen Zusammenkunft begegnet. Antoine war davon überzeugt, dass die hier anwesende Kundschaft aufgrund von Rang und Herkunft die peinliche Einhaltung dieser Vorsichtsmaßnahmen erheischte. Sicher wollte die Voisin ihren Besuchern unangenehme Überraschungen ersparen. Dies stachelte seine Neugier an, würde ihm seine Aufgabe heute Nacht aber nicht unbedingt erleichtern. Antoine richtete seinen Blick nach vorne. Eine in das blütenweiße Hemd der Ministranten gehüllte Vettel füllte soeben Räucherpfannen mit Kräutern und setzte sie in Brand. Kurze Zeit später hatte sich ein dünner Rauchschleier über die Reihen der Anwesenden gelegt. Sein Geruch war schwer und harzig, aber durchaus nicht unangenehm. Obwohl ihm viel zu heiß war, entspannte sich Antoine allmählich und begann, seine Umgebung etwas genauer in Augenschein zu nehmen. Wie bei seinem ersten Besuch wurde auch in dieser Nacht die Kapelle der Voisin von Kerzen in massiven Silberleuchtern erhellt, die entlang der Bankreihen aufgestellt waren. Vorsichtig, um seine Kapuze nicht zu verlieren, hob Antoine den Kopf und richtete sein begrenztes Blickfeld auf das Deckenfresko, das die Mutter Gottes in Begleitung Satans zeigte. Die zuckenden Schatten des Kerzenlichts gaben der Darstellung etwas verstörend Lebendiges. Gerade wollte Antoine die grotesken, kleinen Kreaturen, die Maria umkreisten, genauer betrachten, als Bewegung in die Gruppe der vermummten Gestalten kam. Alle wandten sich dem Portal zu, durch das ganz unvermittelt der hohe Sopran von Knabenstimmen zu ihnen hereindrang. Kaum hatte Antoine das Veni Creator erkannt, als auch schon eine kleine Prozession Einzug in die Kapelle hielt. Angeführt wurde die Gruppe von einem Mann, dessen weite, rot glänzende Soutane von seinem massigen Leib ausgefüllt wurde. Auf dem kurz geschorenen Haar trug er eine Kappe, die zwei Hörner zierten. Gemessenen Schrittes bewegte er sich auf den Altar zu. Dabei trug er feierlich ein hölzernes Kruzifix vor sich her, dessen Christusfigur in nichts den Darstellungen des Gottessohnes glich, die Antoine bisher zu Gesicht bekommen hatte. Auf einem langen, dünnen Hals steckte ein hoch erhobener Kopf, dessen faltige Gesichtszüge zu einer furchtbaren Fratze entstellt waren, die den Betrachter blöde angrinste. Auch war dieser Jesus nackt, und dort, wo gewöhnlich ein Lendenschurz die Scham des Gekreuzigten bedeckte, sah man übernatürlich große Geschlechtsteile zwischen den Schenkeln der Figur. Antoine war wahrlich nicht heikel, wenn es um Fragen des Glaubens ging, doch diese groteske Statue war selbst ihm zu viel.

Dem Priester folgte ein maskiertes Paar, das Seite an Seite einherschritt. Die Frau trug einen weiten Kapuzenmantel aus kostbarem Brokat. Ihre gefalteten Hände steckten in schwarzen Samthandschuhen, die mit Perlen und Edelsteinen verziert waren. Antoine betrachtete die beiden interessiert. Auf seiner Höhe angelangt, blieb die Frau stehen und hob das Gesicht zu ihrem Begleiter. Dieser legte schützend den Arm um sie und zog sie mit sich. Antoine hatte das Gefühl, dass die Frau nicht ganz freiwillig Teil dieser geheimen Zusammenkunft war. Den Zug beendeten zwei Novizen in Chorkleidern, deren helle, klare Stimmen das Dämonische der Prozession noch hervorhoben. Einer von ihnen führte einen Käfig mit sich, in dem ein schwarzer Hahn ängstlich hin und her flatterte und dabei laut und angstvoll krähte.

Sobald der fettleibige Priester den Altar erreicht hatte, pflanzte er mit Hilfe der alten Frau sein abscheuliches Kreuz auf. Dann wandte er sich an den Knaben mit dem Käfig und forderte ihn mit einer Geste auf, ihm den Hahn zu übergeben. Der Kleine gehorchte unverzüglich, hatte aber sichtlich Mühe, das Tier unbeschadet aus dem Käfig hervorzuholen. Der Vogel pickte und scharrte und flatterte dabei so wild mit den Flügeln, dass ein wahrer Federwirbel herabrieselte, sobald der Junge ihn aus seinem Gefängnis gezerrt hatte. Das Geflatter fand jedoch ein baldiges Ende. Fleischige Hände packten den Vogel am Hals und schüttelten ihn unbarmherzig hin und her. Vor lauter Schreck entleerte sich das Tier, sodass etwas von dem Kot auf die rote Soutane seines Peinigers spritzte. Der Priester stieß einen sehr irdischen Fluch aus und rächte sich, indem er dem wild flatternden Vogel mit einem Streich die Kehle durchtrennte. Antoine wich angewidert zurück. Die

Alte überreichte dem Priester einen silbernen Kelch, in den dieser das Blut des toten Gockels laufen ließ. Sobald der Kelch gefüllt war, gab er ihr den Kadaver und weihte das Blut, indem er verkehrt herum das Kreuz schlug. Dann wandte er sich an die maskierte Frau und hieß sie ihre Kleider ablegen. Zögernd folgte sie der Anweisung des Priesters und ließ den Mantel über ihre Schultern gleiten. Darunter war sie nackt. Ein Raunen ging durch die Menge. Was die Falten des weiten Überwurfs verborgen hatten, kam nun allzu deutlich zum Vorschein. Die Frau, eher noch ein Mädchen – Antoine schätzte sie kaum älter als siebzehn oder achtzehn –, war hochschwanger. Mit Hilfe der beiden Messdiener wurde sie auf den Altar gelegt, sodass ihr gewölbter Leib den Blicken der Gemeinde preisgegeben war. Wie ein gehetztes Tier wand sie den Kopf nach links und rechts, während ihr maskierter Begleiter und die alte Vettel sie an den Handgelenken fassten und ihre Arme ausstreckten. Der Priester trat hinzu und bog ihre Finger um zwei brennende, schwarze Kerzen. Dann nahm er hinter dem Opfertisch Aufstellung und begann mit seltsam singender Stimme: »Requiem aeternam, dona eis, Satanas. Et lux perpetua luceat eis.«

Antoine spürte ein unangenehmes Kribbeln in der Magengegend. Was ging hier vor?

»Satanas eleison. Satanas eleison. Satanas eleison.« Die Anwesenden fielen in die Liturgie ein. Mit einer abrupten, theatralischen Geste gebot der Priester Schweigen. »Der Mensch«, hob er mit lauter Stimme an, »vom Weibe geboren, lebt kurze Zeit und ist voll Unruhe, geht auf wie eine Blume und fällt ab, flieht wie ein Schatten und bleibt nicht. Media in vita in morte sumus. Doch Satan ist die Auferstehung und das Leben.«

Antoine befiel eine leise Ahnung. Dieses seltsame Ritual war eine Totenmesse. Aber für wen? Nirgendwo war ein Sarg. Hier gab es keine Toten.

»Wer an Satan glaubt, der wird leben, auch wenn er stirbt; und wer da lebt und glaubt an Satan, der wird niemals sterben. De profundis calmavi da te, Satanas. Satanas, exaudi vocem meam. Nimm auf in Gnade unseren Sohn und Bruder. Unseren Bruder und Sohn nimm auf.« Wieder intonierte die Gemeinde und wiederholte die Worte des Priesters. Plötzlich bäumte das Mädchen sich auf. Es warf die Kerzen von sich und schrie voller Verzweiflung. »Mein Kind. Ihr tötet mein ungeborenes Kind.« Die riesigen Pranken des Priesters packten sie und drückten sie gewaltsam zurück auf den Opfertisch. Der maskierte Mann beugte sich zu ihr hinunter und flüsterte ihr etwas ins Ohr. Die verzweifelten Schreie erstarben. Reglos ergab sich die Unglückliche ihrem Schicksal. Im ersten Moment war Antoine fassungslos. Nun begriff er, was hier vor sich ging. Dies war ein Mordbeten. Er hatte schon früher von diesen teuflischen Riten gehört: Totenmessen, um Lebende ins Jenseits zu befördern. Doch ein Mordbeten für ein ungeborenes Kind überstieg an Scheußlichkeit alles, wovon er je gehört hatte. Unbeirrt beendete der Priester seine schauderhafte Messe. »Aeternam habeas requiem. Amen.«

Er trank aus dem Kelch und forderte die Anwesenden auf, es ihm gleichzutun. In dem Gedrängel, das nun entstand, fiel Antoine immer weiter nach hinten. In diesen schrecklichen Mauern hielt er es keinen Moment länger aus. Außerdem hatte er eine Verabredung, die er nicht versäumen durfte. Bevor er durch das Portal schlüpfte, warf er einen letzten Blick zurück. Die junge Frau lag zusammengerollt auf dem Altar. Stumme Schluchzer schüttelten den nackten Leib. Ihr maskierter Begleiter legte den schwarzen Mantel über sie. Es sah aus, als hülle er sie in ein Leichentuch.

Zur nächtlichen Audienz war La Voisin in großer Garderobe erschienen. Ihr pelzverbrämter Überwurf war mit unzähligen Doppeladlern bestickt, deren Fäden in blankem Gold glänzten und sicher ein kleines Vermögen wert waren. Darunter trug sie meergrünen, mit Spitzen drapierten Samt. Selbst ihre seidenen Schuhe waren mit Goldstickereien verziert. Antoine hatte seine Gastgeberin im Verdacht, mit ihrem dramatischen Auftreten von ihren vollen, unkenhaften Gesichtszügen ablenken zu wollen. Damit war ihr auch durchaus Erfolg beschieden. Wie sie da vor ihm saß, auf ihrem thronähnlichen Fauteuil, wirkte La Voisin ungeheuer imposant. Dieser Eindruck wurde verstärkt durch zwei ebenso kräftige wie finster dreinschauende Gesellen, die sich hinter ihrem Sessel postiert hatten. »Es ehrt uns, Monsieur, dass Ihr den Mächten der Finsternis unvoreingenommen begegnet. Ihr müsst wissen, dass von Tag zu Tag mehr Menschen Zuflucht unter Luzifers schützender Hand suchen.«

»Ach ja? Das wundert mich nicht, Madame Monvoisin.« Antoine warf einen misstrauischen Blick in sein Weinglas und fragte sich, ob vielleicht eine der Zutaten aus ihrer Hexenküche den Weg in sein Getränk gefunden hatte. »Euer Hauskaplan versteht sich in recht eindrucksvoller Weise darauf, dem Herrn der Schattenwelt zu huldigen.«

»Ihr sagt es. Auch ich, die ich täglich Umgang mit dem Abbé de Guibourg pflege, bin immer wieder tief beeindruckt von der spirituellen Intensität seiner Persönlichkeit.« Antoine dachte voll Widerwillen an die ungeschlachten Hände des Abbés, die das verzweifelte Mädchen mit brutalem Griff zurück auf den Opfertisch gedrängt hatten, versteckte dieses Gefühl jedoch sorgsam hinter seinem verschlossenen Gesichtsausdruck. »Eine Frage müsst Ihr mir gestatten. Wieso ließ man in Eurer Kapelle eine Totenmesse für ein ungeborenes Kind lesen?«

»Seine verabscheuungswürdige Mutter war die Buhle des eigenen Bruders«, stieß La Voisin voller Empörung hervor. »Ihr Vater, der ein ergebener Diener Luzifers ist, hielt es daher für notwendig, ihren sündigen Leib zu reinigen und die Brut der Blutschande seinem Herren zu weihen.« Wäre die Angelegenheit nicht so abscheulich gewesen, Antoine hätte laut aufgelacht. Auch wenn La Voisin mit schwarzen Messen, Blutopfern und anderen Scheußlichkeiten ein Vermögen verdiente, schien sie in Fragen von Sitte und Anstand unumstößliche Grundsätze zu vertreten. Nachdem sie sich wieder gefasst hatte, fügte sie mit einem zuvorkommenden Lächeln hinzu: »Ihr dürft Euch glücklich schätzen, Zeuge dieser weihevollen Zeremonie gewesen zu sein. Denn wir öffnen die Pforten zu Luzifers Reich durchaus nicht für jedermann.« La Voisin beugte sich vor und musterte Antoine aus zusammengekniffenen Augen. Offensichtlich war sie zu eitel, um sich mit einer Brille über ihre Kurzsichtigkeit hinwegzuhelfen. »Nur wer sich würdig erweist«, fuhr sie nach einer bedeutungsvollen Pause fort, »darf sich ihm nähern.«

»Ich fühle mich geehrt, in den Kreis der Erwählten aufgenommen worden zu sein«, entgegnete Antoine und schlug die Augen nieder. Die naheliegende Vermutung, dass seine *Initiation* der Übergabe eines Säckchen Goldes zu verdanken war, behielt er wohlweislich für sich.

»Doch nun sagt mir, Monsieur … *de la Tour*«, ein kleines Zwinkern in den Augen seiner Gastgeberin verriet Antoine, dass sie sein Inkognito durchschaute, »was kann ich für Euch tun?«

»Die Neugier führt mich in Euer Haus, Madame Monvoisin.«

»Eine Eigenschaft, die schlecht hierher passt, Monsieur, wie Ihr Euch vielleicht denken könnt.« Unwillig verschränkte La Voisin die Arme.

»Nicht, wenn man versteht, sich ihrer in angemessener Weise zu bedienen.«

»Was wollt Ihr damit sagen?«

Antoine schob sein Weinglas zur Seite und setzte sein charmantestes Lächeln auf. »Das will ich gleich erklären. Vorher jedoch möchte ich Euch von einer interessanten Beobachtung berichten, die ich unlängst auf einem kleinen Spaziergang durch dieses Viertel machte.«

»Kommt auf den Punkt.« Ungeduldig klimperte La Voisin mit ihren Armreifen.

»Zufällig beobachtete ich dabei«, fuhr Antoine fort, während er dem bohrenden Blick La Voisins ungerührt standhielt, »wie eine Dame aus den höchsten gesellschaftlichen Kreisen Euer Haus verließ. Allerdings war sie so tief verschleiert, dass es mir kaum möglich gewesen wäre, sie zu erkennen, hätte ich nicht zufällig das Wappen auf ihrer Equipage bemerkt.«

»Interessant. Darf ich fragen, um wen es sich bei jener Dame handelte?« La Voisin musterte Antoine lauernd.

»Um die Duchesse de Vaujours. Nun wüsste ich zu gerne, was sie hierher führte.«

»Ihr müsst Euch irren, Monsieur.«

»Sicher nicht.«

»Nun, dann war es ein Zufall«, erklärte La Voisin bestimmt, nestelte dabei jedoch unruhig an einem seidenen Taschentuch. »Die Duchesse zählt nicht zum Kreis meiner Kunden. Und täte sie es, hätte ich nicht die geringste Veranlassung, Euch darüber Auskunft zu erteilen.«

Antoine lehnte sich zurück. »Ist es nicht so, dass Eure … Kunden überaus beflissen sind, die Verbindung zu Euch geheim zu halten?«

»Aus verständlichen Gründen. Ich habe mächtige Feinde.«

»Wie seltsam.« In vorgetäuschtem Erstaunen hob Antoine

eine Augenbraue. »Ich war der Ansicht, das genaue Gegenteil sei der Fall.«

»Was Ihr nicht sagt.« Es war nicht zu übersehen, dass es La Voisin immer schwerer fiel, ihre Nervosität zu verbergen.

»Ja, denn seht, ich nahm an, dass die Besucher Eures Hauses, gleich der Duchesse de Vaujours, deshalb so großen Wert auf Diskretion legen, weil sie viel zu verlieren haben, sobald sie mit Euch in Verbindung gebracht werden: Pfründe, Ansehen, Macht. Auch wenn es Euch nicht gefällt, Madame Monvoisin«, Antoine setzte ein kleines, verächtliches Lächeln auf, »in Paris findet man weitaus bessere Gesellschaft als die Eure. Und sicher wisst Ihr, welch fatale Folgen es haben kann, an der falschen Tür gekratzt zu haben.«

»Monsieur de la Tour!« Mit dem Gewicht des Kleides kämpfend, stemmte La Voisin sich aus ihrem Sitz empor. »Oder wie auch immer Euer Name sein mag. Ich lasse nicht zu, dass man mich im eigenen Haus beleidigt.«

Antoine konnte sich ein Grinsen nicht verkneifen. La Voisin schien es nicht nur mit Sitte und Anstand sehr genau zu nehmen, auch was ihren guten Ruf betraf, war sie überaus heikel. »Aber nicht doch.« Antoine erhob sich ebenfalls, unterließ es jedoch, sich La Voisin in den Weg zu stellen, als die Mienen ihrer Wachhunde sich merklich verfinsterten. »Ich möchte Euch lediglich vor Augen führen, wie die Besucher Eures Hauses denken. Sie benutzen Eure mächtige Gabe, aber sie achten Euch nicht.«

»Was kümmert es Euch?«, schnappte La Voisin beleidigt zurück und verschränkte die Arme vor ihrem prallen Busen.

»Ich möchte Euch einen Vorschlag unterbreiten, Madame.«

Mit einer Bewegung, die ihrer Garderobe wenig zur Ehre gereichte, ließ La Voisin sich wieder in ihren Sitz plumpsen.

»Und was für ein Vorschlag soll das sein?«

»Ich verfüge über einen recht passablen Ruf«, erklärte Antoine, während er ebenfalls seinen Platz wieder einnahm.

»Es ist keine Schande, sich in meiner Gesellschaft zu zeigen. Darüber hinaus habe ich sogar Zutritt zu den intimsten Zirkeln des Hofes. Allerdings ist mein Ansehen wiederum nicht so bedeutend, dass ich fürchten müsste, viel zu verlieren, wenn ich darauf verzichtete.«

»Ja und?«

»Ich finde, wir ergänzen einander hervorragend und sollten uns zusammentun.«

»Was soll das heißen?«

Befriedigt stellte Antoine fest, dass La Voisin trotz ihrer Verunsicherung immer noch über genügend Geschäftssinn verfügte, um einen einträglichn Handel zu wittern. »Im Gegensatz zu Euch, Madame, habe ich die Möglichkeit, Euren Kunden zu jeder beliebigen Stunde an jedem beliebigen Ort in Paris zu begegnen. Es wäre mir daher ein Leichtes, mich ihnen zu nähern und sie um einen kleinen Aufpreis für Eure Dienste zu bitten. Dazu müsste ich allerdings wissen, wer Euch konsultiert und aus welchem Grund. Sicher handelt es sich bei Eurer Kundschaft nicht nur um unglückliche, junge Dinger, die von ihren Vätern hierher geschleift werden.«

»Ich soll die Namen meiner Kunden preisgeben, damit Ihr sie erpressen könnt?«, schnaubte La Voisin entrüstet. »Das nenne ich ein schönes Geschäft.«

»Schsch, Madame.« Antoine hob abwehrend die Hand. »Was für ein hässliches Wort, wenn es um die gerechte Entlohnung Eurer Dienste geht. Natürlich«, fügte er eilig hinzu, »wird der Gewinn unter uns geteilt. Außerdem würde ich Sorge tragen, dass die Informationsquelle geheim bleibt.«

»Meine Zeit ist zu knapp bemessen, Monsieur, um noch länger Euren unsinnigen Vorschlägen zu lauschen.« Wenig elegant kam La Voisin wieder auf die Füße. »Wenn ich täte, was Ihr von mir verlangt, hätte ich bald keine Kunden mehr, die Ihr erpressen könntet.« So würdevoll, wie es das Gewicht ihres Kleides erlaubte, schritt La Voisin an Antoine vorbei. »Meine Diener werden sich um Euch kümmern. Ich fürchte, Monsieur, Ihr habt an der falschen Tür gekratzt.«

»Wartet!« Mit gelassenem Lächeln erhob Antoine sich aus seinem Sitz. In dem Augenblick verließen die Männer ihren angestammten Platz und bewegten sich langsam auf ihn zu. La Voisin drehte sich zu ihm um. »Kann ich sonst noch etwas für Euch tun?«, fragte sie voller Schadenfreude.

»Ich finde allein hinaus.«

»Wieso sollte ich Euch gehen lassen, Monsieur?« Diese Frage, fand Antoine, war durchaus berechtigt. »Die Vorgänge, deren Zeuge Ihr heute Nacht wurdet, könnten recht unangenehme Folgen für mich haben, würde man sie den falschen Personen zur Kenntnis bringen.«

»Davon bin ich überzeugt.« Antoine zwang sich, seinem Tonfall einen festen Klang zu verleihen. »Doch bin ich Geschäftsmann, genau wie Ihr. Wieso also sollte ich in die Welt hinausschreien, was ich heute Abend sah, wenn nichts als Ärger für mich dabei herausspringt? Im Übrigen hat mein Diener strikte Anweisung, der Polizei von Paris ein kleines Briefchen zu überreichen, für den Fall, dass ich morgen früh nicht munter und ausgeschlafen in meinen Federn liege.«

La Voisin lächelte verächtlich. »Ihr blufft.«

»Seid Ihr sicher? Ich an Eurer Stelle würde diese Männer zurückpfeifen.« La Voisin zögerte. Sie warf Antoine einen unentschlossenen Blick zu, dann nickte sie. »Geht. Aber ich rate Euch wohl, bleibt dieser Gegend fern, sollte Euch etwas an Eurer Gesundheit liegen.«

Kapitel 28

Trotz der fortgeschrittenen Stunde waren die Spieltische immer noch vollbesetzt. Pralle Geldkatzen tauschten ihre Besitzer, und so manche Dame entledigte sich eines uralten Erbstücks, in der Hoffnung, den Ruin des Gatten oder Geliebten aufhalten zu können. Seitdem der König das Glücksspiel bei Hof tolerierte, schossen die Spielhöllen in Paris wie Pilze aus dem Boden, und wie auf dem Schlachtfeld galt auch hier die Losung: Je höher der Einsatz, umso größer die Ehre.

»Desgrez, alter Fuchs, borgt mir etwas Geld.« Vergnügt sah Antoine in das verärgerte Gesicht des Polizeileutnants. »Monsieur de Rocheplate spielt heute Abend hoch und ich habe leider gerade eine kleine Pechsträhne.«

»Seid Ihr von Sinnen, Marquis? Ihr habt doch nicht zu so später Stunde nach mir gerufen, um mich auszunehmen wie eine Gans?«

»Beruhigt Euch, mein Freund. Es würde mir nicht im Traum einfallen, mich an Eurer Börse zu vergreifen. Ich weiß, dass Seine Majestät ausgerechnet jene am schlechtesten entlohnt, die ihm am treuesten dienen.« Gerade hatte Antoine seinen Platz geräumt, als eine korpulente Dame an ihm vorbeistürmte und sich hektisch auf den frei gewordenen Stuhl fallen ließ. Mit fliegenden Fingern löste sie ein Diadem aus ihrer Frisur und warf es schwungvoll auf den Tisch. Voller Abscheu glitt Desgrez' Blick über die Frau, die soeben gierig nach ihrem Kartenblatt griff.

»Wenn Ihr weiter so offen Eure Gefühle zeigt«, bemerkte Antoine mit einem Augenzwinkern, »werdet Ihr es im Polizeidienst nicht sehr weit bringen. Oder glaubt Ihr etwa, Monsieur de la Reynie befördert einen Beamten, der sich nicht zu benehmen weiß.«

Kopfschüttelnd wandte Desgrez sich von den Spielern ab. »Das Glücksspiel ist eine Schande. Auf der Straße hungern die Menschen und hier werden in einer Nacht Millionen verschleudert.«

»Ei, mein Bester. Das sind revolutionäre Ansichten, die Ihr da äußert. Lasst sie dem König nicht zu Ohren kommen.« Antoine schnappte sich zwei Gläser Wein vom Tablett eines Lakaien und hielt eines dem empörten Beamten hin. »Seine Majestät ist selbst ein großer Freund des Spieltisches. Ich habe mir sagen lassen, dass er ungeheure Summen setzt, weil er weiß, dass niemand wagt, gegen ihn zu gewinnen.«

»Das mag sein. Dennoch könnt Ihr Louis XIV. wohl kaum mit dieser raffgierigen und vergnügungssüchtigen Meute vergleichen. Hinter dem Tun des Königs steckt stets eine wohlbedachte Absicht.«

»Ich stimme Euch zu, Monsieur Desgrez. Der König spielt, um Ordnung in seinem Haus zu halten. Habe ich nicht recht?«

»Kommt zur Sache, Marquis«, entgegnete Desgrez ärgerlich. »Warum bin ich hier?«

»Weil ich glaube, den Grund für Madames Ermordung zu kennen.«

»Pst, sprecht leiser.« Ängstlich ließ der Beamte seinen Blick über die Menge gleiten. »Wollt Ihr etwa, dass jeder mitbekommt, was wir zu bereden haben?«

»Warum nicht? Der König hat doch selbst dafür Sorge getragen, dass alle Welt über den Tod seiner Schwägerin Bescheid weiß. Warum also diese Geheimniskrämerei?«

Unter zusammengezogenen Brauen schoss Desgrez einen wütenden Blick auf Antoine ab.

»Im Übrigen dürfte sich hier niemand dafür interessieren, was abseits der Spieltische gesprochen wird. Aber wie Ihr wollt.« Antoine trat etwas dichter an Desgrez heran und flüsterte ihm leise etwas ins Ohr.

»Erpressung!«

»Pst, sprecht leiser, Monsieur Desgrez.«

»Unmöglich!«

»Wieso?«

»Madame war die Schwägerin des Königs und keine dahergelaufene Abenteurerin. Sie besaß alles, was man sich auf der Welt nur wünschen kann. Wieso sollte sie jemanden erpressen?«

»Nun, vielleicht war es ihr nicht um Geld zu tun. Vielleicht wollte sie sich einfach rächen.«

»Rächen? Wie kommt Ihr denn darauf?«

In knappen Worten berichtete Antoine von seinen beiden Besuchen bei La Voisin und schilderte im Anschluss, was er von den Desmoisellen Montalou und Noirmoutier über Adèle de Fleury und deren Verbindung zu eben jener Dame erfahren hatte. Auch das seltsame Verhalten Monsieur de Purnons im Park von Saint-Cloud ließ er nicht unerwähnt.

»Ihr glaubt also, die Ehrenjungfer der Duchesse hat ihr auf dem Totenbett anvertraut, was sie im Haus Madame Monvoisins sah.«

»Ja.«

»Und dieses Wissen soll Ihre Königliche Hoheit benutzt haben, um eine andere hochgestellte Persönlichkeit unter Druck zu setzen?«

»So ungefähr.«

»Verzeiht, aber Eure Theorie ist vollkommen absurd. Wenn Madame unlauteren Machenschaften auf die Spur gekommen wäre, hätte sie mit Sicherheit die zuständigen Behörden in Kenntnis gesetzt. Im Übrigen, wer aus Madames Bekanntenkreis würde sich mit einer zwielichtigen Person wie dieser Monvoisin abgeben? Ihr scheint schon wieder zu vergessen, wer Madame war und woher sie kam.«

Antoine wollte zu einer Erwiderung ansetzen, als sich die blassen, verzweifelten Gesichtszüge Louise de La Vallières zwischen ihn und den skeptischen Blick Desgrez' schoben. Antoine nippte an seinem Weinglas und bedachte Desgrez mit einem entschuldigenden Lächeln. »Vielleicht habt Ihr recht, und ich habe Euch vollkommen umsonst herbemüht.«

»Nun gut«, brummte Desgrez versöhnlich. »Ihr tatet nur Eure Pflicht. Daraus will ich Euch keinen Vorwurf machen. Überdies ist die Polizei von Paris immer dankbar, wenn sie auf kriminelle Subjekte wie diese Frau aus der Rue La Villeneuve sur Gravois aufmerksam gemacht wird. Sicher war Mademoiselle de Fleury nicht die einzige junge Dame, die diese Person mit ihren rostigen Stricknadeln in den Tod geschickt hat. Solchem Treiben muss endlich ein Ende gesetzt werden!«

»Ich warne Euch, Monsieur Desgrez. Sicher hat es La Voisin, wie sie sich nennt, nicht grundlos zu einem Vermögen gebracht. Wenn Ihr sie verhaftet, werdet Ihr mit Sicherheit nicht mehr finden als obszöne Wandzeichnungen und ein paar harmlose Kräuter. Wartet lieber, bis ich mehr in dieser Sache weiß.«

»Wie Ihr meint. Und was ist mit dem Haushofmeister der Duchesse?«

»Den knöpfe ich mir vor, sobald sich die Gelegenheit dazu bietet. Zunächst aber werde ich mich an den Hof begeben.«

»Wollt Ihr mir verraten, was Euch dorthin führt, Monsieur le Marquis?«

»Die Jagd, mein Bester.«

Kapitel 29

»Sagt, dass das nicht wahr ist!« Furchtsam wich Madame de Montespan auf dem Podest zurück und ließ die Lilie fallen, die der Maler ihr in die Hand gegeben hatte. Purnon sah zu ihr hinauf. Für einen Moment kam es ihm vor, als sähe er das fertige Bild bereits vor sich. Doch stellte es keine Huldigung der Schönheit dar, so wie die Favoritin es in Auftrag gegeben hatte. Es war ein Bild des Entsetzens. Alles verkehrte sich ins Gegenteil. Die edlen Züge Madame de Montespans waren vor Angst verzerrt, ihr roter Mund wirkte wie eine Wunde in dem gepuderten Gesicht, und zertreten vor ihren Füßen lag die weiße Blume: Sinnbild ihrer Liebe zum König von Frankreich. Plötzlich flog ein aufgeschlagenes Buch krachend zu Boden. Das Bild begann zu leben. »Warum musste Madame sich nur mit diesen kleinen Schlampen umgeben!« Die Stimme Madame de Montespans überschlug sich. »Nicht genug damit, dass sie sich aufführen wie rossige Stuten, sie brüsten sich auch noch vor den anderen mit ihrem lasterhaften Treiben. Und diese kleinen Dirnen nennt man Ehrenjungfern.« Die Mätresse raffte ihre Röcke und sprang die Stufen der kleinen Erhebung hinab, die Handwerker in ihrem Gemach für die Porträtsitzung errichtet hatten. Flatternde Seide schlug Purnon ins Gesicht. Er wollte ihr ausweichen, doch konnte er sich nicht rühren. Nur sein Blick folgte Madame de Montespan, während sie aufgebracht das Zimmer durchmaß. Gleich einem Blutfleck breitete sich dabei die Schleppe ihres burgunderroten Überrocks auf dem blankpolierten Holzboden aus. »Dann ist es also wahr, Madame?« Er war überrascht, wie ruhig seine Stimme klang.

Madame de Montespan wirbelte zu ihm herum. »Starrt mich nicht an, als wäret Ihr irre.« Für einen Moment sah es so aus, als wollte sie sich auf ihn stürzen.

»Ihr habt es wirklich gewusst?«

Mit einem Mal verzogen sich ihre Lippen zu einem verächtlichen Lächeln. »Ja, Monsieur de Purnon, ich habe es gewusst.«

Nichts geschah. Und auch das erstaunte ihn. Immer wieder hatte er sich seit seiner letzten Begegnung mit Montagnac gefragt, ob Madame de Montespan von der Verbindung Adèle de Fleurys zur Monvoisin Kenntnis hatte. Allein der Gedanke war so ungeheuerlich, dass jedes Mal ein Vorhang fiel, bevor er ihn zu Ende denken konnte. Als sich aber schließlich der letzte Konvoi mit den Möbeln Monsieurs von Saint-Cloud nach Saint-Germain in Bewegung setzen sollte, war seine Not so unermesslich gewesen, dass er beschlossen hatte, den Transport zu begleiten, um endlich Gewissheit zu erlangen.

»Ist Euch auch bekannt, dass das Mädchen mit Madame über ihre Abtreibung sprach?« Langsam kam Madame de Montespan näher. Das Lächeln vertiefte sich und wurde zu einer teuflischen Fratze.

»Denkt Euch nur, mein lieber Claude, Madame hat es mir selbst erzählt, als sie drohte, mich an den König zu verraten.« Plötzlich löste sich die Starre, die ihn aufrecht gehalten hatte, und mit einem stummen Schrei stürzte er zu Boden. Aus weiter Ferne drang die Stimme Madame de Montespans an sein Ohr. »Glaubte sie etwa, ich würde zulassen, dass sie zerstört, wofür ich jahrelang gearbeitet habe? Glaubte sie, sie könne mir nehmen, was mein ist? Dieses gehässige Weib. Ich höre sie noch: Des Königs Herz lässt sich nicht durch Hexenkunst gewinnen.« Die Stimme kam immer näher. Sie wurde lauter und schriller. Als würde die rasende Frau sich direkt über ihn beugen. »Ha, was wusste sie schon, diese einfältige Ziege. Sie war zu langweilig, um den König länger als einen Sommer zu amüsieren. Deshalb hat sie mir den Erfolg geneidet. Sie war eifersüchtig. Darum wollte sie dem König von den Liebestränken erzählen, von den schwarzen Messen und den Opfern, die ich darbringe, um mir seine Gunst zu erhalten. Sie drohte mich zu vernichten, wenn ich noch einmal zur La Voisin ginge. Doch ich bin ihr zuvorgekommen. Ehe sie mich zu Fall bringen konnte, habe ich sie zu Fall gebracht. Es war ihre eigene Schuld. Und nun steht auf, Monsieur de Purnon. Seid froh, dass ich Euch von diesem gehässigen Weib befreit habe. Sie hätte Euch nie erhört.«

»Ihr!« Mit einem Schrei stürzte er sich auf sie. Er sah, wie sich die Augen Madame de Montespans vor Schreck weiteten, dann stolperte er und fiel zu Boden. Fast im gleichen Moment spürte er einen scharfen Schmerz an seiner Kehle. Als er aus tränenfeuchten Augen aufblickte, sah er in das verwüstete Antlitz des zwergenhaften Pagen. Hinter ihm trat Madame de Montespan in sein Blickfeld. »Beruhigt Euch, Claude.« Ihre Stimme war auf einmal freundlich und voller Wohlwollen. »Es wird alles gut. Wenn wir zusammenhalten, kann uns nichts geschehen.« Sanft legte sie ihrem Beschützer die Hand auf die Schulter. »Steck deinen Degen wieder ein, Hippolyte. Er wird mir nichts tun. Nicht wahr, Claude? Ihr werdet Euch ruhig verhalten.« Durch den dichten Nebel, der seinen aufgewühlten Geist umhüllte, kam es Purnon so vor, als zuckte die Missgeburt bei der Berührung seiner Herrin ängstlich zusammen. Es wunderte ihn, wie flink der verwachsene Page mit seiner bandagierten Hand den kleinen Degen zurück in die Scheide schieben konnte. Wieder drang die Stimme Madame de Montespans an sein Ohr. »Erhebt Euch doch endlich. Und dann lasst uns reden wie Freunde.« Mühsam griff er nach einer Stuhllehne und zog sich hoch. Schweiß brach ihm aus allen seinen Poren. Versöhnlich lächelte Madame de Montespan ihm entgegen. Sie schien vollkommen gefasst, als hätten die Ereignisse der letzten Minuten überhaupt nicht stattgefunden. Dafür hasste er sie noch mehr, falls dies überhaupt möglich war. »Madame ist tot«, stieß er keuchend hervor. »Was hindert mich daran, zum König zu gehen? Glaubt Ihr, ich fürchte den Tod?«

»Ach, mein Freund«, erwiderte Madame de Montespan, und fast schien es ihm, als würde sie Mitleid für ihn empfinden. »In den Liedern stirbt es sich leicht für die Liebe. Doch Euer Tod, seid versichert, würde alles andere als leicht sein. Denkt daran, wie es Ravaillac erging, nachdem er Heinrich IV. erdolchte. Am Morgen der Hinrichtung war sein Haar rabenschwarz, doch als ihn die Pferde in der Nacht endlich in Stücke rissen, war es so grau wie die Asche von verbranntem Papier. Wollt Ihr, dass es Euch genauso ergeht, mein lieber Claude?« Der Blick ihrer blauen Augen bohrte sich in die seinen, bis er es nicht mehr ertrug. Beschämt sah er zu Boden.

Kapitel 30

Die Königin war guter Hoffnung. Oder zumindest glaubte sie einmal mehr, es zu sein, wie sich böse Zungen hinter vorgehaltener Hand zuraunten. Schließlich war es kein Geheimnis, dass der König ihr schon seit Monaten nicht mehr beigelegen hatte. Der Mangel an Liebe, den die unglückliche Marie-Thérèse mit gutem Essen und viel Schokolade wettzumachen suchte, hatte sie lange vor ihrer Zeit zu einer alternden Matrone werden lassen, sodass es niemanden bei Hof wunderte, wenn Seine Majestät lieber noch einen Bastard produzierte, anstatt seinen legitimen Kindern einen Bruder oder eine Schwester zu schenken. Doch die Zweifler wurden eines Besseren belehrt, als der König den segensreichen Zustand seiner Gemahlin offiziell verkünden ließ und gleichzeitig bekanntgab, er werde zur Feier des glücklichen Ereignisses die Skrofulösen empfangen, um sie von ihren Leiden zu befreien. Von nah und fern strömten die Menschen nun herbei, um geheilt zu werden oder ihrem König bei seinem wundersamen Wirken zuzusehen. Für gewöhnlich bot sich dem Volk dieses Schauspiel nur an großen Feiertagen. Gelegentlich aber, wenn Seine Majestät das Volk bei Laune halten wollte, auch zu Mariä Lichtmess oder am Dreifaltigkeitssonntag.

Es war eine Versammlung, wie sie gegensätzlicher nicht hätte sein können, die an diesem Vormittag im Park von Saint-Germain von den Strahlen einer milden Herbstsonne beschienen wurde. Auf der einen Seite glitzerte kostbares Geschmeide, wehten Federn auf breitkrempigen Hüten, und das Geräusch knisternder Seide mischte sich mit dem zarten Rascheln des Herbstlaubs im Wind. Auf der anderen Seite sah man in grobes Tuch gehüllte Gestalten, die aus entzündeten Augenhöhlen voller Staunen auf die Pracht schauten, die sich ihnen im Garten des Königs darbot. Inmitten dieser buntgemischten Menge stand Louis XIV.

Antoine, der etwas abseits vom Gedränge auf eine Marmorbank gestiegen war, um das Geschehen besser verfolgen zu können, musste dem König wieder einmal Beifall zollen. Louis XIV. war ein Meister der Inszenierung. Umringt von kostbarsten Gewändern, hatte er für sich einen schlichten braunen Samtanzug gewählt, der gerade durch seine Bescheidenheit die königliche Würde des Trägers betonte. Er, den man seit seiner Geburt Dieudonné nannte, hatte es nicht nötig, der Welt seine Nähe zu Gott unter Beweis zu stellen, indem er sich in edle Stoffe hüllte und mit Juwelen behängte. Louis wusste, wie er das einfache Volk auf seine Seite zog. Antoine erkannte es an den ausgezehrten Gesichtern der Menschen, wenn es an ihnen war, vor dem König niederzuknien. Voller Verzückung sahen sie zu ihm empor, sobald er ihnen die Hand aufs Haupt legte und dabei die heilige Formel sprach: Der König berührt dich, Gott heilt dich. Für seine Landeskinder hatte Louis indes keinen Blick übrig. Mit starrer Miene sah er über die Köpfe der Menge hinweg. Trotz des Menschenauflaufs, der ihn umgab, kam es Antoine so vor, als habe der König eine unsichtbare Schranke um sich errichtet, die niemand zu übertreten wagte. Ob Seine Majestät selbst daran glaubte, einzig durch die Kraft seiner Berührung diese Menschen heilen zu können, konnte Antoine nur vermuten. Er jedenfalls bezweifelte, dass sich die ekelerregenden Ausschläge an Nasen und Ohren der Erkrankten durch die Berührung des Königs vertreiben ließen. Allerdings hütete er sich, diesen lästerlichen Gedanken laut zu äußern. Nichts war weniger à la mode als Kritik am Monarchen. Nachdem er genug von dem Spektakel gesehen hatte, ließ Antoine seinen Blick ein wenig umherschweifen. Er sah nur wenige seiner früheren Bekannten, da Monsieur sich unwohl fühlte und mitsamt seinem Gefolge der Zeremonie ferngeblieben war. Plötzlich aber entdeckte er zwischen den Gruppen schwatzender Höflinge die zarte Gestalt Louise de La Vallières. Vollkommen alleine wandelte die offizielle Mätresse des Königs abseits des Treibens umher und wurde von ihren früheren Neidern und Bewunderern bestenfalls mit einem Kopfnicken bedacht. Die Missachtung, die man ihr entgegenbrachte, schien der Duchesse wenig auszumachen. In sich versunken ließ sie einen Rosenkranz aus schwarzen Perlen wieder und wieder durch ihre Finger gleiten, während sie ziellos auf und ab schritt. Antoine gab seinen Beobachtungsposten auf und gesellte sich zu ihr.

»Ein beeindruckendes Schauspiel, Madame.«

Abrupt beendete Louise de La Vallière ihre einsame Wanderschaft. »Was wollt Ihr von mir? Ich habe kein Geld.« Unwille überschattete die blassen Züge der ehemaligen Favoritin, als sie versuchte, an Antoine vorbeizublicken. »Das sagte ich Euch bereits.«

Flüchtig glitten seine Augen hinab zu ihren Handgelenken, die sie unter Handschuhen aus zartem, rotbraunem Wildleder zu verstecken suchte. »Ihr wisst, dass es mir bei unserer letzten Begegnung nicht um Geld zu tun war.«

»Was meint Ihr?«

»Lassen wir das Spiel, Madame. Wie allen anderen bei Hof dürfte auch Euch bekannt sein, dass ich vom König beauftragt wurde, den Tod der Duchesse d'Orléans zu untersuchen. Und in meiner Eigenschaft als persönlicher Ermittler Seiner Majestät fordere ich Euch nochmals auf, mir zu sagen, was Ihr im Hause Madame Monvoisins zu suchen hattet.« Wie bei seinem Krankenbesuch vor wenigen Wochen spiegelte sich Angst auf den mageren Zügen Louise de La Vallières, als er das Gespräch auf die Hexe aus der Rue La Villeneuve sur Gravois lenkte.

»Es gibt nichts zu sagen. All dies hat nichts mit dem Tod der Duchesse zu tun.«

»Ach nein? Dann will ich Euch etwas verraten, Madame. Nicht nur ich sah Euch bei jener Frau, die sich La Voisin nennt und die ihre Zeit damit zubringt, Neugeborene abzuschlachten, um sie in widerwärtigen Ritualen Satan als Opfer darzubringen.«

»Ich verstehe nichts von dem, was Ihr sagt, Marquis.« Eilig setzte Louise de La Vallière sich wieder in Bewegung.

»Ich glaube, dass Ihr mich sehr gut versteht. Ihr wurdet von einer Ehrenjungfer der Duchesse d'Orléans beobachtet, die sich zur gleichen Zeit wie Ihr im Hause dieser Hexe aufhielt.«

»Das ist nicht wahr! Zeigt mir das Mädchen.«

Während er ihr dicht auf den Fersen blieb, bemerkte Antoine, dass sich in einem gewissen Abstand bereits eine Gruppe Schaulustiger zusammengefunden hatte, die sein Zusammentreffen mit der Maitresse en titre offenbar unterhaltsamer fanden als die immer gleich bleibende Zeremonie des königlichen Handauflegens. »Leider ist mir das nicht möglich. Sie starb wenige Tage später. Was für ein Glück, nicht wahr?«

»Warum belästigt Ihr mich, wenn Ihr nichts weiter vorweisen könnt als haltlose Behauptungen?«

»Ich bin noch nicht fertig. Denn bevor sie starb, ließ die Ehrenjungfer ihre Herrin zu sich rufen und erleichterte ihr Gewissen. Das wiederum ist Euer Pech.«

»Hört auf damit. Warum quält Ihr mich? Ich sagte Euch bereits, dass ich nichts mit all dem zu schaffen habe.« Antoine fiel es schwer, sich dem Flehen dieser verzweifelten Frau zu verschließen. Auch konnte er sich nicht vorstellen, dass Louise de La Vallière für den Tod Madames verantwortlich war. Trotzdem war er sicher, dass sie etwas vor ihm verbarg, und er war entschlossen herauszufinden, was es war. Das zumindest war er Marie schuldig.

»Sagt mir, was Madame gegen Euch in der Hand hatte! Wusste sie, dass Ihr mit Hilfe von Hexenkunst danach trachtetet, die Liebe des Königs zurückzuerobern? Wusste sie von einer kompromittierenden Schwangerschaft, die Euch in den Augen Seiner Majestät noch weiter herabgewürdigt hätte?«

»So hört doch auf damit. Ich flehe Euch an.«

»Oder wusste sie gar von den Säuglingen, die auf Eure Veranlassung in der Privatkapelle Madame Monvoisins hingemordert wurden? Was wusste sie? Sagt es mir!« Antoine verstellte Louise de La Vallière den Weg und zwang sie, stehen zu bleiben. »Es muss für Madame ein Fest gewesen sein, ihre alte Rivalin kompromittiert zu sehen. Wie man hört, ist sie nicht gerade zimperlich mit ihren Feinden verfahren.«

»Hört auf, Monsieur le Marquis«, wütend stampfte Louise de La Vallière mit dem Fuß auf. Und wieder blitzte die alte Kampfeskraft durch, die diese schlanke Gestalt früher durchdrungen haben mochte. »Ich sage es Euch ein letztes Mal: Mit nichts von alledem habe ich etwas zu schaffen.«

»Dann brecht endlich Euer störrisches Schweigen und redet. Ich habe eine Freundin während meiner Ermittlungen verloren. Ich verlange eine Antwort.«

»Dann hört mich an, Marquis.« Die Stimme Louise de La Vallières war nun kaum mehr als ein heiseres Flüstern. »Ich weiß nicht, was der König Euch für Eure Dienste versprochen hat. Aber seid gewiss, es lohnt die Mühe nicht. Der Tod Madames wird nie gesühnt, auch wenn Ihr ihren Mörder findet.«

»Was macht Euch so sicher?«

Aufmerksam sah Louise de La Vallière sich um, bevor sie weitersprach. »Weil Personen darin verwickelt sind, die über den Gesetzen des Königs stehen.«

»Wen meint Ihr, Madame? Wer steht über den Gesetzen des Königs?« Voller Verzweiflung tauchte die Duchesse den Blick ihrer traurigen Augen in die seinen. »Sucht nicht nach einer Antwort auf diese Frage, sie würde Euch nur Unglück bringen.« Bevor Antoine weiterbohren konnte, kehrte sie ihm den Rücken und hastete davon.

Kapitel 31

Zu den Klängen Lullys bewegten sich die Tanzenden wie lebensgroße, von Geisterhand gelenkte Marionetten durch den riesigen Ballsaal. Schweiß perlte an ihren Schläfen herab und zeugte von der Anstrengung, die es kostete, die komplizierten Figuren in den schweren, diamantenübersäten Gewändern auszuführen. Mit einer Mischung aus Neid und Mitleid verfolgte Antoine das Geschehen im Theater des alten Schlosses von Saint-Germain en Laye. Die Ballgesellschaft bildete ein langgezogenes Viereck, an dessen Kopfseite der König mit den Mitgliedern seiner Familie Aufstellung genommen hatte. Damen und Herren tanzten streng nach ihrer Rangordnung an den Längsseiten des Vierecks, während der königlichen Familie gegenüber die Prinzessinnen und Prinzen von Geblüt Position bezogen hatten. Die Gesichter der illustren Tänzer waren zu Masken erstarrt, wenn sie sich bogen und ihre Köpfe dem gleißenden Licht der Kronleuchter entgegenstreckten. Denn abgesehen von den körperlichen Mühen bedeutete es auch einen nicht unerheblichen Aufwand an Konzentration, die schwierige Choreographie dieser neuen Tanzart fehlerfrei zu vollführen, vor allem in Anwesenheit Seiner Majestät.

»Warum tanzt Ihr nicht, Monsieur le Marquis?« Antoine drehte sich um und begegnete dem bezaubernden Lächeln Madame de Sévignés.

»Ich war lange abwesend«, entgegnete er und freute sich, endlich einem sympathischen Menschen zu begegnen. »Mir sind die neuen Tänze noch fremd. Daher sehe ich lieber zu und lerne.«

»Eine weise Entscheidung. An einem Hof, dessen König den Tanz zum Staatsakt erhoben hat, kann ein falsch gesetzter Fuß fatale Folgen haben.«

»Und wie steht es mit Euch, Madame? Sicher würdet Ihr mit Eurer Anmut alle übrigen Damen in den Schatten stellen.«

»Ihr seid ein Schmeichler, Marquis. Ihr versucht mir schönzutun, dabei könnte ich Eure Mutter sein.«

»Niemand bei Hof würde das für möglich halten.« Antoine reichte Madame de Sévigné galant seinen Arm und lud sie ein, mit ihm durch den Saal zu flanieren.

»Da, seht nur.« Die Marquise deutete unauffällig auf den weißen, mit goldenen Lilien bestickten Thronhimmel, unter dem die Königin saß. »Ihre Majestät tut es Euch gleich. Auch sie beherrscht die Tänze nicht und verzichtet daher auf das Vergnügen, sich an der Seite ihres Gemahls zu zeigen.«

»Ihr solltet Ihrer Majestät Gesellschaft leisten, Madame. Zwar weiß sie Eure Gegenwart sicher nicht so zu schätzen wie ich, doch besitzt sie ein weitaus größeres Anrecht darauf.«

»Lieber nicht«, wehrte Madame de Sévigné entschieden ab. »Die Königin macht ein langes Gesicht. Und wenn sie schlechter Laune ist, kann ihre Gegenwart zuweilen recht strapaziös sein.« Antoine betrachtete die kleine, pummelige Frau, die da unter dem Thronhimmel saß, etwas genauer. Demonstrativ verschränkte Marie-Thérèse die Hände vor ihrem gewölbten Leib und sah finster in die Menge. »Aber hat sie nicht allen

Grund zur Freude? Das Fest findet ihr zu Ehren statt, und bald wird sie dem König ein weiteres Kind gebären.«

»Freud und Leid liegen oft dicht beieinander, Marquis. Folgt dem Blick der Königin, und Ihr werdet den Grund für ihre Übellaunigkeit erfahren.« Tatsächlich starrte die Königin unverwandt auf einen bestimmten Punkt der Tanzfläche, dorthin, wo Madame de Montespan gerade ihren diamantenbestickten Samtrock auffaltete und sich dabei äußerst kunstvoll zum Klang der Cembalos drehte. »Welche Königin, verehrter Marquis, kann den Glanz einer so strahlenden Göttin in ihrer Nähe ertragen?«

In der Tat stach die Favoritin mit ihrer köstlichen Robe sogar noch zwischen all dem Prunk, der hier zu sehen war, hervor.

»Übrigens hörte ich«, fuhr Antoines reizende Begleiterin nach einem Moment fort, »dass Madame de Montespan dem König heute eine große Szene gemacht hat.«

»Verratet Ihr mir den Grund?«

»Er wollte ihr nicht gestatten, sich in einem goldenen Kleid bei Hofe zu zeigen, das sie sich in aller Heimlichkeit hatte schneidern lassen, um ihn zu überraschen.«

»Die Dame stolpert über ihren Ehrgeiz«, stellte Antoine amüsiert fest.

»Ihr sagt es«, entgegnete Madame de Sévigné mit einem ironischen Lächeln, das Antoine voller Genugtuung erwiderte. Es freute ihn, dass der König die hochmütige Athénaïs in ihre Schranken verwiesen hatte. Jeder bei Hof wusste, dass es dem stolzen Spross der Mortemart nicht genügte, in aller Heimlichkeit die Rolle der königlichen Geliebten zu spielen. Da ihr aber durch die Ehe mit dem Marquis de Montespan die Herzoginnenwürde und damit auch die einhergehenden Privilegien verwehrt blieben, versuchte sie auf andere Art und

Weise, ihre intime Verbindung mit dem König der Öffentlichkeit zur Kenntnis zu bringen. Doch ausgerechnet ihr königlicher Liebhaber war es, der den Ambitionen Madame de Montespans immer wieder in die Quere kam. Er bestimmte die Regeln bei Hof, an die sich jeder zu halten hatte, wollte er dem Glanz der Sonne nahe sein. Der äußeren Erscheinung kam dabei ein ganz besonderer Platz in dem engmaschigen Regelwerk höfischer Etikette zu. Durch sie wurde offenbar, welchen Rang eine Person einnahm oder wie hoch sie in der königlichen Gunst stand. Da aber das Tragen goldgewirkten Gewebes den Prinzessinnen und Prinzen von Geblüt vorbehalten war, hätte der König seine eigenen Spielregeln gebrochen und eine Palastrevolution riskiert, wenn er dieses Privileg auf die Marquise ausgeweitet hätte. »Welch ein Glück«, erklärte Antoine schließlich, »dass die Garderobe der Marquise für einen solchen Notfall entsprechend bestückt war.«

»Nun, und das, teurer Freund, gereicht wiederum Ihrer Majestät zum Verdruss. Denn es war der König selbst, der Madame de Montespan dieses köstliche Kleid zum Geschenk machte. Aber was für ein Zufall«, erklärte die Marquise mit einem Mal überrascht. »Unsere verehrte Athénaïs kommt direkt auf uns zugesteuert.« Tatsächlich hatte Madame de Montespan die Tanzfläche verlassen und schritt ihnen mit strahlendem Lächeln entgegen. »Ihren kleinen Diener hat sie auch mitgebracht«, flüsterte Madame de Sévigné missbilligend. »Der arme Bursche ist wirklich zu bedauern. Sein Dienst bei Hof beschert ihm wenig Freude.« Antoine musste ihr von ganzem Herzen recht geben. Das unglückliche Kerlchen stolperte, verfolgt von den angewiderten Blicken der Ballgesellschaft, hinter seiner Herrin her und versuchte dabei krampfhaft, an der Schleppe ihres Kleides Halt zu finden. Als sie zu ihnen getreten war, richtete Madame de Montespan das Wort zunächst an Madame de Sévigné. »Verehrte Marquise, ich weiß, ich bin eine furchtbare Egoistin. Aber Ihr müsst mir erlauben, Monsieur de Montagnac für einen Augenblick zu entführen.«

»Ich wäre dem Marquis eine schlechte Freundin, Madame, wollte ich ihm Eure Gesellschaft vorenthalten.« Madame de Sévigné schenkte Antoine ein letztes, verschwörerisches Zwinkern und wurde alsbald von Wellen aus Seide und Brokat verschluckt, die hinter ihrem Rücken zusammenschlugen.

»Welchem Umstand verdanke ich das Vergnügen, Eure Aufmerksamkeit erregt zu haben?« Antoine reichte Madame de Montespan ebenfalls seinen Arm, doch tat er es mit wesentlich weniger Freude als wenige Minuten zuvor bei Madame de Sévigné. Ohne dass ihr Lächeln erstarb, stieß die Marquise zwischen den Zähnen hervor: »Ob meine Aufmerksamkeit Euch zum Vergnügen gereicht, Marquis, werden wir sehen.« Lose hakte sie sich unter und schritt mit ihm durch die Menge.

»Zürnt Ihr mir, Madame?« Antoine hatte Mühe, seiner Stimme einen letzten Rest an Freundlichkeit zu verleihen. Er konnte sich wahrlich nicht erklären, womit er diesmal das Missfallen der Bettgefährtin des Königs geweckt haben mochte. Außerdem beschlich ihn das unbehagliche Gefühl, nun auf die gleiche Art und Weise an der Marquise zu hängen wie soeben noch der bejammernswerte Zwerg an ihrer Schleppe.

»Das tue ich, in der Tat.« Madame de Montespan sprach so leise, dass Antoine sich zu ihr hinabbeugen musste, um sie verstehen zu können. »Mir ist zu Ohren gekommen, dass Ihr der armen Louise im Park aufgelauert habt, um sie zu verhören. Noch dazu, während der König, nur wenige Schritte entfernt, seinen heiligsten Verpflichtungen nachkam.«

Antoine blieb stehen und musterte die Marquise kühl von der Seite. Mit Kennerblick überschlug er dabei, dass ihre Robe von Juwelen besetzt war, die einen Wert von zwanzigtausend Livres leicht überschritten.

»Was ist, Monsieur?« Ungeduldig spielte Madame de Montespan mit einer Perlenschnur, die um ihr linkes Handgelenk geschlungen war. »Wollt Ihr Euer Verhalten erklären, oder zieht Ihr es vor, noch länger auf mein Kleid zu starren?«

»Euch dürfte bekannt sein, dass ich mit einigem Recht die Befragung der Duchesse de Vaujours vorgenommen habe. Sie verfügt über gewisse Informationen, die für den König von großem Interesse sind.«

»Was macht Euch so sicher, dass das, was Ihr in Erfahrung zu bringen sucht, wirklich von Interesse für ihn ist?«, entgegnete die Marquise voller Hohn. »Soweit ich weiß, hat er Euch schon einmal getäuscht.«

»Wie darf ich das verstehen?«

»Seid so gut, Marquis, und lächelt. Die Augen aller sind auf uns gerichtet.« In der Tat wurden sie von allen Seiten neugierig angestarrt, und sogar der König, der wieder neben seiner Gemahlin Platz genommen hatte, sah von seinem Thronsessel aufmerksam in ihre Richtung. »Dann erlaubt mir, Euch in den Garten zu führen. Die Nacht ist mild. Dort können wir uns ungestört unterhalten.«

»Marquis! Ihr vergesst, mit wem Ihr sprecht. Ich werde ohnedies schon genug zu erklären haben. Wenn ich jetzt noch in aller Öffentlichkeit mit Euch einen nächtlichen Spaziergang unternehme, wird man sich wochenlang darüber das Maul zerreißen.«

»Und was ist mit ihm?« Antoine deutete auf den Pagen, der ihnen lautlos wie ein Schatten gefolgt war. Madame de Montespan würdigte ihren kleinen Begleiter keines Blickes. »Macht Euch um Hippolyte keine Sorgen. Ein kluger Mann hat ihm die Zunge herausgerissen, bevor er ihn an seinen ersten Herren verkaufte. Er ist daher bestens geeignet, den Dienst bei Personen in … schwierigen Positionen zu versehen.«

»Nun gut.« Antoines Mundwinkel waren schwer wie Blei, als er sie zu einem künstlichen Lächeln verzog und mit Madame de Montespan die Schlenderei durch den Ballsaal wieder aufnahm. »Doch habt die Güte, Euch etwas klarer auszudrücken. Sonst wird nur allzu deutlich, dass Euer Reden mich in Erstaunen versetzt, und das würde erst recht die Neugier der Leute wecken. Was ist mit dem König? Warum hat er kein Interesse an einer Ermittlung, die er doch selber befahl?«

»Das will ich Euch sagen. Zuvor aber möchte ich Euch einen kleinen Rat geben. Ihr solltet lernen, Eure Gefühle besser unter Kontrolle zu halten, wenn Ihr bei Hof Euer Glück machen wollt. – Liebste Freundin«, rief sie ohne Überleitung einer Bekannten zu, die gerade ihren Weg kreuzte. »Ihr müsst mir unbedingt Euren Friseur schicken. Euer Haar ist einfach hinreißend.« Die so Angesprochene glühte vor Stolz und wurde von den umstehenden Damen mit neidvollen Blicken bedacht.

»Der König«, drängte Antoine, »was ist mit ihm?«

»Der König ist ein Mann, auf dessen Schultern große Verantwortung lastet, Monsieur le Marquis. Keiner hier im Saal ahnt nur im Entferntesten, wie sehr die Sorge um das Wohl des Staates ihn belastet. – Türkis steht Euch ganz ausgezeichnet, Comtesse, Ihr solltet es immer tragen.«

»Was hat das mit dem Gespräch zu tun, das ich heute Vormittag mit der Duchesse de Vaujours führte?«

»Sehr viel. Die Duchesse wollte Euch warnen.«

»Warnen, wovor?«

»Fragt nicht, wovor, fragt, vor wem. Ihr sucht zu ergründen, was zum Tode Madames geführt hat, Marquis. Ich will es Euch sagen: Es war die Sorge Seiner Majestät um das Wohl Frankreichs.«

»Wie bitte?« Verblüfft hielt Antoine inne.

»Glotzt mich nicht an wie ein Ochse! Lächelt!«

»Was Ihr sagt, Madame, wird immer verworrener. Wollt Ihr etwa andeuten, dass Seine Majestät …«

»Ich möchte gar nichts andeuten«, zischte Madame de Montespan und brachte Antoine durch einen energischen Druck ihrer Hand dazu, die Wanderung wieder aufzunehmen. »Seine Majestät bat Madame bei einer gewissen außenpolitischen Mission um Hilfe. Diese gewährte sie ihm, forderte dafür jedoch eine Gegenleistung.«

»Ich weiß. Der König ließ den Chevalier de Lorraine ihr zu Gefallen vom Hof entfernen.«

»Das ist richtig. Nachdem sie aber erst einmal erkannt hatte, wie wichtig ihr Einfluss auf den englischen König für die Bündnispolitik Seiner Majestät war, stellte sie immer mehr Forderungen und verlangte schließlich Unmögliches von ihm. Ah, wie ich sehe, plaudert er mit Madame Gonzaga. Das ist gut. Dann ist er ein wenig abgelenkt.«

»Was verlangte sie?«

»Die Annullierung ihrer Ehe durch den Papst. Gemeinsam mit ihren Töchtern wollte sie Frankreich verlassen. Sie schlug dem König vor, als eine Art Sondergesandte am Hof ihres Bruders den französischen Interessen dienlich zu sein. Gleichzeitig aber drohte sie, Charles II. zum Vertragsbruch zu bewegen, sollte Seine Majestät sich weigern, auf ihren Vorschlag einzugehen.«

Wieder einmal läuteten Antoines Alarmglocken Sturm. Bezichtigte Madame de Montespan etwa den König, die Verantwortung für Madames Tod zu tragen? Und wenn ja, was hatte ihr Auftritt nur zu bedeuten? »Soll das etwa heißen, der König ließ seine Schwägerin beseitigen, weil sie eine permanente Gefahr für seine Außenpolitik darstellte?«

»Es bleibt Euch überlassen, Monsieur le Marquis, Eure Schlüsse zu ziehen.«

»Zufällig, Madame, weiß ich um die prekäre Finanzlage des englischen Königs. Er hätte einer Scheidung niemals zugestimmt. Er ist auf die Gelder aus Frankreich angewiesen.«

»Die Gelder aus Frankreich wären leicht zu verschmerzen gewesen, hätte er seine Schwester erst einmal Wilhelm von Oranien zur Gemahlin gegeben«, entgegnete Madame de Montespan und nickte einer Frau in zitronengelbem Kleid huldvoll zu. »Der Herr des flachen Landes ist Calvinist und würde mit Freuden eine englische Prinzessin ehelichen, sogar eine geschiedene.«

»Aber was ist mit mir?« Mehr noch als der Inhalt ihrer Worte verdross Antoine der überhebliche Ton, den die Favoritin ihm gegenüber anschlug.

»Ihr, lieber Marquis, solltet den kursierenden Gerüchten neue Nahrung verleihen.« Madame de Montespan bedachte ihn mit einem herablassenden Lächeln. »Ihr dientet lediglich der Fassade. Mehr nicht.«

»Warum erzählt Ihr mir das alles?«

»Ihr scheint nicht zu begreifen, dass Eure fruchtlose Suche nur Verwirrung stiftet. Gebt sie auf, und man wird sich erkenntlich zeigen.«

»Ist Seine Majestät über den Inhalt unseres Gesprächs informiert?«

»Bitte verzeiht.« Unvermittelt nahm Madame de Montespan ihre Hand von seinem Arm. »Ich darf meine Freunde nicht länger warten lassen. Sehe ich Euch morgen zur Jagd?«

»Nein. Ich kehre heute Nacht nach Paris zurück.«

»Das ist gut, Monsieur le Marquis, glaubt mir.«

Sie warf Antoine einen letzten, unergründlichen Blick zu, dann glitt sie, den winzigen Diener wie die Verlängerung ihrer Schleppe hinter sich herschleifend, davon.

Mitternacht war lange vorüber, als Antoine endlich die Flucht aus dem Ballsaal gelang. Zwar hatte er nach seiner Unterhaltung mit Madame de Montespan den dringenden Wunsch verspürt, in Ruhe über alles nachzudenken; da die Etikette jedoch verbot, ein Fest vor dem König und der Königin zu verlassen, war ihm nichts anderes übrig geblieben, als seinen Wunsch hintanzustellen. Kaum hatte sich das Herrscherpaar endlich zurückgezogen, musste er feststellen, dass es plötzlich äußerst schwierig geworden war, bis zu den Pforten des Saales vorzudringen. Das überraschende Interesse Madame de Montespans an seiner Person hatte die Neugier des Hofes geweckt, und Antoine fand den Weg von unbekannten Gesichtern versperrt, die sich wie zufällig gemeinsamer Freunde erinnerten oder schon lange den Augenblick herbeigesehnt hatten, seine Bekanntschaft zu machen.

Endlich war es ihm, aller Schmeicheleien zum Trotz, dennoch geglückt, durch eine Seitentür in den Innenhof zu entkommen. Ein paar Sekunden hielt er inne und ließ begierig die kühle Nachtluft in seine Lungen strömen. Dann sah er sich um. Aus dem Festsaal fiel der Schein unzähliger Kerzen zu ihm herunter. Eilig trat Antoine aus dem Lichtkreis, um nicht auch noch hier draußen von besonderen Eiferern belästigt zu werden. Erstaunt musste er sich eingestehen, dass es ihn recht wenig bekümmerte, vom Quartiermeister übergangen worden zu sein. Er fühlte sich sogar erleichtert, den kommenden Morgen alleine in seinem Bett begrüßen zu dürfen und nicht, wie es ursprünglich seine Absicht gewesen war, in Gesellschaft all jener Leute im Ballsaal, denen nichts etwas galt, das jenseits der königlichen Gunst lag. Vielleicht, überlegte er, während er die arkadendurchzogene Fassade des Schlosses entlangschlenderte, sollte er dem Rat Louise de La Vallières Folge leisten und seine Suche aufgeben. Egal wer Madame auf dem Gewissen hatte: Ob es der König war, Monsieur, sein Bruder oder der Chevalier de Lorraine, Schurken waren sie alle. Und vielleicht würden sie einmal in der Hölle schmoren für das, was sie getan hatten. Er hoffte es von ganzem Herzen, doch was ging ihn das an? Sofort bereute er diesen Gedanken. Er hatte geschworen, Maries Mörder zu finden, und wenn dies zugleich bedeutete, den Tod der hochmütigen Stuart-Prinzessin zu rächen, sollte es ihm recht sein. Falls es überhaupt in seiner Macht lag, Rache zu üben. Denn nach dem, was ihm Madame de Montespan heute erzählt hatte, würde beider Tod mit Sicherheit ungesühnt bleiben, genau wie Louise de La Vallière es heute Vormittag vorausgesagt hatte. Trotzdem, er war es Marie schuldig, weiterzuforschen. Auch wenn Louis XIV. einen ganzen Harem aufbot, um ihn davon abzubringen. Außerdem war er nicht gewillt, sich zum Narren halten zu lassen. Mochte der König, wenn es ihm beliebte, den Zwerg seiner Favoritin an dessen Nase herumführen. Aber nicht ihn, einen Edelmann aus dem Languedoc. So lebendig sah Antoine das Bild des kleinen Pagen vor sich, dass er auf einmal meinte, dieser stünde ihm leibhaftig gegenüber. Antoine schrak zurück. Seine Phantasie hatte ihm keinen Streich gespielt. Tatsächlich stand der verwachsene Knilch wenige Schritte von ihm entfernt inmitten einer kleinen Buchsbaumbepflanzung, die zerstörten Züge seines Gesichts von einer Öllampe geisterhaft beleuchtet. »Heda«, entfuhr es Antoine, »was fällt dir ein, dich so leise an mich heranzuschleichen?« Ein wenig schämte er sich für seine Schreckhaftigkeit, dennoch war es ihm nicht angenehm, dieser seltsamen Kreatur mitten in der Nacht gegenüberzustehen.

»Du solltest bei deiner Herrin sein. Sie leidet es sicher nicht, wenn du um diese Zeit spazieren gehst. Oder hat sie dich gar hinter mir hergeschickt?«, fügte er argwöhnisch hinzu.

Der Zwerg schüttelte den Kopf. Er trat näher und musterte Antoine mit seinen kleinen dunklen Augen, die zwischen den Fleischwülsten seines Gesichts unheimlich zu glühen schienen.

»Trotzdem hast du hier auf mich gewartet?« Der Kleine nickte unmerklich, dann bot er ihm seine Lampe dar, die er ungeschickt in der Linken hielt, da seine rechte Hand von Schlingen aus Scharpie umwickelt war. Sobald Antoine sie genommen hatte, begann er an seinem prächtig gearbeiteten Rock herumzunesteln.

»Was ist dir? Deine Kleider behältst du besser am Leib, wenn du dich nicht erkälten möchtest.«

Sobald der Kobold die Knöpfe seines Wams geöffnet hatte, zerrte er unter seinem Hemd einen Beutel hervor. Diesem entnahm er etwas Unförmiges und hielt es Antoine entgegen. »Was ist das?« Antoine beugte sich zu ihm hinunter. Zunächst sah er nur ein Stück Stoff. Dann erkannte er, was es war. In seinen Händen hielt der Page Maries blausamtene Kappe. Verwirrt nahm Antoine das Kleidungsstück entgegen. Erst jetzt fiel ihm ein, dass die Kappe nicht unter den Kleidungsstücken gewesen war, die Desgrez ihm im Châtelet übergeben hatte. Damals war ihm das Fehlen der Kopfbedeckung nicht weiter aufgefallen. »Woher hast du das?« Behutsam ließ er seine Finger über den Samt gleiten. Die Oberseite wies einen großen Riss auf, dessen Ränder sich hart anfühlten, als sei der Stoff an dieser Stelle mit Blut getränkt worden. Antoine ging in die Hocke, sodass er dem Zwerg in die Augen sehen konnte. »Man nennt dich Hippolyte, ist das richtig?« Wieder erfolgte nur ein stummes Nicken. »Warst du dabei, als Marie starb?«

Hippolyte senkte den Blick und verharrte regungslos. Antoine widerstand der Versuchung, ihn bei den schmalen Schultern zu packen und durchzuschütteln. Äußerlich gefasst fragte er: »Wer hat sie umgebracht?« Flinker als sein verwachsener Körperbau es vermuten ließ, wandte der Page sich ab und taumelte davon. »Warte!« Antoine setzte zur Verfolgung an, dabei spritzte heißes Öl aus der Lampe auf seine Hand. »Verflucht! So warte doch!« Gerade wollte er Hippolyte am Kragen packen, als dieser sich umwandte und mit seiner unverletzten Hand Antoines Ärmel ergriff. Der Zwerg war also gar nicht auf der Flucht vor ihm. »Möchtest du mir etwas zeigen?« Ohne zu reagieren, zog Hippolyte ihn in die Richtung, aus der Antoine soeben gekommen war. Fast schon fürchtete er, der Page wolle ihn zurück auf den Ball schleppen. Zu seiner Erleichterung aber steuerten sie direkt auf die Schlosskapelle zu, die noch aus der Zeit Ludwigs des Heiligen stammte. Sie stiegen die Stufen zum Eingang hinab und öffneten die Tür. Kaum waren sie eingetreten, wähnte Antoine sich umfangen vom mystischen Fluidum des Mittelalters. Ein kalter Lufthauch, durchzogen von Bienenwachs und Weihrauch, wehte durch das alte Gemäuer, und fast schon war es ihm, als brächte das flackernde Licht der Öllampe den Schemen jenes frommen Ritterkönigs zurück, der hier vor über vierhundert Jahren den Beistand des Himmels für seine Schlachten gegen die Muselmanen erfleht hatte. Dass er dabei selbst in Gefangenschaft geraten war, tat dem Ruf der Kapelle keinen Abbruch, sie gehörte zu den bevorzugten Andachtsstätten Seiner Majestät. Gerne hätte sich Antoine ein wenig umgesehen, doch wurde er von Hippolyte erneut am Handgelenk gepackt und durch das einschiffige Innere zu einer kleinen Tür gezogen, die hinter dem Altar in die Mauer eingelassen war. Dort nahm ihm Hippolyte die Lampe wieder aus der Hand und bedeutete Antoine, die Pforte zu öffnen. Sie traten auf eine Brücke, die über den Schlossgraben führte, und gingen zum Vorplatz. Hier herrschte ein Chaos, wie ihn der Pariser Verkehr zu seinen besten Zeiten nicht kannte. Unentwirrbar war das Knäuel aus Menschen, Tieren und Fuhrwerken, die darauf zusammengekommen waren und einen ohrenbetäubenden Lärm verursachten. Erleichtert stellte Antoine fest, dass sich Hippolyte in dem Getümmel viel besser zurechtfand als er selber. Wie ein Kaninchen schlug der stumme Page seine Haken und bewahrte sie dank umsichtiger Ausweichmanöver sogar davor, vom Eisenhuf eines allzu nervösen Pferdes erschlagen zu werden. Während er sich Hippolytes Führung überließ, schweifte Antoines Blick immer wieder suchend über den Platz. Irgendwo zwischen all den Vier- und Sechsspännern war sicher auch seine bescheidene Mietkutsche eingekeilt. Er musste jedoch schnell feststellen, dass es vergebens war, in dem Durcheinander irgendetwas entdecken zu wollen. Den Gefahren vor dem Palast glücklich entronnen, umrundeten sie den alten Wehrturm Karls V. und strebten auf einen der Pavillons zu, die Seine Majestät errichten ließ, um der stetig wachsenden Anzahl seiner Hofgesellschaft Herr zu werden. Wieder zeigte sich Antoine die bemerkenswerte Geschicklichkeit seines verwachsenen Begleiters. Wie ein Äffchen kletterte Hippolyte über Steinhaufen, Schubkarren und Bauschutt und verschwand schließlich in einer Öffnung des unfertigen Gebäudes. »Willst du mich etwa durch diesen ganzen Schmutz jagen, kleiner Mann?«, fragte Antoine wenig begeistert. »Ich glaube, du weißt nicht, was du da von mir verlangst.« Bevor er Hippolyte folgte, warf er voller Bedauern einen letzten Blick auf seine Seidenschuhe, deren Perlen im Mondlicht sanft schimmerten. Der Einsatz schien sich zu lohnen. Kaum war er in dem unfertigen Gemäuer verschwunden, vernahm er die typischen Geräusche einer herannahenden Kutsche. Antoine spähte durch die Lücke, durch die er gerade gestiegen war, und sah, dass keinen Steinwurf von ihm entfernt eine große Kalesche zum Stehen kam. Er wandte sich Hippolyte zu, der auf einem umgekippten Eimer saß und scheinbar unbeteiligt mit den Locken seiner Perücke spielte. Ohne sie zu sehen, spürte Antoine doch, dass die dunklen Knopfaugen des Pagen erwartungsvoll auf ihn gerichtet waren. Er wandte sich wieder der Kutsche zu und zählte die Pferde. Es waren acht. Interessant. Plötzlich entstand Bewegung. Aus einem Seiteneingang des Schloss waren zwei Lakaien getreten, ein jeder von ihnen mit einer brennenden Fackel in der Hand, deren flackernder Schein die Karosse beleuchtete, sodass Antoine trotz der Entfernung erkennen konnte, welches Emblem den Wagenschlag zierte. Es war der zweigeteilte Löwe, das Wappentier Louise de La Vallières. »Soso«, flüsterte er, »die zartbesaitete Duchesse unternimmt mal wieder eine Kutschpartie im Mondschein.« Er sah zu Hippolyte hinab, der neben ihn getreten war und sich trotz der hohen Absätze seiner Stiefelchen auf Zehenspitzen stellen musste, um durch die Öffnung spähen zu können. Unverwandt starrte der Zwerg zu der Kutsche hinüber. Noch verstand Antoine nicht, was hier vor sich ging. Wieso wünschte Hippolyte, dass er Zeuge einer nächtlichen Ausfahrt wurde, die Louise de La Vallière unternahm? Um ihr nachzuweisen, dass sie für den Tod Maries verantwortlich war, bedurfte es mehr als dieser heimlichen Flucht aus dem Schloss. Und wie passten die kühnen Anschuldigungen dazu, die Madame de Montespan heute Abend gegen ihren königlichen Liebhaber hervorgebracht hatte?

Antoine schob seine verwirrenden Gedanken beiseite, da in diesem Moment eine verhüllte Gestalt in sein Blickfeld trat. Offenbar war Mademoiselle de La Vallière viel daran gelegen, bei ihrem nächtlichen Ausflug unerkannt zu bleiben. Wenn sie aber so darauf bedacht ist, fragte sich Antoine, wieso fährt sie dann in einer Kutsche aus, die ihr Wappenschild trägt? Schon damals, als er sie zum ersten Mal heimlich beobachtet hatte, war ihm dieser Mangel an Diskretion merkwürdig vorgekommen. Noch ehe er sich die Frage beantworten konnte, riss einer der Lakaien den Wagenschlag auf und klappte ein kleines Trittleiterchen aus, um der Dame den Einstieg zu erleichtern. Kaum hatte sie die erste Sprosse genommen, verfing sich der lange Umhang und glitt von ihren Schultern. Antoine stockte der Atem, als er begriff, dass dieses kleine Missgeschick seine Frage soeben beantwortet hatte. Gerade weil sie unerkannt bleiben wollte, bediente sich Madame de Montespan der Equipage ihrer unglücklichen Zimmergenossin. Noch war es mehr die Ahnung, Zeuge einer äußerst bedeutungsvollen Szene geworden zu sein, die Antoines Herz schneller schlagen ließ. Kaum aber hatte der Kutscher die Zügel ergriffen, traf ihn die Erkenntnis wie ein Blendstrahl des Himmels. »Das also war es, was du mir zeigen wolltest.« Er sah zu der Stelle, wo der Zwerg eben noch gestanden hatte. Doch von dem kleinen Männlein war keine Spur mehr zu sehen.

Kapitel 32

Es war einer jener goldenen Morgen, wie sie nur der Oktober kennt, als Antoine von der Rue Royal Monned den gleichnamigen Platz betrat. Er neigte das Haupt vor Louis XIII., der von seinem steinernen Ross auf ihn herabblickte, und schlenderte dann, begleitet vom Rauschen des Windes, der gerade über den Vater Seiner Majestät hinwegfegte, auf die gegenüberliegenden Ziegelbauten zu. Links neben dem Pavillon de la Reine betrat er einen dunklen Hauseingang, stieg die engen Stufen bis zur Mansarde empor und klopfte gegen eine unscheinbare Tür.

»Wer da«, hörte er von drinnen eine krächzende Stimme, der ein markerschütterndes Niesen folgte.

»Ein Heilkundiger, der Euch Linderung verschaffen möchte.«

»Monsieur le Marquis, seid Ihr das?«

»Macht auf! Ich muss mit Euch reden.«

Es verging eine kleine Weile, dann öffnete sich die Tür einen Spaltbreit und das blasse Gesicht Desgrez' erschien.

»Woher wusstet Ihr …«

»Ich war in Eurer Amtsstube im Châtelet«, schnitt Antoine

ihm das Wort ab. »Dort sagte man mir, dass ich Euch hier finden würde. Wie geht es Eurem Hals?« Die Tür öffnete sich und Antoine trat über die Schwelle. Er konnte sich ein Grinsen nicht verkneifen, als er dem bettlägerigen Staatsdiener in seiner ganzen Erbarmungswürdigkeit gegenüberstand. Desgrez sah wirklich zum Fürchten aus. Er steckte in einem abgewetzten, grauen Morgenmantel, der auf reizende Weise die Farbe seines Gesichts widerspiegelte, das wiederum von den wirren Locken seines ergrauenden Haars umrahmt wurde. Den einzigen Kontrast im tristen Grau seiner Erscheinung bildete die Nase, die rot entzündet unter den fieberfeuchten Augen hervorsprang. Schleppenden Schrittes führte ihn der Polizist durch einen schmalen Flur in die Wohnstube. Ungeniert sah Antoine sich um, wobei es ihn wenig störte, dass Desgrez ihn mit sichtlichem Missfallen beobachtete. Das spartanisch eingerichtete Zimmer, so befand er, passte vorzüglich zu dem spröden Charakter des Beamten und glich in seiner Schlichtheit eher einer Klosterzelle als der Wohnstube eines Mannes im gehobenen Staatsdienst. Einzig ein alter Sessel, in dem ein aufgeschlagenes Buch lag, sorgte für etwas Behaglichkeit. Taktvollerweise verkniff sich Antoine die Frage, warum weder Eheweib noch Kinder die Behausung seines Gastgebers belebten. Lächelnd richtete er das Wort an ihn. »Ich sehe, Ihr lest ein Buch. Darf ich fragen, welche Lektüre Ihr gewählt habt, um Euch über Euren beklagenswerten Zustand hinwegzutrösten?« Hastig griff Desgrez nach dem Bändchen und verbarg es hinter seinem Rücken vor Antoines neugierigen Blicken. »Es ist nichts von Bedeutung«, entgegnete er verlegen. »Eine unterhaltsame Lektüre, um die Langeweile zu vertreiben.«

»Dann lasst mich sehen.« Fordernd streckte Antoine die Hand danach aus. Äußerst unwillig reichte ihm Desgrez das Buch. Antoine warf einen kurzen Blick darauf und brach in schallendes Gelächter aus. »Meiner Treu, Herr Polizist. Wer hätte gedacht, dass Ihr es mit den Preziosen haltet! Alles hätte ich in Eurer Büchersammlung vermutet, nur nicht die Schriften Mademoiselle de Scudérys.«

»›Clélie‹ ist ein Werk von hohem moralischem Nutzen für die Gesellschaft«, fauchte Desgrez beleidigt. »Es würde Euch nicht schaden, einen Blick hineinzuwerfen. Und nun sagt mir, weswegen Ihr gekommen seid.« Aus den Tiefen seiner Taschen fischte Antoine eine Zwiebel und ein kleines Fläschchen Cognac hervor, trat an einen Tisch, der nahe bei der Feuerstelle stand, und bat Desgrez um Kochgeschirr und Messer. »Wozu das?«, fragte dieser, bevor er erneut von einem heftigen Niesanfall gepackt wurde. Schnell sprang Antoine in Deckung. »Seid so gut, mein Freund, und behaltet Eure Körpersäfte für Euch. Ich werde einen Trank bereiten, der Eure Genesung beschleunigen soll.« Nachdem Desgrez ihm das Gewünschte gereicht hatte, verzog er sich in seinen Sessel und beobachtete Antoine interessiert bei der Zubereitung der Medizin. »Was bringt Ihr für Neuigkeiten vom Hof, Monsieur le Marquis?«

»Die Königin ist schwanger.«

»Das ist keine Neuigkeit. Gibt es nichts Interessanteres zu berichten?«

»Sie hat schlechte Laune.«

»Kommt schon! Lasst Euch nicht alles aus der Nase ziehen.«

Antoine hängte den Topf übers Feuer, warf die Zwiebelwürfel hinein und goss den gesamten Inhalt des kleinen Cognacfläschchens hinzu. »Ich mache Euch einen Vorschlag, Monsieur Desgrez«, erklärte er, während sich ein scharfer Geruch nach Zwiebeln und Alkohol in dem kleinen Zimmer breitmachte. »Ihr verschafft mir eine Audienz beim König und ich erzähle Euch, was ich in Saint-Germain herausgefunden habe.«

»Ihr wisst, dass der König nicht wünscht, mit Euch in Kontakt zu treten. Was Ihr ihm zu sagen habt, könnt Ihr ebenso gut auch mir mitteilen.«

»Das ist wahr. Doch möchte ich mich keinesfalls um das Vergnügen berauben, Seiner Majestät persönlich von einem Verdacht zu berichten, den ich seit meinem Besuch bei Hof nähre.«

»Ihr kennt den Mörder!« Aufgeregt sprang Desgrez aus seinem Sessel. »Wer ist es?«, stieß er zwischen zwei Niesanfällen hervor und schnäuzte sich mit einem Taschentuch von recht zweifelhafter Reinlichkeit die Nase.

»Nicht so hastig, mein Freund.« Antoine griff nach einem Löffel und rührte in dem Topf herum. »Ob ich mit meinem Verdacht richtig liege, muss sich noch erweisen.«

»Und was heißt das nun schon wieder?« Verärgert sank Desgrez in seinen Fauteuil zurück und blickte argwöhnisch zu dem Kessel hinüber, dem inzwischen dicke, gelbe Dunstschwaden entstiegen.

»Das heißt, dass ich einer gewissen Person einen Brief geschrieben habe, worin ich um ein Treffen bat. An der Reaktion werde ich erkennen, ob mein Verdacht begründet ist.«

»Was, wenn diese Person die Zusammenkunft verweigert?«

»Davon gehe ich aus. Doch nehme ich an, dass sie mir, sollte ich mit meiner Vermutung richtig liegen, einen … sagen wir, einen Abgesandten schicken wird.«

»Und, wer ist nun diese geheimnisvolle Persönlichkeit?« Ungeduldig trommelte Desgrez mit seinen Pantoffeln auf den Holzfußboden. Von einem Bord über der Feuerstelle nahm Antoine einen Becher, füllte ihn mit der bräunlichen Flüssigkeit aus dem Topf und reichte ihn dem verschnupften Polizisten. »Der König, Monsieur. Verschafft mir eine Audienz und Ihr werdet es erfahren.«

Kapitel 33

Antoine war sich im Klaren darüber, dass sein Verdacht gegen Madame de Montespan auf recht tönernen Füßen stand. Was hatte er schon gesehen? Sie war zu ungewöhnlicher Stunde in die Kutsche ihrer Rivalin gestiegen und mit unbekanntem Ziel davongefahren. Das hieß noch lange nicht, dass sie den König mit widerlich zusammengebrauten Liebessäften traktierte und mitten in der Nacht satanische Messen zelebrieren ließ, um mit Hilfe dunkler Mächte ihre Stellung bei Hof zu behaupten. Trotzdem sagte ihm eine innere Stimme, dass es sich genauso verhielt. Die unglückliche Louise de La Vallière war viel zu sanft, als dass sie solche Scheußlichkeiten ertragen hätte. Er nahm jedoch an, dass sie über das Treiben ihrer Nachfolgerin unterrichtet war oder zumindest ahnte, warum die Marquise sich in bestimmten Nächten ihre Equipage borgte. Vielleicht hatte sie sogar versucht, Madame de Montespan Einhalt zu gebieten. Doch was hatte sie, deren tiefer Fall für jeden bei Hof offenkundig war, einer Frau wie der Marquise entgegenzusetzen? Nein, von Louise de La Vallière würde er nicht mehr erfahren als das, was sie ohnehin schon preisgegeben hatte. Wollte er sich Gewissheit verschaffen, blieb ihm gar nichts anderes übrig, als Madame de Montespan mit seinen Verdächtigungen zu konfrontieren. Auch wenn dies bedeutete, dass er sich eine Frau zur Feindin erkor, die vermessen genug war, den Namen des Königs als unantastbaren Schutzschild zu missbrauchen, um ihre Verbrechen zu vertuschen. Vielleicht aber war es auch Verzweiflung, die sie zu diesem kühnen Schritt getrieben hatte. Es spielte keine Rolle. Beides machte Madame de Montespan zu einer äußerst gefährlichen Gegnerin, die selbst im günstigsten Fall versuchen würde, ihn aus dem Weg zu räumen. Antoine gestattete sich nicht, über die Möglichkeit eines Irrtums nachzudenken. Die Konsequenzen wären vermutlich schrecklicher als alles, was er imstande war, sich auszumalen. Lieber schonte er seine Kräfte und traf Vorkehrungen, um sein Leben vor möglichen Anschlägen zu schützen. Er befahl Auguste und Michel, ihre Betten im Ankleidezimmer aufzuschlagen und während der folgenden Nächte abwechselnd Wache zu halten. Marthe gab er Order, sämtliche alkoholischen Getränke vom Menüplan zu streichen und ihm jeden Abend einen starken Kaffee aufzubrühen. Er selbst versorgte sich mit einigen Büchern, wozu auch die Abenteuer der römischen Patriziertochter Clélie gehörten, und harrte in einem Zustand angespannter Nervosität der Dinge, die da kommen würden. Die ersten zwei Nächte verliefen ereignislos. Mademoiselle de Scudéry bescherte Antoine ein paar überraschend angenehme Stunden, da er in ihren Romangestalten Persönlichkeiten des Hofes begegnete, die er zum Teil gut kannte und die sich auf recht unterhaltsame Weise vor der altrömischen Kulisse ihrer Geschichte gebärdeten. Dennoch konnte weder diese vergnügliche Lektüre noch Marthes Kaffee verhindern, dass er irgendwann einschlief.

In der dritten Nacht versuchte Antoine den Augenblick, da er sein Schlafgemach aufsuchen würde, möglichst lange hinauszuzögern. Nach dem Abendessen blieb er an der Tafel sitzen und sah einige Dokumente durch, die ihm sein Advokat hatte zukommen lassen. Anschließend beantwortete er Briefe und gestattete sich, während er den letzten Rest aus der Kaffeekanne trank, über eine Verschönerung seines Stadthauses nachzudenken. Dank der Geldsummen, die ihm Desgrez in regelmäßigen Abständen sandte, war sein Schuldenberg auf ein erträgliches Maß zusammengeschrumpft, sodass er es sich durchaus erlauben konnte, etwas von seinem Lohn dafür zu verwenden. Antoine streckte seine Glieder aus und gähnte. Obwohl die Uhr von Saint-Eustache längst Mitternacht geschlagen hatte, verspürte er noch keine Lust, ins Bett zu gehen. Ein paar Spritzer kalten Wassers würden seine Lebensgeister vielleicht wieder anregen. Im selben Moment, als er sich der Tür zuwandte, sah er, wie die Klinke heruntergedrückt wurde. Ausgerechnet jetzt! Auguste und Michel befanden sich im oberen Stockwerk. Allein und vollkommen unbewaffnet war er hier unten seinem Angreifer ausgeliefert. Lautlos ließ Antoine sich wieder in seinem Armstuhl nieder. Vielleicht, wenn er den Kerl überraschte … Die Kaffeekanne war das Erstbeste, was ihm in die Finger kam. Er hörte das leise Quietschen der Tür, als sie geöffnet wurde. Dann war es still. Antoine spürte, wie sich die Anspannung auf jeden Muskel seines Körpers übertrug. Wieder vernahm er das Quietschen der Tür. Langsam hob er das Gefäß, bereit, es dem Schergen der Marquise jeden Augenblick ins Gesicht zu schlagen. Schon glaubte er den schweren Atem des Eindringlings zu vernehmen. Mit einem Schrei sprang er auf, verstummte aber in sprachlosem Erstaunen, als er in das gerötete Gesicht Monsieur de Purnons blickte. »Ihr?« Einige Momente standen die beiden sich schweigend gegenüber.

»Was … habt Ihr hier zu suchen?« Statt zu antworten, ließ Purnon den fleischigen Schädel sinken und betrachtete mit unendlicher Traurigkeit die Pistole in seiner Hand. Wie er so dastand, glich er eher einem kleinen Jungen, der wegen einer Unartigkeit gescholten wurde, als einem gedungenen Mörder. Fast war Antoine versucht, ihm begütigend auf die Schulter zu klopfen, wäre da nicht die Pistole gewesen, mit der sein nächtlicher Besuch auf ihn zielte. »Wie ich sehe, seid Ihr wieder in den Dienst der Mortemart getreten, Monsieur de Purnon«, stellte er gelassen fest. Irgendwie erschien ihm die Situation zu lächerlich, um furchteinflößend zu sein. Da stand er, bereit, sein Leben mit einer Kaffeekanne zu verteidigen, während Monsieur de Purnon verschämt eine Schusswaffe auf ihn gerichtet hielt. Antoine stellte die Kanne zurück auf den Tisch. »Ich muss zugeben, dass ich einigermaßen überrascht bin, ausgerechnet Euch heute Abend bei mir zu sehen. Vielleicht wollt Ihr erklären, wie es dazu kommt, bevor Ihr mir den Garaus macht.«

»Monsieur le Marquis! Ich bin es nicht, der Euren Tod wünscht. Bitte glaubt mir.« Purnon näherte sich. In der Mitte des Zimmers blieb er unschlüssig stehen.

»Es fällt mir schwer, Euch Glauben zu schenken, solange Ihr eine Waffe auf mich richtet. Ihr solltet sie beiseitelegen, bevor wir unsere Unterhaltung fortsetzen.« Lächelnd streckte Antoine die Hand danach aus. »Vielleicht darf ich Euch auch eine kleine Erfrischung anbieten?«

»Rührt Euch nicht!« Purnon riss die Pistole hoch und zielte gefährlich genau auf die Mitte seiner Stirn. »Ihr haltet das hier für einen Scherz, Marquis. Doch es ist kein Scherz, glaubt mir. Madame de Montespan fordert Euren Tod. Deshalb hat sie mich hierher geschickt.«

Der fiebrige Glanz in den wasserblauen Augen des Haushofmeisters kam Antoine mit einem Mal äußerst gefährlich vor.

»Das sehe ich.« Ihn beschlich ein leises Bedauern, sein einziges Verteidigungsinstrument so achtlos beiseitegestellt zu haben. »Doch will mir scheinen, dass die Marquise versäumte, Euch mitzuteilen, warum sie meinen Tod wünscht. Würdet Ihr die Gründe kennen, läge es bestimmt nicht mehr in Eurer Absicht, mein Lebenslicht auszublasen. Davon bin ich überzeugt.«

»Ich kenne ihre Gründe, Monsieur le Marquis. Madame de Montespan wünscht, dass ich Euch töte, da Ihr Kenntnis von ihrer Verstrickung in den Tod der Duchesse d'Orléans habt, meiner geliebten Herrin.«

»Ihr wisst davon?«

»Ja.« Der kleine, gedrungene Mann hielt die Pistole fest in beiden Händen, während er die Tafel umrundete und sich am anderen Ende auf der Kante eines Stuhls niederließ. Antoine spürte, wie ihm die Situation zusehends entglitt. »Glaubt Ihr nicht, nach allem, was wir voneinander wissen, Monsieur, dass Ihr mir eine Erklärung schuldet?«

»Ich schulde Euch keine Erklärung und auch sonst nichts, Marquis«, entgegnete Purnon scharf. »Es gibt niemanden auf Erden, dem ich etwas schulde. Nur im Jenseits gibt es eine Last, die abzutragen ich verpflichtet bin.« Die breite Brust des Haushofmeisters hob und senkte sich vor Erregung. Nachdem er ein paarmal ein- und ausgeatmet hatte, fuhr er etwas ruhiger fort. »Ich bin gekommen, um Euch einen Handel vorzuschlagen.«

»Ihr zielt mit einer Pistole auf mich und wollt mir einen Handel vorschlagen?« Allmählich gewann Antoines Ungeduld die Oberhand über seinen Respekt vor der Schusswaffe. »Das kann nicht Euer Ernst sein, Monsieur de Purnon! Und nun bitte ich Euch als Mann von Ehre, spielt nicht länger Katz und Maus mit mir. Zwar tragt Ihr die Waffe, doch seid versichert, auch das verpflichtet.«

»Ihr habt recht, Monsieur le Marquis. Ihr sollt Eure Erklärung haben. In Eurem Beisein will ich Zeugnis ablegen, so wie es nach meinem Tod vor Gott meine heilige Pflicht sein wird.« Er deutete zu dem Stuhl hinüber, auf dem Antoine vorhin noch gesessen hatte, und legte die Pistole vor sich auf den Tisch.

Was Antoine nun zu hören bekam, war die Geschichte eines einsamen Mannes, den die Hoffnung auf das Unmögliche zum Komplizen einer skrupellosen Abenteurerin gemacht hatte. Während Purnon erzählte, musste Antoine dem Geschick Madame de Montespans widerwillig Bewunderung zollen. Wie eine Schlange hatte sie diesen Ausbund an Rechtschaffenheit eingewickelt, sich vertraut gemacht mit seinen geheimsten Sehnsüchten und ihn schließlich so weit getrieben, dass er sogar bereit war, auf anrüchige Hexenkünste zurückzugreifen, um das Objekt seiner Begierde für sich zu gewinnen. Genauso nämlich, getarnt als Liebeselexier, war das Gift in ein Erfrischungsgetränk gelangt, das die Duchesse d'Orléans am Tag ihres Todes zu sich genommen hatte. Madame de Montespan hatte dem ahnungslosen Purnon dabei immer wieder die eigene Stellung als anschauliches Beispiel vor Augen geführt. Wäre die ganze Angelegenheit weniger tragisch ausgegangen, hätte Antoine laut aufgelacht. Dank der Einflüsterungen Madame de Montespans war der arme Narr tatsächlich so verblendet gewesen, zu glauben, dass der Erfolg der strahlenden Marquise lediglich auf den Liebessäften beruhte, mit denen sie die Speisen und Getränke des Königs würzte. In der irrwitzigen Hoffnung, ihrem Beispiel folgen zu können, hatte er irgendwann vor den Überredungskünsten Madame de Montespans kapituliert und sich der Illusion hingegeben, er könne ihrem Beispiel folgen, wenn er nun seinerseits der Duchesse aus schauderhaften Ingredienzien zusammengerührte Essenzen verabreichte. Ein aufmerksamer Blick in den Spiegel, dachte Antoine im Stillen, hätte den törichten Mann eines Besseren belehren müssen. Nachdem Purnon geendet hatte, lehnte er sich erschöpft zurück und schloss die Augen. Antoine konnte seinen Blick nicht von ihm wenden. Mit einer Mischung aus Mitleid und perverser Faszination betrachtete er den kahlköpfigen Mann, der aus Verblendung in ein Netz aus Betrug und Mord geraten war. Als er sich nach einer Weile erhob, öffnete Purnon sofort die Augen und griff nach seiner Pistole.

»Beruhigt Euch, Monsieur. Ich besorge uns lediglich eine kleine Stärkung«, erklärte Antoine begütigend. »Ich schätze, wir können beide einen Tropfen vertragen.« Er füllte zwei Becher mit Weinbrand und reichte einen davon Purnon. »Das wird Euch guttun.« Der Haushofmeister folgte seiner Aufforderung und stürzte den Alkohol in einem Zug hinunter. Sofort verzog er angewidert das Gesicht und stellte den Becher beiseite. »Ich trinke nicht.« Er lächelte Antoine verlegen an. Einen gnädigen Moment lang hatte er wohl vergessen, weswegen er hergekommen war. Dann zuckte er ratlos mit den Schultern. Wortlos saßen die beiden sich gegenüber. Antoine musste ihn wohl angestarrt haben, denn nach einer Weile begann Monsieur de Purnon unruhig auf seinem Stuhl hin und her zu rutschen.

»Wollt Ihr mir ein paar Fragen beantworten, Monsieur?«

Purnon nickte.

»Ist Euch nach dem Tode Madames nie in den Sinn gekommen, dass die Marquise Euch absichtlich mit diesem ominösen Liebestrank ausstattete, damit Ihr die Duchesse für sie vergiftet?«

»Nein.« Purnon klang ehrlich erstaunt. »Wie denn auch? Ich hatte doch keine Ahnung, dass Madame de Montespan von meiner Herrin unter Druck gesetzt wurde. Erst nach Eurem Gespräch mit den Demoisellen Noirmoutier und Montalou begriff ich, dass Madame von den geheimen Kräften gewusst haben musste, mit deren Hilfe sich Madame de Montespan die Gunst des Königs erschlichen hatte.«

»Und Ihr hofftet, ihrem Beispiel folgen zu können?«

Purnon schlug die Augen nieder und schwieg.

»War es Eure Idee, mich auf den Marquis d'Effiat anzusetzen?«

»Nein. Es war ihre Idee. Ich hatte lediglich dafür Sorge zu tragen, dass die Begegnung mit Gaspard und dem Marquis im Palais de Chalmart stattfinden konnte. Gaspard sollte Geld von ihm erpressen. Sicher hat Euch der Marquis d'Effiat davon erzählt, als Ihr zu ihm gegangen seid.«

»Woher wisst Ihr, dass ich bei ihm war?«

»Ich sah Euch aus seinen Gemächern treten, kurz nachdem Gaspard von den Bogenschützen des Marquis niedergestreckt worden war.«

»Ihr hättet wahrhaftig zugelassen, dass ein Unschuldiger für Eure Verbrechen aufs Rad geflochten wird?«

»Aber er war nicht unschuldig«, protestierte Purnon voller Trotz. »Jahrelang hat er meine Herrin geschmäht. Er hat sie verhöhnt und beleidigt, wann immer er konnte; er und sein verkommener Kumpan Lorraine. Ihn zu vernichten, war doch das Einzige, was ich noch für sie tun konnte.«

Antoine sparte sich eine Erwiderung. Diese List trug wahrlich nicht die Handschrift eines Mannes wie Purnon. »Etwas, Monsieur, muss ich noch wissen. Was wurde aus meinem Pagen?«

Purnon räusperte sich. Plötzlich sprach er ganz leise, so als würde er sich schämen, seine eigene Stimme zu hören. »Er kam in die Rue Vaugirard. Dort ließ Madame de Montespan ihn erschlagen.«

»Aber warum?« Grenzenlose Wut stieg in Antoine auf, als er an den kleinen, kalten Körper dachte, der zwischen all den zerschundenen Leichen in den Gewölben des Châtelet gelegen hatte. »Warum, Purnon?«

»Euer Page hatte Verdacht geschöpft. Er vermutete wohl, dass Madame de Montespan es war, die hinter dem nächtlichen Anschlag auf Euer Leben steckte.«

»Woher wisst Ihr das?«

»Er ... er trug die Tatwaffe bei sich, als wir ihn fanden. Es war ein kleines Messer, das eine Gravur mit dem Wappen der Marquise trug. Sie hatte einen ihrer Leute mit dem Mord beauftragt, und der muss es bei Euch verloren haben.«

Ein heißer Schauder erfasste Antoine. Nun endlich begriff er, was Marie ihm in jener Nacht hatte sagen wollen. »War er es auch, der meinen Pagen tötete?«

»Nein, Monsieur le Marquis. Das war ich.«

Es wunderte Antoine, dass er Maries Mörder so ruhig gegenübersitzen konnte. Er verspürte weder Hass noch den Wunsch nach Vergeltung. Er empfand Mitleid für den armen Teufel, der da vor ihm hockte, Mitleid und auch eine Spur Verachtung.

»Und was soll nun geschehen, Monsieur de Purnon?«

Der kahlköpfige Mann fischte aus seinem Wams einen Umschlag hervor und legte ihn neben die Pistole auf den Tisch. »Hier habe ich alles aufgeschrieben. Solltet Ihr meinen Vorschlag akzeptieren, steht es Euch frei, mit diesem Dokument zu verfahren, wie Ihr es für richtig haltet.«

»Und was ist das für ein Vorschlag?« Voller Argwohn blickte Antoine zu der gedrungenen Gestalt, die sich erwartungsvoll zu ihm herüberbeugte.

»Ich tausche Euer Leben gegen das meine.«

»Wie ... habe ich das zu verstehen?«

»So wie ich es gesagt habe. Ich bin bereit, Euch am Leben zu lassen, wenn Ihr bereit seid, mich zu töten.«

»Das kann nicht Euer Ernst sein, Monsieur.«

»Es ist mein voller Ernst. Ich wünsche nichts sehnlicher als den Tod.«

»Wenn dem so ist«, entgegnete Antoine mit einem Anflug von Hohn, »warum stellt Ihr Euch dann nicht der Polizei? Seid versichert, Leutnant Desgrez wird entzückt sein, Euch Euren Wunsch zu erfüllen.«

»Glaubt Ihr, es verlangt mich danach, auf dem Place de Grêve in Stücke gerissen zu werden?«, fauchte Purnon und sah voller Wut zu Antoine herüber. »Ich habe zwei unverzeihliche Fehler begangen, Marquis. Ich liebte einen Menschen, den zu lieben mein Stand mir verbot. Und ich vertraute einem Menschen, dem zu vertrauen mein Stand mir ebenfalls verbot. Soll ich mich deswegen der Folter unterziehen und mich hernach zur Belustigung des Volkes aufs Rad flechten lassen? Sagt ehrlich: Habe ich dieses Ende verdient?«

»Es liegt nicht bei mir, darüber zu befinden, welches Urteil Ihr verdient, Purnon. Doch habt Ihr bei der Auflistung Eurer Vergehen eines vergessen, das in meinen Augen das unverzeihlichste ist: Ihr habt ein unschuldiges Kind getötet. Und ganz gleichgültig, wie Ihr aus dieser Welt scheidet, Monsieur, ich hoffe, vor Gott werdet Ihr dafür zur Rechenschaft gezogen.«

Antoine stand auf und genehmigte sich noch einen Weinbrand. Er musste an den Apfelbaum denken, unter dem Marie begraben lag. Im Frühjahr würde er kleine, grüne Knospen treiben. Langsam wandte er sich Purnon zu.

Marthe lag in ihrer Kammer und schnarchte. Ein seliges Lächeln umspielte den zahnlosen Mund, als sie von einem lauten Knall jäh aus einem tiefen Traum gerissen wurde.

Kapitel 34

Ungeduldig sah Marius zu der großen hölzernen Pforte am Ende des Krankensaals. Eine Ewigkeit war vergangen, seit die Glocke zuletzt geläutet hatte. Sieben Schläge waren es. Doch erst wenn sie achtmal anschlug, gab es etwas zu essen. Er schloss die Augen und versuchte einzuschlafen. Etwas anderes konnte er ohnehin nicht tun. Trotz des hohlen Gefühls im Magen dämmerte er langsam davon. Plötzlich aber spürte er einen Stich an der Wade. Marius fuhr hoch. »Verfluchte Biester.« Er zerrte das grobe Leinenstück zur Seite, das ihn mehr schlecht als recht gegen die nächtliche Kälte schützte, und untersuchte sein Bein. Er konnte die Wanzenbisse schon nicht mehr zählen, so viele waren es. Ergeben ließ er seinen Blick über den Strohsack gleiten, auf dem er lag. Bei dem Gewimmel und Gekratze auf der Oberfläche hätte man meinen können, das Ding wäre lebendig. Mit der flachen Hand schlug Marius eine fette Wanze tot und wischte das Blut an seinem Hemd ab. Dann ließ er sich wieder zurückfallen und verschränkte die Arme im Nacken. Die Viecher zwackten ihn zwar ganz ordentlich, und auch das Stöhnen und Flennen der anderen störte ihn hin und wieder, aber sonst hatte er es eigentlich recht gemütlich hier. Zum Glück war gestern der tote Junge fortgeschafft worden, der ganze zwei Tage kalt und steif neben ihm gelegen hatte. Jetzt konnte er sich breitmachen und brauchte einfach nur darauf zu warten, dass ihm eine von den alten Vetteln, die wie schwarze Motten überall herumschwirrten, etwas zu essen brachte. Die Hafergrütze war zwar meistens angebrannt und das Brot schimmelig, aber immerhin war es besser als gar nichts zu essen. Wie viele Wochen Marius schon im Krankensaal des Spitals lag, wusste er nicht zu sagen. Im Sommer war's, als sie ihn hergebracht hatten. Er war einem von den Halunken in die Hände gefallen, die Jungs wie ihn zu Krüppeln schlugen, um sie dann für sich betteln zu lassen. Allerdings hatte der Kerl sein Handwerk ein bisschen zu gut ausgeführt. Als Marius' Bein unter den Schlägen der Eisenstange gebrochen war und er, anstatt zu betteln, nur noch schreien konnte, hatte das Schwein ihn einfach weggeworfen, wie eine tote Katze. Verrecken sollte er. Zum Glück hatte ihn jemand gefunden und hierher gebracht. Aber daran konnte er sich nicht mehr erinnern. Irgendwann, während er im Dreck gelegen hatte, war er vor Schmerzen ohnmächtig geworden. Marius runzelte die Stirn und betrachtete sein seltsam verdrehtes Bein. Er würde nie wieder so schnell um die Ecken flitzen können wie früher. In Zukunft musste er mehr auf sich achtgeben und genau hinsehen, wenn ihm einer was zu essen versprach. Wieder blickte er zur Tür. Das Loch in seinem Magen wurde immer größer. An schlafen war nicht mehr zu denken. Aber noch immer blieb die Glocke stumm. Marius sah sich um. So wie er lagen hier etliche Kinder auf Strohsäcken oder verrotteten alten Decken. Manche von ihnen wimmerten und krümmten sich, andere schienen zu schlafen oder starrten mit glasigen Augen an die Decke. Sicher waren einige von denen schon krepiert. Plötzlich blieb sein Blick hängen. Marius richtete sich auf. Neben einem Lager, nicht weit von ihm, stand eine der hölzernen Schüsseln, in der die Hafergrütze gebracht wurde. Vielleicht … Marius stemmte sich hoch und hinkte leise darauf zu. Glück gehabt. Die Schüssel war noch nicht leer. Das schmächtige Bürschchen, für das der Brei bestimmt war, lag mit dem Rücken zu ihm. Unter schmutzigen Verbänden, die um seinen Kopf geschlungen waren, lugte kurzes, struppiges Haar hervor. Selbst schuld, wenn er sein Abendbrot nicht isst, dachte Marius und bückte sich vorsichtig nach der Schale. Wahrscheinlich war der auch schon hinüber und würde sowieso keinen Hunger mehr haben. Gerade wollte er sich davonmachen, als der arme Teufel sich umdrehte. Vor Schreck ließ Marius die Schale fallen. »Ich … ich wollte dir nichts wegnehmen. Aber du bewegst dich ja gar nicht, und da …« Überrascht hielt Marius inne und trat näher. »He, dich kenne ich doch.« Aus tiefen Höhlen sahen matte Augen blicklos durch ihn hindurch.

Kapitel 35

»Sire!«

Mit den Fingerspitzen fuhr Louis über den Rand seiner Stirn. Sie fühlte sich heiß und feucht an. Wie so oft in letzter Zeit, wenn er die Nächte, anstatt sie in seinem Bett zu verschlafen, in hitziger Erregung an der Seite Athénaïs' verbracht hatte. Vielleicht sollte er wirklich auf Dr. d'Aquin' hören, der ihn schon mehrfach ermahnt hatte, Venus etwas seltener zu huldigen, als er es zu tun gewohnt war. Er wollte sich aber nicht zügeln. Athénaïs hatte in ihm einen Appetit geweckt, der unstillbar zu sein schien. Außerdem erklärten seine häufigen Besuche bei ihr noch lange nicht die schmerzhaften Magenkrämpfe, die ihn immer wieder heimsuchten. Schlimmer war jedoch, dass er sich so niedergeschlagen fühlte. Sogar letzte Nacht, als er in ihren Armen gelegen hatte, war diese seltsame Traurigkeit, die kam und ging, ohne dass sie sich kontrollieren ließ, nicht von ihm gewichen.

»Sire!«

Müde glitt Louis' Blick über die prachtvolle Gestalt seiner nächtlichen Gefährtin, die, gleich einer Nemesis, mit wogendem Busen vor dem Sekretär auf und ab schritt. »Wie lange soll ich denn noch bis zur Fertigstellung meines Schlosses warten? Es kann doch nicht angehen, dass die Mutter Eures Sohnes wie eine heimatlose Bettlerin umherzieht und zum Gespött der Leute wird.«

»Madame«, schaltete Colbert sich nun ein, der vor dem Schreibtisch stand und mit seinen Unterlagen raschelte. »Es ist unmöglich, noch mehr Männer von Versailles abzuziehen. Jetzt schon fehlen uns die Arbeiter an allen Ecken und Enden.«

»Und was ist mit den Soldaten Seiner Majestät? Auch sie beschäftigt Ihr in Versailles.«

»Bedauere, Madame. Die Soldaten dienen ausschließlich dem König. Monsieur de Louvois hat ohnehin schon äußerst ungehalten auf meinen Vorschlag reagiert, das Heer für Bautätigkeiten heranzuziehen.«

»Aber Ihr habt den König gehört, Monsieur Colbert!« Wütend stampfte Athénaïs mit dem Fuß auf. »Er wünscht, dass mein Schloss so schnell wie möglich fertiggestellt wird, ohne dass die Arbeiten an Versailles darunter leiden. Und da Ihr, Monsieur, für das Bauwesen zuständig seid, obliegt es Euch, den Wünschen des Königs gemäß zu handeln.«

Auf der nüchternen Miene Colberts spiegelte sich nur allzu deutlich, was er von Athénaïs' temperamentvollem Auftritt hielt. »Vielleicht vermag Eure Majestät, Madame de Montespan den Sachverhalt darzulegen.«

Ein leises Hüsteln ließ Louis aufmerken. Es war Bontemps, der lautlos wie immer eingetreten war. Athénaïs wirbelte zu ihm herum. »Seht Ihr nicht, dass der König beschäftigt ist!«

»Es ist gut, Madame.« Louis versuchte vor Colbert nicht allzu gereizt zu klingen. Doch Athénaïs hatte seine Geduld in der letzten Zeit viel zu oft auf die Probe gestellt. Gewöhnlich kamen ihre Wutanfälle wohldosiert und immer steckte eine Absicht dahinter. Seit ein paar Tagen aber bedurfte es einer

Kleinigkeit, um sie in Rage geraten zu lassen. Bei nächster Gelegenheit würde er ihr zu verstehen geben, wie sehr ihm ihr Verhalten missfiel. »Was gibt es, Bontemps?«

»Monsieur Desgrez, Sire. Er wartet schon seit heute Morgen darauf, von Eurer Majestät empfangen zu werden.«

»Ah ja, Desgrez. Führe ihn herein.« Eigentlich hatte er nicht viel übrig für diesen griesgrämig dreinblickenden Polizisten. Heute aber erwies er ihm mit seinem Erscheinen einen großen Dienst. »Teure Freundin, die folgende Unterhaltung wird Euch sicher ermüden. Warum gönnt Ihr Euch nicht noch ein wenig frische Luft?«

»Ich nehme großen Anteil an den Geschäften der Pariser Polizei, Sire«, entgegnete Athénaïs mit einem Mal vollkommen zahm. »Daher würde ich gerne hören, was Monsieur Desgrez zu sagen hat.« Louis zuckte die Achseln. Ihm sollte es recht sein. Bontemps erschien erneut, diesmal in Begleitung des spröden Polizisten. Auch wenn Desgrez keine Miene verzog, spürte Louis sehr wohl, dass ihn die kostbare Ausstattung seines Cabinet de Conseille verunsicherte. Einen kurzen Moment überlegte er, ob er sich erheben und ihm entgegengehen sollte, entschied sich dann aber dagegen. Vermutlich hätte dieser Gunstbeweis den Beamten aus dem Châtelet nur noch mehr eingeschüchtert.

»Monsieur Desgrez, was bringt Ihr uns für Nachrichten aus Paris?«, fragte er, während der Leutnant ihm unbeholfen seine Reverenz erwies.

»Es handelt sich um den Marquis de Montagnac, Sire«, erwiderte Desgrez, nachdem er sich wieder aufgerichtet hatte und seine schlecht sitzende Perücke unauffällig zurechtzupfte.

»Was ist mit dem Marquis?«

»Es scheint, dass seine Nachforschungen beendet sind.«

»Heißt das etwa, er weiß, wer für den Tod Madames verantwortlich ist?«

»Das zumindest hat er mir gegenüber behauptet.«

Louis war überrascht. Er hatte nicht so schnell mit einem Ergebnis gerechnet. Eigentlich hatte er gar nicht mit einem Ergebnis gerechnet. Er presste die Kuppen seiner Finger gegeneinander. »So lasst denn hören, wer nach Ansicht des Marquis die Schuld trägt am Tode Ihrer Königlichen Hoheit.«

»Das vermag ich Eurer Majestät nicht zu sagen. Er weigerte sich, mir den Namen zu nennen. Alleine Eurer Majestät gegenüber ist er bereit, die Identität des Täters preiszugeben.«

»Das ist infam, Sire!« Athénaïs' Stimme überschlug sich vor Erregung. Verärgert musterte Louis seine Mätresse, die neben Colbert an den Schreibtisch getreten war und nun sichtlich um Fassung rang. »Der Marquis de Montagnac ist ein niederträchtiger Lügner und Betrüger. Keinesfalls dürft Ihr den Fehler begehen, seinen Worten Glauben zu schenken.«

»Dieser Ansicht bin ich nicht, Majestät.«

»Schweigt!« Athénaïs feuerte wütende Blitze auf Desgrez ab. Louis hatte nun endgültig genug. »Madame«, erklärte er eisig. »Vermutlich ist dies einer der letzten warmen Nachmittage, den uns der Herbst beschert. Ihr tätet gut daran, mit Euren Damen spazieren zu gehen, anstatt Eure Zeit in der stickigen Luft unseres Kabinetts zu vergeuden.«

Erschüttert sah Athénaïs ihn an. Der Rauswurf war eindeutig. Gehetzt flog ihr Blick von Desgrez zu Colbert. Peinlich berührt studierte der eine das Muster des Teppichs, während der andere gleichgültig in seinen Akten blätterte. Noch einmal kreuzte der Blick ihrer aquamarinblauen Augen den seinen. Was Louis sah, war nackte Angst. Zufrieden lehnte er sich zurück. Bisher hatte er es vermieden, Athénaïs vor Zeugen zu maßregeln. Nicht nur ihre Stellung bei Hof, auch ein ganz erheblicher Teil ihrer Einkünfte, darüber gab er sich keiner Illusion hin, hing davon ab, dass ihr Verhältnis für die Öffentlichkeit ungetrübt zu sein schien. Aber vielleicht sollte er in Zukunft doch dazu übergehen, das aufbrausende Temperament der Marquise zu zügeln, indem er sie häufiger vor Publikum daran erinnerte, wem sie ihre herausragende Stellung verdankte. Athénaïs zögerte. Vermutlich wartete sie darauf, dass er sich erheben und sie zur Tür begleiten würde, wie er es sonst zu tun pflegte. Er machte jedoch keine Anstalten, seinen Platz hinter dem Schreibtisch zu verlassen. Stattdessen sah er an ihr vorbei auf ein Bild der Königin mit ihren drei gemeinsamen Kindern. Schließlich neigte Athénaïs das Haupt und trat gemessenen Schrittes den Rückzug an. An der Tür wandte sie sich um und floh aus dem Zimmer.

»Und nun, Messieurs, kommen wir noch einmal auf den Marquis de Montagnac zu sprechen. Ihr, Desgrez, sagtet, er wünsche sich uns anzuvertrauen. Das ist ganz unmöglich. Wir können den Marquis nicht empfangen. Dies würde als eindeutiges Zeichen gewertet werden, dass auch wir den unnatürlichen Tod der Duchesse d'Orléans als Gegebenheit hinnehmen, und das darf unter keinen Umständen riskiert werden.«

»Und wenn Majestät in aller Heimlichkeit …«

»Ausgeschlossen!« Er wandte sich Colbert zu, der immer noch so tat, als würde er in seinen Unterlagen lesen. »Monsieur Colbert, was schlagt Ihr vor?«

»Ich teile Eure Ansicht, Majestät«, erwiderte Colbert und schloss dabei den kalbsledernen Einband seiner Mappe. »Man muss diese Angelegenheit mit äußerster Vorsicht behandeln. Sollte der Marquis, wie er vorgibt, tatsächlich über eine derart heikle Information verfügen, muss daher unbedingt gewährleistet werden, dass er keine Gelegenheit erhält, mit unqualifizierten Personen darüber zu reden.«

»Keine Gelegenheit …?«, wiederholte Desgrez. »Was soll das heißen?«

Beunruhigt registrierte Louis den Widerstand in der Stimme des Leutnants. Desgrez war ihm von seinem Pariser Polizeipräfekten als äußerst diskreter und loyaler Mann empfohlen worden. Vielleicht würde sich nun erweisen, ob man ihm diese Tugenden zu Recht nachsagte. Louis beugte sich vor und schenkte Desgrez ein warmes Lächeln. »Der Ritt hat Euch sicher ermüdet, Leutnant. Ihr müsst hungrig sein. Seid mein Gast und ruht Euch aus. Derweil werden wir uns mit Monsieur Colbert beraten und Euch im Anschluss wissen lassen, wie in dieser Sache zu verfahren ist.« Nachdem er Desgrez zwar ungleich freundlicher als Athénaïs, doch ebenso eindeutig hinausgeworfen hatte, sah er beunruhigt zu Colbert hinüber. »Was sollen wir jetzt tun?« Colbert zwirbelte seinen altmodischen Schnurrbart und zog gedankenvoll die Stirn kraus. »Natürlich muss der Marquis dazu gebracht werden, den Namen des Schuldigen zu nennen, damit wir entsprechende Vorsichtsmaßnahmen treffen können.«

»Wir teilen Eure Ansicht.«

»Allerdings ist wenig gewonnen, Sire, wenn der Fall unnötig aufgebauscht wird. Der König von England scheint geneigt, sich mit der Ansicht Doktor d'Aquins, Madame sei einer Blinddarmentzündung zum Opfer gefallen, begnügen zu wollen. Wir sollten es dabei belassen.«

Louis schloss die Augen. Inzwischen hatten sich zu der Übelkeit auch noch stechende Kopfschmerzen gesellt. Außerdem vernahm er wieder dieses lästige Rauschen im Ohr, dessen Ursache ihm vollkommen unerklärlich war. »Und was ist mit unserem Bruder? Solange wir der Welt keinen Täter präsentieren, werden die Gerüchte um seine Mitschuld am Tode Madames niemals verstummen.«

»Das ist wahr. Seit dem Ableben Ihrer Königlichen Hoheit hat sein Ansehen sehr gelitten. Vor allem im Ausland ist er zu einer äußerst fragwürdigen Figur geworden. Der gute Ruf Frankreichs ist mehr denn je mit der Person Eurer Majestät verknüpft, was mir wiederum eine sehr glückliche Entwicklung zu sein scheint.«

Louis erhob sich und trat ans Fenster. Er liebte Philippe. Er liebte ihn so sehr, dass ihm allein der Gedanke, sein Bruder habe von einem Mordkomplott gegen Henriette gewusst oder den Mord vielleicht sogar selber in Auftrag gegeben, unerträglich gewesen war. Doch Philippe war es gelungen, sich selber reinzuwaschen, besser als jeder Zeuge es für ihn hätte tun können. Philippe war unschuldig. Daran zweifelte er nicht. Trotzdem hatte er nichts unternommen, um die Gerüchte seiner Mittäterschaft zum Verstummen zu bringen. Im Gegenteil. Louis presste seine schmerzende Stirn gegen die Scheibe. Das Rauschen in seinem Ohr wurde lauter und schwoll zu einem Chor aus unzähligen Stimmen an. Sie riefen, riefen nach ihm. Der Boden begann zu beben. Er spürte ihre schweren Schritte. Gleich würden sie da sein. Louis schrumpfte, wurde immer kleiner, bis er wieder der Junge von acht Jahren war, der voller Todesangst dem Geschrei der wütenden Menge lauschte, die kam, um ihn zu holen.

Kapitel 36

Über die aufgeschlagenen Seiten seines Buches hinweg starrte Antoine hinüber zum Kamin, auf dessen Sims noch immer die schwere, silberbeschlagene Pistole lag. Vergeblich hatte er versucht, bei Mademoiselle de Scudéry Ablenkung zu finden; das bleiche Gesicht Claude de Purnons mit dem blutverschmierten Mund schob sich immer wieder zwischen ihn und die tugendhaften Heldinnen ihrer Geschichten. Antoine beugte sich vor und griff nach dem Weinglas. Der Papierumschlag, den Purnon ihm überlassen hatte, knisterte in den Taschen seiner Jacke. Im Wesentlichen enthielt er ein umfassendes Geständnis, das Madame de Montespan als Hauptschuldige belastete, sowie die Bitte um Vergebung seiner Sünden. Gestern Nacht noch hatte Antoine den Leichnam mit Hilfe seiner Leute im hintersten Winkel des Gartens verscharrt. Lieber hätte er den Toten der Polizei übergeben, doch wie sollte er erklären, dass er einen Mann auf dessen eigenen Wunsch hin erschossen hatte? Wann Desgrez sich melden würde, wusste er nicht. Vier Tage waren seit seinem Besuch auf der Place Royale vergangen. Allmählich fürchtete Antoine, der König habe sein Interesse an dem Fall verloren. Morgen würde er Desgrez im Châtelet aufsuchen und ihm den Umschlag mit Purnons Geständnis übergeben. Zur Hölle mit dem König und Madame de Montespan. Mochte Desgrez sich doch den Kopf darüber zerbrechen, wie es weiterging. Antoine nahm einen tiefen Schluck aus seinem Glas und dann gleich noch einen. Der schwere, dunkle Wein betäubte ihn, und das war gut so. Noch nie zuvor hatte er einen Menschen getötet, und das Bild des sterbenden Haushofmeisters verfolgte ihn schon den ganzen Tag. Er vertrieb es mit einem weiteren Schluck, als er vor der Tür ein seltsames Geklirre vernahm, das vom Gezeter einer weiblichen Stimme begleitet wurde. Bevor er nachsehen konnte, was der Tumult zu bedeuten hatte, wurde die Tür aufgerissen und Desgrez, gefolgt von Männern der Maréchaussée, stürmte herein.

»Was hat das zu bedeuten?«, fragte Antoine voller Verwunderung und stellte das Glas zur Seite.

»Monsieur le Marquis! Monsieur le Marquis!« Mit Hilfe ihrer ausladenden Hüften bahnte Marthe sich einen Weg durch den Ring aus Bewaffneten, der sich um Antoine zusammengezogen hatte. »Ich hab denen gesagt, dass Ihr nicht gestört werden wollt. Aber sie haben nicht auf mich gehört.«

»Monsieur Desgrez, könntet Ihr mir verraten, was das soll?« Desgrez vermied es, ihm in die Augen zu blicken. »Marquis, ich muss Euch bitten, mir zu folgen.«

»Euch zu folgen? Aber wohin? Nun steht doch nicht da wie ein Esel. Sagt mir, was los ist!«

Ohne Antoine anzusehen, zog Desgrez eine Schriftrolle aus seinem Handschuh und begann mit leiernder Stimme zu lesen. »Im Namen Seiner Majestät, Louis XIV., König von Frankreich von Gottes Gnaden«, Desgrez räusperte sich, bevor er weiterlas, »verhafte ich Euch …«

»Was?! Ist das wieder einer Eurer Scherze, Desgrez?«

»Verhafte ich Euch, Antoine-Baptiste de Montagnac, wegen Veruntreuung öffentlicher Gelder.«

»Öffentliche Gelder? Welche öffentlichen Gelder? Kommt schon, Desgrez, nun muss endlich Schluss sein. Ihr veruntreut öffentliche Gelder, wenn Ihr mit einem Haufen Männer mitten in der Nacht hier anrückt, nur um mir einen Schrecken einzujagen.«

»Es handelt sich nicht um einen Scherz, Marquis«, erwiderte der Polizist leise. »Bitte folgt mir.« Fassungslos betrachtete Antoine Desgrez' Gesichtsausdruck, doch erst als Marthe, die inzwischen vollkommen eingeschüchtert neben Auguste und Michel stand, zu weinen anfing, begriff er den Ernst der Lage. Sein Blick flog durch das Zimmer und streifte den Kaminsims. Blitzschnell rammte er dem am nächsten stehenden Mann seinen Ellenbogen ins Gesicht. Der so Attackierte taumelte überrascht zur Seite und öffnete den Ring. Antoine sprang an ihm vorbei auf den Kamin zu und griff nach der Waffe, die er gestern dort hingelegt hatte. »Schickt Eure Männer hinaus, Desgrez. Sofort!« So wie Purnon in der Nacht zuvor, stand nun er da und richtete die Mündung der Pistole auf Desgrez' Stirn.

»Marquis, lasst den Unsinn. Ihr macht die Situation nur noch schlimmer.«

»Das werde ich nicht tun. Sollte einer Eurer Untergebenen sich mir nähern, Desgrez, seid Ihr ein toter Mann.« Antoine konnte nur hoffen, dass er seinen Worten die nötige Festigkeit verliehen hatte. Denn die Pistole war nicht geladen. Desgrez schien mit sich zu ringen, schließlich aber wandte er sich seinen Männern zu. »Geht. Wartet vor der Tür auf mich.«

»Aber Herr Leutnant«, protestierte einer, »er ist bewaffnet.«

»Schon gut, Picard. Er wird mir nichts tun. Geht nach draußen und kommt erst herein, wenn ich Euch rufe.« Murrend traten die Männer den Rückzug an.

»Ihr auch«, forderte Antoine die verschreckten Dienstleute

auf. Sobald sie alleine waren, setzte er sich auf seinen Stuhl zurück und begann mit den Fingerkuppen auf die Tischplatte einzutrommeln, ohne dabei die Position seiner Schusswaffe zu verändern. »Nun, Herr Leutnant! Ich warte.« Er war selbst überrascht, wie eisig seine Stimme klingen konnte, wenn er es darauf anlegte. Desgrez verschränkte die Arme hinter dem Rücken und wippte nervös von der Spitze auf die Hacke seiner Stiefel. »Marquis, ich versichere Euch, das alles behagt mir keinesfalls. Da Ihr jedoch über eine Information zu verfügen scheint, die von höchster Brisanz sein könnte, hält Seine Majestät es für angebracht, Euch eine … Sicherheitsverwahrung anzubieten.«

»Er will mir eine Sicherheitsverwahrung anbieten! Seid Ihr noch ganz bei Trost, Desgrez?«

»Es geschieht zu Eurem Besten.«

Antoine konnte kaum glauben, dass Desgrez, nachdem er sich seiner bereits als Köder bedient hatte, nun auch noch die Frechheit besaß, ihm eine schnöde Verhaftung schmackhaft machen zu wollen.

»Werdet Ihr auf mich schießen, wenn ich mich zu Euch setze?«, fragte der Polizist betreten. Antoine schob mit der Fußspitze einen Stuhl zurecht und bedeutete seinem ungebetenen Besuch, darauf Platz zu nehmen. Er ließ Desgrez keine Sekunde aus den Augen, während dieser sich langsam auf ihn zubewegte. Fast schon erwartete Antoine einen Angriff und wog daher unauffällig die Pistole in der Hand. Ein kräftiger Schlag gegen das Kinn mochte einen Mann wohl für eine Weile kampfunfähig machen. Doch wie sollte er an den Wachleuten vorbei aus dem Haus gelangen? Wahrlich, seine Aussichten waren nicht gerade rosig. »Und nun, Monsieur, sagt mir ganz offen, was hier gespielt wird«, forderte er, nachdem Desgrez Platz genommen hatte. »Wohin sollt Ihr mich bringen?«

»Nicht ich, Monsieur. Die Männer draußen vor der Tür«, erwiderte Desgrez und wagte dabei kaum, Antoine ins Gesicht zu sehen.

»Nun gut, Eure Männer. Wohin sollen sie mich bringen?«

»Pignerole.«

Antoine lachte schallend auf. »Und das nennt der König eine Sicherheitsverwahrung. Vor wem will er mich denn schützen?« Der Anfall von Heiterkeit verflog genauso schnell, wie er gekommen war. Antoine beugte sich vor und funkelte Desgrez wütend an. »Ihr glaubt doch nicht ernsthaft, ich lasse mich nolens volens in eine muffige alte Burg schleppen. Sagt dem König, wenn er Wert darauf legt, den Mörder der Duchesse zu entlarven, soll er mir einen anderen Lohn für meine Dienste anbieten. Die Vorstellung, Seite an Seite mit Nicolas Foucquet in den Verliesen Pigneroles zu vermodern, ist nämlich so gar nicht dazu angetan, meine Zunge zu lösen.«

»Ihr scheint nicht zu begreifen, in welcher Lage Ihr Euch befindet, Monsieur le Marquis«, erwiderte Desgrez beschwörend. »Es bleibt Euch überhaupt nichts anderes übrig, als den Namen des Täters preiszugeben. Weigert Ihr Euch, habe ich die strikte Order …«, er räusperte sich, »die strikte Order, dafür zu sorgen, dass das Rätsel um den Tod Madames ein Rätsel bleibt. Versteht Ihr mich?« Er sah ihn flehend an.

Antoine spürte, wie das Blut heiß durch seine Adern rauschte, und obwohl seine Hände, die immer noch die Pistole umklammert hielten, schweißnass waren, fühlten sie sich eiskalt an.

»Wer gab Euch diese Order?«

»Monsieur Colbert, ich handle im Auftrag Seiner Majestät. Ich war in Saint-Germain, um Euer Ansinnen vorzutragen. Doch der König lehnt es strikt ab, Euch eine Audienz zu gewähren. Ich habe ehrlich gesagt den Eindruck, dass ihm die Angelegenheit inzwischen lästig fällt und er keinesfalls wünscht, durch einen Skandal auf das Gewaltverbrechen aufmerksam zu machen, dass an Ihrer Königlichen Hoheit begangen wurde.«

Antoines Herz sank ein Stück tiefer. Vermutlich war es von Anfang an die Absicht des Königs gewesen, ihn aus dem Verkehr zu ziehen, sobald er die nötigen Informationen beigebracht hatte. Alles sprach dafür: seine strikte Weigerung, ihn zu empfangen, der inoffizielle Anstrich der Ermittlungen und, Antoine musste es sich eingestehen, die Bedeutungslosigkeit seiner Person, eines abgelegten Günstlings Monsieurs, der seinerzeit sogar den Unwillen des Königs auf sich gezogen hatte. Wer bei Hof würde die Stimme erheben und nach ihm fragen, wenn er plötzlich verschwand? Wieder sah er die fahlen, schmerzverzerrten Züge Claude de Purnons vor sich, und er fragte sich, wer von ihnen beiden der größere Idiot gewesen war. Ein leises Rascheln unter seinem Hemd erinnerte ihn an den Umschlag, den er über der Brust trug. Er legte die Pistole auf den Tisch und schob sie Desgrez langsam zu. Desgrez' Erleichterung war nicht zu übersehen.

»Seid versichert, Marquis, es wird Euch nichts geschehen. Dafür verbürge ich mich. Ein, vielleicht zwei Jahre; länger wird Euer Aufenthalt in Pignerole nicht dauern. Danach werdet Ihr unbehelligt in die Neue Welt reisen können. Es werden sogar Geldmittel zur Verfügung gestellt, um Euch den Anfang dort zu erleichtern. Ihr habt des Königs Wort darauf.«

Antoine betrachtete das scharfkantige Gesicht seines Gegenübers. Die kühn hervorspringende Nase und das energische Kinn wollten nicht so recht zu den dunklen Augen passen, die so seelenvoll in die Welt blickten. »Guter Freund, es freut mich, dass Euer Vertrauen in Seine Majestät weiterhin ungetrübt ist. Doch nehmt es mir nicht übel, wenn ich nach allem, was geschehen ist, dem Wort des Königs mit Skepsis begegne. Zudem kann ich Euch versichern, dass ich keine Nacht in Pignerole überleben würde, wenn ich mein Wissen preisgäbe. Vermutlich würde ich noch nicht einmal dorthin gelangen. Ein Sturz vom Pferd, ein hungriger Wolf, mordende Wegelagerer, es gibt viele Möglichkeiten, einen unliebsamen Gefangenen auf einer so weiten Reise zu verlieren.«

»Was soll das heißen?« Sorgenvoll zog Desgrez die Stirn kraus.

»Das soll heißen, dass wir uns die Mühe der Reise sparen und es gleich hier hinter uns bringen können.« Antoine deutete auf die Pistole. »Ihr habt Order, mich zu töten, wenn ich schweige. Und ich werde schweigen: Also tötet mich.« Nachdem Desgrez seine Bestürzung überwunden hatte, hieb er wütend mit der Faust auf den Tisch. Dann prasselten Schmähungen und Flüche auf Antoine hernieder, die die niedrige, sittliche Gesinnung der verstorbenen Marquise de Montagnac, seiner Mutter, zum Thema hatten. Für eine Weile gestattete Antoine sich das Vergnügen, den Verwünschungen des Polizisten zu lauschen. Als sein wütender Gast jedoch anhob, die Fauna zu bemühen, um der Empörung über Antoines Dummheit gebührend Ausdruck zu verleihen, schnitt er ihm energisch das Wort ab. »Genug geflucht, mein Freund«, fuhr er lautstark dazwischen, als Desgrez ihn einen zügellosen, langschwänzigen Esel nannte. »Wollt Ihr wissen, wie ich die Sache sehe?«

»Das will ich mit Sicherheit nicht. Lasst Euch doch abstechen wie eine quiekende …«

»Euch, Monsieur«, Antoine erhob sich und blickte auf Desgrez herab, »habe ich es zu verdanken, dass mir nun die Wahl bleibt zwischen einem raschen Ende hier in Paris oder einem etwas längeren und vielleicht qualvolleren Tod in der Festung Pignerole. Beides sind keine schönen Aussichten für einen jungen, ambitionierten Mann wie mich. Seht also zu, dass Ihr mir aus dieser misslichen Lage, in die Ihr mich hineinmanövriert habt, wieder heraushelft.«

»Und was schlagt Ihr vor?«

»Schafft mich aus Paris fort.«

»Das geht nicht!«

»Wieso? Ihr seid Leutnant der Garde. Für Euch wird es ein Leichtes sein, die Tore zu öffnen, trotz der späten Stunde.«

»Und wie soll ich dem König erklären, dass ich mit einem Mann, auf den ein Haftbefehl ausgestellt wurde, mitten in der Nacht aus der Stadt spaziert bin?«

»Wer sagt, dass Ihr es freiwillig tatet?« Antoine deutete auf die Pistole. »Ich habe Euch bedroht. Eure Männer können das bezeugen.« Desgrez verließ nun ebenfalls seinen Platz und begann unruhig im Zimmer auf und ab zu gehen. »Der König und Monsieur Colbert wissen, dass ich strikt gegen Eure Verhaftung war. Sie werden denken, ich hätte Euch zur Flucht verholfen.«

»Euer Risiko, Monsieur«, erwiderte Antoine ungnädig.

Zornig funkelte Desgrez ihn an und verfiel in düsteres Schweigen. Antoine konnte regelrecht zusehen, wie die Gedanken im Kopf des Polizisten dahinjagten. Pochend trat eine Ader an seiner Stirn hervor, und der markante Unterkiefer schob sich hektisch von einer Seite auf die andere. »Also gut«, beendete er schließlich die fieberhafte Stille. »Wenn ich Euch zur Flucht verhelfe, muss es tatsächlich so aussehen, als hättet Ihr mich gezwungen.« Seufzend wanderte sein Blick zu der Pistole, die vor ihm auf dem Tisch lag.

»Ihr möchtet, dass ich Euch damit eins auf die Nase gebe?«, fragte Antoine skeptisch und kratzte sich das unrasierte Kinn. »Meint Ihr nicht, das ist ein bisschen zu viel des Guten?«

»Herrgott! Glaubt Ihr, es macht mir Spaß, mich von Euch schlagen zu lassen? Aber bildet Euch bloß nicht ein, ich würde meine Karriere aufs Spiel setzen, nur um Euer schäbiges Leben zu retten.«

»Also gut.« Antoine schnappte sich die Waffe und holte zum Schlag aus.

»He, he«, unwillig wich Desgrez zurück. »Ihr scheint es ja recht eilig damit zu haben. Bei dem Gefallen, den ich Euch erweise, wäre etwas mehr Zartgefühl angebracht«, fügte er beleidigt hinzu.

»Ich möchte nur, dass Ihr es so schnell wie möglich hinter Euch bringt, mein Bester«, entgegnete Antoine schadenfroh. »Doch seht nur, was bewegt sich dort in der Ecke?«

»Wo?«

Der Schlag kam wohlgezielt von rechts. Desgrez, viel zu überrascht, um aufzuschreien, sank mit einem leisen, schmerzhaften Stöhnen auf die Knie. »Hättet Ihr nicht auch etwas sanfter vorgehen können?«, presste er hervor, sobald er wieder zu Atem gekommen war. Antoine ging vor ihm in die Hocke und betrachtete sein Werk mit Wohlgefallen. Den vorwurfsvollen Blick des Leutnants beantwortete er mit einem kräftigen Faustschlag auf sein linkes Auge. Desgrez kippte hintenüber, krachte mit dem Kopf gegen die Tischkante und blieb schwer atmend darunter liegen. »Verzeiht, Monsieur Desgrez«, erklärte Antoine, während er sich aufrichtete. »Dies tat ich um der Symmetrie willen. Nun sind Eure beiden Gesichtshälften lädiert, und mit Sicherheit wird niemand vermuten, dass dies auf Euren Wunsch hin geschah.«

Blutverschmiert und mit geschwollenem Auge torkelte Desgrez vor seine Männer, dicht gefolgt von Antoine, der ihm die Pistole in den Rücken gerammt hatte. Dem dringenden Befehl, ihn und den Marquis ziehen zu lassen, widersetzte sich niemand. Vor dem Haus trafen sie auf einen Gardisten, der die Pferde der Truppe bewachte, und nahmen ihm zwei davon ab.

Über die Rue des Petits Champs gelangten sie zur Porte Saint-Honoré, wo sie ihr Schauspiel vom flüchtenden Entführer mit seiner Geisel wiederholten. Hinter dem Tor wandten sie sich nach Westen und galoppierten auf den Bois de Boulogne zu. Ein kalter Wind pfiff Antoine um die Ohren, und zum ersten Mal verfluchte er seine Vorliebe für leichte, fließende Stoffe. Vermutlich würde er erfroren sein, noch ehe der Morgen graute. Am Rande des Waldes, der dem König als Jagdgebiet diente, griffen sie in die Zügel und verlangsamten das Tempo. Es war eine wolkenverhangene Nacht. Antoine konnte gerade noch die Umrisse des Polizisten erkennen, obwohl sie dicht nebeneinander herritten.

»Und jetzt, Marquis? Was soll nun geschehen?«

»Zunächst einmal werde ich Euch ausrauben. Wie viel habt Ihr bei Euch?«

»Ihr seid ein Gauner, Monsieur le Marquis«, brummte Desgrez und griff in seine Jacke.

»Kommt schon, so wirkt es doch viel glaubwürdiger.« Desgrez reichte Antoine einen Beutel herüber, der zu dessen Erleichterung einiges wog. »Hoffentlich ist er nicht nur mit billigen Kupfermünzen gefüllt.«

»Gesellt sich zu Eurer Unverschämtheit nun auch noch grenzenlose Gier?«, bellte Desgrez. Doch Antoine kam es so vor, als legte sich ein Grinsen über die schmalen Lippen des Polizisten. Desgrez sprang vom Pferd und begann die Stämme der Bäume in ihrer Nähe zu untersuchen.

»Was tut Ihr da?«

»Ich suche einen Baumstamm, an den Ihr mich binden könnt. Oder wollt Ihr etwa, dass ich mich sofort an Eure Fersen hefte?«

»Eine gute Idee.« Antoine schwang sich ebenfalls zu Boden und untersuchte die Taschen seines Sattels nach einem geeigneten Knebel. »Nehmt das Zaumzeug von meinem Gaul«, ertönte es aus der Dunkelheit. »Es eignet sich wohl am besten, um einen Strick zu binden.« Antoine tat wie ihm geheißen, und schon nach wenigen Minuten saß Desgrez fest verschnürt am Boden. »Ich danke Euch, mein Freund«, erklärte Antoine, nachdem er den letzten Knoten geknüpft hatte. »Vielleicht werde ich mich eines Tages erkenntlich zeigen können.«

»Das könnt Ihr jetzt schon, Marquis. Sagt mir, wer die Duchesse auf dem Gewissen hat. Sicher wird man mein Versagen heute Nacht leichter verzeihen, wenn ich diese Information beibringen kann.« Antoine gab seinem Gefangenen einen freundschaftlichen Klaps auf die Schulter. »Ihr seid ein gerissener Fuchs, Desgrez. Nur nützt es Euch nichts, an meine Dankbarkeit zu appellieren.«

»Was ist nur mit Euch«, protestierte dieser, »wollt Ihr etwa nicht, dass der Täter bestraft wird?«

»Der Täter wird bestraft.«

»Wieso seid Ihr Euch da so sicher?«

»Weil das Herz des Menschen wandelbar ist. Früher oder später wird der Mörder fallen und alles verlieren, wofür er gemordet hat. Das wird seine Strafe sein. Aber vielleicht stolpert er auch vorzeitig über seine eigene Maßlosigkeit.«

Antoine klopfte sich den Dreck von den Knien.

»Und wenn es so weit ist, wird der König an mich denken. Davon bin ich überzeugt. Sollte er dann noch am Leben sein.«

»Werden wir uns noch einmal begegnen, Marquis?«

Antoine schmunzelte. »Ich hoffe nicht, mein Bester. Aber ich wünsche Euch alles Gute.« Antoine schwang sich in den Sattel und galoppierte in die Nacht.

Wir werden sehen, dachte Desgrez und machte sich daran, die Fesseln zu lösen. Wir werden sehen.

Epilog

Madame de Sévigné an ihre Tochter, Madame de Grignan.
Paris, Samstagabend, 6. April 1680.

Jetzt melde ich Euch, mein liebes Kind, die sensationellste, aufsehenerregendste, überraschendste, beneidenswerteste, verwirrendste, einzigartigste, hervorragendste und wunderbarste Neuigkeit der Welt! Mademoiselle de Fontanges, unser bezaubernder, kleiner Engel, ist zur Duchesse erhoben worden. Was sagt Ihr nun? So hat sich ihre Ähnlichkeit mit der unglücklichen Louise de La Vallière am Ende doch bezahlt gemacht. Unsere frischgebackene Duchesse erhält eine Pension von 20000 Talern und wird von nun an bei Hof auf einem Schemel sitzen. Heute hat sie im Bett das Défilé der Gratulanten empfangen. Alle Welt drängte sich in ihren Gemächern, um sie zu beglückwünschen. Fast tat sie mir ein bisschen leid. Denn das arme Ding war gar verlegen über so viel ungeteilte Aufmerksamkeit. Auch der König ist ganz offiziell hingegangen und hat ihr gratuliert. Eine blieb dem Ereignis allerdings fern. Madame de Montespan ist vor Zorn ganz außer sich. Ihr könnt Euch vorstellen, welche Qualen ihr Stolz erleidet. Worum sie jahrelang gerungen, der kleinen Fontanges fällt es einfach in den Schoß.

Der König schert sich allerdings nicht viel um ihren Kummer, was er unlängst seiner Umgebung auf höchst bemerkenswerte Weise demonstrierte. Gemeinsam mit einigen Auserwählten, wozu auch ich die Ehre hatte, mich zählen zu dürfen, besuchte Seine Majestät die Baustelle des neuen Amphitheaters. Der König inspizierte jeden Winkel des Geländes mit peinlichster Sorgfalt und machte mich, weil er weiß, dass ich die Bühne liebe, auf alle Besonderheiten dieses reizenden Bauvorhabens aufmerksam. Nachdem Seine Majestät zu dem höchst befriedigenden Urteil gelangt war, dass die Arbeiten seinen Wünschen entsprechend ausgeführt werden, verließen wir die Baustelle, um uns zur Königin zu begeben, die im Schloss zurückgeblieben war und den Bericht ihres Gemahls erwartete. Da inzwischen ein leichter Nieselregen eingesetzt hatte, lud der König mich ein, in seiner Kutsche Platz zu nehmen. Kaum hatte er mir dies großzügige Anerbieten übermittelt, wurde er von einer schwarz gekleideten Dame angesprochen, die sich unaufgefordert seiner Gesellschaft angeschlossen hatte. Ihr könnt Euch nicht vorstellen, welch trostlosen Anblick die einst so strahlende Madame de Montespan bot. Vermutlich wollte sie dem König durch die Farbe ihres Gewandes zu verstehen geben, wie hart es sie ankommt, den angestammten Platz in seinem Herzen verloren zu haben. Doch muss ich gestehen, dass sie, die über Jahre unseren Geschmack geprägt, bei der Wahl dieses Kleides einen recht unglücklichen Griff getan hatte. Schwarz steht ihr überhaupt nicht. Es lässt sie alt aussehen und ihre volle Figur unförmig erscheinen. An der Miene des Königs ließ sich unschwer erkennen, dass auch er sehr unzufrieden mit der tristen Aufmachung Madame de Montespans war. Dennoch erkühnte sie sich, nachdem sie dem König ihre Reverenz erwiesen hatte, um einen Platz in seiner Kutsche zu bitten.

»Madame«, erklärte der König daraufhin laut und vernehmlich, sodass jeder es hören konnte, »ich schätze den Duft Eures Parfüms nicht besonders. Er verursacht mir Kopfschmerzen. Geht und sucht Euch eine andere Begleitung. Die meine habt Ihr lange genug genossen.«

Mit diesen Worten kehrte er der unglücklichen Frau den Rücken und verschwand im Innern des Wagens.

Ihr seht, liebe Tochter, dass auch der strahlendste Stern einmal verlischt …

Nachwort

Ich habe mir erlaubt, aus dem Schatzkästchen der Geschichte ein Ereignis herauszupicken, und mit Hilfe von Fakten das Fundament geschaffen, auf dem mein Roman fußt. Indes, so interessant die Begleitumstände des Todes der Henriette Stuart auch waren, die hier geschilderten Ereignisse sind frei erfunden.

Allerdings sind, mit Ausnahme meiner Helden Marie und Antoine, alle agierenden Hauptpersonen in diesem Roman historische Persönlichkeiten.

Henriette Anne Stuart starb tatsächlich in der Nacht zum 30. Juni 1670. Woran genau, ist unklar. Es wird allerdings vermutet, dass sie schon einige Zeit vor ihrem Tod an einer Bauchfellentzündung litt, der sie schließlich erlegen sein soll. Henriettes plötzlicher Tod lieferte der klatschsüchtigen Hofgesellschaft einen willkommenen Anlass für Spekulationen, zumal die Abneigung, die sie für die Günstlinge ihres Gatten empfand, allen voran Chevalier de Lorraine und Marquis d'Effiat, allseits bekannt war. Die Gerüchte, Philippe d'Orléans habe Henriette aus dem Weg schaffen lassen, um den in Ungnade gefallenen

Lorraine an den Hof zurückzuholen, sind nie ganz verstummt. Tatsächlich kehrte der Chevalier im Frühjahr 1671 aus seinem römischen Exil an den Hof von Frankreich zurück.

Philippe d'Orléans heiratete im November 1671 die burschikose und äußerst lebhafte Wittelsbacherin Liselotte von der Pfalz. Mit ihr lieferte er sich bis zu seinem Tod im Jahr 1701 einen Ehekrieg, den der holländische Historiker Dirk van der Cruysse in seiner Liselotte-Biographie »Madame sein ist ein ellendes Handwerck« auf höchst vergnügliche Weise für die Nachwelt festgehalten hat. Liselotte, die sich ebenfalls mit Monsieurs »Entourage« anlegte, war felsenfest davon überzeugt, dass ihre Vorgängerin ermordet worden war.

Madame de Montespan dieses Verbrechens zu bezichtigen ist natürlich ein Produkt meiner Phantasie, genauso wie ihre Verbindung zu Monsieur de Purnon, den sie, wenn überhaupt, nur flüchtig gekannt haben kann. Wahr ist jedoch, dass sie Louis XIV. in den dreizehn Jahren, die ihre Beziehung währte, immer wieder mit Liebestränken traktierte. Dass Louis diese Behandlung überlebte, spricht für seine außergewöhnlich gute Konstitution. Allerdings, so vermutet man heute, waren die Mittel, die ihm von Madame de Montespan verabreicht wurden, Ursache für immer wiederkehrende Magenkrämpfe und Depressionen. 1680 fiel Madame de Montespan ihrer Neigung für Hexenkunst und Zauberei schließlich zum Opfer. Nachdem eine Untersuchungskommission, die Chambre Ardente (Brennende Kammer), ihre Verbindung zur Hexe Monvoisin enthüllte, ließ der König sie fallen. 1691 zog sie sich, mit einer großzügigen Pension versehen, vom Hof zurück. Als sie 1707 starb, verbot der König ihren gemeinsamen Kindern, Trauerkleidung anzulegen.

Louise de La Vallière hat meines Wissens nie den Versuch unternommen, Selbstmord zu begehen. Ihr Martyrium bei Hof, nachdem die ehemalige Busenfreundin ihr den König ausgespannt hatte, ist allerdings keine Erfindung. 1675 erhielt Louise de La Vallière schließlich die langersehnte Erlaubnis, den Hof zu verlassen. Sie zog sich in einen Karmeliterinnen-Konvent zurück, wo sie ein Jahr später ihr Gelübde ablegte. Als ihr 1683 der Tod ihres jüngsten mit dem König gezeugten Sohnes gemeldet wurde, soll sie gesagt haben: »Wie kann ich den Tod eines Kindes beweinen, dessen Geburt ich noch nicht genug beklagt habe.« Louise de La Vallière starb 1710.

Über *Louis XIV.* möchte ich mich hier nicht weiter auslassen. Die Fakten seiner zweiundsiebzig Jahre währenden Herrschaft können überall nachgelesen werden. Eines möchte ich dennoch nicht unerwähnt lassen: Das Ende seines Lebens war überschattet vom Tod fast aller seiner männlichen Nachfahren.

Der autokratische Regierungsstil Louis XIV. machte Frankreich zum mächtigsten Staat in Europa, er führte allerdings auch zum finanziellen Ruin des Landes, das er hochverschuldet an seinen Urenkel abtrat, der ihm als Louis XV. auf den Thron folgte.

Sargon Youkhana,
Mai 2007

Dramatis Personae

Ermittelnde Personen

Antoine de Montagnac	Ermittler
Marie	seine Gehilfin
Monsieur Desgrez	ein Polizist

Die königliche Familie

Louis XIV.	König von Frankreich
Philippe d'Orléans	sein Bruder, genannt Monsieur
Henriette Stuart	seine Schwägerin, genannt Madame
Anne-Marie-Louise d'Orléans	seine Cousine, genannt Grande Mademoiselle
Marie-Thérèse d'Autriche	seine Gemahlin

Der Hof

Athénaïs de Montespan	Geliebte des Königs
Mademoiselle des Oeillets	ihre Zofe
Louise de La Vallière	offizielle Mätresse des Königs
Marquis d'Effiat	ein Freund Monsieurs
Marquis de La Vallière	ein Freund Monsieurs
Comtesse de La Fayette	eine Freundin Madames
Marquise de Sévigné	eine Freundin der Grande Mademoiselle
Monsieur de Purnon	Haushofmeister Madames
Mariebelle de Noirmoutier	eine Ehrenjungfer Madames
Monsieur Colbert	erster Minister des Königs
Chevalier de Lauzun	Günstling der Grande Mademoiselle

Domestiken

Hippolyte	Page Madame de Montespans
Gaspard	Kammerdiener Madames

Pariser Gestalten

Madame Monvoisin	genannt La Voisin, eine Hexe
Marius	ein Bettelkind
Pierre	ein Junge im Bordell

Danksagung

Bücherschreiben ist ein einsames Geschäft. So viel weiß ich heute. Zum Glück war ich von Menschen umgeben, die es mir leichter gemacht haben, diese Aufgabe zu bewältigen:

Ich bedanke mich bei meinen Freunden Sarah Hoeflich-Petri, Björn Firnrohr und Fabio Ricci für die konstruktive Kritik und das Interesse, das sie meiner Arbeit entgegengebracht haben. Ich weiß, wie schwer es ist, einem Freund offen und ehrlich die Meinung zu sagen. Ihr habt es getan und wart mir damit eine große Hilfe.

Dank gebührt auch Thomas Häuser, dessen umfassende Kenntnis auf dem Gebiet der Heraldik von unschätzbarem Wert für mich war.

Mein besonderer Dank gilt meiner langjährigen Freundin Hannelore Dumas. Sie hat dieses Romanprojekt von Anfang an begleitet, jeden Satz als Erste gelesen und in ihrer knapp bemessenen Freizeit all meine Fehler klaglos ausgebügelt. Ohne ihr stilistisches Feingefühl, ihren Enthusiasmus, vor allem aber ohne ihren unerschütterlichen Glauben an mich als Autor, wäre es für mich ungleich schwerer geworden, dieses

Buch zu schreiben. Danke, danke, danke, liebste Hannelore, du warst wunderbar.

Zum Schluss und weil es so viel Spaß macht, danke ich meinem Freund Karsten dafür, dass er es jeden Tag mit mir aushält und mich trotzdem mag. Danke.

»Großes Theater, das stürmischen Beifall verdient!«
dpa

Mitte des 19. Jahrhunderts. Auf einer Orientreise entdeckt Ida Gräfin von Hahn-Hahn eine bislang ungekannte Sinnlichkeit. Daheim ist ihre Familie in einer prekären Lage: Schloss Altenhoff, der Landsitz der Hahn-Hahns, befindet sich in einem desolaten Zustand. Denn statt sich um die Geschäfte zu kümmern, frönt Idas Sohn dort an der Seite der mittellosen Schauspielerin Marie Beeseratz seiner Theaterleidenschaft. Alarmiert kehrt Ida aus der Ferne zurück und trifft in Marie auf eine Frau, die ebenso entschlossen scheint wie sie selbst, ihre Ziele durchzusetzen.

»Ralf Günther bietet hohen Lesegenuss.«
Die Welt

Ralf Günther
Die Theatergräfin
Roman
ISBN 978-3-548-60693-4

List Taschenbuch

L270